Helmuth Dippner aka Karl Tischendörfer
Gesamtwerk
Band 1: Erzählungen

Helmuth Dippner

aka

Karl Tischendörfer

Gesamtwerk

Band 1: Erzählungen

Herausgeber: Dr. Joachim W. Dippner

Impressum

Bibliografische Information der Deutschen Nationalbibliothek: Die Deutsche Nationalbibliothek verzeichnet diese Publikation in der Deutschen Nationalbibliografie; detaillierte bibliografische Daten sind im Internet über http://dnb.dnb.de abrufbar.

Lektorat: Dr. Joachim W. Dippner
Korrektorat: Dr. Joachim W. Dippner

Titelillustration: Sonja Danowski

Verlag: BoD · Books on Demand GmbH, Überseering 33, 22297 Hamburg, bod@bod.de

Druck: Libri Plureos GmbH, Friedensallee 273, 22763 Hamburg

ISBN: 978-3-8192-0669-6

Inhaltsverzeichnis

I

II

Anmerkungen des Herausgebers

Am 27. März 2018, seinem 93. Geburtstag, nahm mich mein Vater auf die Seite. „Junge", sagte er, „ich habe in meinem Leben so viel geschrieben, ich habe beschlossen aufzuhören. Ich fühle mich leer und habe nichts mehr zu sagen. Außerdem habe ich in meinem Alter keine Lust mehr, mich mit den jungen Schnöseln von Lektoren herum zuärgern. Denen geht es nur ums Geld und nicht um Sprache. Wenn du willst, kannst du alles von mir haben und dich selbst mit dieser Mischpoke rumärgern." Ich war so unvorsichtig, ja zu sagen, denn ich wusste nicht, was mich erwartete. Es war ein Schrank voll mit Manuskripten von Kurzgeschichten, Theaterstücken und sehr vielen Gedichten, gefühlt eine halbe Tonne Papier. Seinen 94. Geburtstag wollte er nicht feiern. „94 ist kein Grund zu feiern, nächstes Jahr, wenn ich 95 werde, feiern wir wieder mal im großen Stil", waren seine Worte. Diesen Geburtstag sollte er nicht mehr erleben. Am 10. Januar 2020 verstarb mein Vater, Helmuth Dippner.

Ich stand vor einem Berg Papier und vor einem Problem: Mein Vater hatte nie in seinem Berufsleben einen Computer oder ein Textverarbeitungssystem benutzt. Alles was er geschrieben hatte, schrieb er auf seiner Schreibmaschine. Um diese Texte in einen prozessierbaren Zustand zu versetzen, habe ich während der Jahre 2018–2024, der Coronazeit und der heißen Sommer, alles gescannt, formatiert, editiert etc. Während des Korrekturlesens kam ich den Texten näher und je mehr ich las, desto mehr kam ich zu der festen Überzeugung, dass ich eigentlich sehr wenig über meinen Vater wusste. Ich hatte mir immer das Gegenteil eingebildet. Aus diesem Grund fühlte ich mich auch ziemlich befangen, ein Vorwort mit einer Würdigung zu schreiben. Deshalb habe ich einen

Freund der Familie, Pfarrer Markus Geißendörfer, der auch meinen Vater beerdigt hat, gebeten, mir die Trauerrede als Vorwort zur Verfügung zu stellen. Dafür danke ich Markus.

Ein Schlüssel zu seinem Werk war ein kleines fragmentarisches Tagebuch, das ich zufällig auf der Suche nach dem Familienstammbuch fand. Es war ein Geschenk seiner Mutter zur Konfirmation am 2.4.1939. Der erste Eintrag ist vom 4.4.1939 und der letzte vom 17.9.1946. Dieses Tagebuch deckt sowohl die Zeit seiner Pubertät als auch die Zeit des zweiten Weltkrieges ab.

Die erste Erkenntnis aus diesem fragmentarischen Tagebuch war, dass er schon im Alter von 14 Jahren wusste, dass er Schriftsteller werden wollte. Der zweite bemerkenswerte Aspekt war seine beeindruckende, unverdrossene Hartnäckigkeit. Zwischen 1939 und 1944 reichte er 14 Theaterstücke und Erzählungen ein, deren Veröffentlichung alle abgelehnt wurde. Dies entmutigte ihn nicht, sondern spornte ihn an, weiter zu machen. Die Themen, die er behandelte, lassen sich anhand der kurzen Darstellungen einteilen in Fernweh und Heimweh, Liebe und Treue sowie Pflichtbewusstsein oder nordisches Heldentum. Personen, mit denen er sich beschäftigte, waren Vercingetorix, die Staufer oder Graf Götzen. Von diesen sehr frühen Werken ist nichts erhalten.

Der dritte und interessanteste Punkt war zu lernen, was er dachte und fühlte und was ihn im jugendlichen Alter prägte. Es sind dies drei Dinge, das Christentum, dem er in diesem Alter besonders kritisch gegenüber stand, die NS Propaganda eines Hans Friedrich Blunck, der in der Zeit des Nationalsozialismus verschiedene kulturpolitische Positionen unter anderem die des ersten Präsidenten der Reichsschrifttumskammer inne hatte, und vor allem aber die Romantik des 19. Jahrhunderts wie z.B. die Rheinsagen von Wilhelm Ruland.

Nach Sichtung des gesamten Materials war es nahe liegend, das Gesamtwerk in die drei Bände Erzählungen, Gedichte und Theaterstücke zu unterteilen. Der Band Erzählungen ist historisch nicht sortiert, da mein Vater sehr selten Angaben zur Datierung gemacht hat. Die Geschichte „Ersatz", die 1945 im Zeitfenster zwischen Kapitulation und Jahresende spielt, ist sein letztes Werk und seine längste Erzählung.

Nach dem Notabitur 1944 wurde er sofort zur Wehrmacht einberufen und war in den Niederlanden und in Italien bei der Artillerie an der Front. Trotz öfteren Nachbohrens war er nicht bereit, über den Krieg und seine Erfahrungen zu erzählen. Die Erzählung „Pontecorvo" lässt ansatzweise vermuten, welche traumatischen Erlebnisse dazu führten, nicht über den Krieg sprechen zu wollen.

In einigen Erzählungen und Theaterstücken kommt die Figur eines Landstreichers oder Hausierers vor. Für ihn waren Landstreicher aus einer verklärten Romantik heraus der Inbegriff von absoluter Freiheit. Er begegnete zeitlebens diesen Menschen mit höchstem Respekt.

Beim Band „Gedichte" war eine grobe zeitliche Zuordnung etwas einfacher, da aufgrund des Pseudonyms Karl Tischendörfer eine Dreiteilung möglich war. Deshalb ist dieser Band unterteilt in die Kapitel „Der frühe Helmuth Dippner", „Das Werk Karl Tischendörfers" und „Der späte Helmuth Dippner". Er legte sich das Pseudonym zu, als er als Journalist den Arbeitgeber wechselte und vom „Main Echo" zur „Frankfurter Rundschau" ging. Auf meine Frage, „Warum das Pseudonym?" war seine Antwort, er möchte den Journalisten der Frankfurter Rundschau vom Literaten trennen.

Aus dieser Zeit stammt auch ein Briefwechsel mit Karl Krolow aus Darmstadt, der ihn ermutigte, weiter zu schreiben. Eine weitere zeitliche

Zuordnung war im frühen Helmuth Dippner möglich aufgrund des benutzten Papiers, das in der Nachkriegszeit rar war. Mein Vater schrieb deshalb auf alles, was ihm in die Finger kam. Ein handschriftliches Gedicht war auf der Rückseite eines DIN A5 Formblattes des Sozialgerichts Landshut geschrieben.

Der Umzug von Landshut nach Aschaffenburg änderte auch seine Landschaftsbeschreibungen, ein weiteres Hilfsmittel der zeitlichen Zuordnung. Ich lernte beim Lesen das mir bis dahin unbekannte Versmaß der Terzinen kennen und war beeindruckt, zu sehen, dass er auch in jungen Jahren Sonette schrieb, bis er schließlich seine ihm eigene Bildsprache entwickelte, zu der vermutlich auch der enge Kontakt mit der Künstlerszene in Aschaffenburg und die Freundschaften mit Siegfried Rischar und Joachim Schmidt beigetragen haben.

Mein Vater liebte die Kunst, egal ob Musik, Literatur, Malerei oder Theater. Er war ein großer Freund des Boulevardtheaters, in das er gern mit der Familie ging, soweit es seine Zeit erlaubte. Seine Theaterstücke lassen sich ebenfalls kaum zeitlich zuordnen. Das älteste Stück „Der vierte Mann am Tisch" ließ sich anhand der Papierqualität zuordnen. Vom Stück „Zur letzten Station" gibt es drei verschiedene Schlussszenen. Hier ist dank einer zufälligen Datierung die letzte Version abgedruckt.

Ich wünsche allen Lesern viel Freude am Werk eines der letzten Romantiker.

Rostock 2025

Dr. Joachim Dippner

Statt eines Vorwortes

Liebe Trauergesellschaft,

liebe Inge, lieber Joachim,

ich erinnere mich noch gut, als er sich mir vor 27 Jahren vorstellte, damals war er gerade drei Jahre im Ruhestand und er nannte mir gleich die gesamte Biographie: Sein Kommen aus dem Rheinland, seine erste Stelle in Landshut bei der „Isar Post", dann „Main Echo" mit dem mühsamen Umzug hier her nach Aschaffenburg und nächtlichen Ankunft, wie es damals noch war, in der zerstörten Stadt der Kleiderfabrikanten, dann die Chance bei der Frankfurter Rundschau, verantwortlich für die Seiten 1 und 2. Als Abschluss seiner Laufbahn sei bei der kassenärztlichen Vereinigung gewesen und, weil er nie die Chance hatte zu studieren, macht er eben jetzt Geschichte im ich weiß nicht wievielten Semester. Dann kannte er alle Künstler Aschaffenburgs und Ihre Geschichten, seine Frankreichfahrten, konnte innerhalb seiner Reiseerzählungen immer gleich die Literatur nennen, die genau diese Landschaft beschrieben hatte und die regionalen Färbungen der entsprechenden Fremdsprache präsentieren. Er überfuhr einen mit seinem Wissen, mit seinem Auftreten, mit seiner Sprachgewalt und seinem Humor. Die Show war perfekt. Aber auch anstrengend. Nie langweilig und er wiederholte sich dabei nicht. Ihre Mutter stand oft daneben und man hatte oft den Eindruck, dass sie ihn einbremsen musste in seinem überschäumenden Wesen und Wissen, das er nie vernachlässigte und immer und immer anreicherte. Ob es Medizin war und man lernte von ihm Fachbegriffe. Seine Diagnosen waren so berichtet, dass eine längere Übersetzungsarbeit notwendig wurde. Seine Referieren über Reformationsgeschichte ließen jeden Theologen alt aussehen. Dann wieder Rilke und Brecht und dann seine eigenen schriftstellerischen Arbeiten, vor allem kleinere Gedichtbände. Helmuth Dippner war ein Vulkan von Worten. Ich fand das immer sehr amüsant und dabei sehr bereichernd. So werde ich ihn auch in Erinnerung behalten.

Er stellte seine Sprache anderen zur Verfügung: Künstlern, dem Diakonischen Werk, dem Bildungswerk. Er war ehrenamtliches viel unterwegs und die Solidarität mit der Christuskirchengemeinde begleitete ihn, für die er viele Jahre ein streitbarer und kompetenter Kirchenvorsteher war. Er war immer ein überzeugter Protestant. Die Betonung lag auf Protestant. Und die Sprache war seine Art, sich zu zeigen, so ordnen und Dinge voranzutreiben und zu korrigieren. Seine Art, knapp Worte zu setzten, sie zu konzentrieren, vom allgemeinen Plauderton bis in die lyrische Verknappung. Helmuth Dippner war ein Mensch der Sprache, er verschieb sich ihr. Und: Er hatte einen wunderbaren sarkastischen und etwas arroganten Witz. Das war manchmal sehr wohltuend.

Sprache ist bekanntlich ein Mittel der Kommunikation. Was steckte hinter seiner Freude und Lust an der Sprache?

Sicher, das Wissen, dass er das konnte. Er konnte vier Fremdsprachen. Seine Ausdrucksweise war sicher in den Sätzen, in den Begriffen und wusste, wie man auf den Punkt kam. Man musste ihm nicht immer Recht geben, weiß Gott nicht, aber man wusste immer, was er sagen wollte.

Sicher war es die Suche nach Anerkennung. Er litt immer darunter, dass er nicht studieren konnte. Seine Mutter wollte nach dem Krieg die Kosten nicht aufbringen. Deshalb war er sehr stolz und vielleicht auch mit sich innerlich versöhnt, als er im Ruhestand einen Magister machen konnte. Damit erfüllte er sich einen großen Wunsch. Vielleicht stand hinter diesem Verlangen die Angst, doch nicht mit wirklichem Wissen aufwarten zu können. Das war natürlich überflüssig.

Sicher aber verbarg sich dahinter eine intensive Suche nach Wahrheit und ganz gewiss suchte er nach Nähe. Vielleicht war die Tragik seines

Lebens, dass man das nicht gleichzeitig haben kann oder nicht gleichzeitig von jedem, so ließ sein Wesen immer eine Einsamkeit spüren, aus der man ihn auch nicht herausholen konnte. Zu sehr schlugen dieses beiden Herzen in seiner Brust, die Absicht, bewundert zu werden und die Suche nach Vertrautheit. Letztlich ist es die Idee, asymmetrische Beziehungen und partnerschaftliche gleichzeitig zu haben. Er konnte nicht von einen oder anderen Abschied nehmen um seine innere Einsamkeit zu überwinden.

Vieles seines Lebens ist aus der Nachkriegsgeneration verständlich. Man brauchte unbelastete Menschen, die sehr schnell Verantwortung übernehmen mussten. Umgekehrt muss man auch sagen, hat er in seinem Leben Positionen erreicht, die heute mit dieser Voraussetzung überhaupt nicht mehr denkbar wären. Er hatte wache Ohren und Augen und wusste dann, wann sich die Gelegenheit ergab, etwas Neues zu erreichen. Deshalb hat der Beruf des Journalisten sehr zu seinem Wesen gepasst.

Und: Er wollte leben. Ja, das ist vielleicht sein Motto gewesen. Er heiratete, Ilse Walschus, die aus Schlesien kam und in Landshut neu anfangen musste und mit Helmuth Dippner ihr Schicksal, in der Fremde zu sein, teilte. Beide gründeten eine Familie. Joachim und Inge wurden noch in Landshut geboren. Die Großmutter wohnte in der Wohnung dabei. Helmuth Dippner brauchte eine gewisse Geschwindigkeit und war immer unterwegs. Auch das gehörte zu ihm. Viele Reisen wurden unternommen und unzählige Bekanntschaften und Freundschaften geknüpft, das Ehepaar war bekannt in der Stadt.

Und noch etwas anderes dürfen wir nicht vergessen. Er war sehr gläubig. Sicher auf seine Art, sicher mit allen Fragen eines aufgeklärten Menschen und mit der dazu gehörenden Neugierde, und deshalb liegt es nahe gerade einen Satz aus dem Kolosserbrief seiner Beerdigungspredigt zu Grunde zu legen:

Der Briefschreiber wendet sich an die Gemeinde in der heutigen Türkei:

„Ich wollte euch nämlich wissen lassen, welchen Kampf ich um Euch führe und um die in Laodizea und um alle, die mich nicht von Angesicht gesehen haben, damit ihre Herzen gestärkt und zusammengefügt werden in der Liebe und allem Reichtum an Gewissheit und Verständnis, zu erkennen das Geheimnis Gottes, das Christus ist, in welchen verborgen liegen alle Schätze der Weisheit und der Erkenntnis."

Wahrscheinlich ein Schüler des Paulus und Helfer schreibt diesen Brief um die Herzen der Menschen in Kolosä zu stärken und die Liebe, damit sie das Geheimnis Gottes erkennen. Es ist Christus, in ihm liegen alle Schätze der Weisheit und der Erkenntnis verborgen. So der Brief, der in einer (für uns nicht mehr so tröstlichen) geschwisterlich, betulichen Sprache verfasst ist. Jetzt kann man fragen: „Was ist Christus", in dem alle Schätze der Weisheit und Erkenntnis verborgen sind? Und an der Stelle halte ich jetzt inne, denn ich frage mich, ob Helmuth Dippner diese Frage gestellt hätte oder er aus Respekt vor einer religiösen Erfahrung davor zurückgeschreckt hätte. An der Stelle hatte er einen sehr weichen gläubigen Kern, und ein hohes Maß an zerbrechlicher Sensibilität. Aber er hat immer die Überzeugung ausgestrahlt, dass er eine tiefe Gottesbeziehung gelebt hat. Diese ist mit dem Symbol „Christus" ausgedrückt, und dazu gehört für auch, dass die Geheimnisse auch im Leiden zu finden sind.

Im Leiden wurde bei ihm das nachgängige Entsetzen über die Herrschaft der NS ausgedrückt und diese Geschichte war ein Zugang zur Religion. Leiden und Gottesnähe gehörten zusammen, das konnte man an den vielen Gesprächen mit ihm heraushören. Umgekehrt macht ein solches Empfinden wiederum anderes verständlich, wie seine Verletzlichkeit, seine Spontaneität, seine künstlerischen Ambitionen und seine Unberechenbarkeit und seine soziale Ader. Immer wieder bekamen wir den Eindruck, dass er Menschen suchte, denen er helfen konnte. Aber er war öfters von Ideen geleitet war, die in die Irre führten und die eigentlichen Aufgaben aus dem Blick verlor.

In den letzten Jahren verabschiedete er sich zusehend von seinen Mitmenschen, man erlebte wache und verdunkelte Stunden mit ihm. Er ist sehr alt geworden, sehr alt und eigentlich hätte er, bei seiner gesundheitlichen Vorgeschichte und (wir erinnern uns alle, an den Unfall mit dem Linienbus) Malaisen, die ihm widerfuhren, nicht so alt werden dürfen. Aber der, der uns das Leben begreifen lässt, hat ihn viel erleben lassen und hat ihm seinen Willen zum Leben reichlich bedient.

Wir müssen uns verabschieden, ihn hergeben, uns um das kümmern, was er hinterlassen hat, und darum kümmern, was er **in** ihnen und **in** uns hinterlassen hat. Zum Abschiednehmen gehört auch immer das Verzeihen, sonst können wir nicht loslassen. Er war anregend und belebend, er zog manchmal Gedanken und Bahnen, die wir nicht so wirklich verstanden. Wir haben ihm viel zu verdanken. Er wollte leben, er hat andere leben lassen und er hat gelebt. Wir sollten seinem Motto folgen. Amen

Aschaffenburg 20.1.2020
Pfarrer Markus Geißendörfer

Erzählungen

Der andere Gast

An einem warmen Frühlingstag des Jahres 1946 ging ein grauhaariger Mann durch die Strassen von Straubing. Er schritt nur langsam aus, ohne indessen an einem der spärlich dekorierten Schaufenster länger zu verweilen. Er trug keinen Hut; seine strähnigen Haare waren lange nicht geschnitten und reichten weit in den Nacken. Er war mit einem abgetragenen, grünen Lodenmantel bekleidet, an einem Trageband hing ein wenig gefüllter Brotbeutel, Die Beine steckten in engen grauen Hosen, die unten aufgescheuert waren. Die klobigen Stiefel waren staubbedeckt und nur der rechte Absatz trug ein Eisen, das bei jedem Schritt hell aufklang, während der Schritt des linken Fußes stumm blieb.

In einer entlegenen Gasse betrat er eine kleine Wirtschaft. Es war um die Mittagszeit und er bestellte ein billiges Essen. Die dicke Wirtin, die, in eine fleckige Schürze eingehüllt, bislang strickend hinter der Theke gesessen hatte, stellte einen grauen Teller mit einem Gemisch aus Steckrüben und harten Kartoffeln vor ihn. Das Gericht nannte sich "Goldrübchen" und verbarg hinter seinem märchenhaften Namen die magere Wirklichkeit. Der Mann aß das stark nach einer Gewürz-Essenz duftende Gemisch gedankenlos und unaufmerksam. Die Wirtin beobachtete ihn heimlich. Sie hatte in den Jahren ihrer Arbeit in fremden und eigenen Gasthäusern viele Menschen kommen und gehen sehen und wusste bei ihren Gästen bald, wen sie vor sich hatte. Dieser Mann sah wohl verwahrlost aus, aber er war gewiss kein Strolch. Wie mochte er auf die Strasse gekommen sein? In dieser Zeit, in der alles aus den Fugen ging, erlebte man so viel und hörte von so manchem schweren Schicksal, dachte sie melancholisch. Ein Stammgast betrat mit vertraulichem Gruß die Gaststube und setzte sich zu dem Fremden an den Tisch. Als sie ihm das Essen brachte, gab es sich nahezu von selbst, dass sie bei den Männern Platz nahm und ein Gespräch begann. So hörte sie dann von dem Fremden, der in kurzen Sätzen sprach und so tat, als ob er manches Mal lange nach dem passenden Wort suchen müsse, dass er aus Winterberg im Böhmerwald stamme und aus der Gefangenschaft entflohen sei. Er habe weder Verwandte noch Bekannte und schlafe meist in den Übernachtungsheimen der wohltätigen Verbände oder in den Heuschobern der Bauern. Sie betrachtete den Mann aus der Nähe. Sein Gesicht war mager, faltig und hart, in den Augen saß die Trauer wie an dunklen Seen; in den Mundwinkeln nistete der Verzicht. Die braunen Hände, die gefaltet auf der Tischplatte lagen, sprachen von schwerer Arbeit, diese harten, zerschundenen Hände. Er hatte wohl gemerkt, dass sie seine Hände betrachtete, denn er versteckte sie plötzlich in den Jackentaschen.

Da fiel ihr Frau Biberger ein, ja natürlich, dass sie daran nicht schon eher gedacht hatte. Frau Biberger suchte einen Zimmerherrn, einen anständigen, gediegenen Mann. Sie war viel zu früh Witwe geworden und auch noch nicht zu alt. Vielleicht ging da etwas zusammen.

Sie stand eilig auf und ging so schnell es ihre arthritischen Knie erlaubten in die Küche, um das Küchenmädchen zu Frau Biberger zu schicken. Sie schenkte noch ein Glas Bier ein und stellte es dem Fremden mit freundlichem Blinzeln hin. Er möge nur trinken, es gehe auf ihre Rechnung.

Als Frau Biberger überrascht und fragend die Gaststube betrat, wurde sie von der Wirtin beiseite genommen. Sie redeten eifrig und leise miteinander; bisweilen schauten sie beide zu den Männern hinüber, prüfend und überlegend die eine, lobend und zuredend die andere. Endlich schienen sie sich einig zu sein. Stolzgebläht wie eine Viermast-Fregatte vor dem Winde segelte die Wirtin auf ihren Gast zu. Frau Biberger folgte bescheiden im Kielwasser. "Ich hab' schon was für Sie", sagte sie und neigte sich vertraut zu ihm herab. "Frau Biberger" - sie schob ihre Nachbarin in den Vordergrund - "Frau Biberger" hier hat gerade ein möbliertes Zimmer frei. Sie können als Zimmerherr einziehen, wenn Sie wollen. - Ist das nicht ei n Glück?

So ein Zufall, nicht wahr, das sagen Sie auch?" wandte sie sich Lob heischend an den Stammgast. Der Fremde sah bei dieser überraschenden Mitteilung eher erschrocken als erfreut aus. "Ja, geht denn das so ohne weiteres? - Ich weiß nicht, ob ich das annehmen kann. Sie kennen mich doch gar nicht." "Man lernt seine Untermieter immer erst später richtig kennen", sagte Frau Biberger lachend und der warme Ton in ihrer Stimme hüllte ihn wie ein Mantel ein. Er würde später immer an diese erste Begegnung denken, wenn der abgestandene Geruch von Bier und kaltem Tabaksqualm und der saure Dunst schlechten Essens sich mischten. Er sträubte sich nicht mehr lange, schon um dem Bannkreis von Selbstgefälligkeit zu entfliehen, den die feiste Wirtin ausstrahlte.

Das Zimmer war lang und schmal und machte den gleichen sauberen Eindruck wie die ganze Wohnung der Frau Biberger - Veronika Biberger hatte er auf dem Namensschild an der Tür gelesen. Er fand es an der Zeit, sich nun vorzustellen und nannte sich Georg Maurer. "Legen Sie nur ab", sagte Frau Biberger. "Ich bringe gleich Wasser. Sie werden sich sicher waschen wollen."

Er blickte sich in dem Zimmer um: ein weißes Metallbett, von einer aus dicker Wolle gehäkelten Decke überzogen, ein dunkler massiver Schrank, ein runder, brauner Tisch und ein Stuhl von gleicher Farbe, in dessen Beinen der Holzwurm nagte, ein Waschtisch mit halberblindetem Spiegel, Wasserkanne und Schüssel, die ein lila und blassgrün ausgemaltes Blumenmuster zierte. Über dem Bett hing der stockfleckige Druck eines billigen Bildes aus der nachromantischen Zeit. Sein Titel "Frühlings Erwachen" stand mit verschnörkelten, blassen Buchstaben darunter. Das Zimmer war, obwohl sicher seit langem nicht mehr benutzt, sauber und ordentlich aufgeräumt.

Im Laufe des Nachmittages hatte Maurer bei Frau Biberger das gleiche neugierige Verhör zu bestehen wie vorher in der Wirtschaft. Es ergab sich dabei, dass er sich anmelden müsse, aber keine Ausweispapiere bei sich trage. Nach seiner Flucht aus der Gefangenschaft schien das völlig verständlich. Eine Arbeit brauche er wohl auch, meinte Frau Biberger und fragte, was er von Beruf sei. Er erzählte bereitwillig, dass er Möbelschreiner gelernt habe, sich aber schon seit langer Zeit mit dem Bau von Geigen beschäftigt und eine eigens dafür eingerichtete Werkstatt besessen habe.

Frau Biberger ihrerseits erzählte von ihrem Mann, der in den ersten Monaten des Krieges als Bahnbeamter bei einem Zugunglück ums Leben gekommen sei. Sie zog aus einer Schublade einen Stoß alter Fotografien, die sie vor Maurer ausbreitete. Das Hochzeitsbild, Familienaufnahmen, Bilder von Ausflügen und im Badeanzug, Fotos von Geburtstagen und

Feiern, auf denen steif sitzende Damen würdevoll auszusehen versuchten, wobei sie ihre Knie, die wegen der kurzen Kleider jener Jahre zumeist unbedeckt blieben, krampfhaft zusammenpressten, das Bild eines Kindes schob sich dazwischen ("Er ist mit einem Jahr gestorben"), Herr Biberger tauchte unter dem Brustbild einer hässlichen Nichte auf: Ein stattlicher Mann mit Seehundsbart in Eisenbahner-Uniform. Zwischendurch flocht seine Witwe ein, dass die karge Pension natürlich nicht zum Leben ausreiche und dass sie deshalb ihr früheres Gästezimmer ermiete. Sie wolle sich aber, wenn möglich, ihre Zimmerherren selbst aussuchen und nicht jeden nehmen, der ihr zugewiesen werden.

Nun wussten der fremde, schweigsame Mann und die einsame Frau schon manches voneinander. Ihre Hände hatten sich zufällig beruht und der Atem des einen hatte beim Betrachten der Bilder das Gesicht des anderen gestreift. Ganz beiläufig wurden sie sich über den Preis für das Zimmer einig. Maurer musste sich noch anmelden, damit er für die Behörden überhaupt eine lebende Person sei und er brauchte eine Arbeit. Frau Biberger kannte eine Schreinerei, deren Meister in Kriegsgefangenschaft war und in der ein tüchtiger Mann gebraucht werde. Sie ebnete ihm alle Wege, wies ihn zu den richtigen Amtsstellen und fand sogar noch zwei Anzüge ihres Mannes, die leidlich passten. Das war in zwei Tagen geschehen und am Montagmorgen um sieben Uhr begann Maurer in der Schreinerei Kurz zu arbeiten.

"Ich bin Ihnen sehr viel Dank schuldig", sagte er an jenem Montagabend nach dem Essen. "Sie haben für mich gesorgt, wie eine Frau für ihren heimgekehrten Mann sorgen würde. Ich weiß nicht, womit ich mir das verdient habe und ob ich es Ihnen jemals entgelten kann." "Irgendjemand musste Ihnen helfen. So konnte es mit Ihnen nicht weitergehen." "Mir kann niemand helfen". Er sagte es leise und wie zu sich selbst. "Das sollen Sie nicht sagen. Es ist undankbar." Maurer erschrak und als ob er zuviel gesagt habe, beeilte er sich, ihr beizupflichten und sich zu entschuldigen. Frau Biberger aber blieb bei ihrem Thema und sprach von Christenpflicht und Kirchenbesuch. Maurer hörte indessen nur mit halbem Ohr zu und warf belanglose Redewendungen wie "ja, ja", "Natürlich", "Sie haben ganz recht" und was dieser Ausweichworte mehr

sind, wie kleine Steine in den Fluss ihrer Rede, Spielzeug der eifrig da-
hinplätschernden Wellen.

Einige Tage später brachte ein Mann einen alten Schrank, ein ehrwürdi-
ges Möbelstück aus dem Hausrat seiner Eltern, in die Schreinerei und
bat, die unmodernen Schnörkel, die Rosenleisten und die erhabenen
Kanten wegzunehmen, um dem Schrank ein Gesicht zu geben, das zu
seinen übrigen Möbeln passe. Maurer erschrak: Er hatte zu Hause einen
Schrank mit diesem Muster besessen und er sah Lina daran hantieren,
wie sie die Wäsche hineinschichtete und seine Anzüge zum Ausbürsten
herausnahm. Er starrte den Schrank an und vergaß ganz des Kunden,
der Maurer verwundert betrachtete und dann fragte, wann er den
Schrank abholen könne. Maurer erwachte und gab irgendeinen Zeitpunkt an. Später musste er den Lehrling fragen, bis wann er dem Mann
versprochen habe, mit der Arbeit fertig zu sein. Maurer werkte mit einem
solchen Eifer an den Schrank hin, dass er schon am nächsten Mittag zu
dem Kunden schicken konnte: Der Schrank sei fertig. Er wollte das Möbelstück, das ihn so jäh an die Vergangenheit erinnert hatte, aus seinen
Augen fortschaffen.

In der nächsten Nacht träumte er zum ersten Mal seit vielen Monaten:
Er stand vor dem Schrank und öffnete ihn, da stand Lina darin, aufrecht
und ein wenig starr. Sie hatte die Augen ganz geöffnet, die blicklos ins
Weite schauten. Die Augen traten ein wenig aus den Höhlen hervor;
dunkle Sterne in einem milchweißen Himmel. Wie eine Spielzeugpuppe,
die aufgezogen wird, öffnete sie mechanisch den Mund und sagte mit
fremder Stimme: "Du lügst". Dann flog die Schranktür, von einem
Windstoß bewegt, den er körperlich, kühl spürte, wieder zu. Er schrie
auf. -

Beim Morgenkaffee schaute Frau Biberger ihn verschüchtert an. Er war
blass und um die Augen lagen wie Handschellen dunkle Ringe. "Sie haben heute Nacht wohl schwer geträumt", fragte sie leise.

"Ja" sagte er verlegen und schaute in die Kaffeetasse.

Die Angstträume kamen wieder. Es schien, als ob eine Mauer in seiner
Seele niedergerissen worden sei, hinter der bislang allerlei widerliches

und gemeines Gedanken- und Erinnerungsgeschmeiß eingekerkert war, das nun ungehindert über den Spiegel seiner Seele laufen konnte, wo es seine Spuren als hässliche Träume hinterließ.

Einmal sah er Lina auf einem steilen, unzugänglichen Gipfel stehen, von einem grauen Schleier wie von Nebelfetzen umwölkt. Er versuchte, mühselig über Geröll und Felsbrocken zu ihr empor zuklettern. Immer wenn er noch eine Handbreit unter dem Gipfel war, trat Herr Wende hinter ihr hervor und schlug ihn mit einem schweren Hammer auf den Kopf, dass er wieder bis ins Tal hinunterstürzte. Dazu lachte Wende sein meckerndes Lachen, das sich in einem Echo siebenmal brach.

Sein Schlaf glich einer Folterkammer. Tagsüber arbeitete er wie eine Maschine, um abends abgerackert zu sein und so die Träume von seinem Lager zu bannen. Es half nichts. Vor Tag kroch das Gewürm über seine Bettdecke und überfiel ihn. Er sah müde und krank aus. Die Backenknochen, über denen sich die trockene, gelbe Haut spannte, traten deutlich hervor, um den Mund bildeten sich harte Falten. Frau Biberger betrachtete ihn mit Besorgnis und das Mitleid brach sich in ihrem mütterlichen Herzen Bahn.

Nach einem schweigend eingenommenen Abendessen aus saurem, schwarzem Brot und krümeligem Quark sagte sie: "Sie verbergen etwas vor mit" und legte ihre Hände auf seine Oberarme. Er zog sie ungestüm an sich. Sie, seit Jahren jeglicher liebenden Zuneigung entwöhnt, schrie leise auf, doch dann legte sie sich in seine Arme und duldete, dass seine zitternden Hände ihr über Haar und Schultern streichelten.

An den Sommersonntagen machten Maurer und Frau Biberger jetzt Spaziergänge. Sie folgten lange gewundenen Waldpfaden und kehrten in Dorfwirtschaften ein. Auf einem dieser Spaziergänge fand Maurer während einer Rast im warmen Gras eines versteckten Waldwinkels eine leblose Raupe. Sie zerbrach unter seinen Händen und es zeigte sich, dass ihr Inneres ausgehöhlt war. Nur die harte Schale war geblieben. Er erklärte Frau Biberger, dass es eine Wespenart gebe, die eine Raupe durch einen Stich lähme und dann ihre Eier in den Leib der Raupe versenke. Die ausschlüpfenden Maden fräßen die Raupe von innen heraus und durchbohrten nach der Wandlung zur Wespe die Schale, die als entleertes, hartes Gehäuse zurückbleibe, Frau Biberger schauderte vor soviel Grausamkeit. Maurer aber setzte, für sie unverständlich hinzu: "Es gibt Menschen, die von den Maden der Lüge so leer gefressen sind wie diese Raupe."

Über den Wochen der Lust, die das Leuchten in Maurers Augen zurückgetragen hatten, kam der Herbst, der große Wandler. Das Äußerliche fiel ab. Aus der lodernden Glut des Anfanges war das Eintönige der Gewohnheit geworden. Mit den ersten Nebeln wehten Maurers Träume grau und feucht wieder in seine Nächte hinein.

Eines Morgens erwachte er nach einem Traum, in dem ein Mann, der sich zwischen Baumstämmen verbarg, ihn mit dem Namen Gregor Mittenzwey angerufen hatte. Es war vier Uhr früh und der Schlaf war für den kargen Rest der Nacht geflohen. So blieb er liegen und trachtete, die Gegenstände im Zimmer zu erkennen. Er machte den Schrank aus und den Waschtisch, dann starrte er bewegungslos zur Decke und in einem Schwebezustand zwischen Traum und Wachen erlebte er noch einmal die Zeit mit Lina Grau. Er war weiß Gott kein Bettler, der Geigenbauer Gregor Mittenzwey. Er besaß am Rande von Passau ein Haus und die Tannen dahinter und den Mond überm Dach. Sein Geschäft ernährte ihn auch in den Jahren nach dem Krieg. Da wehte der böhmische Wind, der über den Arber und den Lusen pfeift, ihm eines Tages eine hübsche, junge Frau ins Haus: Lina Grau. Die fegte den Staub und die graue Trübsal der einschichtigen Jahre aus den Stuben, riss die Fenster auf und ließ die kräftige Luft vom Walde, den Sonnenschein und das Lachen ein. Er war 42 und sie etwa 3o Jahre alt und sie gewannen sich lieb. Einige sonnenüberglänzte Gipfel ragten aus der nebligen Niederung der Vergangenheit heraus: Mit Lina auf der Festung Oberhaus stehen, die Stadt auf dem Rücken zwischen Donau und Inn vor sich, das helldunkle Gewirr und Gewinkel von Türmen und Dächern, aus denen der sanfte Rauch aufsteigt, an der höchsten Stelle der große Dom, vorne am Strom das fremdländische Rathaus; dann eine Stunde auf der Saldenburg, das dunkel wogende Auf und Ab der Waldberge, die schmalen, von Tannennadeln glatten Wege nach Fürstenstein und zur Engelburg, das schwarz glänzende Auge eines verschwiegenen Weihers, und plötzlich der zeternde Huf eines Eichelhähers, vor dem sie so erschrak; dann ein Wintertag in Hacklberg, mit dem Schlitten in kühner, sausender Fahrt zu Tal, ihr Schrei hinter ihm, in dem sich Furcht und Freude mischten, der Weg den Bang hinauf, oben stehen im eisigen Wind, der den Himmel leergefegt hat und in dem die Kälte wie mit Glasscherben klirrt.

Später kam jener Mann ins Haus, der Franz Wende hieß und mit allem handelte, das gut und teuer war. Er brachte zunächst Kaffee mit und Süßigkeiten, später Büchsen mit Hammelfleisch und Bohnen, schließlich Strümpfe und Seife. Sie gingen zu dritt ins Kino oder ins Theater, sie unterhielten sich manchen Abend zusammen. Wenn er zu arbeiten hatte, kam es auch vor, dass Lina nur mit Wende ausging. Er fand nichts dabei, nur die Geschenke gefielen ihm nicht. Er erinnerte sich, dass er vor Jahren einmal eine schlichte Geigenmelodie geschrieben hatte. Er kramte die Noten heraus, feilte, übte und dann hatte er die Melodie soweit aufpoliert, dass er sie Lina schenken konnte. Sie kam mit Wende heim, der sich im Hausflur verabschiedete. Sie standen reichlich lange zusammen, fast zu lange für einen Mann, der mit einer Geige in der Hand wartet. Dann endlich huschte sie herein. Er begann zu spielen und schaute sie an. Sie warf ihre Mütze in den Schrank, den Mantel über den Stuhl, lief ein-, zweimal durchs Zimmer, blieb vor ihm stehen und entriss ihm die Geige, warf sie auf den Boden, trampelte wie irrsinnig darauf herum und schrie dazu: "Ich hab's satt, Schluss mit der Spielerei, Schluss, Schluss, Schluss mit allem. Ich hab's satt, die ewigen Belehrungen, der sanfte Hundeblick, das leibhaftige schlechte Gewissen". Sie trampelte weiter auf der Geige herum und unter ihren Füßen zerbrachen die Töne schrill und schmerzlich. "Ich hab das alles satt, endgültig ..." Weiter kam sie nicht. Seine Hände hatten die Kraft eines Schraubstockes. Seit jenem Abend war Gregor Mittenzwey ein Landfahrender, der Taglöhnerarbeit tat und in Scheunen oder auch im Straßengraben übernachtete. Irgendein Geräusch riss ihn aus dem Dämmern. Er sah wieder den Schrank und den Waschtisch, hörte ein Geräusch von nebenan und wusste, wer dort schlief. Sie wärmte sich vielleicht an der Hoffnung, die Harmonie werde noch lange so rein und ungetrübt bleiben. Sie vermutete, dass die Erinnerungen an seine angebliche Haft ihn hier und da bedrückten und sie hatte, aus Mitleid oder Liebe, gleichviel, versucht, ihn durch ihre Hingabe abzulenken, seinen Geist zu fesseln, vor die kahle Gefängnismauer einen Rosenstrauch zu pflanzen. Er durfte sie nicht merken lassen, dass für diese Rosen der Herbst ebenso galt wie für die in den Gärten, dass - um bei ihrer Vermutung zu bleiben - das bedrohliche Grau der Mauer wieder durch die sich allmählich entlaubenden Äste des Rosenstrauches hindurch drang. Sie durfte nicht merken, dass ein unsichtbarer Gast mit ihnen am Tisch saß, ein hartnäckiger Gast, der durchs Schlüsselloch wieder hereinschlüpfte, wenn man ihn durch die Tür hinausgeworfen hatte, der einem nachlief, wenn man, seiner Nähe überdrüssig, das Haus verließ, der nachts zu Häupten des Bettes saß und an unsichtbaren Fäden die Träume lenkte. Er wusste selbst nicht zu sagen, wie lange er die vorwurfsvolle Gegenwart dieses ewigen Gegenübers noch ertragen konnte. Er wusste nur, dass der Tag nicht mehr fern war, an dem er der Raupe glich, die von den Maden der Schlupfwespe ausgehöhlt, in irgendwelchen Händen zerbrach. Als er mit seinen Gedanken diesen Punkt erreicht hatte, sprang er aus dem Bett, schlüpfte in Herrn Bibergers Hausschuhe und begann im Zimmer auf und ab zu gehen. Die alten Dielen knarrten laut und störend. Sollte er nun so weiterleben, in der nagenden Angst vor sich selbst, weiter den leidgeprüften Mann Georg Maurer spielen, dessen sich eine mitleidige Frau angenommen hatte, die er dann eines Tages, aus Mitleid oder Verpflichtung oder um dem Gerede der Nachbarschaft ein Ende zu machen heiratete? Oder sollte er diesem Leben aus der Lüge ein mutiges Ende setzen? Konnte er Veronika alles erklären oder war es vielleicht besser, so plötzlich, wie er in ihr Leben getreten war, sich wieder daraus fortzustehlen? Vom Knarren der Dielen geweckt, war Frau Biberger aufgestanden und zu seinem Zimmer hinüber gegangen. Er musste das Klopfen überhört haben denn sie stand plötzlich unter der Tür. "Was machst du denn nur?" Er fuhr herum und ging mit zwei, drei großen Schritten auf sie zu. Sie hatte eine schlecht brennende Taschenlampe in der Hand, die er ihr abnahm und löschte. "Ich habe an dich gedacht", sagte er. Dann hob er sie vom Boden hoch und trug sie in ihr Zimmer zurück.

Am nächsten Morgen ging der Mann, der sich seit einigen Monaten Georg Maurer nannte wie an jedem Tage aus dem Hause der Frau Biberger fort. Er trug noch immer den alten, grünen Lodenmantel und sein

Haar war noch um einiges heller geworden. Die grauen, engen Hosen waren geflickt und die schweren Schuhe geputzt. Auch fehlte das Eisen am linken Schuh nicht mehr. Den Brotbeutel allerdings hatte er zu Hause gelassen. Er ging nicht zur Arbeit in der Schreinerei Kurz, sondern bog an der nächsten Straßenecke ein und wandte sich dem Ludwigplatz zu.

Der Polizist in der Wachstube riss eben das Kalenderblatt ab. Man schrieb den 12. November und der Mann lächelte überrascht. Auf die Frage des Beamten nach seinem Begehren sagte er: "Ich bin der Geigenbauer Gregor Mittenzwey aus Passau. Ich habe heute vor einem Jahr in meiner Werkstatt die Witwe Lina Grau aus Eifersucht erwürgt und die Leiche in einem Luftschacht des Hauses versteckt!" Und dann, straff aufgerichtet und mit Würde: "Ich stelle mich freiwillig".

Greindl geht durchs Moor

Eine Rauhnacht-Erzählung

Der Schnee war in jenem Winter so selten wie ein Kalb mit fünf Beinen. Das Jahr schien sich in einem immerwährenden Novembernebel leise fortstehlen zu wollen. Wie unförmige Schiffe, die ihren Hafen verloren haben, zogen die Nebel langsam und ziellos übers Moor. Das alte Jahr stand noch auf zwei Tagen. An solchen Abenden saßen nur wenige Gäste beim Ochsenwirt in der Stube. Einsilbig hockten sie hinter den Gläsern und der als erster ging, war der Greindl. Er schlüpfte in seinen schwarzen Überrock, strich mit der rauen Hand über das struppige Haar und stülpte den Hut auf den Kopf. Er knurrte ein paar Abschiedsworte, denen der Wirt seine Wünsche für ein gutes Neues Jahr anschloss. Dann humpelte der Greindl zur Tür, auf seinen Stock gestützt, so wie man ihn seit etwa 30 Jahren kannte, seit ihm im Krieg das rechte Knie zerschossen worden war. Draußen verschlang ihn der Nebel. Er ging in ihn hinein wie in einen grauen Sack.

Man musste die Gegend sehr gut kennen, wenn man sich an einem solchen Abend durch das Moor zu gehen traute. Aber wenn einer das Moor kannte, dann war es der Greindl. Seit über 20 Jahren, seit er die Lechner Wally geheiratet hatte, wohnte er auf der Einöde Voglau mitten im Moor und er war in der ganzen Gegend bekannt und beliebt als Viehhändler.

Er stapfte durch den Nebel und berechnete die Kosten für einige Reparaturen, die im neuen Jahr nötig waren. Dabei achtete er nicht auf den Weg, denn er vertraute ihm blind und um diese Zeit war hier niemand mehr um die Wege. In den Rauhnächten soll zwar allerlei Gelichter sein Unwesen treiben, aber Greindl glaubte nicht an die grauen Märchen, die in den abendlichen Mägdestuben flüsternd erzählt wurden.

Da stand einer am Weg, ein Mannsbild, dunkel und ungeschlacht. Greindl blieb stehen und fasste den Stock fester. Er kniff die Augen zusammen, um den Fremden besser zu sehen. Er erkannte ihn aber nicht; er hörte nur plötzlich sein Herz in den Ohren hämmern.

Da fühlte er sich angesprochen. Er nannte seinen Namen: "Greindl, Quirin, 62 Jahre alt, Viehhändler von Voglau. I bin der Greindl. Kennst mi net?" Der Andere schien ihn zu kennen. Greindl wollte näher herangehen, aber er konnte die Füße nicht bewegen. Jetzt wollte der andere wissen, ob sich Greindl noch an die Weihnachtspredigt in der Kirche erinnern könne. Greindl erzählte etwas vom Frieden auf Erden, aber das wollte der Andere nicht wissen, sondern jene Sätze, in denen der Pfarrer davon gesprochen hatte, jeden Streit, jeden Zwist und allen Hass im alten Jahr zu beseitigen und zu begraben. Ob er, Greindl, keinen Streit mehr auszutragen habe? "Nein" sagte er. "Ich bin bekannt und beliebt. Ich hab keinen Feind im ganzen Land."

Dann wusste der Greindl, wer sein Gegenüber war. Der Brandmeier Jackl, der vor genau 28 Jahren im Moor ertrunken war. Der Brandmeier Jackl, der auch die Lechner Wally heiraten wollte und der mit ihm zusammen eine Zeit lang beim Ochsenwirt gesessen hatte, damals im Herbst vor 28 Jahren, als der Nebel fast so dicht über dem Moor lag wie heute. Der Brandmeier Jackl, der nicht mehr nach Hause gefunden hatte und von dem alle annahmen, er habe sich bei dem starken Nebel im Moor verirrt. Dass der Jackl nicht allein durchs Moor gegangen war, wusste heute nur mehr der Greindl.

Die Umrisse Brandmeiers verschwammen ein wenig hinter einem Nebelschwaden, traten dann wieder genauer hervor und schienen näher zu kommen. Greindl nahm den Knotenstock hoch. Ballte die Linke zur Faust. Stand zum Schlag bereit. Der Brandmeier war wieder unbewegt, schwarz und kaum zu erkennen. Aber die Toten können doch gar nicht wieder kommen, wollte es in Greindl aufbegehren. Der andere musste es gehört haben. In den Rauhnächten sind wir wieder um die Wege, hörte der Greindl ihn sagen. Immer auf den alten Wegen, die wir zuletzt gegangen sind. Ruhelos und wartend. Jahrelang. Wir, Toten haben Zeit bis zum jüngsten Tag. Einmal begegnen wir dem auf den wir warten.

.Die Angst ließ den Greindl eine andere Sprache anschlagen: "Warum wartest Du gerade auf mich, Jackl? fragte er vertraut und freundlich. Er vermeinte darauf ein polterndes Lachen zu vernehmen, das ihn frösteln machte. Warum; wohl, fragte, der andere und kam näher. Weißt Du nicht mehr, wer den Brandmeier Jackl niedergeschlagen und in einem schwarzen Moorloch versenkt hat? Weißt Du es nicht mehr? Wieder kam, er, einen Schritt auf ihn zu. Lass den Stock unten, hörte der Greindl. Du kannst mich nicht noch einmal erschlagen. Du musst laufen, Quirin, sagte es ganz leise. Um Dein Leben laufen. Der Jackl schob sich, heran und schien zwei plumpe Arme zu heben.

Da rannte der Greindl davon, so gut es sein zerschossenes Bein zuließ. Blindlings, ins Moor hinein. Er wandte sich nicht mehr um und hörte auch zunächst nicht das Wasser unter seinen hastenden Schritten platschen.

Die Greindl Wally fuhr in dieser Nacht von ihrer einsamen Bettstatt auf, weil sie im Traum einen Hilferuf gehört und das verwitterte Gesicht des Brandmeier Jackl an Fenster gesehen hatte. Sie tappte nach dem leeren Kissen neben sich und legte sich wieder seufzend nieder.

Franz Holper, der Traummann

"Kann einer von Euch etwas mit dem Namen Holper anfangen?" fragte Rita. "Ich habe heute Nacht im Traum diesen Namen gehört". Jutta und Jan schüttelten die Köpfe, aber Frank, Ritas Mann, sagte, er kenne einen Menschen dieses Namens. "Er hat vor gar nicht langer Zeit ein paar Wochen bei uns gearbeitet und ist dann plötzlich verschwunden". "Jetzt weiß ich es wieder", ergänzte Rita ihre Traumgeschichte. "Ich habe keine Person gesehen, sondern nur den Namen gehört und zwar hast Du, Jutta, einen Verehrer dieses Namens gehabt".

"Zu viel der Ehre, aber keinen Bedarf", sagte Jutta und schaute lächelnd zu Jan hinüber.

Die beiden Paare, die sich in die Wohnungen eines kleinen Hauses teilten und den großen Garten gemeinsam bewirtschafteten, saßen abends in Ritas Küche beim Wein zusammen.

"Holper", erzählte Frank weiter, "hatte etwas Unstetes. Er redete gern und gab geradezu damit an, in 26 verschiedenen Berufen gearbeitet zu haben."

"Oh", machte Jutta. "Vielleicht doch ein interessanter Typ."

"Na ja", sagte Frank gedehnt, "ich weiß nicht, wie Frauen einen solchen Mann beurteilen",

"So ein unstetes Wesen wäre nichts für mich, glaub' ich", warf Rita rasch ein,

"Er wohnt in der Südstadt"; erinnerte sich Frank. "Soll ich mal versuchen, ihn zu finden?"

"Aber" wehrte Rita ab, doch Jutta, von einer teils spöttischen teils abenteuerlustigen Neugier gepackt, bejahte begeistert. "Du kannst es ja versuchen", meinte der bedächtige Jan.

Frank versuchte es mit Erfolg. Eines Abends schleppte er den etwa 60jährigen Franz Holper an, einen schmächtigen Mann mit knochigem Gesicht, grauem Haarschopf und Seehundsbart.

Holper war weder scheu noch schüchtern. "Ihr wolltet mich kennen lernen. Jetzt kennt Ihr mich. Genügt das?" fragte er mit aggressivem Unterton in der Stimme und schaute die drei am Tisch mit einem ruhigen, prüfenden Blick nach einander an.

"Nun setz' Dich erst mal hin, trink ein Glas mit uns", Frank schob ihm ein Weinglas hin und goss ein, "Warum bist Du neulich eigentlich aus der Firma verschwunden? Hast Du etwas Besseres gefunden?".

"So fragt man Leute aus", knurre Holper, hob aber sein Glas und prostete den dreien zu. "Ich weiß es nicht mehr. Ist ja auch egal. Ich habe in so vielen Berufen gearbeitet".

"In welchen beispielsweise", fragte Jutta rasch dazwischen.

"Auf dem Bau", begann Holper aufzuzählen. "In der Metallbranche, immer als Hilfsarbeiter oder Produktionshelfer, wie man heute verschönernd sagt. Aber auch auf Binnenschiffen, als Filmvorführer, als Werksbote, als Kurfotograf, mit dem Zirkus bin ich auch gereist. Erst das Zelt aufbauen, dann in schicker Uniform Programme verkaufen. Gärtnerei war eine schöne Arbeit. Zeitschriftenwerber der mieseste Job. Nach einer Woche bin ich da wieder auf und davon."

"Warum hast Du es eigentlich nirgendwo länger ausgehalten", fragte Frank.

"Ich bin ein unsteter Mensch. Nach kurzer Zeit langweilt mich alles und ich will etwas Anderes tun. Ich will die Welt sehen, Ich will Menschen kennen lernen, ihr Verhalten beobachten, mich darauf einzustellen lernen. Ich habe deshalb ja auch nicht geheiratet."

"Wie schön", sagte Jutta ohne zu wissen warum.

"Aber es muss doch einen Grund geben für diese Ruhelosigkeit. Wie siehst Du das selber", fragte Rita.

"Darf ich rauchen"? fragte Holper.

"Bitte, ja" sagte Rita und schob ihm Zigaretten über den Tisch. "Danke, ich rauche Pfeife", sagte Holper lächelnd und holte Pfeife und Tabaksbeutel aus der Tasche. "Ungewöhnlich", meinte Jutta. "Von Pfeifenrauchern sagt man, sie seien ruhige, nachdenkliche Leute und nicht so ein Flederwisch wie Du".

Holper stopfte langsam und bedächtig die Pfeife, entzündete sie sorgfältig und schaute Jutta mit seinen ruhigen, prüfenden Augen an. "Ich bin also Dein Traummann"?

Jutta lachte ein wenig nervös und deutete auf Rita. "Das musst Du sie fragen",

"Also, begann Holper, "Ich will das mal so erklären. Ein wenig ironisch zu Beginn. Ich bin ein loyaler und strebsamer Wirtschaftsbürger. Das seht Ihr doch auch so, oder?" Die Vier lachten ihn ausgiebig aus. "Von einem solchen erwartet man", fuhr Holper unbeirrt fort, "Mobilität und Flexibilität. Na schön, sagte ich mir. Das kommt meiner Veranlagung entgegen. Mobil von Ort zu Ort und flexibel von Beruf zu Beruf. Aber ganz ernsthaft. Ich sagte ja schon, ich halt' es nirgendwo lange aus, will Neues erleben, anderes sehen. Im Alter hat das auch seine Schattenseiten. Ich bin arbeitslos und es gibt wohl nichts mehr für mich. Da muss ich lernen, bescheiden zu sein. Ortsansässig, wie man sagt. Ich kenne genug Leute, die immer wieder eine Nebenbeschäftigung für mich haben. Zur Zeit fahre ich Brot aus für eine Bäckerei. Ein Beruf fehlt mir übrigens noch. Ich möchte ein Buch schreiben über dieses Leben."

"Da müsstest Du Dich aber lange auf den Hosenboden setzen" griff Jan zum ersten Mal in das Gespräch ein.

"Ich könnte aber viel erzählen."

"Was war denn das spannendste, verrückteste, ungewöhnlichste Erlebnis", fragte Jutta spürbar interessiert.

"Also, das war so", begann Holper aufs Neue, "Ich hatte einen schicken Anzug geschenkt bekommen und konnte mich als Herr verkleiden. Das sollte ich ausnützen, sagte ich mir und zog in ein sagen wir Mittelklasse-Hotel und ging auf Damenbekanntschaft aus. Den Bart trug ich damals noch nicht und die Frisur war auch bürgerlicher als heute. Der Dame, die spürbar viel Geld hatte und allein reiste, erzählte ich also etwas von einer Epoche machenden Erfindung im Computerbereich, Sie würde nichts davon verstehen, vermutete ich zu Recht. Ich sei nur im Augenblick etwas klamm, erwartete aber eine Erbschaft. Ich stellte mich übrigens als Alexander Freiherr von Brandis vor, alter liechtensteinischer Adel, Adel zieht immer, sagte ich mir und ich hatte Recht, Die Dame machte ein paar große Scheine locker und ich verschwand, heuerte für ein paar Monate als Hilfsmatrose auf einem Binnenschiff an".

Die vier Freunde waren jeder auf seine Weise überrascht, empört, amüsiert, sie redeten durcheinander bis Jutta sich Gehör verschaffte: "Also mein Verehrer, mein Traummann wärst Du nicht geworden, wenn ich mir auch vorstellen kann, dass Du mancher Frau Eindruck, nachhaltigen Eindruck gemacht hast."

"Ach, weißt Du" sagte Holper, "der Kavalier genießt manchmal auch nicht und schweigt doch." In das herzliche Lachen der Freunde hinein sagte er noch: "Das Geld habe ich der Dame anonym wiedergegeben, als ich etwas im Lotto gewonnen hatte". Holper trank sein Glas aus, verstaute Pfeife und Tabaksbeutel und verabschiedete sich rasch. Die Freunde forderten ihn herzlich und drängend auf. wiederzukommen.

"Ein verrückter Kerl", sagte Frank.

"Was es doch für merkwürdige Träume gibt", sagte Jutta nachdenklich und schaute Holper aus dem Küchenfenster nach.

Pontecorvo

Das ist jetzt fast dreißig Jahre her; der Krieg war noch nicht so vergessen wie heute, sagte Wesslinger. In den Städten sah man noch Trümmer und Ruinen: Häuser, Fabriken, Kirchen, Menschen. Ich war ein junger Mann damals, kaum 26 Jahre alt, und arbeitete als Kellner in einem Bahnhofs-Restaurant. Das ist besser als in einer normalen Kneipe mit ihren Stammgästen und interessanter. Nach ein paar Wochen kennst du jeden, weißt, wer sich ärgert, weil seine Tochter zu ihrem Freund gezogen ist, weißt, wer von seinem Chef geduckt wird, wer einen Blechschaden am Wagen hatte. Da gibt es Typen, glaub mir, da kannst du wetten, was sie im nächsten Satz sagen werden.

Nein, in einem Bahnhofs-Restaurant ist das anders. Jeder Tag bringt neue Gesichter. Junge, hübsche, optimistische, von Leuten, die zu ihren Freunden fahren. Müde, blutleere, erschlaffte, von Geschäftsreisenden. Besorgte Gesichter von Müttern. Stumpfe, verschlagene Visagen von diesen bestimmten Typen, du weißt schon. Alte Menschen haben entweder leere Fassaden oder solche mit viel verstecktem Wissen in den Hautfalten.

Ich habe mir manchmal, wenn das Geschäft ruhig lief, Geschichten für die Gesichter ausgedacht, Lebensläufe erfunden, Erlebnisse zusammengebastelt, Schicksal gespielt. Meine Lehrer haben sich schon über meine lebhafte Phantasie gewundert. Heute sah ich einen Mann aus dieser Zeit wieder und die Erinnerung war blitzartig vor meinen Augen. Scharf wie ein gutes Dia. Ich wusste sofort, wie er hieß; denn was ich mit ihm erlebt habe, war einmalig.

Wie gesagt, es war in den fünfziger Jahren. Es ging uns allen noch nicht so gut. Man sah wenig Autos und wenig Eleganz auf den Straßen Die Männer fuhren früher zur Arbeit als heute und auf den Wiesen standen noch Kühe und keine Supermärkte. Es war im April. Der Wind blies kalt. Zwischendurch regnete es manchmal. Bahnhöfe sehen bei solchem Wetter besonders scheußlich aus. Grau und zugig. Das Regenwasser tropft auf die Bahnsteige. In den Dächern klafften hier und da noch Löcher von Bombensplittern und der Regen fiel hindurch wie eine Dusche.

Ich stand missmutig am Fenster. Es gab nichts zu tun. Die Arbeiterzüge waren raus. Bis zum Münchner Eilzug war noch lange Zeit. Da kam der Mann herein, von dem ich spreche. Er hatte dünnes Haar, das ihm nass in die Stirn hing, weil er weder Hut noch Mütze trug. Er war wohl nur ein paar Jahre älter als ich. Sein merkwürdig runder Kopf und die starken Augenbrauen fielen mir an ihm besonders auf. Daran habe ich ihn heute auch wieder erkannt. Damals war er sehr mager, was ich sah, als er seinen fleckigen Trenchcoat auszog. Der alte, an mehreren Stellen ungeschickt geflickte Anzug war ihm viel zu weit.

Ich wartete, bis er sich gesetzt hatte. Er platzierte sich so, dass er die Tür beobachten konnte. Ich ging auf ihn zu, aber noch ehe ich mein Sprüchlein loswerden konnte - "Guten Morgen, der Herr. Was darf's sein?" - fragte er schon, ob nach ihm gefragt worden sei.

Ich sagte nein.

Er wunderte sich. Ich wisse noch nicht einmal seinen Namen. Wie ich da schon nein sagen könne. Ich sagte, niemand habe nach irgendjemandem gefragt.

Er stellte sich vor: Gregor Mittenzwey. Mit Ypsilon am Ende. Und er warte auf Hermann. Er bestellte ein Kännchen Kaffee und während ich Tasse, Untertasse und Reklame-Manschette der Kaffee-Firma zusammenstellte, erzählte er weiter. Er wolle mit Hermann nach Pontecorvo fahren. Er sagte es halblaut und geheimnisvoll. Weil keine Gäste zu bedienen waren und weil ich mich, wie gesagt, für die Geschichten meiner Gäste interessiere, versuchte ich, ihn ein wenig auszufragen.

Pontecorvo, wo liegt denn das?

In Italien, sagte Mittenzwey. Am Nordrand der Ebene von Cassino. Sie haben sicherlich vom Kloster Montecassino gehört. Ich nickte. Als ich ihm den Kaffee gebracht hatte, erzählte er weiter. Der Ort liegt am Liri. Über den Fluss führte eine Brücke, daher der Name. Ponte heißt Brücke. Seine Stimme wurde lebhafter. Ich habe da etwas zu richten, in Ordnung zu bringen.

Und woher kennen Sie das Nest?

Aus dem Krieg. Ich war da unten. Im Mai 1944.

Und seither nicht mehr?

Er schüttelte den Kopf und trank einen Schluck Kaffee. Und da wollen Sie jetzt etwas in Ordnung bringen, wie Sie sagen, jetzt, nach so vielen Jahren?

Dazu ist es nie zu spät, sagte er, hob leicht den Kopf und schaute mich an. Wenn man etwas versaut hat, muss man es in Ordnung bringen. Auf jeden Fall.

Da kam der andere herein. Eigentlich müsste ich sagen: Er schob sich herein. Wesslinger führte es vor: Schritt für Schritt schlürfend, den Rücken und die Handflächen stützend an der Wand. Er blickte rasch, ruckartig den einzigen Gast und mich an, erinnerte sich Wesslinger, machte einen großen Schritt zum nächsten Tisch und ließ sich auf einen Stuhl fallen. Er trug einen ausgebleichten Drillichanzug, der vielleicht einmal khakifarben gewesen war, und das weiße Käppi der französischen Fremdenlegion. Mittenzwey war wie versteinert. Er starrte den hageren, krank und verwirrt aussehenden Legionär an, der verkrampft auf dem Stuhl saß, die Hände zusammenpresste und die Einrichtung der Gaststube musterte. Die alten Zigarettenreklamen, die Flaschen, die Regale.

Ich kenne die Typen. Die machen auf verrückt, sitzen zwei Stunden bei einem kleinen Bier und bringen es noch fertig, die Zeche zu prellen, wenn du nicht aufpasst. Er bestellte denn auch ein kleines Bier und ich ließ ihn gleich zahlen. Minuten vergingen. Mittenzweys Gesicht sah fiebrig gerötet aus. Er suchte nach Worten. Endlich kommt es halblaut: Da bist du ja. Du hast Wort gehalten. Ich wusste es. Der Legionär schaute Mittenzwey an, sagte rasch und obenhin jaja, trank von seinem Bier und verkrampfte die Hände wieder ineinander.

Jetzt steht Mittenzwey auf, schwerfällig, setzt sich in Bewegung, stakt wie mit steifen Knien zum Tisch des Legionärs, hält dem verstörten Mann die Hand hin. Hermann, mein Kamerad, schön, dass du da bist. Der Legionär schaut Mittenzwey mit schief gehaltenem Kopf aus den Augenwinkeln furchtsam an. Rasch legt er seine Hand in die Mittenzweys und zieht sie wieder zurück. Mittenzwey setzt sich. Wie siehst du nur aus, sagt er. Wie immer, sagt der Legionär, seit Dien Bien Phu. Dann überkreuzt er plötzlich die Arme über der Brust, versteckt die Hände in den Achselhöhlen, beginnt in einer fremden Sprache zu reden, vermutlich in Vietnamesisch. Er spricht immer schneller und immer lauter, dann schreit er nur noch, das Schreien geht in ein Brüllen über, er steckt alle zehn Finger in den Mund und sinkt auf die Tischplatte. Das Bierglas fällt um, das weiße Käppi rollt in die Bierlache, der Legionär beginnt zu schluchzen.

Hermann, sagt Mittenzwey fast tonlos. Mehr bringt er nicht heraus.

Ich muss sagen, ich habe so etwas auch vorher noch nicht erlebt. Mittenzwey ruft noch einmal den Vornamen. Der Legionär richtet sich langsam auf. Er ist nass verschwitzt. Hermann, was ist mit dir?

Weiß nicht, sagt der Legionär und betrachtet seine Fingernägel.

Sie haben etwas mit dir gemacht.

Sie haben etwas mit mir gemacht, wiederholt er.

Wer, fragt Mittenzwey.

Die Vietminh, Leutnant Tran.

Ich bitte Mittenzwey, ihn nicht länger zu quälen. Er sehe doch, was da passiert sei. Ich wische den Tisch ab, hole ein frisches Bier. Der Mann tat mir leid. Etwas Anderes konnte ich im Moment nicht für ihn tun.

Mittenzwey wartete, bis sich der Legionär beruhigt hatte, bis er wieder mit verkrampften Händen auf seinem Stuhl kauerte, das Käppi auf dem Kopf. Er hatte es aus der Stirn geschoben, was einen lächerlichen Kontrast ergab. Das stumpfe, zerstörte Gesicht und der forsche Sitz der Mütze. Wir sind, sagte er ohne Übergang, unter den Augen von General de Gaulle über die Champs Elysee marschiert und die Leute haben gesagt: Voila, le khepi blanc! Der Legionär richtete sich auf. In seine Augen kehrte für Sekunden ein Funke Leben zurück. Am 14. Juli, sagte er und nach langer Pause noch: Das ist lange her.

Mittenzwey wollte den Moment ausnutzen. Wie er denn in die Fremdenlegion gekommen sei. In Italien hätten sie sich doch verloren, beim Übergang über den Po. In der Gefangenschaft. Hungerlager Attichy. Da bringen sie dich so weit. Der Legionär hatte es monoton dahingesagt. Mittenzwey begann zu zweifeln. Aber du bist doch Hermann?

Jaja, machte der Legionär.

Und denkst du nicht mehr an Pontecorvo? An die Brücke?

Der Legionär nickte.

Dann erzähl mal, wie's gewesen ist.

Der Legionär schwieg. Denk mal nach, munterte Mittenzwey ihn auf. Wie war das mit der Brücke? Wer hat sie gesprengt? Mittenzwey wartete. Der Legionär blickte stumpf auf die Tischplatte. Hermann, begann Mittenzwey einen neuen Anlauf, weißt du es noch? Wer hat sie gesprengt?

Viele, sagte der Legionär. Viele Brücken gesprengt.

Wer?

Ich.

Na, siehst du, jetzt weißt du es wieder. Die Brücke In Pontecorvo hat er nämlich gesprengt, erklärt mir Mittenzwey. Und ich habe es zugelassen. Ich bin mit schuld daran, dass die alten Leute in dem Haus neben der Brücke, sterben mussten. Sie wollten unbedingt drin bleiben, das Haus nicht verlassen. Vielleicht hofften sie, die Sprengung damit verhindern zu können. Aber da war Hermann stur. Wir hatten den Befehl und der Amerikaner kam stündlich näher. Ich wäre ja bereit gewesen, die Brücke zu vergessen. Die eine Brücke hätte den Vormarsch der Amerikaner nicht aufgehalten. Und die alten Leute, die so an ihrem Haus hingen, hätten es behalten können. Meinetwegen. Aber nein. Er hier, Hermann, er war dagegen. Er hatte den Befehl und den führte er aus. Ich hätte ihn bitten können, im Interesse der alten Leute, aber ich tat es nicht. Er hatte mich nicht verstanden. Die Brücke und das kleine Haus daneben flogen in die Luft. Ich habe es zugelassen, obwohl es sinnlos war. Die alten

Leute sind tot. Die Schuld fällt auf uns beide. Das müssen wir loswerden. Verstehen Sie das?

Er könne die alten Leute nicht mehr lebendig machen und die Brücke sei sicherlich längst wieder aufgebaut, sagte ich. Nein, nein, sagte er. So einfach darf man sich das nicht machen. Ich muss mit Hermann nach Pontecorvo. Wir müssen da arbeiten. Ganz einfache Arbeit, denke ich mir. Das Einfachste, das Niedrigste. Er schaute den Legionär an, der seine Haltung etwas gelockert hatte, aufmerksam geworden war. Das Geld, sagte Mittenzwey, hörst du, das Geld für uns beide habe ich zusammengespart. Wir können sofort fahren. Mein Gepäck ist drüben in der Aufbewahrung. Es ist nur ein Rucksack. Und nach einer Pause fragte er den Legionär ernst und eindringlich: Du gehst doch mit nach Pontecorvo, Hermann?

Der Legionär wandte langsam den Kopf, blickte Mittenzwey an, ohne dass man erkennen konnte, was in seinem Kopf vorging, sagte dann wie immer obenhin jaja und nickte.

Was soll ich sagen? Mittenzwey bezahlte seinen Kaffee, verabschiedete sich mit einem zufriedenen, geradezu leuchtenden Gesicht. Vielleicht haben die ersten Missionare so ausgesehen. Er nimmt den Legionär am Arm, führt ihn hinaus in die graue Bahnhofshalle.

Gäste kommen, ich habe zu tun, schaue Minuten später zum Fenster hinaus und sehe die beiden in Richtung Güterbahnhof gehen. Mittenzwey hat seinen Rucksack schon auf dem Buckel. Er redet auf den Legionär ein, der langsamer geht als er. Sie bleiben stehen. Mittenzwey redet mit den Händen. Er formt eine Brücke, deutet eine Sprengung an. Dann zieht er ihn weiter.

Der Legionär greift plötzlich, mit einer raschen Handbewegung nach Mittenzweys Schulter. Mit dem nächsten Schritt sind beide hinter der Güterhalle verschwunden. Lange Zeit habe ich mir eingebildet, in der Hand des Legionärs ein Messer gesehen zu haben. Den Griff zur Schulter deutete ich als Stich in die Halsschlagader. Legionäre können so etwas. Das haben sie gelernt. Kurze Zeit später gab es einen Gerichtsbericht in der Zeitung über einen ehemaligen Fremdenlegionär und seine

Unterbringung in einer Anstalt. Für mich war völlig klar: Das war der Hermann.

Und heute sehe ich den Mann, der diesem Mittenzwey wie aus dem Gesicht geschnitten ist. Älter geworden, natürlich, aber unverkennbar der runde Kopf und die starken Augenbrauen. Ich bleibe stehen, mitten in der Fußgängerzone, spreche ihn an. Herr Mittenzwey, sage ich, sind Sie das wirklich?

Er bleibt auch stehen, schaut mich an, fragt: Kennen wir uns?

Sie sind doch Gregor Mittenzwey, frage ich.

Der nämliche. Aber...

Ich habe Sie für tot gehalten.

Ich verstehe nicht.

Waren Sie in Pontecorvo?

Pontecorvo? Nie gehört.

Mit Hermann. Wegen der gesprengten Brücke.

Sie halten mich auf.

Im Krieg, sage ich. ziemlich erregt.

Er starrt mich einen langen Augenblick an, so als versuche er, sich zu erinnern. Nein, sagt er dann, davon will ich nichts mehr wissen, von Krieg und so. Lassen Sie mich damit gefälligst in Ruhe. Und er geht eilig weiter.

Ein eigenmächtiges Auto

Vor dem Haus stand ein Auto, ein großer, strahlender Wagen der Sonderklasse, silbergrau und lang gestreckt, ein Prachtexemplar, auf das offensichtlich der Stolz des Besitzers abgefärbt hatte. Da kam der Besitzer aus dem Haus, ein Mann, der sich als sportlicher (oder sagt man sportiver?) Herr verkleidet hatte mit Kaschmir-Pullover und Leinenhose. Er wirkte kühl und geschäftig mit dem Dunstkreis des erfolgreichen Wirtschaftsbürgers.

Der Besitzer schloss den Wagen auf, öffnete den Kofferraum und verstaute einen Koffer sowie eine Tasche darin, ging noch einmal ins Haus und kam mit einem Sack mit Golf-Utensilien wieder, den er auch verpackte. Dann stieg er ein, knallte die Wagentür zu, was das Auto, wie es mir schien, schmerzlich berührte, zündete den Motor und ließ ihn mehrfach aufjaulen. Dann stieg er wieder aus, wohl weil er etwas vergessen hatte, und ließ die Tür zuschlagen. Und nun machte sich das Auto quasi selbstständig. Ohne Zutun des Besitzers schloss sich die Zentralverriegelung. Ich vermute, es war die Rache des malträtierten Wagens.

Der Besitzer stand da und betrachtete völlig perplex und fassungslos diese unerhörte, unverständliche, nie da gewesene Insubordination seines Autos. Er war sicherlich gewohnt, dass nur auf seine Anweisung gehandelt werden durfte, und jetzt dieses!

Er schimpfte, er fluchte, er stieß Verbalinjurien im Streitwert von 200 Euro aufwärts aus - es war eben doch kein Herr. Das Auto, dessen Motor ruhig vor sich hin brummte, stand trotzig in der Gegend. Ich hätte mich nicht gewundert, wenn es die Augen seiner Scheinwerfer vorsichtig nach hinten gedreht hätte, um den Erfolg seiner Eigenmächtigkeit zu betrachten. Der Besitzer rüttelte an der Tür. Nichts. Nur der Motor brummte ungestört und gleichmütig. Die Zuschauer, die sich inzwischen eingefunden hatten, erlebten die Entstehung einer absoluten Neuheit: Das Kraftstehzeug (Autostabil). Man äußerte ein paar gut gemeinte Ratschläge, die der Wagenbesitzer ungeduldig und wütend mit einer Handbewegung beiseite wischte. Er ging ins Haus zurück, um, wie ich vermutete, zu telefonieren. Und wirklich kam nach geraumer Zeit ein

Mechaniker von einem Automobilclub. Er mühte sich langem Schließlich sollte der Besitzer seinen Beitrag nicht umsonst gezahlt haben. Der Motor brummte unerschrocken und gleichmütig. Sonst nichts. Der Autoclub-Mechaniker kapitulierte vor der Eigenmächtigkeit des Wagens. Bedauerndes Achselzucken.

Der Wagenbesitzer verschwand erneut mit stampfenden Schritten und verständlicherweise wütend im Haus. Den nächsten Versuch, den Dickkopf des selbstständig denkenden Wagens, die Eigenmächtigkeit des technischen Wunderwerks zu brechen, unternahm ein Vertreter der Herstellerfirma.

Er kannte wohl das Zauberwort, das "Sesam-öffne-dich" für das von ihm vertretene Produkt. Eine Gefühlsmischung aus Mitleid und Schadenfreude hatte mich inzwischen vom Fenster zurücktreten lassen. Ich hörte nur noch, wie sich der Wagen mit wütend hoch gejagtem Motor entfernte. Und ich sah später den Spott in den Gesichtern der plaudernden Nachbarn.

Frau Duckstein überrascht ihre Familie

In unserem Hause wohnte im zweiten Stock die Familie Duckstein. Herbert Duckstein arbeitete im nahegelegenen Ausbesserungswerk der Bahn, Frau Hilde hörte man häufig während der Hausarbeit singen, Schlager und Operettenlieder. Der 16jährige Wolfgang ging aufs Blücher-Gymnasium, weil er "etwas Besseres" werden sollte. Die Familie war beliebt; die Frauen im Haus plauderten oft miteinander im Treppenhaus oder im Hof, wobei Hilde Duckstein mitunter vor gebändigtem Temperament zu vibrieren schien.

Nachdem an einem Morgen im Juni Mann und Sohn das Haus verlassen hatten, brach Hilde Duckstein zu einer lange und gut überlegten Unternehmung auf. Sie ging zunächst zum Friseur ließ ihre nachgedunkelten blonden Haare modisch kurz schneiden und tizianrot färben. Beim abschließenden Blick in den Spiegel war sie mit ihrem neuen, völlig veränderten Aussehen sehr zufrieden. Im ersten Modehaus des Vororts wählte sie ein zum neuen Erscheinungsbild passendes Sommerkleid aus und machte noch Einkäufe beim Metzger, beim Bäcker und beim Weinhändler.

Als Wolfgang aus der Schule kam und an der Küchentür vorbei zu seinem Zimmer ging, stockte er, ging zur Küche zurück und schaute nach der fremden Köchin. Hallo, sagte er völlig überrascht. Was hast du denn gemacht? Du siehst fantastisch aus, mindestens fünf Jahre jünger! Find' ich prima, aber, sag' warum? Frau Duckstein freute sich über das Kompliment, sagte aber, er solle bis zum Abendessen warten. Es gebe eine kleine Überraschung.

Als Herbert Duckstein am Abend nach Hause kam, war das Abendessen soeben fertig geworden: Saltimbocca alla Romana nach dem italienischen Kochbuch, dazu Baguettebrote und Salat und eine Flasche Frascati, alles in Erinnerung an mehrere Italien-Urlaube. Auch hatte Frau Duckstein bereits ihr neues Kleid angezogen. Auch Herbert Duckstein war so überrascht wie sein Sohn. Da er ein eher wortkarger Mann war, fand er nur ein paar anerkennende Worte, dass sie sehr gut aussehe. Aber hast du einen besonderen Grund dafür?

Komm' erst mal zu Tisch, das Abendessen ist gerade fertig. Dann reden wir weiter. Hilde strahlte über den Überraschungserfolg bei ihren beiden Männern. So hatte sie es sich erhofft. Das Abendessen schmeckte allen. Wie beim Italiener, sagte Wolfgang. Wie im Urlaub, berichtigte ihn seine Mutter. Was ist denn heute für ein Tag, fragte Herbert Duckstein nach dem ersten Glas Wein. Verlobt haben wir uns im Februar, geheiratet haben wir im Oktober, Und heute?

Heute vor 20 Jahren, lieber Herbert, haben wir uns kennen gelernt. Ich kam von der Arbeit, du standest suchend vor der Haustür und fragtest mich nach der Thüringerstraße. Da ich zufällig da wohnte, bot ich dir an, dich zu begleiten. Das war der Anfang, wie du weißt. Und ich finde, dass wir uns daran erinnern sollten, So wie wir auch den Hochzeitstag nach 18 Jahren noch feiern.

Prima, sagte Wolfgang, während Herbert heimlich lächelte so als hätte er auch eine Überraschung bereit. Und jetzt, fuhr Hilde Duckstein fort, habe ich mir etwas überlegt. Ich habe mich sozusagen neu zu Recht gemacht.

Ja, ja, das könnt ihr Frauen mit einer Frisur. Unsere Köpfe sind immer dieselben.

Das ist nicht alles, fuhr Hilde fort. Ich finde, unser Leben ist in den 18 Jahren ziemlich gleichförmig geworden. Tag für Tag, Jahr für Jahr vergeht nach dem gleichen Muster. Morgens früh raus, den Tag über die gleiche Arbeit wie immer. Ein bisschen reden über die wenigen Dingern, die passiert sind und früh ins Bett, weil man morgens wieder früh raus muss. Das ist zu wenig vom Leben, Herbert. Früher sind wir auch mal ausgegangen und wenn's nur ins Kino war, wir haben uns mit Bekannten in so was wie einer Stammkneipe getroffen. Man redete, bekam Anregungen, erfuhr Neues, hatte Interessen. Das ist im Lauf der Jahre nach und nach abgebröckelt wie der Putz hier am Nachbarhaus. Und ich bin dagegen, dass das so weiter geht. Ich will unser Leben sozusagen auf ein neues Gleis stellen davon verstehst du ja was durch deinen Beruf. Weil ich also etwas ändern will, habe ich mich zunächst mal selbst äußerlich verändert. Wir sind noch jung genug, um mit einem neuen Stil unseres Lebens anzufangen. Und jetzt bist du dran.

Frau Duckstein nahm einen tiefen Schluck aus dem Weinglas. Herbert Duckstein räusperte sich, ehe er langsam und bedacht, wie es seine Art war. und mit Pausen zu reden begann. Zunächst mal eins: Ich habe damals längst gewusst, dass du in der Thüringerstraße gewohnt hast. Ich hatte mich längst so vom Anschauen in dich verliebt. Du verzeihst mir den Trick mit der Frage nach der Straße. Ich habe dir das bisher nie erzählt.

Natürlich verzeih' ich dir das. War ja gar nicht ungeschickt. Und ich bin gern darauf eingegangen, dich zu begleiten. Deine Stimme gefiel mir vom ersten Wort an. Und mir gefällt deine Idee, quasi eine neue Weiche in unser Leben einzubauen zu einem neuen Fahrziel. Einsteigen und die Türen schließen! Der Zug fährt ab! Hilde und Wolfgang lachten herzlich.

Herbert Duckstein stand auf. Jetzt muss ich mir nur für deinen 40. Geburtstag nächsten Monat etwas Neues einfallen lassen. Was heißt das denn, fragte Hilde. Herbert hob abwehrend die Hand. Einen Moment. Er ging ins Schlafzimmer, kam aber sofort zurück mit einem Kästchen in der Hand. Dann also zum 20jährigen Kennen. Und er steckte ihr einen Ring an die Hand mit einem blauen Lapislazuli-Stein, der von Brillianten umkränzt war.

Hilde fiel ihm sprachlos überrascht um den Hals.

Über den neuen Fahrplan, sagte Herbert dann, reden wir morgen.

Gesellschaftstag beim Unterwirt in Haselbach

An einem Winterabend saßen etliche Bauern und Bürger von Haselbach beim Unterwirt beim Bier. Es war der so genannte Gesellschaftstag, und wer in der Gemeinde etwas auf sich hielt, ging hin, um gesehen zu werden, Neues zu erfahren, mitzureden, zu kritisieren, Geschäfte zu besprechen. Jeder, der hereinkam, brachte einen Schwall kalter Luft mit. So auch der grauhaarige ältere Mann, den alle neugierig eine Weile anschauten, denn er war ein Fremder.

Er suchte einen Platz an einem der langen Tische, fragte, ob es gestattet sei, worauf ihm Kopfnicken und zustimmendes Knurren antworteten. Er bestellte ein Bier und einen warmen Leberkäse. Die Gäste am Tisch musterten ihn teils offen, teils verstohlen, ehe ihn einer fragte, er sei wohl fremd hier. "Auf der Durchreise, ja", antwortete der Fremde. Aber er habe mit Absicht hier Station gemacht, weil er jemanden suche, der aus Haselbach stammte. Er sei schon über den Friedhof gegangen, habe aber keinen Grabstein mit dem Namen des Gesuchten gefunden. "Vielleicht wissen Sie etwas von ihm. Ich suche einen Hermann Kandlinger".

Augenblicklich verstummte die Unterhaltung am Tisch. Die Männer schauten sich schweigend, zum Teil sichtlich betroffen an. Auch an den Nachbartischen war man aufmerksam geworden und schaute herüber. Die Gesellschaft schwieg. Nach Minuten antwortete dann doch einer der Männer am Tisch des Fremden. Der Kandlinger wohne schon seit längerer Zeit nicht mehr in Haselbach. Auch wisse niemand, wohin er gezogen sei. Warum er denn nach ihm frage?

Der Fremde erzählte, dass er mit Kandlinger in der Kriegsgefangenschaft gewesen sei. Er müsse jetzt, wenn er noch lebe, so Mitte 70 sein. Anfangs habe er noch Kontakt zu ihm gehabt, aber der sei ganz plötzlich abgebrochen. Sein Weg habe ihn heute mehr oder minder zufällig durch den Ort geführt, und da wollte er sich einfach einmal erkundigen. Er bedaure, dass er nun auch nichts über ihn und seinen Verbleib erfahren könne.

Im Ort habe man nicht bedauert, dass Kandlinger verschwunden sei, meldete sich wieder der Wortführer am Tisch. Er habe der Gemeinde Schande gemacht. Der Fremde, der sich ein zweites Bier bestellte, wurde jetzt sehr aufmerksam. Er ahne die Zusammenhänge, sagte er vorsichtig und rätselhaft. Kandlinger habe damals, in der Gefangenschaft, gewisse Andeutungen gemacht, dass er daheim einiges aufzuräumen habe. Er habe sogar "aufwaschen" gesagt, erinnere er sich jetzt. Und vom Bürgermeister habe er gesprochen Den wollte er wohl vor Gericht bringen, oder? Die Tischrunde schwieg wieder. Der Fremde schaute die Reihe der verschlossenen Gesichter am Tisch an. "Da gab es doch diese schreckliche Geschichte mit dem Herrn - wie hieß er gleich - ach ja, Silberberg." Stöhnen, Aufschrei, "Auch das noch!" Die Gesellschaft geriet in Bewegung.

"Kandlinger hat mir erzählt, dass der Bürgermeister das Dienstmädchen des Herrn Silberberg gezwungen habe, vor Gericht zu lügen, Silberberg habe sie gezwungen, ein Verhältnis mit ihm anzufangen. Sie habe ihm, Kandlinger, später, heulend gebeichtet, dass das gelogen war. Aber Silberberg, einer der wenigen jüdischen Bürger Haselbachs, sei verurteilt und nie mehr gesehen worden. Stimmt das?"

Das seien doch alles uralte Geschichten, längst vergeben und vergessen. Warum er damit wieder anfange? Ja, der Kandlinger habe nachgeforscht.

Wochenlang, meldete sich ein anderer, habe er im Archiv des Rathauses gehockt und alte Akten studiert. Der neue Bürgermeister nach dem Krieg habe nichts dagegen gehabt. Kandlinger habe ein Buch schreiben wollen über die Zeit in Haselbach, sozusagen über die typischen Zustände und Vorkommnisse in einer Landgemeinde in der damaligen Zeit. "Er hat das Buch geschrieben", rief einer dazwischen. "Widerwärtig".

"Ich hoffe", fragte ihn der Fremde, "Sie meinen mit widerwärtig die geschilderten Dinge, oder?" Der Zwischenrufer schwieg verbissen.

Der Wortführer am Tisch mischte sich wieder ein. Die Lektüre habe den Bürgermeister so erregt, dass er einen Herzschlag bekommen und gestorben sei.

"Das hat ihm sicherlich den Prozess erspart" sagte der Fremde. "Werden Sie nicht auch noch zynisch", widersprach ihm der Wortführer. Er erzählte breit und der Zustimmung der Gesellschaft gewiss, der Bürgermeister habe große Verdienste um die Gemeinde gehabt. Er habe viel für die Leute getan. "Jetzt werden Sie zynisch", warf der Fremde ein.

Kandlinger, wechselte der Wortführer das Thema, habe sich nach dem Tod des Bürgermeisters in Haselbach nicht mehr halten können. Alle hätten ihn angefeindet und für den Tod des beliebten Mannes verantwortlich gemacht.

"Eines Tages war er verschwunden. Das ist jetzt mindestens 15 Jahre her oder noch mehr, wie?" Der Wortführer schaute sich fragend um. Man nickte ihm zu.

Die Kellnerin, die dem Fremden ein Bier brachte, beugte sich vor, um das Bier auf dem Bierdeckel mit einem Strich zu markieren und raunte ihm zu er solle bald gehen. Es werde gefährlich für ihn. Der Fremde nickte und trank einen großen Schluck.

"Den Kandlinger hat auch hier niemand vermisst", sagte der Wortführer mit Ton und Geste so, als wolle er damit das Ende der Debatte feststellen.

"Doch", widersprach die Kellnerin, "er war immer sehr freundlich, sehr zuvorkommend. Ein richtiger Gentleman."

Einer der Männer lachte "Hast du etwa..."

Der kalte, wütende Blick der Kellnerin ließ ihn schweigen. Der Fremde stand auf und wandte sich zum Gehen. "Ich bedaure nicht, dass ich Sie gefragt habe. So ein Aufwühlen und Verwirren kann manchmal zur Klärung beitragen". Unter der Tür drehte er sich noch einmal nach der Kellnerin um und sagte lächelnd "Kompliment". Die Kellnerin schaute ihm mit nachdenklichem Lächeln nach.

Franzka - auf der Suche nach sich selbst

Wenn ich jetzt, in der Mitte meines Lebens, gefragt werde, was ich aus meinem Leben bisher gemacht habe, dann muss ich sagen: eine Tischdecke mit einem schönen Kreuzstich-Muster. Und die anderen haben sie vor sich ausgebreitet und benutzt. So komme ich mir vor. Und das werde ich ändern.

Manchmal habe ich ein ganz merkwürdiges Gefühl: Ich stehe neben mir und betrachte mich selbst, frage mich, ob ich das bin, wer ich bin, was ich bin. Ich bin nicht verrückt, wie Du weißt, gespalten, Spaltungsirresein oder so etwas. Nein, ich suche nach mir selbst, und nach dem, was aus mir wird, oder werden könnte. Was hältst Du als Freund davon, was sagst Du dazu?

Ich dachte kurze Zeit nach, Du bist, wie mir scheint, mit Deinem Leben unzufrieden, sagte ich. Du möchtest das ändern, eine andere Person sein, eine andere Identität finden. Glaubst Du, dass man das mitten im Leben, wie Du sagtest, noch ändern kann? Du hast einen Beruf, einen bestimmten Lebensstil, eingefahrene Gewohnheiten, Du läufst auf einer Schiene, die wie ich annehme, in Dir, in Deinem Wesen angelegt ist und die Du angenommen hast als Dein Leben. Ich glaube nicht, dass Du das von Grund auf ändern kannst, umkrempeln, nach links wenden wie einen Mantel. Um im Bild zu bleiben: Den kannst Du nicht tragen, ohne dass man über Dich lächelt.

Ich werde tatsächlich alles ändern. Haarfarbe, Frisur, den Stil meiner Kleidung und vor allem meinen Vornamen. Hedwig gefällt mir nicht mehr, wird nicht mehr zu mir passen. Das weiche, nachgiebige E und I. Ich habe irgendwann einmal einen Namen gehört, der wohl aus dem Osten stammt und dessen Klang bestimmt wird von einem klaren, kräftigen, beherrschenden A. Nenn mich von heute an bitte Franzka.

Gut, Franzka, sagte ich, ich will's versuchen. Aber glaube nicht, dass Du mit einem neuen Namen schon eine neue Person bist.

Noch bin ich Verkäuferin und verdiene mein Geld mehr schlecht als recht, aber ich komme zurecht. Und in meiner Freizeit versorge ich die ganze Sippe mit Stickereien, die bald keiner mehr braucht. Du wirst erleben, mein Lieber, dass ich noch einmal ganz von vorne anfange. Mit einer neuen Identität und mit einem Lebenszuschnitt, den keiner von mir erwartet hat. Zunächst gehe ich ins Ausland. Paris, Rom, Venedig, schwebt mir beispielsweise vor. Ich werde meine einst recht guten, inzwischen verschütteten Sprachkenntnisse bis zur Beherrschung aufpolieren. Die eleganten, klangvollen romanischen Sprachen habe ich schon immer mehr geliebt als das gequetschte Englisch. Das kann schon die Basis für ein neues Leben, eine andere gesellschaftliche Position, einen neuen Beruf werden. Korrespondentin, Übersetzerin, Dolmetscherin. Es wird ein neuer Lebensentwurf für die zweite Hälfte werden. Vielleicht nicht einmal der einzige.

Du merkst, ich will schon lange ausbrechen aus meiner kleinbürgerlichen Existenz. Jeden Tag der gleiche Kram, jeden Tag Ärger mit Kunden, jeden Tag der gleiche Tratsch der Kolleginnen, jeden Montag die gekicherten Liebesabenteuer. Das ist von beleidigender Ödheit. Es kann sein, dass ich Schauspiel- und Gesangs-Unterricht nehme. Nicht fürs Theater, dafür bin ich zu alt. Nein, fürs Kabarett. Du hast selbst schon mein komödiantisches Talent gelobt, wenn ich aus der Unterhaltung heraus eine komische Szene, einen Dialog, einen Miesmacher, einen Frauenfeind improvisiert habe. Kollegentratsch ist eine unerschöpfliche Quelle für Satire.

Ich fühle mich stark und phantasievoll genug, um das zu kultivieren. Du siehst, Herr Pessimist, Franzka ist selbstbewusst genug, um Leben und Mantel umzukrempeln. Urplötzlich springt Franzka auf, verändert ihre Körperhaltung, stemmt die Fäuste in die Hüften und redet los: Also, wissen se nee, wissen se, die Sammer'sche, was meine Nachbarin is, das ist ne Schlampe. Zum dritten Mal is se jetzt verheiratet, ein Typ immer mieser als der andere. Und den jungen Kerls im Haus macht se sooolche Augen. Einmal war ich bei se. Saß ihr Alter in der Küche und soff. Streckt die Hand nach mir aus, ich hau ihm drauf. Sagt er: Nehmen se mal das weiße Vieh da weg. Jetzt läuft's wieder die Wand hoch, an der Decke lang, weg, weg, weg damit! Franzka lässt dabei den Blick wandern, an der Wand hoch, die Decke entlang, verdreht Kopf, Hände, Füße. Und die Sammer'sche lacht dazu. Is er nich putzig, mein Egon fragt se. So was sagt er immer, wenn er gute Laune hat und einen trinkt. So ne Phantasie hat mein Egon. Der reinste Dichter.

Franzka lässt die Verstellung fallen wie ein Kostüm. Das war jetzt aus dem hohlen Bauch improvisiert, erklärt sie. Ich habe noch eine ganze Reihe von Ideen. Man müsste sie nur stilistisch schleifen. Aber ich bin überzeugt, mon ami, dass ich auf dem Kabarett auch bestehen würde.

Einige Monate nach diesem Gespräch, in denen ich nichts von Franzka gehört hatte, klingelt es eines Abends an meiner Tür. Eine fremde Dame steht draußen und überfällt mich mit einem Schwall italienischer Worte. Sie ist äußerst modisch gekleidet, geradezu herausgeputzt Die tiefdunklen Haare trägt sie ganz kurz. Und plötzlich beginnt sie herzlich zu lachen und fällt mir um den Hals. Na, Herr Pessimist, fragt sie, hast Du die Franzka wirklich nicht wieder erkannt? Ich hab's geschafft. Von der kleinen, schüchternen Verkäuferin ist nichts übrig geblieben. Hier steht die neue Franzka mit neuer Identität.

Aber ganz ernsthaft: Allein, nur mit dem eigenen Kopf, mit der eigenen Vorstellungskraft ging das nicht. Ich brauchte dazu einen anderen Menschen, der mich verstand, mich förderte, voran schob. Ich lernte, mich selbst zu erkennen und man zeigte mir die Stufen zur Änderung meines Lebens, zu Lebensmut und Selbstvertrauen. Die wichtigste Hilfe aber ist die Liebe. Ich werde demnächst heiraten.

Herr Nehls ändert sein Leben

"Ich war entsetzlich schüchtern", sagte Heinrich Nehls, der alte Herr Nehls, der im Hause bei der Familie seiner Tochter wohnte. Wir spielten gelegentlich Schach zusammen, aber nach zwei Partien forderte gewöhnlich einer den anderen auf, einen "Schwank aus seinem Leben" zu erzählen.

Ich war entsetzlich schüchtern, begann Nehls. Ich redete kaum das Nötigste, war verschlossen, hatte keine Freunde, schloss mich auch nirgendwo an, ging nur häufig allein ins Theater, las mich quer durch die Literatur des 19. Jahrhunderts, Romane und Gedichte. Ich hatte nicht die Fähigkeit, Freunde zu gewinnen, nicht die Gabe zu kommunizieren, wie man das heute blass, trocken und theoretisch nennt.

Ich absolvierte eine kaufmännische Ausbildung. Die Branche spielt keine Rolle, wechselte dann als Angestellter in eine angesehene mittelständische Firma. In der Abteilung, der ich zugeteilt wurde, ging es sehr munter zu. Ständig wurde irgendetwas gefeiert, jeden Abend wurde getrunken, meist ziemlich viel.

Das Großraumbüro mit den zwölf Schreibtischen glich mehr einer Nasszelle. Der Abteilungsleiter, ein schwacher Mann, den man hinauf gelobt hatte, um ihn loszuwerden, machte natürlich mit. Nur ich hielt mich zurück, machte nicht mit, blieb der stille Außenseiter. Das nahm man mir übel. Man witzelte über mich, tuschelte hinter meinem Rücken, schmierte in meinen Briefen und Texten herum und erfand Gerüchte, die dem Abteilungsleiter zugetragen wurden. Der glaubte alles unkontrolliert, stellte mich zur Rede wegen behaupteter Fehler. Ich versuchte, alles als Böswilligkeit und Ablehnung meiner Person zurückzuweisen.

Ob mir das gelungen war, kann ich nicht sagen.

Ich ertrug vieles, zog mich abends in mein Zimmer zurück und las wie immer. Eines Abends fand ich in einem Gedicht von Rainer Maria Rilke die Zeile "Du musst dein Leben ändern". Ich glaube, ich bin zusammengezuckt, weil ich das Wort als Ansprache an mich, als persönliche Aufforderung begriff. Ich habe in der Nacht kein Auge zu gemacht sondern nur nachgedacht, wie ich mein Leben ändern könne. Mitmachen, was mir ja widerstrebte oder mich aktiv zur Wehr setzen?

Wenige Tage später - es war ein Donnerstag - bekam ich die Gelegenheit. Einer der besonders unsympathischen Leute – ich weigere mich Kollege zu sagen - kippte einen Becher Kaffee über meinen Schreibtisch und grinste dazu. Die übrigen lachten und grölten. Ich stand langsam auf, nahm all meine Kraft zusammen und schlug dem Grinsenden meine rechte Faust so präzise an die Kinnspitze, dass er zu Boden ging. Die anderen starrten schweigend und völlig perplex auf die Szene.

Ich wusste im gleichen Augenblick, dass ich in dieser Firma nichts mehr zu suchen hätte. Also ging ich zum Abteilungsleiter, um meine fristlose Kündigung zu provozieren. Ihm schilderte ich, was geschehen war. Der kleine Mann holte Luft wie ein Maikäfer und plusterte sich auf, vermutlich um mich anzuschreien. Dazu ließ ich es erst gar nicht kommen. Ich nannte ihn einen Versager, eine aufgeblasene Null, einen Nichtskönner, unfähig seinen Laden unter Kontrolle zu haben. Unter einem solchen Menschen wolle ich keine Minute länger arbeiten. Ich wisse ja nicht, was er und seine Leute als Nächstes mit mir vorhätten. Als der Abteilungsleiter den Mund öffnete, um mir zu erwidern, griff ich ihm ans Kinn und klappte den Unterkiefer mit sanftem Druck nach oben. Dann verließ ich wortlos das Zimmer.

Im Großraumbüro hatte man den Grinser inzwischen auf einen Stuhl gesetzt. Er sagte etwas von Anzeigen und Körperverletzung. Ich ging ruhig auf ihn zu und schlug ihm zwei saftige Ohrfeigen ins Gesicht. Jetzt, sagte ich, habe er dazu Grund, und ich freue mich schon auf den Prozess. Meine persönlichen Sachen waren rasch zusammen geräumt. Ich verließ das Büro wortlos und ließ die Tür ins Schloss fallen. Die fristlose Kündigung wartete ich erst gar nicht ab.

Jetzt hatte ich natürlich für einige Monate Pause. Ich nutzte sie dazu, in der Volkshochschule ein Rhetorik-Seminar zu belegen. Der Lehrgangsleiter lobte mich einmal für meine Ausdrucksweise. Das hat mich ein wenig stolz gemacht. Daheim stellte ich mich wiederholt vor den Spiegel und übte verbindlich zu wirken, mich freier zu bewegen, ließ mir Vorstellungsgespräche einfallen und hielt schließlich Fachvorträge aus dem Stegreif. Es gab natürlich Tage und Stunden, in denen ich an mir selbst zweifelte, mich fragte, ob ich das alles richtig gemacht habe, ob es mir gelingen werde, mein Leben zu ändern. Mit Gewalt und Provokation? Ich hatte immerhin gelernt, wie man nicht mit seinen Mitmenschen umgehen sollte. Aber konnte ich damit schon auf Menschen zugehen, reden, diskutieren, Vorschläge machen, eventuell charmant plaudern?

Ich suchte die Gelegenheit dazu und ging auf eine Fachmesse. An den Messeständen bekannter Firmen plauderte ich mit den Kollegen. Es klappte! Ich sprach über fachliche Fragen, scherzte, lachte. Ein junger Mann sprach mich an. Ich sei doch der Heini Nehls. Wir kannten uns aus der Ausbildungszeit. Er hatte von meinem provozierten Rauswurf gehört. Irgendjemand musste das in der Branche verbreitet haben. Man habe darüber gesprochen. Einige hätten es mutig gefunden, andere tollkühn oder unbedacht. Er selbst habe sich sehr gewundert, weil ich doch immer so besonders zurückhaltend gewesen sei. Er drückte sich freundlich aus, fand ich und antwortete ebenso, ich hätte dazu gelernt und begonnen, mich zu ändern. Jetzt nehme mir niemand mehr die Butter vom Brot.

Der Kollege wurde vertraulich. In seiner Firma sei gerade jemand total entnervt ausgeschieden. Man könne also vielleicht einen Mann gebrauchen, der gewohnt sei durchzugreifen, Ordnung zu schaffen.

Langer Rede kurzer Sinn: Ich besuchte den Personalchef der Firma, stellte mich vor, erzählte die bekannte Geschichte und erwähnte, was ich von dem Kollegen erfahren hatte. Der Personalchef hatte zwar Bedenken, aber ich hatte mir vorher eine Portion Selbstvertrauen und Selbstwertgefühl eingeredet, sozusagen den aufrechten Gang geübt. Ich muss sehr souverän gewirkt haben, denn ich bekam die Stelle, allerdings unter nachdrücklichem Hinweis auf die Probezeit.

Ich wuchs in der von mir erhofften Weise in die Firma hinein, verschaffte mir Respekt, wuchs wohl auch an meiner neuen Aufgabe und am Erfolg. Weil ich verbindlich reden und auftreten konnte, vertraute man mir nach ein paar Jahren den Kundenbesuch an. Dabei gelang es mir ganz nebenbei, der alten Firma drei potente Kunden abzuwerben. So ein bisschen Rache durfte ja wohl sein...

Das andere ist nicht mehr so interessant. Ich wurde gefördert, stieg in der Hierarchie des Hauses langsam auf, lernte meine Frau kennen, und ging schließlich als geachteter und verdienstvoller Abteilungsleiter in die Rente, wie man so sagt. Und als ein anderer Mensch, zu dem ich mich der Not gehorchend hinauf gearbeitet hatte. Ich sage nur ein Wort dazu: Selbstvertrauen.

Und jetzt spielen wir noch eine Partie. Und ich werde Sie diesmal matt setzen.

Nachrichten aus der Kleinstadt

Liebe Elisabeth, seit Du unsere liebe kleine Stadt, wie sie allgemein und von der Werbung genannt wird, verlassen hast, hat sich manches verändert. Merkwürdiger Gedanke: In amerikanischen Western-Filmen kommt häufig ein Fremder in die Stadt und dann beginnen und verändern sich die Dinge.

Ich fange einmal von außen her an, von der Peripherie der Ereignisse. Harry Bunse, unser Freund, der Alleinunterhalter, Conferencier, Ansager, Witze-Erzähler ist Knall auf Fall ins Altersheim gegangen: Seine Geschichten, Wortspiele, Sketsche waren auch schon zu alt. Über "Die vier Temperamente und das Haar in der Suppe" hat man schon vor 50 Jahren gelacht. Heute muss bei solchen Geschichten schon ein wenig mehr Pfeffer drin sein, Schlüpfriges, hart am Rande der Zote. Das kommt an, dann lachend die Leute, dann wiehern sie vor Lachen. Sogar die Frauen, manche Frauen. Es kam mit Harry, wie es kommen musste. Bei einem Bunten Abend im Sportverein wurde er ausgelacht.

Etwas Schlimmeres, Tötenderes gibt es ja nicht für einen Unterhaltungskünstler. "Ich weiß, dass ich nicht mehr gut bin", sagte er zu mir. "Aber dann schweigt man, dann applaudiert man vielleicht nicht, aber man lacht nicht. Was ist in diese Leute gefahren? Wie benimmt sich diese Gesellschaft? Da komme ich nicht mehr mit. Und das habe ich nicht nötig. Ich hab' mich schon vor einiger Zeit im Altersheim angemeldet. Da gehe ich hin." So verabschiedete sich Harry von mir. Inzwischen schrieb er mir eine Ansichtskarte von dem Heim. Es ist zumindest schön gelegen. Wie es drin aussieht, geht nach dem Operettentext niemand was an. Ich hoffe er hält es aus. Verdient hat er's. Schließlich hat er vielen Menschen, wenn auch nur vorübergehend, Freude gebracht. Denk mal drüber nach, ob das viele von sich sagen können.

Ja, und Willy Maifelder, der fette, satte Protz, liegt mit einem Herzinfarkt im Krankenhaus. Vor ein paar Tagen sah ich ihn noch in seinem offenen großen Wagen durch die Stadt fahren, ganz seiner Wirkung sicher. Den linken Ellbogen hatte er über der Tür hinaushängen, im rechten Mundwinkel hing die Pfeife, als ob er beim Fahren einen Genuss vom Rauchen hätte! Du weißt, weshalb ich ihn nicht leiden kann. Wie sehr er meiner Schwester Erika zugesetzt hat, wie er sich gegen seine Angestellten benimmt. Ich habe darüber nachgedacht, ob es unchristlich sei, jetzt kein Mitleid, überhaupt kein Mitgefühl für ihn zu haben. Was meinst du? Du kennst Maifelder doch auch. Ich war geradezu eifersüchtig, wie Du vor drei Jahren beim Theater-Ball mit ihm geflirtet hast!

Bevor ich zum eigentlichen Grund meines Briefes komme, etwas nicht mehr so ganz Peripheres dafür Positives: Ich habe gestern eine Kunstausstellung eröffnen dürfen. Werner Thallemer, Du erinnerst doch sicher an den kleinen, etwas verwachsenen Mann mit den lebhaften, fröhlichen Augen, Thallemer also stellt in der Galerie Grünbaum sein Alterswerk aus. Seine Farben sind leuchtender geworden, die Sujets behandelt er jetzt nicht mehr akribisch genau sondern großzügiger, freier. Er verzichtet auf die Kontur und setzt die Farben unmittelbar nebeneinander.

Die Realität ist unvermindert zu erkennen, aber, ich habe es durchgeistigt genannt, Gegenstand schöpferischer Deutung, Darstellung des persönliches Empfindens und Erlebens vor dem Gegenstand. Vielleicht schaust Du Dir die Ausstellung doch einmal an?

Es gibt nämlich eventuell einen Grund, wieder einmal hierher zu kommen. Es tut mir leid, dass ich Dir damit jetzt sozusagen ins Haus fallen muss. Hermine Scheubiger, Gustavs Frau, ist ganz plötzlich an einem Hirnschlag gestorben. Er ist ein gebrochener Mann. Du weißt, wie unselbständig er ist, wie unbeholfen in allem, was zum Beispiel praktische Arbeit im Haushalt angeht.

Sie waren kürzlich noch zusammen verreist. Keine Urlaubsreise, eher eine Studienfahrt. Israel, Palästina und Jordanien. Natürlich hat er zu seinem unvermeidlichen Dia-Vortrag eingeladen, aber daraus wird wohl zunächst nichts.

Ich habe ihn besucht. Kondolenzbesuch, wie er hier üblich ist, Du verstehst. Er war fassungslos, hilflos, untröstlich. Er braucht dringend einen Menschen, der sich um ihn kümmert. Und dieser Mensch sollte eine Frau sein. Ich brauche wohl nicht daran zu erinnern, wie nahe Ihr Euch einmal standet und dass das nach meiner Meinung eines befreundeten Außenstehenden noch immer ein wenig im Herzklopfen mitschwingt. Nicht wahr? Denk mal darüber nach, liebe Elisabeth, ob es hier, in unserer lieben kleinen Stadt, nicht noch immer einen Platz gibt für Dich. Auch ich würde mich über Deine Nähe freuen. Dein Karl.

Konrad Leitgeb und der Seelenhändler

Konrad Leitgeb entstammte einer der ältesten und bekannten Familien der Stadt. Im gotischen Martinsmünster hatte man den Grabstein des Jakobus Leitgeb und seiner Frau Magdalena aus dem Jahr 1516 in die Wand eines Seitenschiffs eingelassen. Kurz vor seinem 70. Geburtstag hatte er sein Lebensmittelgeschäft an der Ecke der Theaterstraße, dessen vier große Schaufenster den altväterlichen Firmennamen "Heinrich Leitgeb und Sohn, Feinkost und Delikatessen" trugen, an seinen Neffen übergeben.

Er selbst, ein hagerer, knochiger, eckiger Mann, an dessen Körper man vermutlich kein Gramm Fett entdeckt hätte, war nie verheiratet gewesen. Er lebte in der geerbten Villa im vornehmen Stadtviertel mit Fräulein Luise, seiner Haushälterin, die schon seit über 20 Jahren ihren schweigsamen Dienst bei ihm versah.

Leitgeb lebte hier sehr zurückgezogen, las Geschichtsbücher und historische Romane und ging donnerstags ins Gasthaus Ainmiller zum Schafkopf-Spielen mit drei ebenfalls älteren Herren. So führte er das von ihm zufriedenstellend genannte Leben eines alten Junggesellen. In der Stadt erkannte man unwillig an, dass er aus dem kleinen Lebensmittelladen das erste Haus am Platze gemacht hatte. Er war ein harter Chef, schlecht zu handhaben von seinen Angestellten. Den Posten des ersten Verkäufers nahm in unregelmäßigen aber meist kurzen Abständen immer wieder ein neuer Mann ein. Die jungen Verkäuferinnen zogen instinktiv den Kopf ein, wenn er durch den Laden ging und seine Anweisungen knurrte. Er fand immer etwas unaufgeräumt, schlecht präsentiert, nachlässig ausgestellt, und Lob war für ihn ein Fremdwort.

Von gelegentlichen Herzsensationen und arthritischen Schmerzen auf sein Alter aufmerksam gemacht, hatte er vor kurzem begonnen, über sein Leben nachzudenken

Zu den wenigen Angewohnheiten, für die er das Haus verließ, gehörten außer dem Schafkopf-Spielen Spaziergänge in den Flussauen. So auch an einem schwül-heißen Sommertag. Er ließ sich Zeit, ging gemütlich, blieb mitunter stehen und stützte sich auf seinen Spazierstock oder nahm den Hut ab, um den Schweiß von der Stirn zu wischen. Schließlich merkte er doch Hitze und Anstrengung und setzte sich auf eine Bank nahe am Ufer. Während er dem beruhigenden Fließen des Wassers zuschaute, setzte sich ein Mann neben ihn, an dem er eine intensive Graufärbung wahrnahm. Haare, Anzug, Schuhe, selbst das Gesicht schienen ihm von einem glänzenden Grauton überzogen.

Guten Tag, Herr Leitgeb, sagte der Graue, Ich habe Ihnen seit langem aufgelauert, weil ich mit Ihnen reden will. Aber warum sage ich Sie zu Ihnen? Ich bin Dir so vertraut, Konrad, dass ich Dich von jetzt an duze. Ich verfolge Dich nämlich seit Jahren, frage nach Dir, horche mich um, erfahre viele Dinge über Dich. Weißt Du eigentlich, dass es in der Stadt keinen Menschen gibt, der Dich liebt? Nicht einmal Fräulein Luise, die seit über 20 Jahren bei Dir ist und alles für Dich tut - außer dem einen. Der Graue machte eine Pause und ließ Leitgeb Zeit zum Nachdenken.

Weißt Du, warum das so ist, so schlimm ist? Daran sind nicht die Leute schuld, die vielleicht neidisch wären, weil Du es zu etwas gebracht hast, einer der angesehensten Männer der Stadt bist. Gewiss nicht. Daran bist Du ganz allein schuld. Du warst ein harter Brocken, hast nur Dein Geschäft gekannt. Sein Erfolg war Dir Maßstab und Folie für alles. Du hast Deine Angestellten schlecht behandelt. Was heißt schlecht behandelt. Übersehen hast Du sie. Hundertzehn Prozent Leistung war das Mindeste.

Ist Dir schon einmal aufgefallen, dass Du keine Freunde hast? Der Passberger, der Hierlwimmer und der Huber, Deine Schafkopf-Kumpels sind keine wirklichen Freunde. Auf die könntest Du Dich nicht verlassen, wenn's Dir einmal schlecht ginge. Nein, Du hast niemanden. Kannst Du mir einen Menschen, einen Verein, eine Wohlfahrts-Organisation nennen, denen Du jemals etwas geschenkt oder gespendet hast? Nein. Denn Du hast das nie getan. Und warum nicht? Ich will's Dir sagen. Wieder machte der Graue eine Pause. Du hast keine Bindungen. Du bist wie ein Baum ohne Wurzeln, Abgestorben, vertrocknet. Nicht nur Dein fettloser, knochiger Körper ist ein Stück hartes, trockenes Holz, auch Deine Seele ist so. Hart und trocken.

Und jetzt will ich Dir sagen, wer ich bin. Ich bin ein Seelenhändler. Keine Angst, nicht der Teufel. Nur einer, der die Kunst des Seelenhandels versteht. Ich kann Dir, wenn Du willst, Deine alte, vertrocknete Seele aus dem Leib nehmen und durch eine neue, lebensvolle, blutvolle, empfindende ersetzen Du wirst keine Narbe sehen. Und es kostet auch nichts. Konrad Leitgeb nickte Zustimmung. Der Seelenhändler schaute ihn lange an, legte wie es Leitgeb schien, die Hände auf seinen Kopf, auf seine Brust. Und nun geh nach Hause, sagte er.

Leitgeb schaute sich um. Er sah keinen Menschen neben sich. Keinen grauen und keinen anderen. Und er wusste: Er hatte das alles geträumt. Seelenhändler, sagte er leise vor sich hin. Wie kann man einen solchen Unsinn träumen! Undenkbar so etwas.

Seelenhändler!

Er stand auf, um heim zu gehen. Nach den ersten Schritten blieb er überrascht stehen. Er spürte seinen Herzschlag. Bis her war ihm nie aufgefallen, dass er ein Herz hatte. Es arbeitete, es schlug, es pumpte, es hielt den Körper am Leben, aber zu spüren, bewusst zu spüren, war es nicht. Jetzt aber merkte er es, jeden Schlag, kräftig und fordernd. Und er ging nachdenklicher als sonst nach Hause.

Gespräch mit einem Doppelgänger

Nachdenklich und langsam ging Wallner den Hotelflur entlang zu seinem Zimmer. Ein schwieriger, teilweise verwirrender Tag lag hinter ihm. Die Eröffnung der Messe, der Rundgang, Begrüßung hier, ein paar freundliche Worte dort, mehr oder minder geheucheltes Interesse an den ausgestellten Dingen, dann die Pressekonferenz, eine Handvoll neugieriger oder kritischer Fragen, am Nachmittag den Bericht geschrieben, am Abend Informationsgespräche in der Hotelhalle, vielleicht ein Glas zuviel, im Vorübergehen der Blick in die Bar...

Er schloss die Zimmertür auf, trat ein - und prallte zurück. Auf dem Stuhl an dem kleinen Schreibtisch saß ein Mann, der ihn mit einer Mischung aus Freundlichkeit und Neugier anlächelte. "Wer sind Sie, wo kommen Sie her, was wollen Sie", sprudelte es aus Wallner heraus.

"Drei Fragen auf einmal, noch immer so hektisch wie vor Jahrzehnten" antwortete der Fremde.

Die Stimme! Sie kam Wallner bekannt vor. Er stutzte. Es war seine eigene. "Sie sind, du bist..." Er betrachtete den Eindringling genauer, ging um ihn herum. "Hast du es schon erkannt? Ja, schau mich nur an. Ich bin du, du bist ich. Vor 30 Jahren. Und nun setz dich hin. Das hast du jetzt nötig".

Wallner setzte sich auf die Bettkante, starrte den Gast an. Das war er selbst als junger Mann vor 30 Jahren. Aber das gibt es doch nicht, sagte er sich. Ich selbst als mein jugendlicher Doppelgänger. Soviel hatte er nicht getrunken, dass ihn jetzt Halluzinationen narrten. Und doch: Er saß seinem Ebenbild aus vergangener Zeit gegenüber.

"Erinnere dich", fing dieser an, "denk nach! Du hattest gerade deine ersten, großen Reportagen veröffentlicht. Du wurdest bekannt, man las dich, man sprach in politischen Kreisen der Hauptstadt über dich und deine gescheiten analytischen Kommentare. Du wurdest aufgefordert, in eine Partei einzutreten, in die Politik zu gehen. Du lehntest ab. Weißt du noch?" Wallner nickte. "Man bemühte sich um mich. Das ist richtig, und dann", insistierte der Doppelgänger, "zehn Jahre später, du warst inzwischen eine Institution, erzählte man dir eine sehr schmutzige Geschichte". Er machte eine Pause, ließ Wallner Zeit zum Nachdenken, und überfiel ihn dann doch mit einer scharf heraus gezischten Frage: "Du hast ihn in der Bar erkannt?"

Wallner zuckte zusammen. "Nein, ich habe niemanden gesehen". "Du lügst dir in die eigene Tasche. Natürlich hast du Erich Straaten gesehen und erkannt. Und die Dame bei ihm ist dir auch nicht ganz unbekannt, nicht wahr?"

Wallner schüttelte den Kopf.

"Dann will ich dir's erzählen. Der Staatssekretär Straaten machte eine gute Arbeit in der Regierung. Er sah blendend aus, hatte Erfolge mit der Arbeit und im privaten Bereich, in der Gesellschaft. Er war überall ein gern gesehener Gast und charmanter Plauderer. Nicht das unverbindliche, wortreiche Politiker-Wischiwaschi, aus dem man dies und jenes heraushören konnte. Er sprach Klartext und das ärgerte manche Leute. Auch aus seiner Partei. Erinnerst du dich jetzt?"

Wallner nickte stumm und schaute nachdenklich auf das Muster des dunkelbraunen Teppichbodens und einige Brandlöcher von Zigaretten.

"Na also. Und dann erzählte man dir eine Geschichte über ihn, Natürlich sagte man ihm Abenteuer mit Frauen nach, darunter der Ehefrau eines Industriellen, dem er quasi als Gegenleistung Regierungsaufträge zu schanzte. Halb und halb unter der Hand, wie man sagte. Auch habe er selbst gelegentlich die Hand aufgehalten. Und um dich so richtig in Fahrt zu bringen, flüsterte man dir etwas von einer Liebschaft mit einer Frau, die du selbst bisher vergeblich verehrtest. Erinnerst du dich jetzt etwas genauer?"

"Ja, ja, ja, so hör doch endlich auf", stammelte Wallner leise.

"Im Gegenteil. Es geht erst los. Du hast nachgefragt, herumgehorcht, Schlüsse gezogen und die Geschichte geschrieben. Tatsachen, Vermutungen, Halbwahrheiten, Unterstellungen, Kombinationen, keine direkten Lügen oder so. Oh nein! Aber so formuliert, dass dir niemand an den

Kragen konnte. Du hast dir viel Zeit zum Formulieren gelassen. Und dann erschien die Geschichte in deiner Zeitschrift und der Mann war erledigt. Dem politischen Stil der Zeit entsprechend, hat niemand so genau nachgeforscht sondern den Staatssekretär kurzerhand entlassen. Er fiel durch sämtliche Maschen. Kein Hund nahm mehr ein Stück Brot von ihm. Er verschwand kurz darauf stillschweigend aus der Stadt, keiner wusste genau, wo er sich aufhielt, was er trieb, wovon er lebte. Nüchterne Beobachter sagten, du habest ihn vernichtet. Und so sah es ja auch lange Zeit aus." Der Gast legte eine lange Pause ein.

"Und jetzt sitzt er unten in der Bar mit der Frau, die du auch kanntest, nicht wahr? Er ist irgendwo in der Industrie untergekommen, Stillschweigend, ohne Aufsehen, eine schlichte bürgerliche Existenz. Vermutlich verheiratet mit der Frau neben sich. Und du? Einzelgänger, ohne Anhang und Familie, vom früheren Ruhm lebend, von der jungen beruflichen Konkurrenz abgehängt, Dutzendaufträgen nachhechelnd. Hat sich das alles' gelohnt? Hast du nicht gemerkt, dass dich wichtige Leute mit guten Kontakten, sozusagen anständige Bürger, Parteifreunde Straatens und andere wegen der Geschichte zunehmend geschnitten haben? Man ging dir in Gesellschaft fast aus dem Weg. Nach einiger Zeit war das im Wesentlichen vergessen, aber es hing dir etwas an, so eine Art von Leichengeruch."

Wallner begehrte auf. "Warum erzählst du mir das alles und mit welchem Recht?" "Denk mal darüber nach. Vielleicht fällt dir etwas dazu ein. Zum Beispiel in die Bar zu gehen und dich zu entschuldigen". "Nein, das bringt nichts mehr. Dazu ist es zu spät". "Dann musst du es weitertragen. Dass es dich im Grunde bedrückt, weiß ich. Mach' es mit dir aus". Der Gast stand auf und verschwand durch eine Tapetentür, wie es Wallner schien.

Immer kam etwas dazwischen

Mit wem spreche ich? Oh, Verzeihung, da muss ich mich verwählt haben. Aber...aber bitte, bleiben Sie in der Leitung. Sie haben eine so angenehme Stimme. Als Frau, verstehen Sie, Sie reagieren einfach anders auf Männer. Wir ergreifen nicht immer gleich die ganze Erscheinung. Manchmal sind es die Haare oder die Hände, oder die Augen, auch der Gang und ganz besonders die Stimme, die uns gefallen, neugierig machen. Ihre Stimme spricht mich an. Ein schönes, doppeldeutiges Bild, nicht wahr? Eigentlich wollte ich ja eine Freundin anrufen, aber da kamen Sie jetzt dazwischen. Das scheint überhaupt ein Motto meines Lebens zu sein. Immer kam etwas dazwischen. Als junges Mädchen wollte ich Friseurin werden, aber ich bekam eine Allergie an den Händen. Aus der Traum. Ein wenig habe ich mich dann fortgebildet. Stenographie und Schreibmaschine brauchte man damals noch. Sie verstehen. Ins Kaufmännische wollte ich einsteigen. Das ging auch am Anfang ganz gut, aber dann war die Firma pleite. Wieder so ein Zwischenfall. Jetzt verkaufe ich Schönheit, wie ich immer sage. In der Kosmetikabteilung eines Kaufhauses. Das ist nicht einmal das Langweiligste. Sicher, die Verkaufsgespräche sind häufig die gleichen. Man fragt nach den Wünschen, man schlägt ein Produkt vor, man taxiert die Kundin oder den Kunden ein. Manchmal möchte ich die böse Scherzfrage stellen: "Ist es für die Frau Gemahlin oder darf's was Besseres sein?" Aber das tue ich natürlich nicht.

Das Merkwürdige, das uns die Werbung vormacht ist ja, dass ich gar kein Parfüm, kein Eau de Toilette, kein Make-up und kein Rasierwasser verkaufe sondern Schönheit, Zuneigung, Zärtlichkeit, das Versprechen von Liebe. Ja, Liebe, das ist auch so etwas. Ich gehöre nicht zu den Frauen, die blasiert, arrogant, mit verquerer Eitelkeit von sich behaupten, sie hätten Dutzende von Verehrern gehabt und x-mal heiraten können, aber es sei ihnen keiner recht gewesen. Nein, ich war schon verliebt und einmal hätte ich auch gern geheiratet. Ich weiß nicht mehr, will es auch gar nicht mehr wissen, was damals dazwischenkam. War es eine andere Frau oder habe ich zuviel geredet so wie jetzt, oder das Falsche geredet, Scheu und Zurückhaltung geübt, wo ich eigentlich.... Ach, lassen wir das.

Ja, und jetzt sitze ich allein in meiner Zwei-Zimmer-Wohnung. Habe keinen Kanarienvogel und keinen Goldfisch, selbstverständlich keinen Hund; denn das arme Tier wäre den ganzen Tag allein. Katzen mag ich nicht. Manchmal rufe ich eine Kollegin an oder die eine Freundin, die ich habe, und die in manchem das krasse Gegenteil, von mir ist. Sie spielt mit den Männern, und immer wieder mit einem anderen. Das kann ich einfach nicht. Entweder ganz oder gar nicht. Sagen Sie jetzt nicht, Keuschheit sei Mangel an Gelegenheit. Gelegenheiten - ja, einige wenige, aber es kam immer etwas dazwischen, wie gesagt...

Angerufen werde ich selten, eingeladen höchstens mal zu einer Geburts-tagsfeier im Kollegenkreis, und dabei langweile ich mich so, dass man mich im Jahr darauf erst gar nicht mehr auffordert. Meine Freundin, die Männerspielerin, sagt, ich hätte ein verpfuschtes, ein vertanes Leben. Ich weiß nicht, ob Sie den gleichen Eindruck haben. Nein? Sie sind sehr nett zu mir. Schon weil Sie mir so geduldig zuhören. Sie meinen, eine Arbeit, mit der man anderen Menschen eine Freude macht, sei nie umsonst und schon gar nicht vertan? So etwas Freundliches hat noch niemand zu mir gesagt. Ich danke Ihnen. Schattenseite sagen Sie. Vielleicht ...Vernach-lässigt, nein so bin ich mir nicht vorgekommen. Ich bin sehr bescheiden geworden. Aber so weit wollte ich Sie gar nicht in mein Leben hinein-schauen lassen, verzeihen Sie. Wie meinen... Kennenlernen? Das habe ich nicht beabsichtigt. Nein, wirklich nicht. Wie sagten Sie gerade? Sie wollen einmal dazwischen kommen in den immer gleichen Tageslauf? Das klingt sehr schön. Und wenn Sie das ernst meinen, dann kommen Sie einfach in die Kosmetikabteilung und verlangen ein ganz bestimmtes, selten gekauftes weil sehr teures Rasierwasser. Wie wäre das? Ja? Ich werde Sie an Ihrer Stimme erkennen. Da bin ich ganz sicher. Ja, auf Wie-derhören, auf Wiedersehen.

Der Gast von Zimmer 14

Ein Nachtportier braucht manchmal die Qualitäten eines Beichtvaters, sagte Hermann Pongratz. Er war Nachtportier im "Hotel Morgenstern", einem Haus mittlerer Größe mit gerühmter Küche. Zur Erläuterung erzählte er mir die Geschichte von Herrn Delbrück, dem Gast von Zimmer 14.

Es war im späten Frühjahr, begann er, da kam, nein da stürmte Herr Delbrück, der Unternehmer Heinz Delbrück, du kennst ihn sicherlich wenigstens dem Namen nach, da stürmte er in die Rezeption. Es war lange nach 10 Uhr abends. Er trug den Regenmantel offen, hatte den Hut in den Nacken geschoben, schaute sich unruhig, ja nervös um.

Ich war überrascht, weil ich ihn so noch nie gesehen hatte. Schließlich kannte ich ihn seit Jahren. Als er seine Firma hier übernahm, wohnte er ein paar Wochen im Haus, ehe er eine passende Wohnung fand, und auch später kam er immer wieder mit Geschäftsfreunden zum Essen. Es hatte sich zwischen uns so eine Art halb und halb vertrautes "Gruß und Wie geht's Verhältnis" entwickelt, wenn du verstehst was ich meine.

Delbrück stürmte also echauffiert in die Rezeption. Pongratz, fragte er, haben Sie ein Zimmer für mich? Ich gab ihm Zimmer 14, ließ ihn den Anmeldezettel ausfüllen, um ihn zu beruhigen. Ich brauche eine Nacht lang Ruhe. Muss nachdenken, will nicht gestört werden. Und wenn meine Frau anruft, - ich bin nicht da. Warum, Herr Delbrück, fragte ich, unsere erwähnte Vertrautheit einkalkulierend, soll ich Ihre Frau anschwindeln? Und als er mich nur überrascht anschaute, legte ich noch einmal nach. Wovor laufen Sie davon?

Sie fragen heute aber sehr dirckt, Herr Pongratz. Zum ersten Mal sagte Delbrück distanzierend Herr zu mir. Ich will jetzt nicht darüber reden, fügte er hinzu, nahm sein Köfferchen auf, griff mit einer raschen Handbewegung den Schlüssel zu Zimmer 14 und ging zum Lift.

Ich wartete eine halbe Stunde, dann rief ich hinauf. Delbrück ging nicht ans Telefon. Ich fuhr hinauf, klopfte, rief ihm durch die geschlossene

Tür zu, dass ich mit ihm reden wolle. Nach einiger Zeit öffnete er. Delbrück war noch vollständig angezogen, sodass ich ihn bitten konnte, mit mir in die Rezeption zu kommen. In unserer gemütlichen Warte-Ecke mit ihren Ledersesseln könnten wir vielleicht besser miteinander reden. Ich bin ein guter Zuhörer, sagte ich. Und tatsächlich, Delbrück ließ sich nach einiger Zeit überreden. Zuerst wehrte er noch ab. Er wolle und müsse allein sein, nachdenken, mit sich ins Reine kommen. Vielleicht trage man ihn morgen früh hier heraus, die Füße nach vorn. Das werden wir verhindern, sagte ich. Ihre Frau und ich. Kommen Sie, wir reden miteinander und dann entscheiden wir, wie es weitergeht. Mit oder ohne Ihre Frau.

Als wir in den Ledersesseln mehr lagen als saßen, fragte ich ihn, mit was er ins Reine kommen müsse.

Delbrück ließ sich lange Zeit, ehe er ins Reden kam, stoßweise und mit vielen Pausen. Ich mach's kurz. Er hätte eigentlich gar keine großen Sorgen. Er war gesund, und sein Geschäft florierte. Aber an diesem Tag hatte ihn ein Stück Vergangenheit eingeholt. Als junger Mann hatte er, wie er sich ausdrückte, an einem krummen Ding mitgemacht. Dabei war ohne seine Schuld ein Mensch zu Tode gekommen. Sein Name wurde damals nicht erwähnt und die Sache sei auch nie richtig aufgeklärt worden. Heute nun habe er Besuch bekommen von einem Mann, der behauptete, damals Augenzeuge gewesen zu sein und der frech und kalt drohte, ihn hochgehen zu lassen. Er werde jeden Eid schwören, und man werde ihm glauben, denn andere Zeugen gebe es nicht mehr. Der Mann wollte Geld für sein Schweigen. Delbrück machte wieder eine lange Pause, in die ich einwarf, das sei ein Fass ohne Boden. Endlich kam er stockend zu dem Bekenntnis: Ich ... glaube... ich habe ... ihn erschossen.

Aber, sagte er gleich danach, ich weiß es nicht genau. Nach dem Schuss, dem Schreckensschrei meiner Frau, dem Zusammenbrechen des Mannes bin ich auf und davon. Einen Koffer mit dem Nötigsten habe ich immer fertig gepackt im Schrank stehen.

Eine Stunde, erzählte er weiter, sei er ziel- und planlos in der Stadt herumgelaufen. Immer bemüht, einen klaren Gedanken zu fassen. Es gelang ihm nicht. Ich sehe den Mann umfallen, sagte er, höre meine Frau schreien, kein erkennbares Wort, nur ein unartikulierter Aufschrei. Das verfolgt mich. Verstehen Sie das, Pongratz?

Ich nickte und ließ ihm Zeit, sich zu beruhigen. Und jetzt, sagte ich dann, rufen wir Ihre Frau an und fragen sie, wie es dem Erpresser geht. Delbrück wollte das zwar verhindern, aber ich hatte schon die Telefonnummer herausgesucht und gewählt.

Frau Delbrück meldete sich sofort. Sie hatte wohl auf den Anruf gewartet. Ich meldete mich mit "Hotel Morgenstern, Pongratz", sagte, ihr Mann wolle sie sprechen und gab den Hörer weiter.

Du wirst es nicht glauben, es gab ein glückliches Ende. Delbrücks Part in dem Telefongespräch bestand nur aus ein paar laut ausgerufenen "Ja". Dann legte er lachend, befreit, irgendwelches sinnlose Zeug heraussprudelnd, den Hörer auf, umarmte mich, fiel in den Sessel und sagte endlich: Ich habe ihn verfehlt. Der Mann fiel vor Schreck in Ohnmacht. Meine Frau, Realistin wie die meisten Frauen, fischte, als sie sah, dass nichts geschehen war, die Brieftasche des Erpressers heraus, notierte Name und Anschrift, ehe sie ihn mit einem nassen Lappen ins Bewusstsein zurückholte. Kaum erwacht, verschwand der Mann ohne ein weiteres Wort und so schnell er konnte.

So, Herr Delbrück, jetzt rufe ich Ihnen ein Taxi und Sie fahren zu Ihrer tapferen Frau nach Hause. Tapfer, das ist wahr, sagte Delbrück. Stellen Sie sich vor, Pongratz, sie hat meine Pistole aufgehoben und die ganze Zeit in der Hand gehabt, falls dem Mann noch irgendetwas Anderes einfallen sollte. Sie hätte ihn sicherlich ebenso wenig getroffen wie ich, aber immerhin...

Das Zimmer sagte ich, brauchen Sie dann wohl nicht mehr. Nein, sagte er, aber ich bezahle es selbstverständlich. Und er legte ein bemerkenswertes Trinkgeld dazu, worauf ich seinen Koffer aus Zimmer 14 holte. Aber jetzt, Herr Delbrück, wo wir schon so vertraut sind und viel von einander wissen, hätte ich gern noch etwas gewusst: Was ist Ihnen durch den Kopf gegangen, als Sie die Stunde lang in der Stadt umhergeirrt sind? Erzählen Sie es mir?

Ja, sagte er, gern. Es war sehr viel und immer wieder das Gleiche. Mein Leben, meine Erfolge, meine Niederlagen, und das sollte jetzt alles vorbei sein, nur weil ich auf einen Erpresser geschossen, ihn vielleicht erschossen habe? Die einzige ungeklärte, unerklärliche Sache meiner Jugend sollte wie ein Racheplan nach Jahrzehnten aufgehen und alles vernichten? Dann versuchte ich, die krumme Sache von damals zu rekonstruieren - und empfand plötzlich Schuld. Ich hatte die Geschichte verdrängt, bekam sie mit meinen Gedanken auch nicht mehr in ein logisches Gefüge, aber Schuld kam in mir hoch. Hätte ich das Schlimmste verhindern können? Ich weiß es nicht. Aber ich wollte in Zimmer 14 darüber nachdenken. Heute Nacht. Und mit allen Konsequenzen.

Das, sagte ich, brauchen Sie jetzt nicht mehr. Ihr Taxi ist da. Kommen Sie gut nach Hause zu Ihrer Frau. Und Gute Nacht. Doch, doch, sagte Delbrück zum Abschied. So schnell werde ich damit nicht fertig.

Ein rätselhafter Hausgenosse

Manchmal sehe ich ihn noch an einem Sommertag quer über den markt-freien Wilhelmplatz gehen, ein Mann um die 50 mit kurzen, grauen Haa-ren, die am Hinterkopf schon eine kahle Stelle aufwiesen. Gelegentlich schaute er zu den Häusern, die den Platz umsäumten, hinauf, so wie es früher die Bettelmusikanten auf den Höfen taten, wenn sie darauf war-teten, dass ihnen Hausfrauen in Papier gewickelte Groschen hinunter-warfen. Manchmal kleidete er sich betont salopp mit Jeans und Turn-schuhen, an anderen Tagen trug er einen dunklen Anzug mit Krawatte und penibel sauber geputzten schwarzen Schuhen.

Als er im vergangenen Jahr die Dachwohnung in unserem Hause bezog - zwei Zimmer, Küche, schräge Wände - wunderten sich alle Hausbe-wohner über den Namen, den er als Klingelbrett klebte: Hermann Ei-gelstein. Frau Duckstein sagte, das sei wohl Schwindel; denn einen sol-chen Familiennamen gebe es nicht und der Hausmeister, Herr Welsch, überlegte, es gebe nur eine Straße und ein danach genanntes Tor der alten Stadtbefestigung, aber einen solchen Namen habe er noch nie ge-hört. In der Nacht nach seinem Einzug fuhr er mit einem Kleintrans-porter vor und brachte einige wenige Dinge in seine Wohnung.

Es war wohl drei Wochen später, als er alle Hausbewohner in die nahe gelegene Gastwirtschaft "Zur Traube" einlud. Damit man sich ein wenig besser kennen lerne, wie er sagte. Es wurde ein sehr vergnügter Abend mit Gesprächen über alles Mögliche und vielen Scherzen. Nur über sich selbst erzählte Herr Eigelstein nichts. Auf die Frage nach seinem Beruf blieb er einsilbig und sagte nur: Handelsvertreter. Über die Branche schwieg er und erzählte stattdessen einen Witz der die Frauen des Hau-ses zum Kreischen brachte.

Eigelstein zahlte für alle und zog dazu einen dicken Packen Geldscheine aus der Hosentasche. In den nächsten Wochen fiel vor allem Herrn Welsch auf, dass Eigelstein niemanden in seine Wohnung schauen lasse. Dabei, so Welsch, hocke er oft tagelang in den winkligen Buden.

Dann wieder verschwand Herr Eigelstein für mehrere Tage. Nun ja, meinte man im Hause, als Handelsvertreter müsse er wohl gelegentlich weitere Reisen unternehmen. Er bekam nie Besuch und Einladungen in die "Traube" gab es auch nicht mehr. Herr Eigelstein war im Gegenteil äußerst wortkarg geworden. Er grüßte kaum, erwiderte einen Gruß nur mit Knurren. Ein rätselhafter Hausgenosse, meinte Hausmeister Welsch. Wie man nur zwei so grundverschiedene Charaktere haben könne. Gesellig, freundlich, gesellschaftlich gewandt auf der einen Seite und total verschlossen, muffig»abweisend auf der anderen. Und dann geschah das Merkwürdige. Herr Eigelstein verließ eines Abends das Haus, Welsch stand bei der Tür und schaute den Schwalben zu, die sich - es war August - zum Abflug sammelten. "Ich gehe mir noch ein Bier und Zigaretten holen", sagte Herr Eigelstein im Weggehen. Und das war das Letzte, was Hausmeister Welsch von ihm sah und hörte.

Ein Monat verging und ein weiterer. Im Hause überlegte man, ob eine Vermissten-Anzeige. nötig oder angebracht wäre. Man nahm aber doch Abstand davon. Welsch öffnete eines Tages den überquellenden Briefkasten. Er enthielt nur Werbung bis auf einen handgeschriebenen, nicht adressierten Zettel. Welsch las ihn im Treppenhaus vor: "Hermann! Eigentlich wollte ich nichts mehr mit dir zu tun haben. Aber ich muss dich warnen. St. will dich erpressen. Gruß, Mieze".

Welsch stieg mit einigen Bewohnern in das Dachgeschoss hinauf und öffnete vor Zeugen die Tür der Eigelstein'schen Wohnung. Es roch überaus muffig; denn es war ja seit Wochen nicht mehr gelüftet worden, wie die Frauen des Hauses feststellten. Alle aber wunderten sich über die Einrichtung. Sie bestand aus einer Matratze auf dem Küchenboden, einem Tisch nebst Stuhl, einem kleinen Küchenschrank und einem Regal für Wäsche. Die beiden Zimmer waren unmöbliert. So etwas hatte noch niemand gesehen. Schwank und Schubladen enthielten nichts Besonderes: Ein wenig Geschirr und Bestecke. Keine Waffe, keine Drogen, vor allem kein Geld. Der Eindruck des Rätselhaften nahm bei den Augenzeugen zu.

Da bekam die Geschichte des Herrn Eigelstein eine unerwartete Wendung. Wenige Tage nach der Besichtigung der Wohnung läutete ein Mann bei Welsch und fragte nach Eigelstein. Der Mann sah seriös aus, sprach gesetzt und ruhig mit einer Vertrauen einflößenden Bassstimme. Welsch erzählte, dass der Mieter seit Wochen und Monaten sozusagen überfällig sei. Niemand wisse, wo er... aber was er denn von ihm wolle. Der Herr stellte sich als Werner Steinhoff vor und bei Welsch klingelte im Hinterkopf der Aufmerksamkeitswecker. Herr Steinhoff gab vor, mit Eigelstein geschäftlich zu tun zu haben. Welsch nötigte ihn in seine Hausmeisterklause, bot ihm ein Bier an und berichtete, was man im Haus so über Eigelstein sagte, meine, vermute.

Als er den Beruf des Handelsvertreters erwähnte, lachte Steinhoff schallend. "Handelsvertreter, Handelsvertreter" prustete er heraus. "Schiffschaukelbremser hat er selber gesagt." Welsch legte nach: Er sei doch so oft tagelang unterwegs gewesen, was man für Geschäftsreisen gehalten habe. Aber was er denn nun wirklich getan habe.

Er kenne ihn seit langem und sehr gut, sagte Steinhoff. Angefangen habe er wohl damit, mit einem Schausteller zu reisen. Ein durchaus ehrenwerter Beruf. Mit Schießbude und Kinder-Karussell. Risikoreich und witterungsabhängig. Er selbst, Herrmann, wie ihn Steinhoff nun vertrauter nannte, habe mit sanftem Spott sich einen Schiffsschaukelbremser genannt. Im Grunde seines Wesens aber sei er eine Spielernatur gewesen. Kaum hatte er genug verdient, kaufte er Anzug und Krawatte, weil in Spielbanken Krawattenzwang herrscht, und versuchet sein Glück dort. Offenbar, meinte Herr Steinhoff, mit gelegentlich großem Erfolg. Außerdem arbeitete er für einen Buchmacher bei Pferderennen. Er saß in dessen Auftrag in seinem Schalter, kassierte Wettgelder und zahlte Gewinne aus. Glücksspiel ist schließlich keine lohnende Dauerbeschäftigung. Etwas Sicheres sollte es schon sein bei Herrmann, auch wenn er sonst nicht gerade eine bürgerliche Existenz hatte.

Aber, meinte Steinhoff, wer charakterlich, sagen wir ein wenig links gestrickt ist, versucht natürlich auch sonst noch an Geld zu kommen. Ich vermute, Hermann verkaufte Tipps für todsichere Wettchancen und ließ sich vom Gewinn etwas bezahlen. Das ist zwar verboten, aber wer fragt danach? Nur: Sein Chef muss ihm kürzlich auf die Schliche gekommen sein. Und darum ist er Hals über Kopf ausgerückt. Und er wird nie wiederkommen.

Aber, sagte Welsch, Sie wollten geschäftlich mit ihm reden. Mit anderen Worten: Sie wollten Geld von ihm: denn Sie wussten ja eine Menge von ihm und seinen Tricks. Wie kommen Sie denn darauf, fragte Steinhoff sehr überrascht. Er könne zwei und zwei zusammenzählen, sagte Welsch obenhin und setzte ein freches Grinsen auf. Er vermute nur das Eine oder Andere, versuchte Steinhoff eine Ausflucht. Das könne auch alles ganz anders sein. Vielleicht sei er tot oder ins Ausland geflüchtet. Er, Welsch, habe doch selbst von ihm als einer undurchsichtigen, rätselhaften Person gesprochen.

Eins aber, sagte Welsch, verstehe er gar nicht. Steinhoff kenne Eigelstein so gut und wisse alles über ihn. Da sei es doch sehr merkwürdig, dass er ausgerechnet über seinen Fluchtort nichts wisse. Das scheine ihm noch viel rätselhafter als die angebliche Flucht Eigelsteins. Warum er erst jetzt, nach so vielen Wochen komme. Ja, die Hausgemeinschaft habe ihn natürlich vermisst und sich Sorgen gemacht, und das Rätsel sei jetzt noch viel ergründlicher. Wie das ganze menschliche Leben. Herr Steinhoff hatte es dann sehr eilig zu gehen. Er ließ sogar das restliche Bier stehen.

Die rätselhafte Dame Anastasia

Mein Freund Felix fand vor etlichen Wochen im Briefkasten einen Maschinen geschriebenen Zettel ohne Anrede und ohne Unterschrift. Er las: "Du wirst Anastasia begegnen. Hab Acht auf sie". Er verstand den Text nicht, hielt ihn für eine obskure Mitteilung einer fragwürdigen religiösen Gemeinschaft und dachte bald nicht mehr daran.

Auf einer Party, zu der er kurz danach eingeladen worden war, fiel ihm eine dunkelhaarige Dame im eng anliegenden schwarzen Kleid auf, die mal bei dieser, mal bei jener Gruppe stand und plauderte. Es schien Felix, als ob sie ihn von Zeit zu Zeit genau anschaute. Die Herren seiner Umgebung kannten sie nicht bis auf einen, der gehört hatte, dass man sie mit Anastasia ansprach. Dadurch aufmerksam geworden, fragte er den Hausherrn nach diesem Gast. Der schüttelte bedauernd den Kopf. Er kenne sie auch nicht. Ein Gast habe sie wohl mitgebracht. Als Felix sie suchte, um sie anzusprechen, war sie verschwunden.

Er kam spät nach Hause nach der Party. Auf den Stufen vor seiner Haustür saß Anastasia.

Hallo, Felix! sagte sie.

Anastasia, wenn ich nicht irre.

Ja. Die bin ich. Und ich brauche deine Hilfe.

Hast du dich deshalb angemeldet?

Nein. Das ist etwas Anderes. Ich kann nicht nach Haus, weil ich mich ausgesperrt habe. Der Schlüssel liegt daheim. Und wer macht mir mitten in der Nacht die Tür auf? Hast du ein bisschen Platz für mich, bitte? Das wird sich finden. Komm herein. Du musst mir ja manches erklären. Felix schloss auf, ließ sie vorgehen. Erster Stock links.

Ich weiß.

Felix machte in seinem Wohnzimmer auf der Couch ein Bett zurecht. Anastasia setzte sich in einen Sessel, streifte die Schuhe von den Füßen. Jetzt merke ich erst, wie müde ich bin, sagte sie.

Wie bist du auf mich verfallen? Zu was hast du dich angemeldet? Lass uns jetzt nicht mehr darüber reden. Vielleicht später. Aber eins musst du noch wissen. Nimm dich vor Wimmer in Acht.

Mein Freund Artur?

Dein Freund macht dich schlecht wo er nur kann. Er intrigiert gegen dich in der ganzen Firma. Er will deine Stelle. Pass also auf. Und nun: Gute Nacht!

Felix grübelte über diese Frau und über Wimmer und schlief sehr spät ein. Am Morgen war die Frau verschwunden. Kissen und Decken lagen ordentlich auf einander auf der Couch.

In der Firma, Felix arbeitete als Texter in einer Werbe-Agentur, horchte er herum, wer etwas über ihn rede. Nach anfänglichem Zögern bestätigten Kollegen, was Anastasia gesagt hatte. Ein ernstes Gespräch mit Wimmer und dem Abteilungsleiter schaffte Ordnung - und Zerknirschung.

Einige Tage später kaufte Felix in einem Supermarkt ein. An der Kasse stand hinter ihm ein Junge. Hinter diesem tauchte, ohne dass Felix es gesehen hatte, Anastasia auf. Sie hielt den Arm des Jungen fest, entwand ihm das Portemonnaie, das er aus Felix' Gesäßtasche gestohlen hatte, und sagte: Felix, pass besser auf dein Geld auf! Der Junge rannte weg, Anastasia sagte, sie müsse noch einkaufen und verschwand.

Zwei Tage später fühlte Felix sich sterbenskrank. Sein Puls raste, sein Atem flog, er war nicht in der Lage, aufzustehen, Sein Bauch schmerzte. Ein Blick in den Spiegel des Schlafzimmerschranks ließ ihn zutiefst erschrecken. Sein Gesicht war blau gefärbt. Er sank ins Kissen zurück und überlegte. Was konnte das sein? So etwas hatte er noch nie gehabt.

Da kam Anastasia ins Schlafzimmer.

Wie kommst du hierher?

Ich hatte damals einen Schlüssel vom Brett in der Diele mitgenommen. Ich hatte das Gefühl, ich würde noch einmal gebraucht. Und was hast du angestellt?

Keine Ahnung.

Du hast neulich im Supermarkt Spinat gekauft, nicht wahr?

Ja. Er hat gut geschmeckt.

Und du hast ihn gestern aufgewärmt.

Ja. Auch das.

Das soll man nicht. Jetzt hast du eine Nitrit-Vergiftung. Eine böse Sache. Aber ich hab' was für dich. Erst jetzt sah Felix, dass sie eine große Tasche, fast einen Koffer, bei sich hatte, dem sie nach einigem Suchen ein Medikament entnahm. Das nimmst du jetzt und noch dreimal am Tag. Und an den nächsten beiden Tagen noch mehrfach. Dann müsste es bald vorbei sein.

Du kannst nicht mehr kommen, um nach mir zu sehen?

Ich weiß es nicht. Wahrscheinlich nicht.

Warum bist du eigentlich zu mir gekommen?

Das ist sehr schwer zu erklären. Eigentlich gar nicht. Nur soviel: Ich musste nach dir schauen, auf dich achten. Und du siehst, es war nötig. Betreust du noch andere Leute? Jetzt nicht. Vielleicht später wieder.

Ich verstehe gar nichts.

Das macht nichts. Das Leben gibt dir immer wieder Rätsel auf, und die wenigsten kann man lösen. Man muss sie einfach hinnehmen. Leb wohl! Sie legte Felix ihre Hand auf die Stirn, die er als so leicht empfand wie eine Feder. Er schloss die Augen. Als er sie wieder öffnete, war das Zimmer leer.

In den Tagen in denen er noch zu Hause blieb, dachte er immer wieder nach. Und dann fiel ihm der Text eines Kollegen ein, der etwas über Engel geschrieben hatte.

Denkmal für einen Unbekannten

Ich werde dir alles erzählen, was ich über Oskar Herff weiß. Du sollst es erfahren; denn er ist ja wohl, wenn ich deine vorsichtigen Andeutungen richtig verstanden habe, der Vater deines Sohnes.

Mit Herff saß ich einige Jahre in der gleichen Schulklasse, ohne mich mit ihm anzufreunden. Er ist mir aus dieser Zeit in Erinnerung als ein mittelgroßer, untersetzter Junge mit braunen Haaren und großen, ernsten Augen. Turnen war seine Stärke nicht, aber das muss ja auch nicht sein. Er sprach wenig, beteiligte sich nicht an Streichen, am Foppen der Lehrer, blieb stets ernst und sah nachdenklich aus. Im Jahr vor dem Abitur verließ er die Schule. Nur so. Er verschwand. Zum ersten Mal.

Viele Jahre später las ich, dass er einen Roman geschrieben hatte. Ich weiß sogar den Titel noch: "Denkmal für einen Unbekannten". Das Buch wurde von der offiziellen, institutionalisierten Literaturkritik einhellig heftig gelobt. Es verkaufte sich sogar gut, wie mir ein Buchhändler erzählte. Ich habe es dann auch gelesen. Es war nicht ganz mein Fall. Zuviel schwerblütige, spürbar bemühte Psychologie. Die Handlung, ein verzwickter Lebenslauf, vollzog sich auf drei Ebenen; akrobatisch, wenn der Ausdruck in der Literaturkritik gestattet ist, akrobatisch sprang sie von einer Ebene, einer Zeit, in die andere. Mir schien, dass der bis dato unbekannte Autor Oskar Herff sich mit dem Roman selbst ein Denkmal setzen wollte.

Eines Tages traf ich ihn auf einem Kongress. Noch korpulenter, noch ernster, noch langsamer in seinen Bewegungen. Ich sprach ihn an, versuchte, ihn an die Schulzeit zu erinnern. Er schaute mich mit seinen ernsten Augen an, schweigend, schüttelte dann den Kopf, wandte sich ab, ließ mich stehen. Den Kongress verließ er auch vor seinem Ende. Er verschwand erneut. Ich fragte den Veranstalter nach ihm. Der wusste nur, dass ein Verlag einen Autor angemeldet hatte, telefonisch sogar. An den Namen könne er sich nicht erinnern "Herff, Herff? Kann sein, kann nicht sein. Keine Ahnung."

Kurz danach hat Herff einen Novellenband veröffentlicht mit nur mäßigem Erfolg und zwei Jahre später einen Roman, mit dem er seinen früheren Ruhm erneuerte. Den Titel habe ich vergessen, das Buch auch nicht gelesen. Der Autor war mir fremd geworden. Sicherlich kein Kriterium für Lektüre. Die Kritik lobte die große sprachliche Disziplin und Präzision der Widergabe von Empfindungen, nannte die Handlung aber verrätselt und voll versteckter Hinweise. Inhaltlich, stilistisch, soziologisch, sogar philosophisch sei Herff auf der Höhe der Zeit.

Das ist jetzt etwa drei Jahre her. Damals musst du ihn kennen gelernt haben. Im Urlaub in der Bretagne, sagtest du. Das ist übrigens typisch. Er liebte, wie er einmal in einem Interview bekannte, französische Lebensart und Leichtigkeit, die französische Sprache und natürlich die Küche. Das passt gar nicht, möchte man annehmen, zu seinem schwerblütigen, ernsten Wesen, aber es gibt eine seelische Polarität, die solche Gegensätze zulässt. In diesem Urlaub traft ihr euch, kamt euch näher. Er sprach von seinen Büchern, von einem neuen Entwurf. Daraus können wir schließen, dass es wirklich Oskar Herff war, auch wenn ihr euch nur mit Oskar und Ingrid angesprochen habt, wie das heute so üblich ist. Am nächsten Tag, sagtest du, war er wieder einmal verschwunden. Ohne Abschied, ohne Angabe einer Adresse. Und dass du ein Kind von ihm bekamst, von dem er nichts weiß, das gibt es eigentlich nur in Romanen.

Es scheint mir zurzeit ziemlich aussichtslos, nachzuforschen wo er lebt. Er verbirgt sich, überrascht den Verlag und die Leser demnächst vielleicht wieder mit einem Buch. Versuch' es dann über den Verlag, wenn du es überhaupt noch willst. Es kann sein, dass er damit kokettiert, ein Unbekannter zu sein. Er hat da ein großes Vorbild. Niemand weiß, wer B. Traven war, der Autor bedeutender Abenteuer-Romane. Ich halte aber eher für wahrscheinlich, dass er ein Flüchtender ist, der die Öffentlichkeit meidet, geradezu fürchtet. Er stellt sich nicht, gibt keine Rechenschaft über sich und seine Arbeit, will nicht gestört sein in seinem Elfenbeinturm, nimmt nicht teil am Leben der Gesellschaft, erwartet nur, dass diese seine Bücher liest. Das erwähnte Interview war wohl die große Ausnahme. Er ist ein Unbekannter und will es bleiben, ein namenloser Einsiedler. Nimm es mir nicht übel, ich halte das für egoistisch. Aber auch damit ist Oskar Herff auf der Höhe der Zeit, der negativen Höhe, wenn es so etwas gibt.

Leben mit Wolodja

Bin ich das? Sie schaute prüfend in die Spiegeltür des Kleiderschranks. Die dunkle Pony-Frisur, die braunen Augen hinter der modischen Brille, die leicht gebräunte, noch glatte Gesichtshaut, der schmallippig gewordene Mund, der einmal voller war, aber, wie sie sich sagte, einiges an Kummer und Alleinsein hatte schlucken müssen. Sie schaute an sich herunter, an der mädchenhaft gebliebenen Figur, den nur wenig betonten Hüften, den schlanken Beinen, die Wolodja so gefielen.

Bin ich das? Bin ich die ernste aber kaum gealterte Frau geworden in den Jahren mit Wolodja? Sie hatte plötzlich den Eindruck, sein lachendes Jungengesicht schaue neben ihr aus dem Spiegel und seine Bass-Stimme sagte: Da bin ich wieder. Ich fantasiere, sagte sie laut ins Schlafzimmer. Er ist auf Konzert-Tournee.

Seine Stimme! Sie erinnerte sich genau an die Abendgesellschaft bei Butgereits, wo der berühmte russische Bassist Wladimir Ruschkin ein bewunderter, umschwärmter Gast war und von der Dame des Hauses, ihrer Freundin Elvira Butgereit gebeten, russische Volkslieder sang.

Diese Stimme! Ein voller, breiter, warmer, tiefschwarzer Bass. Sie hatte, je länger sie zuhörte, desto stärker das liebevolle Gefühl, von dieser Stimme eingehüllt, und gewärmt zu werden. Sie hörte den Applaus von fern, hörte die wogenden Stimmen um sich herum, ließ sich von ihnen zur Hausbar mitnehmen. Nur Minuten später stand Ruschkin neben ihr, schenkte ihr ein Glas Wodka ein, das erste ihres Lebens, amüsierte sich, als sie sich nach dem ersten Schluck damenhaft-dezent schüttelte. Das vergeht, sagte er, wird bei jedem Schluck weniger. Sie sind mir aufgefallen, als ich sang, wechselte er das Thema. Sie gehören gar nicht in diese Gesellschaft. Auch wenn Sie nicht groß sind, ragen Sie doch darüber hinaus. Sie hörte kritisch zu und fragte sich einen Moment lang, ob er das wohl zu jeder Frau sage. Ihr Gesicht, fuhr er fort, ließ erkennen, dass Sie die Musik in anderer Weise aufnehmen, in sich hineinnehmen, als diese oberflächlichen Leute hier.

Nach dem dritten Glas Wodka sagte er unvermittelt Sagen Sie Wolodja zu mir. Es ist die Koseform von Wladimir. Da war der Name zum ersten Mal, dieser einschmeichelnd zärtliche Name mit den dunklen Vokalen.

Und nun war sie schon seit fünf Jahren Frau Ruschkin - und war es doch nicht. Sie war zwar nie der Meinung gewesen, dass Eheleute sich gegenseitig wie ein Privateigentum besitzen müssten, aber von Wolodja hätte sie keinesfalls sagen können, er gehöre ihr. Wenn er irgendwem gehörte, dann seiner Musik, seiner Kunst, seinem Publikum. Und dazu gehörten natürlich Frauen. Er war, so wie jetzt, wochenlang unterwegs, auch im Ausland. Einem Ensemble gehörte er nicht an, sondern schloss nur Stückverträge über Opernrollen ab.

Manchmal begleitete sie ihn, und dann gab es ein paar jubelnde Tage. Aber sie war viel öfter allein und wusste nicht, mit wem er seine Zeit verbrachte. Aber wenn er heimkam, die Taschen voller Geschenke, eine Einkaufstasche voller Luxus-Lebensmittel, wenn er sich ein paar Wochen bei ihr erholte von den Strapazen einer Tournee, dann hatte ihr Leben wieder Fülle, Lachen und Wärme in der Umarmung seiner Stimme.

Wieder schaute sie prüfend in den Spiegel. Wie werde ich sein in ein paar Jahren, in zehn, in 15 Jahren? Da warf ihre Fantasie ihr eine Strickleiter zu, die sie lächelnd ergriff: Er wird sich eines Tages zur Ruhe setzen. Dann könnte ein neuer Lebensabschnitt mit ihm beginnen, dann ließen sich vielleicht die Wünsche erfüllen, die sie jetzt noch vor sich herschob. Es gab ein paar Orte auf der Erde, die sie noch gern besucht hätte. Tahiti zum Beispiel öder Yukatan. Sogar Island.

Das Telefon brachte ihre Fantasie zum Schweigen. Wolodjas dunkle Stimme schmeichelte sich in ihr Ohr. Es war die Zeit seines täglichen Morgen-Anrufs. Da bin ich wieder, sagte er und: Ich komme. Die Tournee wird abgebrochen. Es sind zu wenig Karten verkauft worden. Die Leute wollen mich nicht mehr hören.

Eine Mischung aus Ironie und Bitterkeit schwang in der Stimme mit. Ich werde eine lange Pause machen. Eine Pause mit dir. Es wird Zeit, dass wir unser Leben führen, unser gemeinsames Leben. Wir haben in den

Jahren viel zu wenig von einander gehabt. Ich will nicht, dass wir neben einander alt werden, sondern miteinander, zusammen. Wir leisten uns jetzt unser Leben. Und damit fangen wir gleich an. Ich komme um fünf und bringe Flugkarten mit. Weißt du, wo Tahiti liegt?

Die Geschichte eines unordentlichen Lebens

Robert Donath lag im Garten der Kurklinik im Liegestuhl. Seine Krankheit galt zur Zeit als besiegt, aber sie konnte jederzeit wieder ausbrechen. Und Donath wusste, dass sie wiederkommen würde. Er hielt solches Wissen für den richtigen Anlass, über sein ungeordnetes, geradezu unordentliches Leben nachzudenken.

Es gab, wie er sich selbst eingestand, noch etwas einzurenken. Er hatte viele Dinge im Leben angefangen und alle wieder fallen gelassen. Von Jugend auf hatte ihn das Theater fasziniert. Es gelang ihm, hier und da Statisten-Rollen zu bekommen. Ein Regisseur übernahm ihn in die Komparserie, die man später "Kleindarsteller" nannte. Dabei ließ sich etwas Geld für ein sehr bescheidenes Auskommen verdienen.

In der Zeit begann er, Komödien zu schreiben, kam aber nie über den ersten Akt hinaus. Er heiratete eine fleißige, ehrgeizige Frau, die etwas aus ihm machen wollte. Sie hielt ihn für begabt aber faul, und erkannte nicht sofort, dass ihm nichts daran lag, etwas zu werden. Er wollte kein Leben an Schreibtisch oder Werkbank sondern ein Leben zwischen allen Stühlen. Ihm lag nur daran, so zu sein wie er sich sein Leben vorstellte: Ohne das Korsett zielstrebiger Ordnung und erwarteter Nützlichkeit.

Als "sein" Regisseur das Theater verließ, war es mit der Kleindarstellerei zu Ende. Er verkaufte dann längere Zeit als Propagandist auf Märkten und in den Portalen von Kaufhäusern technische Neuheiten für den Haushalt wie vielmesserige Schneidevorrichtungen für Gemüse, aber auch Shampoo für die Teppichreinigung. Ein Eisenwarenhändler, der ländliche Märkte beschickte, stellte ihn als Verkäufer ein. An seinem Stand bot er alles feil, was in bäuerlichen Haushalten und nicht nur in solchen gebraucht werden konnte: Messer aller Größen und Scheren, Sägeblätter und Fuchsschwänze, Handbeile und massive Äxte. Auch Kuhketten und Geschirre.

Seine Frau hielt das für Tändelei und meinte, seine Begabungen seien unterfordert. Dabei hatte er nie .so schön und so erfolgreich schauspielern können wie auf den Märkten. Sie verließ ihn nach etwa zehnjähriger Ehe.

Robert Donath zog weiter mit Eisenwaren über die Märkte. Man kannte ihn und lachte über seine Scherze, und er verkaufte gut und zur Zufriedenheit seines Chefs. Er war selbst zufrieden mit diesem nicht eben von Zwang gequälten Leben. Niemand rief ihn zur Ordnung, wenn er einmal nicht Messer anbot oder Sprüche riss wie: "Die Axt im Haus erspart den Scheidungsanwalt".

Er lebte in den billigen Zimmern dörflicher Gasthäuser, erzählte abends beim Bier Geschichten aus seinem Theaterleben, wobei er mit den Namen der von Film und Fernsehen bekannten Schauspieler und vor allem Schauspielerinnen als seinen vertrauten Freunden nur so um sich warf. Die Jahre auf den Märkten und das Verkaufen im Freien und bei jedem Wetter gingen nicht ohne Schäden an ihm vorüber. Rheuma und Arthritis im Rücken stellten sich ein und ließen ihn wieder einmal über einen Berufswechsel nachdenken. Und er fand etwas: Er wurde Nachtportier in einem Hotel einer Mittelstadt. Er erhoffte sich ein ruhiges Dasein und viel Zeit, um zu den mit wohltemperierter Leidenschaft betriebenen Versuchen der frühen Jahre zurückzukehren und Komödien zu schreiben. An Themen, meinte er, sollte es ihm bei seinen Erlebnissen nicht mangeln. Die schwere Krankheit, die sich schon bald meldete, führte dazu, dass es wieder bei Versuchen blieb.

Sie hatte aber eine für Donaths Leben äußerst wichtige andere Folge. Er dachte über sein Leben nach und meinte, er habe wenigstens eine Sache aus der Unordnung herauszuheben und in Ordnung zu bringen. Er hatte seiner Frau geschrieben und erwartete heute ihren Besuch.

Und sie kam. Quer über den Rasen kam sie auf Donath zu, der urplötzlich erregt mit den Augen klimperte. Sie war natürlich grau geworden, aber ging noch so aufrecht wie immer, war schlank geblieben und hatte den energischen Zug um den Mund behalten. Donath stand rasch auf und ging ihr entgegen. Sie begrüßten sich förmlich und etwas verlegen

und Donath schlug vor, auf einer Bank unter einer Buche Platz zu nehmen.

Irene Donath übernahm sofort die Gesprächsführung. Sie habe sich verständlicherweise gewundert über seinen Brief, dann aber Berechtigung
und Notwendigkeit des Besuchs eingesehen. Aber wenn er meine, es sei
da noch etwas in Ordnung zu bringen, etwa an einer Entschuldigung zu
basteln, dann sei er im Irrtum. Unser Leben, sagte sie, ist so verlaufen,
wie es verlaufen musste bei unseren so unterschiedlichen Veranlagun-
gen. Ich könnte jetzt den Satz vom Schattenspringen aufsagen, aber ich
tu' es nicht. Ich sage es anders. Es gibt Menschen, die man innerhalb
ihres Wesens und ihres, ich sage mal Zuschnitts, ändern kann. Dazu gehört Einsicht und wahrscheinlich Geduld. Die meisten Menschen aber
bleiben wie sie sind, wie sie angelegt sind, und verzichten auf einen neuen
Anzug für ihr Wesen. Und dazu gehörst du. Ich habe versucht, wie du
weißt, in dein unordentliches Leben einzugreifen. Heute weiß ich, dass
es ein aussichtsloser Versuch war. Das ist kein Vorwurf. Du brauchtest
das Leben, das du geführt hast, das Unstete, den Wechsel, die vielen
Versuche zu einem anderen Zuschnitt. Und schließlich habe ich dich
verlassen. Wenn es etwas in Ordnung zu bringen gibt, dann ist, was ich
eben getan habe, die Einsicht zu erklären, die ich über das Unverrück-
bare in deinem und meinem Leben gewonnen habe. Und nun lass uns
schweigen und dem Abend entgegen schauen.

Zurück zu den Wurzeln

Ein nächtliches Gewitter weckte Stefan Bendig. Er blickte zum Schlaf-
zimmerfenster, wartete auf den nächsten Blitz und zählte die sieben Sekunden bis zum Einsetzen des Donners – das Gewitter war also mit seinem Kern gute zwei Kilometer entfernt. Leise stand er auf und trat ans
Fenster. Der Sturm klatschte den Regen gegen die Scheibe, die Straßenlampe schwankte und warf gelbe Reflexe auf den glänzenden, nassen
Asphalt der Fahrbahn. In den Häusern der Nachbarschaft brannte nirgendwo mehr Licht. Herta Bendig war ebenfalls wach geworden. "Musst
du wieder zu dem Haus hinüberschauen", fragte sie ihren Mann, als sie
ihn am Fenster stehen sah.

"Nein" sagte Stefan. "Ich schaue in den Regen und drüben ist alles dunkel".

"Dann leg' dich wieder hin".

"Ich kann nicht schlafen".

"Das kommt von deinen Phantastereien. Hör' damit endlich auf. Zieh'
einen Schlussstrich. Du bist kein Kind mehr". Herta drehte sich im Bett
um, wollte nicht mehr reden. "Das sagst du so leicht", gab Stefan zu
bedenken. "Jeder Mensch lebt manchmal im Widerspruch zu sich
selbst".

"Was soll denn das wieder heißen?"

"Verstehst du das wirklich nicht?" Stefan legte sich wieder ins Bett, wartete auf Blitz und Donner und berechnete, dass das Gewitter abzog. "Ich
will sagen", antwortete er schließlich vorsichtig, dass man manchmal eine
Sache tun möchte, aber eine andere tut. Tun muss. Ganz schlicht ausgedrückt. An manchen Tagen halte ich es für richtig und vernünftig, bestimmte Erinnerungen zu verdrängen, abzuhaken, untergehen zu lassen,
weil es keinen Sinn mehr hat, darüber nachzudenken, sich zu vertiefen
in Phantastereien, wie du das nennst. Dann aber steht alles wieder deut-

lich vor mir und fordert die Erinnerung, weil es zu meinem Leben gehört". Stefan machte eine Pause und wartete auf Hertas Einwand oder ihre Fragen.

"Ich verstehe", sagte sie, "du hättest das Mädchen heiraten wollen und bekamst mich. Ist es so?" Sie wandte sich ihm zu, griff ihm leicht in die Haare, um das Gespräch ins Scherzhafte zu wenden. "Sag", ist es so? Schaust du deshalb zu dem Haus hinüber, in dem sie gewohnt hat?"

Stefan entwand sich unwirsch ihrem Griff. "Es war nicht so. Überhaupt nicht. Du siehst es nur ich-bezogen und damit zu eng." Sie zog ihre Hand zurück. "Dann bezieh es mal anders".

"Du kennst mein, kennst unser Leben. Es ist dir nicht neu, dass ich als Kind, nach dem Unfalltod meiner Eltern, hierher kam zu Verwandten, in diesen niederbayerischen Marktflecken. Hier bin ich aufgewachsen, hier fühlte ich mich zu Hause. Hier sind meine Wurzeln. So deutlich habe ich das noch nie gesagt".

"Nein", bestätigte Herta.

"Ich wäre gern hiergeblieben. Hier kenn' ich mich aus. Ich kannte die Leute, die Häuser, die Hauptstraße in Richtung Kreisstadt, die vier Nebenstraßen, von denen eine zum Fluss führt, die Kirche mit dem Friedhof auf dem Hügel. Ich wäre gern hiergeblieben. Als Dorfschullehrer zum Beispiel. Aber ich musste in der Kreissparkasse eine Banklehre absolvieren. Und so kam ich, wie du weißt, nach München. Ohne mein Bemühen und, wie du erraten kannst, im Wesentlichen und zunächst gegen meinen Willen. Ich wurde empfohlen, geschoben. Den Rest weißt du".

"Ja", sagte Herta nach einigem Nachdenken. "Du kamst nach München, warst ein guter Bankbeamter. Aber es gibt wohl noch andere Gründe, weshalb du deinen quasi heimatlichen Marktflecken zu unserem Alterssitz gewählt hast. Es hat sicherlich auch noch andere Gründe dafür gegeben, dass dir der Abschied hier schwer wurde. Das Mädchen, oder? Das hast du immerhin einmal angedeutet".

Stefan zögerte lange mit der Antwort, setzte wiederholt an, brach ab, sagte dann endlich sehr leise: "Ich habe dir nicht die ganze Wahrheit gesagt. Es war kein Mädchen".

"Nicht?" Herta fuhr im Bett hoch.

"Es war eine junge Frau von 32 Jahren".

"Und du?"

"Ich war 18. Es war die erste Frau in meinem Leben. Und die erste, erfüllende, prägende Liebe zähle ich auch zu den Wurzeln eines erfüllten Lebens."

Herta legte sich wieder. "Weiter", forderte sie ihn auf. "Sie war geschieden. Ich lernte sie als Kundin in der Sparkasse kennen. Ja, sie wohnte im Haus hier gegenüber. Ich zog zu ihr.

Die Leute im Ort redeten natürlich darüber."

"Natürlich", wiederholte Herta.

"Aber wir machten uns nichts daraus. Wir liebten uns. Wir badeten gemeinsam im Fluss, wanderten viel und ich bewunderte immer wieder die klare Luft über dem Flusstal, die es möglich machte, über wer weiß wie viele Kilometer Entfernung jede Tanne drüben im Hettenbacher Wald zu erkennen".

Stefan brauchte Minuten, ehe er weitersprach und Herta drängte ihn nicht.

"Das ging drei glückliche Jahre so. Und dann kam ich abends heim und fand sie tot auf dem Sofa. Sie wusste, dass sie unheilbar krank war und hatte sich irgendwie Gift besorgt. Sie wolle Leid, Schmerz und Siechtum nicht ertragen müssen und sie wollte mich davor verschonen. So stand es in einem Brief. Du siehst, ich kann ganz ruhig und nüchtern darüber sprechen. Ich bin und war nie sentimental sondern begegnete Menschen und Dingen als Bänker eher mit Vorbehalt. Ich wurde ja dann nach München geschickt und war schließlich sogar fast einverstanden. Es half ja nichts. Getrauert habe ich jahrelang, bis ich dich kennen lernte. Aber die

Wurzeln, mit denen ich hier und im Haus gegenüber eingewachsen bin, konnte und wollte ich weder vergessen noch verleugnen. Und darum bin ich hierher zurückgekehrt. Auch weil an hellen Herbsttagen, wie wir sie vor uns haben, die Luft über dem Tal so klar ist, dass man jede Tanne im Hettenbacher Wald erkennen kann.

Bekenntnisse eines Landstreichers

"In meiner Seele bin ich ein Landstreicher". Nach diesem Bekenntnis betrachtete Fritz die Tischrunde seiner Freunde und registrierte Lächeln, ungläubige Verwunderung und verärgerte Ablehnung. "Unsinn", sagte einer. "Du hast einen Beruf, eine bürgerliche Existenz, trägst stets dunkle Anzüge mit Weste, weißes Hemd, Krawatte. Du bist, wie es scheint, glücklich verheiratet und ihr habt zwei Kinder. Man kennt dich sehr gut in dieser Stadt, du stehst im öffentlichen Leben, in Vereinen und Verbänden. Du bist geradezu eine Institution. Und dann hältst du dich für einen Landstreicher. Das ist doch Unsinn."

Kopfnicken und zustimmendes Gemurmel der Freunde bestätigten die Meinung.

"Du verstehst mich nicht" sagte Fritz. "Wenn ich es im Beruf und im gesellschaftlichen Ansehen zu etwas gebracht habe, dann ohne mein Zutun. Ich bin geschoben, empfohlen, befördert worden, ohne mich um irgendetwas zu bewerben. Ehrgeiz ist für mich immer ein Fremdwort gewesen und geblieben. Und noch etwas müsst ihr wissen: Ich habe meinen Beruf nie so ganz ernst genommen. Ich hatte stets einen kritischen Abstand dazu und war auch immer korrekturbereit. Erfolge nahm ich mit Achselzucken zur Kenntnis. Über Misserfolge bin ich lächelnd hinweggegangen. Ich habe diese ganze Erwerbs- und Erfolgs-Gesellschaft nicht von oben oder von unten sondern von außen betrachtet."

"Das glaubt dir kein Mensch", sagte einer der Freunde. "Du warst immer mitten drin in allem. Mit Herz und Verstand und mit beiden Händen. Wenn ich an die Verhandlungen mit meiner Firma denke. Wie du beredt, konsequent, zielstrebig, wie es schien geradezu erfolgsverliebt geredet hast. Du warst nicht daneben sondern mitten drin."

"Wie es schien, sehr richtig beobachtet".

"Ach, Fritz", sagte einer. "Du spielst dir und uns nur etwas vor. Das immerhin ist etwas Neues".

"Wenn ihr das alle meint, dann muss ich euch wohl etwas erzählen. Am Kriegsende, ich war ein junger Kerl, hat mich Krieg oder Schicksal oder Leben, wie man sagen will, in Ostfriesland an den Strand gespült. Ich wusste nichts von meiner Familie, ob alle noch lebten oder nicht. Nicht mehr als eine dunkle Vermutung, sie könnten in Süddeutschland sein.

Also marschierte ich los. Uniform, Stiefel, Rucksack mit ein paar Klamotten. Das war alles. Hier und da bin ich von einem Lastwagen oder einem Fuhrwerk mitgenommen worden. Ich habe gebettelt. Mich von Dorf zu Dorf durchgebettelt. Das haltet ihr nicht für möglich, wenn ihr mich jetzt und hier so seht. Saturiert und wie es scheint zufrieden. Man war damals noch etwas mitleidiger. Ein paar Mal habe ich bei Bauern und einmal bei einem Schreiner mitgearbeitet. Das hat mit Spaß gemacht. Da entstand etwas Brauchbares, etwas Handfestes unter meinen Händen. Das war ein ganz neues Erlebnis. Ich habe sogar einige Tage ernsthaft daran gedacht, Schreiner zu werden, aber ich suchte ja meine Familie.

Eines Mittags machte ich unter einem Apfelbaum am Straßenrand Rast. Da kam ein Mann des Wegs und setzte sich zu mir. Er war schon grauhaarig, aber er hatte ein junges, lachendes Gesicht. Wir redeten über das Woher und Wohin. Er wollte, glaube ich, nach Ulm, weil er seine Frau da vermutete. Das Schwäbische war auch mein Ziel. Also zogen wir zusammen los.

Er war Zeit seines Lebens ein Wanderer, hatte große Teile Deutschlands erwandert und sich dabei seine Gedanken gemacht. Ich habe viel von ihm gelernt. Gleichgültigkeit im Glück zu beweisen und Gleichmut im Unglück zu bewahren. Mich, das Stadtkind, lehrte er die Natur zu betrachten. Er meinte, man könne von Blumen und Bäumen leben lernen. Sie bringen alles hervor, was die Natur in sie gelegt hat. Das solle mir als Beispiel dafür dienen, die Dinge des Lebens so zu nehmen, wie sie kommen. 'Hol aus dir heraus, was in dir steckt, aber reiß dir kein Bein aus, um mehr zu erreichen'. Das war eine seiner Lebensweisheiten. Die größte Lebenskunst sei, seine Grenzen zu erkennen und in ihnen sich einzurichten und zu Recht zu finden. Manchmal zog er aus seiner Brusttasche einen Notizblock und einen Bleistift, um etwas zu notieren. Einen

Gedanken oder ein kurzes Gedicht. 'In den Nischen des Tages zerkrümeln Staubsekunden', begann eins, fällt mir eben ein. Er wollte, wenn sich die Gelegenheit dazu ergäbe, irgendwann wohl ein Buch schreiben. Die Zettel steckte er übrigens in den Rucksack.

Dieser Fußmarsch, diese Landstreicherei quer durch Deutschland und vor allem die beiden Wochen mit diesem Mann, mit diesem Philosophen, haben mich ein gutes Stück geprägt. Ich begann, wesentlich zu werden. Ich begann, nach mir selbst zu fragen. Wie ich mein zukünftiges, vor mir liegendes Leben einrichten sollte, was wichtig und was unnütz wäre. Damals erkannte ich, dass ich in meiner Seele ein Landstreicher geworden war.

Den selbst bestimmten Weg unter die Füße nehmen, Konventionen verachten und von der Natur lernen. 'Kein Apfelbaum wird Birnen tragen', war einer der Sätze meines Wandergefährten. Merkt es euch und erwartet nicht mehr von euch, als in euch steckt"

Die Herren der Tischrunde dachten lange Zeit und sichtlich nach. "Und das möchtest du jetzt noch einmal erleben. Oder habe ich das falsch verstanden?" fragte endlich einer von ihnen.

"Ich werde es", sagte Fritz. "Jetzt, durch mein Erzählen, ist der Wunsch in mir ganz stark geworden, diese meine Veranlagung, ich könnte auch sagen seelische Disposition, noch einmal richtig auszuleben. Ausgelatschte, bequeme Schuhe, alte Hose, ungebügeltes Flanellhemd und ein alter Hut. Und natürlich ein Rucksack. Für Notizen. Ein Landstreicher sieht und erlebt so viel, was er aufschreiben muss, wovon ihr Stadtmenschen keine Ahnung habt".

"Und was sagt deine Frau dazu?"

Fritz rieb sich mehrfach nachdenklich das Kinn während seine Freunde mit erwartungsvollem, spöttischem Lächeln auf die Antwort gespannt waren.

Ach", sagte Fritz und machte eine weitere Pause. "Sie steht mit beiden Füßen mitten in der Realität wie alle Frauen. Sie lächelt zwar, wenn ich manchmal davon rede, aber sie ist, wie ihr wisst, eine kluge Frau und

lässt mich gewähren. Sie versucht jedenfalls nicht, meine Landstreicher-
seele zu kurieren."

Es war alles an seinem Platz

Es gibt Geschichten, die erzählt sein müssen, weil sich zum Beispiel die Historie des ganzen Jahrhunderts im Schicksal eines Menschen zusammenballt, zum Lebensinhalt gerinnt. Ein solcher Mensch ist der Fährmann Peter Hilpert, der in einer kleinen Stadt am Rhein im Halbstunden-Takt Autos, Radfahrer und Fußgänger über den Strom setzt.

Fährmann, sagt er manchmal, ist ein Menschen verbindender Beruf, ein menschenfreundlicher Beruf. Wenn er beim Abendschoppen auf sein Leben zu sprechen kam, legte er wie ein sich langsam ausbreitendes Licht ein satirisches Lächeln auf sein Gesicht. Hedwig Courths-Mahler würde sagen: In meinen Adern rollt das Blut der Fürsten von Starhemberg. Ich mach's bürgerlicher: Als der junge Prinz das Hausmädel glücklich geschwängert hatte, warf die Fürstin das böhmische Tschaperl aus dem Haus. Der hochwürdige Herr Pfarrer Josef Vopralek in Neutischein aber nahm das Mädchen um Gotteslohn auf, denn es war die Nichte seiner Haushälterin. Unter den sehr unterschiedlichen Fittichen von Hochwürden und der Tante konnte das Kind seine Tochter bekommen. Das war im Vierzehner-Jahr, ehe der große Krieg ausbrach.

Fünf Jahre später und in einem neu geschaffenen Staat besorgte Hochwürden dem Mädchen einen braven Ehemann, den Witwer Wenzel Tomanek, dem kürzlich die Frau beim dritten Kind im Kindbett gestorben war. Er adoptierte das Töchterchen der ledigen Mutter und gab ihm seinen Namen. Beim Hochzeitsmahl tat er etwas sehr Liebenswürdiges. Einer seiner Freunde saß wegen revolutionärer Umtriebe, wie man das nannte, im Polizeiarrest. Ihm ließ er eine reichliche Portion vom Hochzeitsbraten und eine Flasche Budweiser Bier in den Arrest bringen.

Die Tochter, ich nenne endlich ihren Namen, sie hieß Leopoldine, fand als sie Anfang 20 war, eine Stelle in einer Schuhfabrik in Aussig an der Elbe. Vom Fabrikgebäude aus schaute sie auf den Fluss und den Hafen. Das Wasser zog sie an, und sie ging nach der Arbeit gern ein wenig am Ufer spazieren, weil sie fühlte, dass das ruhig fließende Wasser sie selbst beruhigte, ja, ihr eine Art Seelenfrieden schenkte, wie sie sich ausdrückte.

Bei einem dieser Abendspaziergänge lernte sie den Binnenschiffer Fried-rich Wilhelm Hilpert aus Köln kennen, der mit seinem Lastkahn, der "Marie-Luise", auf Rhein, Mittellandkanal und Elbe Kohlen, Holz, Bau-stoffe und andere Güter transportierte. Leopoldine Tomanek heiratete ihn. Das Wasser hatte sie ja schon immer angezogen. Sie fuhr mit der "Marie-Luise" und sorgte für Essen und Ordnung. Das war im Neunu-nddreißiger-Jahr, vor dem Ausbruch des anderen großen Krieges. Und es war wieder in einem anderen Staat. Den Wenzel Tomanek, ihren Stief-vater, der schon immer revolutionären Überlegungen anhing, hat man zwei Jahre darauf erschossen.

Friedrich Wilhelm Hilpert empfand preußisch. Er sang, während er am Steuerrad stand, Fahrtenlieder, Soldatenlieder, Heimatlieder. Er sang einfach gern und am liebsten die "Märkische Heide", wie ich mich gut erinnere. "Steige hoch du roter Adler", jubelte er, "hoch über Sumpf und Sand, hoch über dunkle Kiefernwä-häl-der, Heil dir, mein Brandenbur-ger Land".

Ich hätte in Köln zur Welt kommen sollen, so hatten die beiden Schwan-gerschaft und Fahrt berechnet, aber Mutter Leopoldine rutschte auf ei-ner nassen Planke aus und Schiffer Hilpert hatte Mühe und Not den Hafen hier anzulaufen und seine Frau ins Krankenhaus zu bringen. So kam ich wie sie meinten ganz unplanmäßig in dieser kleinen Stadt auf die Welt und nicht im heiligen Köln, aber so unplanmäßig, sage ich heute, war das dann gar nicht, wie mein weiteres Leben zeigt.

Das Glück dauerte nicht lange. Im Mai 1944 wurde der Hafen von Du-isburg-Ruhrort bombardiert, die "Marie-Luise" bekam einen Volltreffer, zerriss und sank binnen Minuten. Meine beiden Eltern ertranken, mich fischte man halbtot aus dem Wasser. Was soll ich sagen, Waisenhaus, Kinderheim. Ihr wisst, was man da lernt. Nach außen Schnauze halten, Fäuste in der Tasche ballen. Nach innen Ellbogen und Fäuste gebrau-chen, Augen aufmachen nach dem, was man brauchen kann und verlan-gen, was man haben will.

Mit 14 begann ich eine Dachdeckerlehre. Vom Wasser hatte ich die Nase voll. Damals. Und das ist, glaub' ich, kein Wunder. Es war eine gute Zeit. Ich kam voran, wurde Vorarbeiter, leitete praktisch den Betrieb, weil der

Chef plötzlich gestorben war. Aber dann ist es doch passiert. Ich stürzte ab, brach den Unterschenkel so unglücklich, dass er amputiert werden musste. Da war's mit der Dachdeckerei vorbei. Es nützte nicht viel, dass ich den Ärzten im Krankenhaus beim Pokern das Geld aus der Tasche zog. Ich brauchte eine andere Arbeit. Die 50 hatte ich hinter mir, wer wusste, wie lange es mit der Dachdeckerei noch weitergegangen wäre. Mit 53 ist man nicht zu alt, um etwas Neues anzufangen, wenn man die Gelegenheit dazu hat. Ich bekam sie, als ich las, dass meine Geburtsstadt einen neuen Fährmann suchte. Ihr wisst, ich war der einzige Bewerber und es blieb den Stadträten nichts Anderes übrig, als mich trotz des Alters zu nehmen. So kam ich zurück zu den Anfängen, sozusagen. Den Fährmannsberuf habe ich bald lieben gelernt. Es ist ein ruhiges Schaffen mit Verantwortung für viele Menschen, es ist ein menschenverbindender, menschenfreundlicher Beruf, ein Brückenbau-Beruf, wenn ihr so wollt. Das macht zufrieden. Und zufrieden bin ich trotz dem Auf und Ab mit meinem Leben. Es war alles an seinem Platz.

Der Schlotter

Im letzten Haus am westlichen Ortsrand unserer kleinen Stadt, hinter dem die Kleingartenkolonie anfängt, wohnte ein Mann namens Anselm Schlatter. Das einzig Üppige an ihm war sein bis auf die Schultern wallender Haarschopf. Im Übrigen war er hager, eigentlich dürr, und der alte an Ellbogen und Hosenboden geflickte Anzug schlotterte um seinen Körper. Außerdem aber litt er an einer Schüttellähmung des linken Arms, der auch an seinem Körper schlotterte. Das war der Grund, weswegen wir seinen Namen spöttisch in "Schlotter" veränderten.

Wir, das waren Hermann und Willi, Franz und ich sowie die beiden Mädchen Edith und Helma. Wir waren 13 oder 14 Jahre alt, wohnten in der gleichen Straße, besuchten die gleiche Schule. Hermanns Vater gehörte der erste Kleingarten neben dem Hause Schlatters, das genau betrachtet nur eine Kate war: ebenerdig, mit der Längsseite zur Straße gebaut, eine Tür und zwei Fenster und ein Ziegel gedecktes Dach, durch das es an mehreren Stellen hineinregnete.

Wir trafen uns regelmäßig im Gartenhäuschen, redeten über die Schule, über Lehrer und Klassenkameraden, über die Eltern und ihr hier und da doch recht eingeschränktes Verständnis für die Themen unserer Jahre. Manchmal ließ der eine oder andere seiner Phantasie freien Lauf, entwickelte Zukunftspläne. Manchmal rauchten wir aus den kleinen weißen Tonpfeifen, die wir von den rosinenäugigen Weckmännern abgelöst hatten, getrocknete Brombeerblätter oder Pfefferminztee. Und während die dünnen grauen Qualmwolken über unsere Köpfe hinzogen, und die beiden Mädchen wegen des Gestanks die Nasen rümpften, dachten wir an Indianerleben und Calumet. Und wir warteten auf das Leben, das wirkliche Leben. Am frühen Abend schon zogen wir wieder in die heimische Straße, wobei es zur Gewohnheit geworden war, dass Willi und Franz Helma in ihre Mitte nahmen, während Hermann und ich bei Edith einhakten.

Eines Tages - wir hatten eben die Pfeifen angeraucht – wurde leise und langsam die Tür des Gartenhauses geöffnet. Anselm Schlatter schaute vorsichtig herein. Na, Ihr, sagte er.

Ei, Herr Schlotter, sagte Hermann.

Schlatter, berichtigte er ihn.

Ach, wissen Sie, erklärte Hermann, es ist wegen ihres Arms und überhaupt. Wir nennen Sie halt unter uns "der Schlotter". Nicht böse sein, sagte Edith schnell hinterher.

Nein, nein, der Schlotter schien verträglich. Und was treibt ihr hier so, wollte er wissen. Ach, antwortete Hermann wieder für uns alle, wir reden halt so, rauchen auch mal und machen Spaß. Was Freunde so treiben, die in einer Straße wohnen und manchmal Streit mit den Eltern haben, erklärte ich weiter. Und die Mädchen, wollte der Schlotter wissen und versuchte indem er sein lückenhaftes Gebiss etwas entblößte, Edith und Helma anzulächeln. Die beiden schauten sich kichernd an. Die gehören zu uns, richtige Kumpels, verteidigte ich die gemischte Gesellschaft.

Ist schon gut. Der Schlotter grinste wieder. Das gibt sich schon noch. Er schaute uns einzeln und nacheinander an, und wir belauerten ihn. In eurem Alter, wie alt seid ihr? fragte er.

Wir werden 14 oder 15, sagten Franz und Willi.

In einem solchen Alter, Kinder, müsst ihr hungrig sein. Der Schlotter erhob seine Stimme, richtete sich ein wenig mehr auf und tippte mit dem rechten Zeigefinger erst auf seinen Magen, dann auf die Stirn. Hier und hier. Und nach einer Pause, die er uns zum Begreifen schenkte, fügte er hinzu: Und ihr müsst Träume haben. Träume, an die ihr glaubt, die ihr euch ganz genau vorstellt und die ihr in, sagen wir, zehn Jahren, verwirklicht. Dann sackte der Schlotter wieder in sich zusammen und schwieg.

Schön wär's, räumte Hermann nachdenklich ein.

Träume, Vorstellungen, Pläne, ganz feste Pläne, schob ich rasch nach. Ich wüsste da schon was, aber das sag' ich noch nicht. Und Sie, Herr Schlotter, ich meine Schlatter, fragte Helma. Wie ist das mit Ihnen? Hatten Sie Träume?

Oh ja, jaaah! Schlotter trat zwei Schritte weit ins Gartenhaus hinein und setzte sich auf eine Kartoffelkiste. Dann hielt er seinen schlotternden linken Arm fest. Ihr wartet jetzt, dass ich euch von mir erzähle, wie?

Einige nickten dazu stumme Antwort.

Also, begann er, mein Traum war Seiltänzer oder Jongleur, oder beides. Ja. Und als eines Tages ein kleiner Zirkus in mein Heimatdorf kam, - ich war eben 16 und lernte bei einem Tischler da brannte ich mit den Zirkusleuten durch. Einfach so, auf und davon. Das war mein Traum. Zirkus. Ich weiß, dass das viele Jungen heimlich wünschen. War ja auch schön. Von Ort zu Ort, immer Neues sehen, Neues erleben, Menschen kennen lernen. Leicht ist es nicht. Bildet euch da nichts ein. Man muss Kraft haben, zupacken können, gesund sein. Und wenn man mal Hunger hat, darf man nicht gleich weglaufen.

Er machte wieder eine nachdenkliche Pause. Einen guten Lehrer hatte ich. Seiltanzen brachte er mir bei, und ich begriff sehr rasch, worauf es ankommt. Und Jonglieren, mit Bällen, Keulen, Stangen, schließlich mit Fackeln, mit richtig brennenden Fackeln. Und als ich dann auf dem Seil zu Jonglieren wagte, ohne Netz und doppelten Boden, wie man sagt, da war ich bald der Meisterjongleur Solatini, der große Solatini.

Das sind Sie, fragte Helma völlig überrascht. Der große Solatini? Ja, von dem erzählt mein Vater manchmal. Und er hat meine ich, auch ein Foto von Ihnen aufgehoben.

Zuviel der Ehre, sagte der Schlotter, stand auf und machte eine graziöse Verbeugung, bei der er seinen rechten Arm wie ein Rokokokavalier zur Seite schwenkte.

Wir schwiegen beeindruckt.

Und dann, fragte Edith neugieriger als mir lieb war. Dann war ich in vielen großen Städten zu Hause. Habe in großen Zirkussen gearbeitet. Die Namen sagen euch nichts mehr. Bis zu dem Schlag. Der Schlotter zeigte auf seinen schlotternden linken Arm. Das war der Hieb einer Bärentatze...

Helma schrie erschrocken auf.

Da war es mit dem Jonglieren vorbei und mit der Balance auch Ich bin noch mit einem kleinen Zirkus einige Zeit mitgereist, habe mich nützlich gemacht, soweit es ging. Aber, wisst ihr, Almosen schmecken bitter. Und nach ein paar Monaten spürte ich, man nahm mich nur noch aus Mitleid mit. Da kaufte ich mir die Kate hier und lebe von meiner kleinen Rente. Aber einen Traum er hob seine Stimme zu einer von uns nicht vermuteten Stärke. Einen Traum habe ich noch. Noch einmal Seiltanzen. Aber...

Der Schlotter stand rasch auf, sagte Gute Nacht und war mit zwei Schritten draußen. An jenem Abend gingen wir schweigend heim.

Dann aber kam ein paar Wochen später der Tag, an dem die ganze Stadt von unserem Schlotter sprach. Und es stand am Tag darauf in der Zeitung. Der Schlotter war durch die Dachluke seiner Kate geklettert und auf dem Dachfirst entlanggelaufen. Immer und immer wieder, hin und her, tänzelnd und mit Drehungen. Die Leute auf der Straße blieben stehen, redeten, schrieen, ein Arzt wurde gerufen und die Polizei. Kommen Sie runter, schrie man ihm zu. Der Schlotter aber lachte über sein ganzes knochiges Gesicht und tanzte weiter. Wann er aufhören wollte, bestimme er selbst und verschwand wieder in der Dachluke.

Von Leichtsinn, bodenlosem Leichtsinn, redeten die Leute, von Spinnerei, Schwachsinn. Selbstgefährdung, sagte sogar einer. Und nur wir wussten, dass der Schlotter, unser jetzt als Nachbar verehrter und mit seinem richtigen Namen genannter Anselm Schlatter, sich seinen letzten Traum erfüllt hatte.

Frühstück bei Claudia

Wir gaben uns neue Namen. Ich nannte mich Kerbel, Hermann wurde zu Thymian und Renate tauften wir um in Frau Liebstöckel. Gewürznamen, richtig. Dahinter steckte eine leicht erkennbare Absicht. Wir wollten in die Hirne unserer Zuschauer hineinwirken wie Würzkräuter. Die Würzwirkung sollte darin bestehen, sagten wir uns, dass die Leute ein anderes Denken erlernten, über Dinge nachdächten, die sie bisher nicht bedacht hatten.

Die Zuschauer sollten unsere kleinen Szenen, Sketsche, Einakter nicht verlassen mit dem Gefühl im Bauch, etwas genossen zu haben wie ein gutes Abendessen sondern mit einem Stachel im Hirn, der sie noch lange daran erinnern sollte, über die gesehenen Dinge mit klarem Verstand nachzudenken. Und vielleicht sogar, ihre bisherige Meinung zu ändern.

Wir schrieben also kurze Stücke für drei Darsteller, eine Frau und zwei Männer. Wir spielten in Vereinsheimen, Turnhallen, Wirtshaussälen. Der Eintrittspreis war niedrig, damit ihn sich viele leisten konnten.

Das erste Stück, mit dem wir sogar einen öffentlich gerühmten kleinen Erfolg hatten, nannten wir "Frühstück bei Claudia". Frau Liebstöckel spielte eine reiche Witwe, besagte Claudia. Thymian einen eleganten Hochstapler, einen redegewandten, charmanten Schönling, der es auf das Geld der Witwe abgesehen hatte, und ich, Kerbel, einen Landstreicher, einen äußerlich verkommenen, verluderten, ungewaschenen, ungepflegten Typ. Sein Vorteil war: Er kannte den Schönling aus dem Knast.

Also brach er eines Morgens durch die Hecke vor Claudias Garten, stapfte auf die Terrasse, auf der Claudia und der Hochstapler frühstückten. Ungefragt und uneingeladen setzte er sich mit an den Tisch und bediente sich mit Kaffee, Brötchen, Butter und Honig. Und er kaute bereits, ehe Claudia sich von ihrem Schrecken erholt hatte und ihn hinauswerfen wollte. Ihre Drohung, die Polizei zu rufen, verfing nicht bei ihm. Im Gegenteil, er fragte frech, wen sie denn abholen lassen wolle, "den da oder mich"? Thymian legte sich mächtig ins Zeug als wortgewaltiger Beschützer der Witwen und Waisen. Das beeindruckte mich, Kerbel, überhaupt nicht. Ich fragte vielmehr, wie viel Geld er ihr denn schon für welche Anlagen abgeschmust habe. Und ob sie den Sicherheiten und Profiten denn glaube, die er ihr angeboten habe. Nun wurde Frau Liebstöckel doch neugierig. Woher ich das denn wisse. Ich tat erst geheimnisvoll, wollte die Karten nicht gleich auf den Tisch legen; denn der Hochstapler hatte mich noch nicht erkannt. Ich sah ja auch völlig fremd, verachtenswert für gutbürgerliche Augen und Nasen aus. Umständlich und mit vielen Pausen erzählte ich dann eine Geschichte von einem Buchhalter, der mit sehr raffinierten Methoden, Verschiebungen, Falschbuchungen sich ein schönes Vermögen zusammengeschwindelt hatte. Ich vergaß auch nicht zu erzählen, dass er unter falschem Namen alleinstehende Damen um ihr Vermögen gebracht hatte.

Teils als Heiratsschwindler, teils als Hochstapler mit phantastisch klingenden Titeln. "Wie war gleich Ihr Name", fragte ich nebenbei den Schönling. Der verabschiedete sich dann sehr rasch und ohne sich vorzustellen. Schwätzte noch etwas von dringenden Terminen. Handkuss, Verbeugung eiliger Abgang.

Nun war es an Claudia, sich mit dem Landstreicher genauer zu beschäftigen. Und Frau Liebstöckel tat das mit einem so innigen Liebreiz, mit einer mit Händen zugreifenden Vorbildlichkeit dass jeder mit Gefühl und Verstand das Denkgewürz schmecken musste. Sie wollte ihm als Dank für die Rettung ihres Geldes einen Anzug und weitere Kleidung ihres verstorbenen Mannes schenken. Ich aber, Kerbel der Landstreicher, lehnte das Geschenk ab. Ich wollte mich nicht verkleiden, sagte ich. Man sollte mich so anschauen, wie ich nun einmal ausschaute. Aber durch die alten, geflickten, dreckigen Klamotten durchschauen auf den Kerl, der drinsteckte.

Sie war wohl sehr einsam

"Nein, Frau Bergheim wohnt nicht mehr in diesem Haus. Sie ist - lassen Sie mich nachdenken - vor mindestens einem halben Jahr ausgezogen, aber fragen Sie mich nicht nach der neuen Adresse. Ich habe keine Ahnung. Sie sprach ja nie viel, am wenigsten über sich selbst. Sie hatte ja auch nie Besuch, schon gar keine Herren-Besuche, soviel kann ich als Wohnungsnachbarin sagen. Sie war wohl sehr einsam. Manchmal hörte ich Musik durch die Wand. Schallplatten, Klassik. Sie war wirklich sehr verschwiegen, Guten Tag und guten Weg, das war sozusagen alles. Aber warten Sie. Ich kann Ihnen die Firma sagen, bei der sie arbeitet. Ein bekanntes Modehaus, Sie ist ja Mode-Direktrice, wie Sie sicherlich wissen."

Die Nachbarin gab mir eine Geschäftskarte des Modehauses, und ich bedankte ich für die halbe Auskunft und fuhr in die Stadt, um Erika Bergheim bei Geschäftsschluss abzupassen. Die erste Zeit wartete ich in einem Cafe in der Nähe und ließ die gemeinsame Vergangenheit Revue passieren.

Erika war das blonde Mädchen aus dem dritten Stock, das zuerst einen Zopf und später einen Bubikopf trug und Jungen noch doof fand. Bis sie eines Abends - wir waren beide 17 Jahre alt - im Hausflur vor mir stehen blieb, mich prüfend und dann lachend anschaute und sagte: "Ich erbarme mich deiner traurigen Augen" und mir einen heftigen Kuss gab. Ehe ich mich von meiner Überraschung befreit hatte, fiel schon ihre Wohnungstür ins Schloss. Es gab dann noch ein paar heimliche, rasche Küsse und zwei von den Eltern genehmigte gemeinsame Besuche von Tanzveranstaltungen, einige Sommer-Spaziergänge im Stadtwald mit verschränkten Händen zwischen uns, die wir eilig losließen, wenn wir Leute sahen. Blitzhandwischen nannte Erika das. Im gleichen Jahr verließ ich mit meinen Eltern die Stadt.

Mit Erika wechselte ich zunächst häufig, nach und nach immer seltener Briefe, schließlich, wie das so geht, nur noch Glückwunschkarten an Geburtstagen und zu Weihnachten. Kurz vor Geschäftsschluss verließ ich

das Cafe und bezog gegenüber von dem angegebenen Modehaus Be-
obachtungsposten. Ich kam mir vor wie ein Pennäler beim ersten Ren-
dezvous...

Als letzte verließen eine kleine, dunkelhaarige, lebhaft redende Frau und
eine schlanke fast hager zu nennende Blondine das Geschäft. Das
musste Erika sein. Sie schloss das Geschäft ab, vergewisserte sich sorgfältig durch Türanstoßen, ob sie auch richtig abgeschlossen hatte. Die
beiden Frauen gingen in verschiedene Richtungen davon.

Ich folgte Erika und sprach sie kurz vor einer Straßenbahn-Haltestelle
an: "Ich habe immer noch traurige Augen" Zum Beweis des Gegenteils
lachte ich sie herzlich an und nannte sie beim Namen. Einem momentanen Unwillen im Gesichtsausdruck folgten Erkennen und Überraschung
und schließlich Freude. Nach den üblichen, nach den vielen Jahren na-
türlicherweise erst tastenden Fragen nach Woher und Wohin und den
konventionellen Komplimenten tat sich Erika sichtlich schwer, schon
rasch zu der jugendlichen Vertrautheit zurückzukehren. Sie nahm aber
meine Einladung zum Abendessen an.

Ich erzählte ihr von den Stationen meines Lebens und erwartete Ähnliches von ihr, aber sie zögerte. Ich versuchte dennoch, sie aus der Reserve
zu locken. "Du warst einmal fröhlich, hast gern gelacht, viel geredet. Und
jetzt wirst du mir als schweigsame Frau geschildert. Was hat dich verändert?"

Sie zögerte noch etwas, sagte dann aber obenhin, dass sie zwar schon
immer sich selbst und dann auch Frauen schön und passend angezogen
habe. Das sei nun ihr Beruf und dabei müsse sie den ganzen Tag reden.
Mit Kundinnen, Kollegen, Vertretern, Lieferanten. Deshalb schweige sie
abends lieber. Sie habe sich überhaupt angewöhnt, außerhalb des Ge-
schäfts nur noch das eben Notwendige zu sagen. "Du bist die große
Ausnahme".

Ich hatte trotzdem den Eindruck, dass sie mir etwas verschweigt. Einen
Anspruch, alles, auch Trauriges, Unangenehmes, Belastendes zu erfahren hatte ich sicherlich nicht. Ich begann also von ihrem Alleinsein zu

reden, Ohne Freunde, ohne männliche Bekanntschaft, wie es der Nachbarin schien, "obwohl du doch, wie ich mich erinnere, früher männlicher Aufmerksamkeit nicht abgeneigt warst".

Ich ließ ihr Zeit zum Überlegen, ob es noch etwas zu erzählen gab oder nicht. "Ach, ja", begann sie dann. "Als mein erster Jugendfreund kannst du es ja wissen." Sie erzählte von einem Mann namens Rudolf, der Prospektor war und für eine Erdölfirma in Algerien forschte. "Ich habe ihn da besucht. Wir saßen abends in einem Cafe in Algier. Mir fiel ein, dass wir noch etwas zum Abendessen brauchten. Ich ging in den gegenüberliegenden Supermarkt und kaufte Fladenbrot und etwas Ziegenkäse. Als ich eben den Wein aussuchte, horte ich die Detonation. Die Terroristen hatten das Cafe in die Luft gesprengt. Es gab keine Überlebenden.

Im Schock habe ich mich wochenlang vergraben, wollte keinen Menschen sehen, kein Wort sprechen. Mein Sprachzentrum war wie gelähmt. Eine Kollegin hat mich aus dieser Versenkung, diesem Loch des Schweigens herausgeholt. Es vergingen noch viele Tage, ehe ich das erste Wort sprach. Es war 'Danke'. Das ist jetzt 15 Jahre her. Danach ist mir plötzlich bewusst geworden, wie viel überflüssiges Zeug die Leute reden.

Alle. Fast alle. Da beschloss ich, das Schweigen, zu dem ich so lange gezwungen war, zu meiner neuen, meiner zweiten Natur zu machen. Auch im Geschäft rede ich nichts Überflüssiges, Kundinnen gegenüber heuchle ich nicht und schwindele ich nicht. Die Kolleginnen haben sich abgefunden mit meiner Art und mit meinem Alleinsein, mit meiner Unfähigkeit mich anzuschließen. Seit sie einmal meine fast wütende Ablehnung gespürt haben gegenüber dem Versuch, mir eine seriöse Herren-Bekanntschaft zu vermitteln, lassen sie mich in Ruhe. Ich will so bleiben, wie ich bin. Und ich bin sicher, auch du wirst nicht versuchen, abgerissene Fäden wieder anzuknüpfen". Ich versprach es ihr.

Die Frau mit dem sechsten Sinn

Der Mann, der nach langer Wanderung ein Waldstück verließ, sah vor sich im Tal eine Ortschaft liegen, einen Weiler nur mit, wie er zählte, sechs Gehöften und einem Gasthaus. Er las das Ortsschild und erinnerte sich augenblicklich an den Namen. Er hatte vor Jahren eine Kollegin, Erika, die aus diesem Ort stammte.

In der Gaststätte war er um diese Nachmittagsstunde der einzige Gast und der Wirt brachte ihm das Bier selbst an den Tisch. Der Wanderer zog ihn sofort ins Gespräch. Er habe vor Jahren eine Kollegin gehabt, die von hier stammte. Erika Blatzheim. Ach, sagte der Wirt, Sie kannten Erika? Sie ist nämlich meine Schwester.

Das nenn' ich einen wunderbaren Zufall! Erzählen Sie mir von ihr. Wo ist sie? Was macht sie? Der Wirt schaute den Mann an, als suche er nach Worten, ging dann zum Ausschank und zapfte sich ein Bier, immer noch schweigend. Wieder am Tisch zurück, begann er zögernd, Ja, das ist ... das ist sehr schwer zu sagen. Ich habe seit Jahren nichts mehr von ihr gehört. Sie ist verschollen, wahrscheinlich tot.

Die beiden Männer gönnten sich eine nachdenkliche Pause.

Sie kannten sicherlich ihre besondere Begabung.

Aber selbstverständlich, bestätigte der Wanderer. Sie nannte es den sechsten Sinn. Anderswo nennt man es das zweite Gesicht. Es soll Schäfer geben oder gegeben haben, irgendwo in Norddeutschland, in der Lüneburger Heide meine ich, denen das auch nachgesagt wurde.

Der Mann erinnerte sich genau an einzelne Beweise dieser Begabung. Ein Abteilungsleiter feierte seinen 50. Geburtstag zu dem er sich selbst ein neues, großes Auto geschenkt hatte. Urplötzlich wurde Erika leichenblass und flüsterte ihrem Nachbarn, dem Mann, zu, sie sehe einen schweren Unfall. Der Abteilungsleiter werde schwer verletzt mit dem Leben davonkommen. Sechs Wochen später zog man ihn wirklich aus den Trümmern seines neuen Wagens.

Ein anderes Mal wurde die Verlobung zweier Betriebsangehöriger gefeiert. Und Erika sagte wieder voraus, die Beiden werden nicht heiraten. Sechs Monate danach wurde die Verlobung gelöst, die junge Frau verließ den Betrieb.

Man sprach davon, dass ihr noch einige weitere Prophezeiungen gelungen seien. Sie wurde den Kollegen mit der Zeit unheimlich. Man zog sich von ihr zurück, schnitt sie, redete gehässig über sie. Daraufhin kündigte sie.

Seitdem hat niemand mehr etwas von ihr gesehen oder gehört. All das erzählte der Mann dem Gastwirt, der schweigend zuhörte, nur gelegentlich nickte. Ja, sagte er dann. Sie war nur wenige Wochen hier und ging dann ins Ausland. Italien. Sie sprach ja perfekt italienisch und fand eine Stelle bei der Niederlassung einer deutschen Firma in Rom.

Es wird Sie überraschen. Erika hat dann einen Roman geschrieben und sogar in einem kleinen Verlag veröffentlicht. Er hieß, wie man es erwarten durfte, "Der sechste Sinn" und schildert das Leben einer Frau mit eben dieser Begabung oder Belastung, ganz wie Sie wollen. Es ist nicht ihr Leben, aber sie hat sich selbst wohl ein wenig Modell gestanden dabei. Ich habe ein Exemplar davon, wenn Sie einmal hineinschauen wollen

Der Mann bat sofort darum und versteckte seine Erregung nicht. Der Wirt ging ins Nebenzimmer und kam nach längerer Zeit mit dem Buch wieder. Der Mann betrachtete den nicht sehr umfangreichen Band mit gespanntem Interesse, fand ihn schön gebunden und ausgestattet, und schlug ihn willkürlich auf.

Er las ein paar Zeilen und fand eine genaue Beschreibung seiner Person. Ihm war aber, wie er bald merkte, nur eine Nebenrolle in der Handlung des Romans zugedacht. Er atmete erleichtert auf. Auch einige andere Personen des Romans, erklärte der Wirt, ähneln zumindest Familienangehörigen, denen ihr Schicksal vorausgesagt wird.

Auch den anderen? Ich meine, denen die nicht zur Familie gehörten? Der Mann lauerte auf die Antwort. So weit ich mich erinnere, wohl nicht. Darf ich, fragte der Mann, einige Kapitel genauer lesen? Ich bleibe dann zum Abendessen, wenn es recht ist. Der Wirt war's zufrieden. Der Mann setzte sich in einer Ecke der Gaststube ans Fenster und las.

Er fand genau geschilderte Szenen aus der Zeit gemeinsamer Arbeit. Er fand sein Porträt, seinen Vornamen und meinte eine Andeutung scheuer Sympathie zu lesen. Er ließ das Buch sinken. Warum, fragte er sich, habe ich das damals nicht gemerkt? Beim weiteren Lesen fand er sich nicht mehr, dafür nüchterne, Erschrecken und Angst weckende Weissagungen, die alle eintrafen. Im Roman.

Ehe die ersten Gäste des Abends kamen, fragte der Mann noch den Wirt nach der Wahrheit dieser Vorausschauen. Und ob tatsächlich Familienangehörige gemeint gewesen wären. Der Wirt überlegte seine Antwort sehr genau. Wenn man von den Personen des Romans auf einzelne Angehörige unserer Familie schließt, ist nur wenig eingetroffen. Hochzeit, Unfälle, Krankheiten, zwei Todesfälle. Ich glaube, sie hat sich nicht mehr heimgetraut, weil wenigstens dies so erschreckend präzise vorausgesagt war.

Wenn Sie das Buch zu Ende lesen, finden Sie die Prophezeiung des Todes der Erzählerin. Erika ist, wie ich sagte, verschollen. In der Firma in Rom vermutete man damals, sie sei im Mittelmeer ertrunken. Und so steht es ja auch im Roman. Sie sehen, mein Herr, sagte der Wirt, ich bin mehr und mehr zu der Meinung gekommen, das Leben sei voller Rätsel, ein einziges Rätsel vielleicht. Nur merken es die Oberflächlichen weniger als die Nachdenklichen.

Ein Wiedersehen unter alten Freunden

Als Konrad und Ursula Zachow gegen Mitternacht von einer Party zu ihrem Bungalow zurückkehrten, stieg aus einem Auto, das auf der gegenüberliegenden Straßenseite abgestellt war, ein Mann aus, der den Beiden langsam folgte und dabei die ersten Takte eines amerikanischen Schlagers aus der Mitte der 40er Jahre pfiff: "My dreams are growing better every night".

Konrad Zachow zuckte zusammen, blieb abrupt stehen und drehte sich nach dem Mann um. Im Schein des Hauslichts erkannte er ihn. "Paul, bist du das?" rief er völlig überrascht, schaute den Mann an, der ein wenig lächelte, und stieß ihn leicht mit der Faust gegen die Schulter. "Natürlich musst du das sein. Wer sonst kennt nach 50 Jahren noch unsere Erkennungs-Melodie?". Er streckte Paul die Hand hin, zog ihn näher an sich heran, umarmte ihn und klopfte ihm auf die Schulter. Paul blieb starr und schaute Ursula an, die noch mit ihrer Überraschung oder auch mit der Erinnerung kämpfte. "Komm rein", sagte Konrad. "Nein, diese Überraschung! Nach so viel Jahren."

Die drei gingen ins Haus, nahmen im Salon Platz, dessen teure Einrichtung Paul mit einem prüfenden Blick überschaute. Jetzt begrüßte auch Ursula ihren Jugendfreund und umarmte ihn flüchtig. Konrad stellte rasch Gläser auf den Couchtisch und holte Bierflaschen aus dem Kühlschrank in der Küche. "Du trinkst doch zur Begrüßung ein Bier mit, oder soll's was Härteres sein?"

Paul verneinte, man prostete sich zu und Konrad betrachtete sein Gegenüber schweigend und nachdenklich, ehe er begann von seiner Freude zu sprechen. "Paul Gawlitschek aus Bunzlau in Schlesien. Junge, ich freu' mich, dich zu sehen. Nach so langer Zeit einen so alten, guten Freund wieder zusehen. Ich freu mich wirklich". Ursula ließ einen erschreckten Blick zwischen den beiden Männern hin- und herwandern.

Konrad sah das nicht, sondern redete sich in eine Begeisterung hinein, der die beiden anderen nicht folgen mochten. "Junge, was hatten wir für Ideen und Pläne. Voller Begeisterung waren wir. voll Enthusiasmus."

"Und ohne Geld", sagte Paul.

Konrad überhörte den Einwurf. "Du wolltest doch eine Partei gründen, oder? Wie sollte sie gleich heißen?"

"RSFU. Radikalsoziale Freiheits-Union", erinnerte ihn Paul.

"Natürlich, klar. Aber das war ja doch als Einmann-Betrieb zu kompliziert. Ich hätte dir ja gern dabei geholfen."

"Das stimmt doch gar nicht", flüsterte Ursula.

"Aber", fuhr Konrad unbeirrt fort, "ich hatte zu viel anderen Kram am Hals. Und so ganz konnte ich deine politischen Ideen auch nicht folgen." Da Paul konsequent auf den Redefluss Konrads schwieg, entstand eine Pause, die Konrad rasch nutzte, um neue Bierflaschen zu holen.

Paul legte seine Hand auf Ursulas Hand, die auf der Tischplatte lag, und sie gestattete ihm diese Geste der Vertrautheit. "Bist du verheiratet?" fragte sie. Paul verneinte. "Nein. Und du warst dann unerreichbar für mich. Außerdem mein Beruf." Konrad hörte diese Bemerkung noch und war froh über das neue Thema. "Als was hast du eigentlich gearbeitet?"

"Bei Franz Melzer zunächst im Messebau."

"Messebau? Was ist das? "fragte Ursula.

"Ach das weißt du doch", fuhr Konrad sie an.

"Was weiß ich schon?" sagte sie resigniert.

"Damals", erklärte Paul, "in der Zeit des Wirtschaftswunders, gab's bald überall Ausstellungen und Messen. Wir haben da die Ausstellungsstände für die Firmen gebaut. Sie sollten ja ihre Produkte ansprechend und in ästhetisch schöner Aufmachung und Umgebung präsentieren können. Später habe ich mich dann damit selbständig gemacht. Ja, und den Laden habe ich vor ein paar Jahren gut verkauft, und nun bin ich Rentner wie Millionen andere "So gut geht es mir nicht. Ich muss noch in meiner Firma arbeiten. Von morgens bis abends".

"Müsstest du nicht", widersprach Ursula.

"Habt ihr keine Kinder, die die Firma übernehmen könnten?"

"Leider nicht", sagte Konrad. Und du? Bist du verheiratet?" "Nein, meine Frau hätte auch nichts von mir gehabt. Ich war ständig unterwegs auf Ausstellungen. Wir hätten nichts von einander gehabt. Und Ursula war ja mit dir gegangen."

Die Gesprächspause dauerte etwas länger. Ursula verließ für einige Minuten den Salon. "Und warum bist du gekommen, nach all den Jahren ohne jeden Kontakt?" fragte Konrad leise.

Paul sagte: "Ich hatte es aufgegeben, nach dir zu suchen". "Aber an unsere alte, sagen wir mal, bewährte Freundschaft, an die Pläne für unser gemeinsames Ziel, an die große Idee, nach dem Krieg alles einzureißen und völlig neu aufzurichten, andere Wirtschafts- und Produktionsformen, eine genossenschaftlich organisierte Industrie wie von Lassalle vorgedacht, das hast du nicht vergessen wie?"

"Oh nein, das habe ich nicht vergessen", sagte Paul mit ernster Betonung. Ich bin erst neulich wieder daran erinnert worden. Ich mache nämlich mit bei der Telefon-Seelsorge. Du weißt was das ist?"

"Ich hab' davon gehört", sagte Konrad. Ursula kam in dem Moment zurück. Paul meinte, verweinte Augen zu sehen. "Telefon-Seelsorge?" fragte sie.

"Ja, da hat mir neulich ein Mann sein Leid geklagt. Anonym natürlich. Er hat eine große Geldsumme in ein Schwindel-Unternehmen investiert. Und der Mann, dem er's gegeben hat, ist spurlos verschwunden. Mit dem Geld. Ich konnte ihm nur raten, sich einen Anwalt zu nehmen und einen Detektiv mit der Suche zu beauftragen. Vorgestern rief er mich an und bedankte sich. Er hat den Schwindler gefunden". Paul machte eine lange Pause, trank sein Bier aus und sagte dann mit bisher ungewohnter Schärfe "Und jetzt bin ich bei dir. In alter vertrauter Freundschaft, wie vor rund 50 Jahren. Nur nicht mehr enthusiastisch und voller Ideen und Pläne für ein großes, neues Unternehmen. So nicht mehr, Konrad."

"Das hab' ich kommen gesehen", sagte Ursula. "Eines Tages musste das ja alles platzen. Ich hab's gewusst. Angstträume habe ich deswegen gehabt."

"Ach du warst immer pessimistisch und voller Angst", schimpfte Konrad. "Und was ist jetzt", fragte er Paul. "Das war ein schöner Lottogewinn damals, nicht wahr? Der hätte mir auch gut getan", erinnerte Paul seinen alten Freund. "Aber dein Talent, Menschen zu überreden, hatte bei mir leider den größeren Erfolg. Ich habe dir geglaubt, mehr noch, ich habe dir und deinem Geschick vertraut. Und dann warst du verschwunden und mein Lottogewinn auch. Und Ursula dazu. Ich habe damals nur ein bisschen nach dir, nach euch, geforscht, aber bald resigniert. Das war damals meine unkämpferische, unheldische, im tiefsten Grunde melancholische Art."

"Und jetzt?" fragte Konrad lauernd.

"Denk dir was aus, in aller Freundschaft wie immer seit 50 Jahren. Du hattest immer Ideen und Pläne. Dir wird auch jetzt was einfallen. Hier ist meine Kartei melde dich mal. In aller Freundschaft". Paul warf eine Visitenkarte auf den Tisch, stand auf und wandte sich zum Gehen. "Du kannst doch jetzt so nicht gehen. Es ist noch gar nichts gesagt, überlegt" wollte Konrad ihn halten.

"Es ist alles gesagt, Konrad. Jetzt bist du am Zug. Ich sag mal Auf Wiedersehen". Paul wandte sich zum Gehen. Als Konrad aufstand, rief er ihm über die Schulter noch zu: "Ich find' den Weg allein".

Ursula aber folgte ihm, umarmte ihn in der Diele und flüsterte ihm zwischen zwei raschen Küssen zu: "Ich werde dich besuchen". "Danke", sagte Paul und ging rasch zu seinem Auto.

Leni und Aisha

Helene Carduck, die von ihrer Familie, der ganzen Verwandtschaft, allen Freunden und Bekannten nur Leni gerufen wurde, liebte ihren Vornamen gar nicht; weder die Langform noch die Koseform. Leni, Lotte, Lise heißen Kühe und Pferde, aber keine Mädchen, klagte sie. Als sie einmal hörte, wie eine Türkin ihre kleine Tochter "Aishe" rief, horchte sie auf. Der Name gefiel ihr. Nicht dass das Fremdländische sie fasziniert hätte; es war der zärtliche Klang des Namens. Und als sie gelesen hatte, dass die Lieblingsfrau des Propheten Mohammed Aisha geheißen hatte, an deren Knie gelehnt er nach der Überlieferung gestorben sei, da stand ihr Entschluss fest. Kaum dass Helene Carduck volljährig geworden war, legte sie ihren ungeliebten Vornamen ab und ließ sich auf dem Standesamt als Aisha Carduck eintragen. Mit der Zeit wuchs in ihr das Empfinden, mit dem anderen Namen eine andere Person geworden zu sein. Frei, selbstbewusst, selbst bestimmt. Als Aisha Carduck wollte und werde sie Karriere machen.

Karriere als was? Als Schauspielerin. Der Entschluss stand fest. War sie eine andere Person geworden, so überlegte sie, könnte sie auch andere Personen darstellen. Es gab in der Stadt eine angesehene Laienspielgruppe, die sich mit handwerklich sauberen, gelungenen Aufführungen einen Namen gemacht und ein Stammpublikum gewonnen hatte. Aisha hatte mehrere Aufführungen der Gruppe gesehen und hielt sich für geeignet, für fähig und willens mitzuwirken.

Der Leiter der Gruppe, der sich aus Theater-Tradition gern "Prinzipal" nennen ließ, schaute Aisha lange und genau an, Gesicht, Figur, gesamte Erscheinung, ging mehrfach um sie herum und hielt ihr, nachdem er ihr Platz angeboten hatte, eine Rede. Warum gerade Schauspielerin? Ob sie wisse, was sie damit aufgebe an Freiheit und Freizeit? Ob sie wisse, dass man von diesem Beruf, von dieser Aufgabe geradezu besessen sein müsse, wenn man etwas leisten wolle? Dem Prinzipal fiel ein Sammelsurium von Vorbehalten ein, das er vor Aisha ausschüttete. Sie aber blieb völlig unbeeindruckt. Sie wisse das alles, habe es eingehend und immer wieder bedacht, sei aber überzeugt, dass sie das Zeug zur Schauspielerin in sich habe. Und zum ersten Mal legte sie das Bekenntnis ab, sie könne andere Personen darstellen, seit sie eine andere Person geworden sei. Mit dem neuen Vornamen.

Der Prinzipal war von diesem Bekenntnis ebenso beeindruckt wie von der ruhigen, sicheren Überzeugtheit, mit der Aisha Carduck es vorgetragen hatte. Er ließ sie ein paar Mal hin und her gehen, ein Gedicht und einen Prosatext sprechen und lud sie schließlich ein, in drei Wochen "probehalber zur Probe" zu kommen, wie er lächelnd wortspielte. Die Gruppe bereite ein neues Stück vor. Ein Kriminalstück.

In den drei Wochen ging Aisha fröhlich und beschwingt durch die Stadt, verriet aber, wenn man sie auf diese Wesensänderung ansprach noch nichts von ihren Karriere-Plänen.

Der Prinzipal hatte ihr für den Anfang eine mittlere Rolle zugedacht, für die sie nicht zu viel Text lernen, aber einiges an Emotionen und Temperament investieren musste. Sie spielte die Geliebte eines jungen Mannes, der, natürlich grundlos, als Mörder verdächtigt wurde. Sie hatte ihm den Rücken zu stärken, ihn aufzumuntern, ihn zu verteidigen. Ihr Partner hieß Kurt und die beiden gestanden sich, kaum dass sie sich vorgestellt worden waren, ein, sie hätten sich doch auf einer Party vor längerer Zeit flüchtig kennen gelernt, aber diesen ersten Eindruck beide nicht vergessen. Und sie gestatteten sich ein schüchternes Lächeln.

Die Proben begannen gut. Aisha legte ihr ganzes Temperament in die Rolle, ließ Stimme und Ausdruck vom Prinzipal, der auch Regisseur war, führen, musste gelegentlich sogar in ihren Ausbrüchen gegenüber dem Darsteller des Polizisten gedämpft werden. Sie lernte, sich zu bewegen und sie lernte schnell, denn sie wollte ja Karriere machen als Schauspielerin.

Der Prinzipal war zunehmend mit ihr zufrieden und auch die alten Hasen der Gruppe erkannten an, dass sie eine Bereicherung sei. Auch Kurt war sehr entgegenkommend, freundlich, hilfreich. Und einmal, auf dem Heimweg nach der Probe, blieb er unter einer Straßenlampe stehen, schaute Aisha forschend an und rührte dann an ihr Geheimnis. "Auf der

Party damals nannten dich alle aber Leni. Wie kommst du auf den arabischen Namen? Lieblingsfrau", setzte er mit breitem Lachen hinzu.

Aisha erstarrte zunächst, verärgert darüber, dass er sich an den alten Namen erinnerte, zwang sich aber zur Ruhe und sagte dann sehr von oben herab und belehrend im Stil eines Theaterauftritts, dass sie ihren Pferdenamen gehasst habe und mit dem neuen Namen auch eine andere Person, ein neuer Mensch sozusagen, geworden sei. Als Aisha Carduck wolle sie ihr neues Leben führen, Karriere machen, wenn das möglich wäre, schränkte sie vorsichtshalber ein.

Kurt signalisierte mit Kopfnicken, dass er verstanden habe und verabschiedete sich vor der Haustür mit: "Dann gute Nacht, Aisha". Doch dann drehte er sich noch einmal um und rief ihr nach: "Du wirst es schaffen"!

Die Premiere des Kriminalstücks wurde ein großer Erfolg für die ganze Gruppe. Aisha und Kurt bekamen den längsten, besonders herzlichen Applaus. Die beiden hatten sich im Lauf der Proben auch sehr gut aufeinander eingespielt, in den Rollen gelebt, sodass ein großer Teil, des Erfolgs ihnen zuzuschreiben war. Und als der Applaus abgeebbt war, die Gruppe sich hinter den Kulissen glücklich und erschöpft zusammenfand, nahm Kurt Aisha plötzlich sanft in die Arme, zog sie an sich und sagte so zart wie er konnte "Ach... Leni". Und er gab ihr einen ebenso zarten, vorsichtigen Kuss. Von Stund' an hörte Aisha Carduck den gehassten Namen Leni wieder ganz gern. Als Kosenamen.

Herr Binswanger nimmt Abschied

Robert Binswanger räumte wie an jedem Abend seit 38 Jahren seinen Schreibtisch auf, nahm Hut und Mantel, verließ sein Büro und schloss die Tür ab. Er fuhr mit dem Lift ins Erdgeschoß des Verwaltungsgebäudes, nickte im Vorübergehen dem Portier in seiner Loge zu und verließ das Haus durch die gläserne Schwingtür. Draußen blieb er nach seiner Gewohnheit stehen, atmete tief ein und ebenso aus. Er atmete, wie er das nannte, die Büroluft aus.

Da seine Frau von einem Besuch bei ihrer Schwester erst sehr spät heimkommen würde, unternahm er zunächst einen Spaziergang im Stadtpark, ehe er irgendwo zu Abend essen wollte. Er nahm sich sogar vor, dabei eine Flasche Wein zu trinken, Rotwein wahrscheinlich, obwohl das seiner sonstigen, strengen Lebensauffassung widersprach. Binswanger hatte aber einen Grund für diese Abweichung: Der morgige Tag war sein letzter Arbeitstag. Dann begann nach insgesamt 43 Arbeitsjahren sein Rentnerdasein.

Er setzte sich im Stadtpark auf eine Bank. Der Abend war mild und ließ es zu, den Mantel zu öffnen und den Hut neben sich zu legen. Er würde also morgen, überlegte er, zahlreiche private Glückwünsche der Kolleginnen und Kollegen hören, dazu zwei ausgewachsene Reden: vom Abteilungsleiter und vom Betriebsratsvorsitzenden. Von dem einen bekam er den üblichen Kasten Sekt, vom anderen ein passendes Buch, wahrscheinlich das berühmte "Die 40 000 Stunden" von Jean Fourastié. Es stammte zwar schon aus dem Jahre 1965 und war irgendwann in größerer Zahl vom Betriebsrat antiquarisch angeschafft worden, aber es sei, wurde behauptet im Blick auf das 21. Jahrhundert immer noch lesenswert. 40 000 Stunden werde demnächst, meinte der Autor, die gesamte Lebensarbeitszeit eines Menschen noch betragen.

Binswanger machte sich nicht die Mühe zu berechnen, wie viele Stunden er in 43 Jahren gearbeitet hatte. Er stellte sich vielmehr vor, was die beiden Redner sagen würden. Von Betriebstreue und Pflichterfüllung werde der eine reden, von den Stillen im Lande und ihrer unauffälligen, verantwortungsvollen und für das Gesamtergebnis der Firmenarbeit so überaus notwendigen Tätigkeit. Und vom sozialen Engagement von der selbstverständlichen, herzlichen, uneigennützigen Kollegialität der andere.

Dann, so überlegte Binswanger, immer noch auf der Parkbank sitzend, auch wenn er jetzt begann, ein wenig unruhig hin und her zu rutschen, dann würde er auf die Lobgesänge antworten müssen. Ja, und dann würde er loslegen, sich all das von der Seele reden, was sich dort an Ärger und Enttäuschung in 38 Jahren und mehr als 40 000 Stunden angesammelt hatte. Dem Abteilungsleiter würde er erzählen, wie er ihn genau durchschaut habe. Er sei jeder Art von Einflüsterung zugänglich und glaube alles, ohne es zu prüfen. Den netten Herrn Wennigstedt habe er gefeuert, obwohl er ein ruhiger, fleißiger, sehr fachkundiger Mann war. Er ließ sich nur von einer Dame des Hauses nicht zum Laufburschen und Kasperl degradieren. Da erzählte die Dame dem Chef, Wennigstedt habe sie belästigt, ihr eindeutige Anträge gemacht, und mehr, über das sie nicht reden wolle. Das genügte für die Kündigung und selbst der Betriebsrat fand kein Haar in der Suppe. Wennigstedt war in dem unglücklichen, kritischen Alter jenseits der 45 und musste nach einem Jahr Arbeitslosigkeit weit unter Wert neu beginnen.

Dem Abteilungsleiter konnte er auch ein paar Intrigen vorwerfen und nachweisen. Dass beispielsweise Unterlagen verschwunden waren, dass er selber Gerüchte über ihm missliebige Mitarbeiter aufgebracht und verbreitet hatte, dass er Verdächtigungen breittrat, zum Beispiel der und jener sei ein Säufer und leiste deshalb immer weniger, was beileibe nicht stimmte. Nur war der Verdächtigte nicht Manns genug, sich zu wehren, sondern kündigte lieber von sich aus. Und schließlich werde er von Lehrmädchen erzählen können, denen der Abteilungsleiter in väterlicher Güte so nachstellte, dass sie sich bei ihm, Binswanger, ausweinten. Das alles konnte und wollte er morgen sagen.

Und dem Betriebsrat? Da konnte er es kurz machen. Er sah ihn immer auf der Seite der Betriebsleitung und selten die Interessen derer vertreten, die ihn gewählt hatten. Da, so vertraute er sich selbst, würden ihm aus dem Stegreif Beispiele einfallen. Sehr mit sich zufrieden ging Binswanger in ein ihm bekanntes Lokal und aß mit gutem Appetit zu Abend. Und trank, wie vorgenommen, eine Flasche Rotwein.

Der nächste Tag, der letzte Arbeitstag, kam. Binswanger räumte nur noch seinen Schreibtisch aus, nahm seine privaten Sachen an sich, dazu die Bilder von den Wänden. Die Blumen überließ er seinem Nachfolger. Um 11 Uhr sollte er sich in der Kantine einfinden, war ihm von der Sekretärin geflüstert worden. Und er fand sich ein.

Die Kolleginnen und Kollegen der Abteilung saßen schon an den Tischen, plauderten, lachten. Ihm war momentan nicht zum Lachen zumute. Er wusste selbst nicht warum. Der Kantinenwirt hatte den unvermeidlichen Kasten Sekt schon auf den Tresen gestellt. Der Abteilungsleiter trat mit ruhigen, gravitätischen Schritten ein. Der Betriebsratsvorsitzende wieselte hinter ihm her. Binswanger musste sich die vermuteten Reden über Pflichterfüllung und die Stillen im Lande ebenso anhören wie die über die vorbildliche Kollegialität, die ihn angeblich ausgezeichnet hatte.

Und dann war es an ihm zu danken. Und er dankte höflich und bescheiden für die -freundlichen Worte und Geschenke. Er habe doch in den 38 Jahren nur seine Pflicht getan. Gewiss habe er über manches nachgedacht, auch den einen oder anderen Vorschlag für eine Verbesserung eingereicht. Insgesamt aber sehe er sich und sein nun zu Ende gehendes Berufsleben so wie sein Lieblingsdichter Hölderlin die Deutschen geschildert habe: Tatenarm und gedankenvoll.

135

Eine unergiebige Zeugin

Marianne Beauregard, 52 Jahre alt, geboren in Kandel in der Pfalz, Pensionsinhaberin, geschieden von dem französischen Staatsangehörigen Jean-Paul Beauregard. Mit dem Angeklagten weder verwandt noch verschwägert, setzt sie hinzu und schaut lächelnd auf das Arme-Sünder-Bänkchen im Saal des Landgerichts. Sie kennen den Angeklagten, will der Richter wissen. Marianne bejaht mit einem Seufzer.

Woher, wie lange, wie gut?

Also, das war so, beginnt Marianne eine Art von Lebensbeichte. Ich lebte nach der Eheschließung in Remoulins im Languedoc bei den Schwiegereltern. Das ganze Kaff besteht nur aus Kirschplantagen. Die Arbeit ging mir mit der Zeit über die Hutschnur. Ich verschwand eines Tages nach Paris, arbeitete in einem drittklassigen Hotel. Die Gäste frühstückten mit den Gastwirtsleuten in der Küche. Croissants, hausgemachte Marmelade, lauwarmer Kaffee aus schlecht gespülten Tassen. Ich war Zimmermädchen, verdiente nicht viel, bekam hier und da ein Trinkgeld von den durchreisenden Herren, Sie verstehen.

Das ist nicht unser Fall, unterbricht sie der Richter. Kommen Sie zur Sache!

Also gut, das Hotel im 8. Arrondissement war mies. Obermies. Der Teppich auf der Wendeltreppe voller Löcher, kein Bad funktionierte, auf den Tapeten klebten die Leichen der Mücken, die schon vor Generationen den Gästen das Blut aus den Adern gesaugt hatten. Aus dem Fenster schaute man auf einen unaufgeräumten Hof mit leeren Kisten, Schubkarren und Katzen. Die Gäste waren meist entsprechend. Handelsreisende, kleine Vertreter, Hausierer mit billigen Seifen, Parfüms, Schuhriemen, Hosengummi...

Kommen Sie zur Sache! Der Richter klopft ungeduldig mit dem Stift.

Kommt ja schon, Herr Vorsitzender. Eines Tages traf ein neuer Gast ein. Er nannte sich Jean Jacques Jaromin. Eigentlich hieß er Hans Joachim Jacob.

Der Angeklagte...

Eben der. Er war ein in Frankreich zurückgebliebener deutscher Kriegsgefangener. Er blieb ein paar Tage, telefonierte häufig, verließ nie das
Haus und verschwand nach vier, fünf Tagen meist nachts so stillschweigend wie er gekommen war. Ich hatte manchmal schon den Eindruck,
dass er sich verstecken musste an einem Ort, wo ihn niemand vermutete.

Warum er sich vielleicht verstecken musste, haben Sie nicht erfahren,
forscht der Richter.

Nein, Herr Vorsitzender, ich... Marianne stockt, schweigt lange. Der
Richter versucht, ihr auf die Sprünge zu helfen. Ich weiß nicht, ob Sie
mich verstehen können, Herr Vorsitzender. Wieder macht Marianne
eine Pause. Ich sah nur den Menschen, den Mann. Und nach einer er-
neuten Pause, sehr leise: Ich liebte, ihn, liebe ihn noch. Da habe ich nicht
gefragt. Es gibt Frauen, Herr Vorsitzender, vielleicht sagt Ihnen das Ihre
Lebenserfahrung, die nur einmal im Leben lieben können. Wirklich lieben können. Aufgehen in dem anderen, mit ihm fühlen, für ihn denken,
für ihn leiden, seine Wünsche vorher wissen, die Bilder hinter seinen
Augen sehen, die Worte hinter seinen Worten hören, eins werden mit
ihm in jeder Bedeutung dieses Wortes. Es gibt Frauen, die das nur einmal
im Leben können. Ich bin so. Alles vorher war Tändelei, Biologie. Be-
darfshaltestelle.

Der Richter gewährt Marianne eine lange Pause.

Ja, so war das, nimmt Marianne den Faden ihrer Erzählung wieder auf.
Und eines Tages blieb er ganz aus. Ich hörte nichts mehr von ihm, ich
hörte überall herum, keiner mit dem er früher gesprochen hatte, wollte
etwas wissen. Ich glaube, sie wichen meinen Fragen aus. Da hielt es mich
nicht mehr in Paris. Ich kam hierher, mietete eine alte Sechs-Zimmer-
Wohnung und eröffnete meine Pension.

Aber Sie sahen den Angeklagten wieder, fragt der Richter.

Ja, sagt Marianne und lächelt zu dem Angeklagten hinüber. Eines Tages
stand er da. Breit, braun gebrannt, mit vielen Falten im Gesicht, lachend,

strahlend - mein Jean Jacques. Ich kann Ihnen mein Glück nicht beschreiben, Herr Vorsitzender.

Und was wollte er von Ihnen?

Bei mir bleiben.

Er suchte wohl einen Unterschlupf, ein Versteck?

Nein, Herr Vorsitzender, das habe ich so nicht gesehen. Er hatte mich, wir hatten uns wieder gefunden.

Hat der Angeklagte gesagt, wo er in den Jahren war, wie lange er bei Ihnen bleiben, was er überhaupt machen wollte?

Nein. Er sagte nur, dass er demnächst Geld erwarte. Viel Geld. Ich lachte noch und sagte, das sagen alle Heiratsschwindler. Aber das habe ich natürlich nicht ernst gemeint.

Aber Sie haben nicht nach der Herkunft des Geldes gefragt, Frau Zeugin?

Nein. Nach kurzer Zeit hatte er tatsächlich Geld in der Tasche. Viel Geld. Aus Geschäften, sagte er. Jetzt fällt es mir wieder ein. Ja, aus gut laufenden Geschäften. Nur einmal, als er etwas getrunken hatte, da sagte er, mit der Dummheit der Menschen und mit ihrer Habgier könne man am meisten verdienen.

Der Staatsanwalt wirft ihm Betrug im großen Stil vor. Er soll vertrauensseligen Leuten hohe Zinsen versprochen haben für Investitionen und Vorhaben, die nie existiert haben. Haben Sie davon wirklich nichts gewusst, Frau Zeugin?

Nein, sagt Marianne. Und nach einer Pause: Ich habe nicht gefragt, ich habe geliebt. Und dann schweigt sie.

Vaters gutes Beispiel

Sie saßen sich in der Bahnhofsgaststätte gegenüber, der junge Mann und das Mädchen. Er trank ein Bier und sie eine Tasse Kaffee. Wir haben fast noch eine halbe Stunde Zeit, sagte das Mädchen. Er nickte, trank einen Schluck, schaute das Mädchen an, blickte über sie hinweg, machte ein angestrengtes Gesicht, bevor er endlich sagte: ich habe Angst.

Du? Angst? Wovor?

Ich weiß nicht, ob ich das noch kann, ich meine, so kann, wie man es erwartet. Ich war zu lange arbeitslos. Da kann es neue Sachen geben, Maschinen, die ich nicht kenne, oder so. Ob ich damit zu Recht komme? Und wie der Chef ist, ob er gleich viel verlangt, oder mich einarbeiten lässt. Die Kollegen, na ja, das könnte gut gehen, vielleicht. Es ist nicht, dass ich jetzt in einer fremden Stadt bin, weit weg, wo ich keine Menschenseele kenne. Es ist im Grunde nur die Angst vor dem Ungewohnten, dem nicht mehr Gewohnten, vor dem Neuen. Versteh' mich doch!

Nein, sagte das Mädchen, Das versteh' ich nicht. Als du noch ein Motorrad hattest, bist du wild und mit vollem Risiko durch die Gegend gebraust. Da hattest du keine Angst. Und als du Hermanns Bernhardiner in die Schnauze gegriffen hast, um den Wollknäuel herauszufischen, an dem das Tier fast erstickt wäre, hattest du auch keine Angst. Und jetzt auf ein Mal?

Ich habe es dir doch erklärt.

Das ist keine einfache Angst. Du kapselst dich ab, befürchte ich, isolierst dich. Du ziehst einen Graben von Angst um dich herum, den weder du noch ein anderer überqueren kann. Das ist der schlechteste Start, den du dir denken kannst. Ich sag' dir was: Wer Angst hat, braucht Trost. Der Trost beginnt damit, dass dich jemand versteht, auf dich eingeht, mit dir redet. Schau dich um im neuen Betrieb, du findest bestimmt einen Kumpel, der dich als Neuen versteht.

Ich schließ' mich so schlecht an, das weißt du doch. Dazu bin ich zu schüchtern, zurückgezogen auf mich, Ich kann so schlecht aus mir heraus gehen.

Jetzt muss ich dir etwas von meinem Vater erzählen. Wie bei vielen Mädchen ist mein Vater mir geliebtes Vorbild, Lebenslehrer, Stütze, Auch er war als junger Mann kurze Zeit arbeitslos. Er bewarb sich immer wieder, ohne Erfolg. Er sprach ebenso erfolglos bei Firmen vor. Als er mir das erzählte, gab er mit einem entschuldigenden Lächeln zu, er sei damals sehr schüchtern gewesen und habe bei diesen Gesprächen sicherlich keine gute Figur gemacht. Mit der Zeit habe sich bei ihm, wie bei vielen in dieser Lage, das hässliche, kalte Gefühl eingeschlichen, überflüssig zu sein.

Das Mädchen trank ihre Kaffeetasse leer.

Damals lernte mein Vater meine Mutter kennen. Er erzählte besonders gern davon, wie er sie in einem Geschäft am Obststand angesprochen habe, ob sie ihm wohl zu einer besonders guten Apfelsorte raten könne. Sie zeigte sich äußerst versiert, erklärte Unterschiede und Vorzüge verschiedener Sorten. Und mein Vater schaute, wie er spitzbübisch lächelnd zugab, mehr auf ihren Mund, ihre Augen und Haare. Schließlich sagte er dass er sehr sparsam einkaufen müsse, weil er arbeitslos sei. Daraufhin habe sie ihn genauer angeschaut.

Guckst du immer so traurig in die Gegend?

Er zuckte mit den Schultern. Es ist hoffnungslos.

Das gilt nicht!

Mein Vater wählte besonders schöne, rotwangige Äpfel und ging mit dem Mädchen zusammen an die Kasse. Sie hatten durch Zufall ein Stück gemeinsamen Weg. Sie nannten ihre Namen, ihre Berufe. Vater fühlte sich sehr genau beobachtet.

So schaffst du das nicht, sagte sie plötzlich.

Was meinst du damit?

Du siehst so aus, als, ob, du dich innerlich hängen ließest. Vielleicht noch nicht aufgegeben, aber kurz davor. Einen Trauerkloß, der sich selbst nichts zutraut, stellt niemand ein. Du musst dich aufrichten. Innerlich. Du musst dir sagen: Ich hab' das gelernt und ich kann das. Das öffnet dir natürlich nicht sofort alle Türen, aber mit mehr Selbstbewusstsein bist du vielleicht schon anderen Bewerbern überlegen. Ich übertreib' jetzt ein wenig, aber du musst den Chefs klar machen, dass du und nur du der Richtige bist.

Sie schaute ihn sehr aufmerksam an. Du kannst doch etwas in deinem Beruf, oder? Ja natürlich. Meine Zeugnisse sind gut und ich würde mir auch etwas zutrauen. Dann tu das!

Ich rede jetzt nicht mehr lange herum. Mein Vater hat sich nach und nach geändert, seine Schüchternheit abgelegt, sich Selbstbewusstsein anerzogen, wie er das nannte und er fand mit ruhigem, selbstsicherem Auftreten eine Stelle und auf der kam er voran. So, mein Lieber, jetzt fahr' an deinen neuen Arbeitsplatz und denk an meinen Vater. Mach's ihm nach!

Eine lebensrettende Schachpartie

In fremden Städten habe ich, wenn meine Zeit es zulässt, die Angewohnheit, über den Friedhof zu gehen und die Namen auf den Grabsteinen zu lesen. Ich verspüre dort eine Art von Forscherdrang, wenn ich Familiennamen innerlich registriere, die besonders häufig vorkommen, Namen von Familien, die hier heimisch sind.

Auf dem Friedhof eines sehr bekannten Kurortes blieb ich bei einem solchen Spaziergang unvermittelt, fast erschrocken, an einem Grab stehen. Hier lag ein Mann namens Wolfgang Xylander. "Einer meiner Urväter", pflegte er zu sagen, "muss wohl Holzer oder Holzmann geheißen haben, und er hat seinen Namen ins Griechische übersetzt, wie das in der Renaissance üblich war". Wolfgang Xylander also war hier begraben. Die Lebensdaten stimmten überein mit den mir bekannten. Nur dass er hier gelebt hatte und gestorben war, konnte ich nicht wissen, denn ich war vor Jahren aus seiner Firma ausgeschieden, in der ich über ein Dutzend Jahre gearbeitet hatte.

Xylander war der Inhaber einer Metallwarenfabrik. Ein knochenharter Unternehmer, wie ihn dieses Wirtschaftssystem favorisiert. Er beherrschte die Techniken jenes Vorgehens, das man vornehm Verdrängungswettbewerb nennt. Er trieb kleinere Konkurrenz-Unternehmen in den Konkurs oder er kaufte sie günstig auf. Natürlich machte er sich mit diesem Geschäftsgebaren Feinde, aber davon später.

Er lebte in einer großen Villa im besten Viertel am Stadtrand. Er war unverheiratet und ließ sich in allem von einer Hausdame versorgen, die er im Handumdrehen, freihändig, wie er sagte, wechselte, wenn er ihrer überdrüssig war. Seine einzige Leidenschaft außer dem Geschäft war das Schachspiel. Eines Abends war ich bei ihm eingeladen. Xylander wollte hin und wieder Leute seiner mittleren Führungsebene, wie man wohl sagt, genauer kennen lernen bei einer solchen Gelegenheit. Nach ein wenig geschäftlicher Unterhaltung kam die wohl unvermeidliche Frage, ob ich Schach spiele. "Nur für den Hausgebrauch", sagte ich. Das Wort gefiel ihm nicht. "Hausgebrauch", wiederholte fast aufgebracht. "Sie entehren das Spiel. Das edelste aller Spiele. Haben Sie schon einmal etwas vom spielenden Menschen gehört? Vom 'homo ludens' und davon, dass dieser der eigentlich schöpferische Mensch ist? Schöpferisch, verstehen Sie?"

Xylander geriet in eine Leidenschaft, die mir bisher an ihm fremd gewesen war. Schöpferisch, das kann sich nur auf das Schachspiel beziehen. Das ist Schöpfung aus dem Nichts, Entstehen aus dem Stillstand. Hier ist der Mensch im Spiel ganz Herr seiner selbst. Und zugleich Herr der Materie, Lenker der Entwicklung. Das Schachspiel, sage ich Ihnen, ist ein Spiegelbild des Menschen und seines Menschseins. Ach was, es ist kein Spiel mehr. Es ist viel mehr Geistesgegenwart ist am Werk und Selbstvertrauen. Nicht der dumpfe Zufall eines Würfels oder eines Kartengebens. Da ist Chancengleichheit und Wettbewerb, die Tüchtigkeit des Einzelnen. Das Risiko, der Wagemut, verhilft zum Erfolg. Wo sie fehlen, geht's in den Konkurs. Es gibt kein Spiel, das unserer Gesellschaft, unserer Ordnung des menschlichen Zusammenlebens mehr entspräche als das Schachspiel. Da sind Angriff und Verteidigung, Listen und Finten, schlagen und geschlagen werden, fressen und gefressen werden. Erfolg oder Niederlage, Schach und matt. Das ist kein Spiel mehr, das ist Leben, das ist Krieg, das ist Ökonomie."

Wir spielten einige Partien. Ich verlor natürlich. Danach, bei einer Zigarre und einer Flasche Rotwein, erzählte er mir, warum er sich mit solchem Enthusiasmus, gleichsam mit seinem ganzen Leben, für das Spiel begeisterte, ihm mit allen Fasern seines Wesens anhing: Er verdanke ihm sein Leben. Ich sagte schon, dass er Feinde hätte. An einem warmen Sommerabend saß er in seinem Salon und spielte mit sich selbst Schach. Die Terrassentür stand offen, der Vorhang war geschlossen, um Nachtschmetterlinge und Mücken abzuwehren. Plötzlich teilte sich der Vorhang ein wenig, ein Mann trat ein mit vorgehaltener Pistole. Xylander blieb so kalt wie immer. "Treten Sie näher", sagte er. "Ich habe schon auf Sie gewartet. Spielen Sie Schach?" Der Attentäter war ihm höchsten Grade verblüfft, verwirrt, aus dem Konzept gebracht. Er bejahte. "Na denn", fuhr Xylander unbeirrt fort. "Stecken Sie die Waffe weg und setzen Sie sich. Spielen wir die Partie zu Ende. Es ist eine Weltmeisterschafts-Partie aus den 20er Jahren. Ich habe sie hier in einem Fachblatt abgedruckt gefunden. Ich schlage das Blatt zu und wir spielen auf unsere

Weise weiter, so als ob es von Anfang an unsere Partie gewesen wäre. Wenn ich gewinne, rufe ich die Polizei. Wenn Sie gewinnen, gehen Sie als freier Mann und ohne Gewissensbisse nach Hause". Der Pistolenmann widersprach. "Nein, nein. Wenn Sie gewinnen, gehe ich nach Hause.

Wenn ich gewinne, führe ich meinen Plan aus." "Also gut, sagte Xylander, "dann aber Waffengleichheit". Er stand auf, holte aus dem Schreibtisch seine Pistole und legte sie neben sich. "Es hat wohl wenig Sinn, Sie nach Ihrem Auftraggeber zu fragen", sagte er vorsichtig. Sein Gegenüber schüttelte den Kopf. "Sie haben viele Feinde, Herr Xylander, ich gehöre selbst dazu. Wir sind uns bisher nie begegnet, aber Sie haben mich ruiniert. Darum habe ich beschlossen, Sie zu erschießen."

"Spielen wir darum", lenkte Xylander ein. Und sie spielten eine lange, spannende Partie; die Xylander mit Aufbietung seiner sämtlichen Tricks, Finten und Fallen nach fast zwei Stunden gewann. Er war, wie er sagte, dabei völlig ruhig, ja, eiskalt geblieben. Sein Konkurrent sei aufgestanden und wortlos gegangen. Seither aber, so schloss Xylander, sei in ihm ein Wandel vor sich gegangen. Das Spiel sei ihm zur Leidenschaft geworden, weil es ihm das Leben gerettet habe. Soweit Xylanders Erzählung. Ob es die Wahrheit war oder ein entschuldigendes Märchen, habe ich nicht herausgefunden.

Schnee auf den Inseln

Jan Hinrich Harmsen, der Besitzer einer beliebten, weil gut sortierten Buchhandlung in der Krämerstraße, gleich beim Marktplatz einer norddeutschen Kreisstadt, war ein umsichtiger, korrekt arbeitender Mann. Am Abend verließ er als Letzter den Laden, kontrollierte mit einem Blick die Auslage, ehe er die Gitter vor den Schaufenstern und das Gitter vor der Tür schloss. Als er an einem Abend im späten Winter - es war schon dunkel in der Straße - den Schlüssel ins Türschloss steckte, fühlte er etwas Hartes im Rücken und hörte die leise Aufforderung: "Aufschließen!" Harmsen, der sich die klassische Tugend des Gleichmuts anerzogen hatte, zog ruhig den Schlüssel aus dem Schloss und stieß heftig den Ellbogen nach hinten. Er traf den Mann, hinter ihm in die Magengrube, der wich zurück, Harmsen drehte sich rasch um und stieß ihn mit beiden Fäusten vor die Brust. Der Mann taumelte und fiel hart aufs Pflaster. Er stöhnte auf, ließ die Pistole fallen und griff sich mit beiden Händen an den Kopf.

Harmsen schob die Waffe mit dem Fuß auf die Seite und zog das Mobiltelefon aus der Halterung am Gürtel, um die Polizei zu rufen. Dabei schaute er den Mann am Boden an und stutzte. Bist du nicht der Klaus Lundenberg?

Ja. Der hagere, ausgemergelte Mann am Boden seufzte mehr als er sprach.

Und da wolltest du ausgerechnet mich überfallen?

Na ja, ich meinte, du erkennst mich nicht mehr.

Auf der Leinwand seines Gedächtnisses stellten sich bei Harmsen augenblicklich Erinnerungsbilder ein. Klaus, der Junge aus dem Nachbarhaus, sein Schulfreund. Sie waren zusammen sehr zum Ärger älterer Damen auf Rollschuhen durch die Straßen geflitzt, hatten im ideal geeigneten flachen Umland lange Radtouren unternommen, hatten im Lundenberg'schen Garten eine Höhle gegraben und mit Brettern und Erde abgedeckt.

Dort rauchten sie aus kleinen weißen Tonpfeifen getrocknete Brombeer-blätter, bis ihnen schlecht wurde und die Mütter sich wunderten, dass sie beim Abendessen keinen Hunger hatten.

Wie konntest du so herunterkommen, fragte Harmsen jetzt.

Na ja, wie schon? 'nen Bock geschossen.

Harmsen hob rasch die Waffe auf und steckte sie in die Tasche. Steh auf! Du musst Hunger haben. Gehen wir zusammen in die Fischküche ge-genüber. Ja, gern. Lundenberg erhob sich schwerfällig und stöhnend. Harmsen griff noch einmal zum Mobiltelefon und rief seine Frau an. Er komme nicht zum Abendessen, habe einen alten Freund getroffen und müsse mit ihm zum Essen gehen. Ich erzähl' dir dann alles. Bis später.

Er bestellte für Beide gebackenes Rotbarsch-Filet und Kartoffelsalat so-wie zwei Bier, und sah ohne Überraschung, wie Klaus das Essen heiß-hungrig verschlang. Bist du allein? Ich wohne bei meiner Schwester.

Deine Schwester? Erna? Als Klaus nickte lachte Harmsen.

Sie hat mir mal eine runtergehauen, weil ich an ihrem Zopf gezogen hatte. Ist sie verheiratet?

Geschieden. Sie arbeitet als Kellnerin.

Und du? Wir haben uns als wir 14 oder 15 waren aus den Augen verlo-ren. Du bist weg von hier, nicht wahr?

Ja, bei einem Onkel im Hannover'schen habe ich eine Maurerlehre ge-macht. Lundenberg hatte aufgegessen und schob den Teller von sich. Danke, Jan Hinrich, danke. Damit habe ich nun wirklich nicht rechnen können.

In Ordnung. Erzähl' weiter.

Na ja, ich bin im Lauf der vielen Jahre gut vorangekommen, wurde nach dem Tod meines Onkels Geschäftsführer. Der Laden lief ganz or-dentlich, Aber der Konkurrenzkampf wurde härter und da habe ich halt den Fehler gemacht und mit Scheinchen gewinkt.

Du willst sagen, du hast mögliche Auftraggeber bestochen und das Schmiergeld geschickt in der Rechnung versteckt. So kannst du das nennen. Aber ein abgewiesener Konkurrent kam mir dahinter und zeigte mich an. Jetzt bin ich vorbestraft und die Bauwelt ist für mich geschlossen. Absolut zu. Keiner nimmt mich mehr.

Und von was lebst du?

Gelegenheitsarbeit. Hier und da, dies und jenes.

Ein bisschen Schwarzarbeit darf auch dabei sein, nicht wahr?

Lundenberg zuckte mit den Schultern.

Harmsen bestellte noch zwei Biere und dachte nach.

Ich habe da eine Idee, sagte er dann. Du könntest eine Art von Modell für mich werden.

Willst du mich malen?

Nein, ganz anders. Lass dir erklären. Ich arbeite an einem Roman. Er soll heißen "Schnee auf den Inseln". Das ist aber nur symbolisch zu verstehen. Ein Bild für die kalte, egoistische, rücksichtslose, bröckelnde Gesellschaft. Ich will sie schildern, diese mitleidlosen Typen, die selbst alle Tricks anwenden aber einem anderen, der einmal nur ausgerutscht ist, nicht mehr auf die Beine helfen, Diese Eisblumenzüchter, Graupelspucker, Zungenstecher, Vorfahrt-Prinzen, Genickbrecher, wie ich sie bei anderer Gelegenheit einmal genannt habe. Ich möchte in dem Roman also ein paar typische Charaktere aufbauen, so ein paar arme Hunde wie du, als Gegengewicht, an dem die fiesen Typen versagen.

Harmsen trank einen tiefen Schluck, sah Lundenbergs zweifelnden Blick und sagte: Du darfst mich nicht missverstehen. Ich missbrauche dich nicht. Du bist auf der richtigen Seite, wenn ich so sagen darf. Ich möchte deine Lebensgeschichte nur haarklein erzählt haben. Wie ich sie dann einbaue, weiß ich noch nicht. Auf jeden Fall verständnisvoll. Ich lad' dich für morgen Abend zum Abendessen ein. Meine Frau wird etwas Besseres machen als das hier.

Und dann reden wir miteinander. Morgen ist Samstag, da mach' ich um vier Uhr zu. Kannst du kurz nach vier hier sein? Lundenberg versprach es. Harmsen zahlte und sie verließen das Lokal.

Und noch was, sagte Harmsen. Ich habe ja gute Beziehungen in der Stadt. Ich kann dir nichts versprechen, aber ich hör' mich mal um. Ein geschickter Buchhalter wirst du ja sein, oder? Sie lachten Beide und verabschiedeten sich. Halt, sagte Harmsen. Hier! Und er steckte Lundenberg die Pistole in die Jackentasche. Das Spielzeug-Ding wirst du ja nicht mehr brauchen. Also, bis morgen um vier.

Eva schlägt über die Stränge

"Evaristo, lass das bitte!" - "Evaristo, sitz gerade!" - "Evaristo, benimm dich anständig!" Frau Pia Golling, geborene Puliti, der ihr Sohn den selbst in Italien seltenen Vornamen Evaristo verdankte, war eine streng erziehende Mutter.

Auf dem mit Gebots- und Verbotstafeln flankierten Weg seiner Jugend wurde Evaristo Golling ein scheuer, stiller, ängstlicher Junge, der sich in der Schule zum Duckmäuser entwickelte. Er beteiligte sich nicht am Unterricht, meldete sich nie. Wusste aber meist alles, wenn er gefragt wurde. Bei falschen Antworten seiner Klassenkameraden grinste er oft hämisch. Freundschaften schuf er sich so nicht; im Gegenteil, er bezog gelegentlich Prügel, die er still ertrug. Das Äußerste, zu dem er sich hinreißen ließ, war, dem Anderen die Zunge herauszustrecken. In seiner Buben-Phantasie jedoch stilisierte er sich zum Helden, der wagemutige Abenteuer siegreich überstand. In der Klasse gab man ihm bald den Spitznamen Eva.

Er durchlief die Realschule ohne Schwierigkeiten, wie von Mutter Pia erwartet, und absolvierte eine kaufmännische Lehrzeit in einem Textilgeschäft, in dem er weiterhin blieb und sich im Lauf der Jahre zum Geschäftsführer hinaufduckte.

Die eine oder andere Mädchen-Bekanntschaft wusste Frau Golling mit einer Art mütterlicher Eifersucht zu verhindern. Da sich Vater Golling um die Erziehung seines Sohnes kaum kümmerte, blieb Evaristo unter dem gluckenhaft bedeckenden Schutzschild seiner Mutter, auch als er den 20. Geburtstag schon hinter sich hatte.

Nur einmal verliebte er sich richtig, als die Jura-Studentin Ruth Lindenmeier in seinem Gesichtskreis auftauchte. Da hatte er zum ersten Mal, wie man in bürgerlichen Kreisen sagte, "ernste Absichten". Und er sagte es seiner Mutter. Sein vorsichtig angedeuteter Wunsch, sich zu verloben, löste bei Pia Golling ein seelisches Erdbeben aus. Sie schrie, sie tobte, drohte, ihn hinauszuwerfen. Sie erkundigte sich über den Leumund der Familie Lindenmeier und fand, dass sie nicht zu ihnen passe.

Eingeschüchtert schob Evaristo die Verlobung immer weiter hinaus, bis es Ruth Lindenmeier zu viel wurde und sie mit ihm Schluss machte. Ein solches Muttersöhnchen sei kein Mann für sie und in seiner Entscheidungsschwäche sehe, sie auch eine Charakterschwäche. Und damit Basta. Er hatte diesen Bruch Ruth Lindenmeier nie ganz verziehen.

Zum ersten Mal wagte Evaristo daraufhin, seiner Mutter bittere Vorwürfe zu machen. Er habe Ruth sehr gern und es falle ihm schwer, von ihr zu lassen. Und an allem sei nur sie, die ihn bedrückende und bevormundende Glucke Schuld. Frau Golling reagierte mit einem schweren Anfall von Migräne, unter der sie auch sonst häufig litt.

Die Jahrzehnte vergingen und Evaristo Golling blieb auch nach dem Tod seiner Eltern unverheiratet. An seinem 50. Geburtstag, an der Kurve zum Altwerden, wollte er aber endlich einmal etwas erleben, aus dem Alltagstrott des Geschäftes einmal ausbrechen.

Er hielt sich für einen Mann in den besten Jahren und trotz eines leichten Bauchansatzes noch für ganz passabel aussehend. Evaristo Golling ging in eine Bar. Die Barfrauen nahmen den unbekannten Gast freundlich in ihre Mitte. Man trank und das nicht ganz wenig, man scherzte, erzählte Witze und Evaristo legte den Arm um diese und jene Hüfte und kuschelte sich, als es später wurde, auch einmal ein wenig da und dort an, was ihm nicht verwehrt wurde. Der Geschäftsführer der Bar stellte sich als Kunde vor.

Es war schon spät, sehr spät für seine sonstigen Gewohnheiten, als Evaristo Golling beschwingt aber nicht betrunken heimging. Er wäre sogar gern hier und da ein wenig gehüpft, freudig bewegt über seinen Erfolg bei den Frauen. Das aber wagte er doch nicht, trotz der späten Nachtstunde. Er kam an seinem Geschäft vorbei, kontrollierte die Schaufenster-Auslage und fasste urplötzlich, aufgedreht wie er war, einen außerordentlichen Entschluss. Er wollte an diesem Tage einmal richtig über die Stränge schlagen. Er schloss die Ladentür auf, schaute sich vorsichtig um, ob ihn auch niemand beobachtete, ging rasch hinein und ins Lager. Dort wählte er eine Schaufenster-Puppe aus, drapierte einen Minirock aus Dekorationspapier um die Hüfte, schrieb mit großen Buchstaben auf einen weißen Zettel "Ruth zu Ehren" und klebte ihn der Puppe auf den

Bauch. Vorsichtig schlich er sich aus dem Geschäft, sicherte seinen Weg um wenige Straßenecken sorgfältig ab und erreichte ungesehen den Rathausplatz. In der Grünanlage gegenüber der Stadtverwaltung postierte er die Puppe so, dass sie zur Rathausfront schaute, hob ihren rechten Arm, sodass er zum ersten Stock hinauf zeigte. Dort nämlich residierte seit einigen Jahren Frau Bürgermeisterin Dr. Ruth Lindenmeier. Lachend und nun wirklich ein wenig hüpfend nach Lausbubenart ging Evaristo Golling heim.

Am nächsten Tag gab es in der Stadt nur ein Thema: Die Skulptur einer Schaufensterpuppe, die offensichtlich die Bürgermeisterin darstellen sollte. Wer mag die wohl dorthin gestellt haben? Die meisten Bürger vermuteten einen Bubenstreich, aber wie kamen die Buben an die Puppe? Es wurde viel gelacht an dem Tag. Die meisten hielten es für einen Sympathiebeweis und keinesfalls für ein Zeichen der Kritik oder gar Verachtung.

Nur Frau Dr. Lindenmeier reagierte richtig. Sie rief Golling an: "Nein, Eva, so hübsch und so schlank bin ich nicht mehr. Aber ich nehme es leicht und freue mich über die, ich will mal sagen, ungebrochene Sympathie. Ich hätte dir einen solchen Ausbruch von Freiheit gar nicht zugetraut. Versuch' nicht zu widersprechen. Der Bildhauer bist du. Du darfst mich übrigens einmal zu einer Flasche Wein; einladen. In die Bar zum Beispiel, aus der du heute Nacht kamst. Ich habe dich nämlich beobachtet". Evaristo leugnete nichts und versprach die Einladung.

Ein Polizist räumte im Lauf des Tages die Schaufenster-Puppe weg. Das städtische Fundbüro versteigerte sie zusammen mit Geldbörsen, Schlüsselbunden, Handtaschen und Handschuhen im Herbst des Jahres. Und Evaristo Golling bekam den Zuschlag. So trug er die Puppe zum zweiten Mal durch die Stadt. Nunmehr ganz öffentlich und ein wenig stolz darüber, dass er nicht nur gewagt hatte, über die Stränge zu schlagen, sondern auch über seinen Schatten zu springen. Und von ihrem Bürofenster aus schaute ihm die Bürgermeisterin lächelnd nach.

Ein Kavalier der alten Schule

"Hat man Ihnen schon einmal gesagt, dass Sie wunderschöne Augen haben?" Josef Hastreiter hielt diese Frage, die er im Laufe seines langen Lebens schon mancher Frau gestellt hatte, für eine Formel der großen Kavaliere der alten Schule.

Wenn er hoch aufgerichtet, im grauen Anzug mit weißem Hemd und sorgfältig ausgesuchter, farblich passender Krawatte, das Kavalierstüchlein in der Brusttasche, das graue Haar gescheitelt und straff zur Seite gekämmt, die schwarzen Schuhe tadelsfrei geputzt, im Kurpark spazierte, dann, fiel er auf, und er registrierte mit stiller Freude manchen aufmerksamen Blick von ebenfalls lustwandelnden Damen. Und das, obwohl er - oder gerade weil er - langsam und am Stock ging, was sich in Kurorten empfiehlt, auch wenn man, wie Hastreiter, seit Jahren dort lebt.

Heute fragte er die Bedienung aus dem "Cafe am Kurpark", die sich an ihrem freien Nachmittag zu einem Spaziergang hatte einladen lassen, ob ihr schon jemand ein Kompliment wegen ihrer wunderschönen Augen gemacht habe. Das Mädchen Erika verneinte. Aber sie lächelte dennoch ein wenig geschmeichelt. Hastreiter sah es mit Zufriedenheit. Kurgäste, die ihnen begegneten schauten neugierig, überrascht und mit momentaner Aufmerksamkeit zu dem ungleichen Paar hinüber. Hastreiter registrierte auch das mit Zufriedenheit, und er ging womöglich noch gerade aufgerichteter.

Hastreiter war ein Freund erlesener Speisen und Getränke, die er sich seit er Rentner war, nur noch gelegentlich leisten konnte, und er legte Wert auf ebenso erlesene Gespräche, die, wenn man genau hinhörte, doch meist nur aus rhetorischen Versatzstücken bestanden, die in jedes Gespräch passten. In der Nähe bellte ein Hund. Es klang aggressiv. "Ach", sagte Hastreiter, "wenn man doch die Sprache der Tiere verstehen könnte".

"Also, ich weiß immer, was mein Kater von mir will, wenn er maunzt oder sich wie ein Denkmal vor mich hinsetzt und mich still anschaut.

Manchmal zuckt dann nur die Schwanzspitze ein wenig, die er ordentlich vor die Füße gelegt hat. Und wenn ich dann die Hand ausstrecke, ist er sofort da und schmust." Erika bekannte sich als Tierfreundin.

"Sie haben einen Kater, Wie schön!"

"Ja, damit sich in meiner kleinen Wohnung etwas bewegt."

Hastreiter fand, dies sei ein wunderschöner und noch nie gehörter Grund, um sich ein Tier zu halten. Er fragte Erika, ob sie allein wohne, was sie bejahte. Und Hastreiter bekannte, dass er in der gleichen Situation sei. "Sie haben keine Frau? Niemanden, der sich um Sie kümmert " Hastreiter modulierte seine Stimme in eine Moll-Lage und sagte leise, dass er nie verheiratet gewesen sei. Aber er komme schon zurecht. Und außerdem reise er viel und gern. Und er sprang sogleich zum nächsten Thema: Wohin sie denn im Urlaub fahre. Sie sei einmal auf Mallorca gewesen, sagte Erika. "Ach, diese überlaufenen Strände, alle diese Hautdarsteller. Das ist nichts für mich."

Erika lachte über diese Wortschöpfung und erzählte, sie sei auch einmal auf der Insel Elba gewesen. Aber da habe es nur geregnet. "Sie sollten einmal nach Venedig fahren", schwärmte Hastreiter. "Ich kenne die Stadt auf dem Wasser, die man die Serenissima nennt, wie meine Hosentasche und würde Sie gerne und zu all den Winkeln führen, wo Reisegruppen sonst nicht hinkommen. Die Kanäle, der Markusdom, der Markusplatz, der schönste Salon Europas, wie ihn Napoleon Bonaparte genannt hat. Nicht zu vergessen den Lido."

Erika hörte schweigend und mit sichtlich geringem Interesse zu. Hastreiter meinte, er müsse sich mehr anstrengen und steigerte sich in überschäumende Begeisterung hinein. "Oder die Provence. Diese großartige Kulturlandschaft, dieses Ensemble von Kultur und Natur. Und das Licht. Das ganze schöne Land lebt nur vom Licht, zitierte er. Die tief ins Gebirge eingeschnittenen Flusstäler, die weiten blauen Lavendelfelder und 'die Städte, die Papststadt Avignon mit der viel besungenen Brücke". Er trällerte die Melodie vor sich hin. "Und dann Arles, die Stadt Vincent van Goghs, die Römerstadt Nimes, das Künstlerdorf Gordes und die romanische Kathedrale von St. Gilles und natürlich Aigues Mortes, was einmal Hafen war, von dem aus die Kreuzfahrer in See stachen". Als er eben von den rosa Flamingos und den schwarzen Stieren sowie den berittenen Hirten, die an einem Tag im Jahr mit ihren festlich geschmückten Frauen nach Aigues Mortes ritten, beginnen wollte, begegneten ihnen drei junge Leute, von denen einer "Hallo Erika herüber rief. "Ei Fred", gab Erika lachend zurück. "Wir sehen uns heute Abend in der Disko, ja?"

"Mal sehen, vielleicht", rief Erika den Dreien zu. Hastreiter wurde plötzlich einsilbig und schweigsam. Er steuerte auf den Ausgang in der Nähe des Cafes zu. "In Avignon gibt's sicherlich auch eine Disko. Aber da lässt man mich ja nicht mehr hinein".

Erika suchte nach ein paar freundlichen Dankesworten. Sie habe viel gelernt von seinen interessanten Erzählungen. Man könne sich das Land richtig vorstellen. Und vielleicht bekomme sie ja auch einmal Lust, dorthin zu reisen. Ein kurzer Abschied. Josef Hastreiter ging langsam und nachdenklich nach Hause in seine kleine einsame Wohnung. Er setzte sich vor seinen Bücherschrank und zog das reich bebilderte Reisebuch über die Provence heraus, aus dem allein er seine Kenntnisse über das nie gesehene Land bezog.

Konrad Padbergs glücklicher Sommer

Konrad Padberg, ein pensionierter Beamter von 68 Jahren lebte ruhig und zurückgezogen in seiner geräumigen Dreizimmer Wohnung, die er mit vielen Büchern und vielen Bildern dekoriert hatte; Bilder zumeist örtlicher Künstler und seiner vor acht Jahren verstorbenen Frau, einer bekannten Grafikerin, deren Radierungen von Galerien gern und erfolgreich ausgestellt worden waren.

Er machte alle Besorgungen selbst, kochte sein Essen und bediente die Waschmaschine. Einmal in der Woche pflegte eine junge Frau aus der Nachbarschaft seine Wohnung.

Padberg, der sein Berufsleben mit Akten zugebracht hatte, fühlte nicht den Wunsch, mit Menschen zusammen zu sein, sich zu unterhalten. Er hielt sein stilles Leben mit seinen Büchern für das normale Dasein eines alleinlebenden, alternden Mannes. Die einzige Abwechslung, die er sich gönnte, waren Konzerte klassischer Musik, aber höchstens drei oder vier im Jahr. Und nach dem Konzert ging er geraden Wegs nach Hause, nicht etwa auf dem Umweg über ein Weinlokal.

An einem Tag im frühen Juli nahm er sich vor, aus seinem nicht eben vornehmen aber bürgerlichen Vorort in die Stadt zu fahren, um etwas Sommerliches zu kaufen; Blazer oder Blouson. An der Straßenbahn-Haltestelle wartete er mit etlichen Leuten. Vor ihm stand eine junge Frau, die erheblich kleiner war als er. Sie trug ihr kurzes dunkles Haar gescheitelt, wie er zufällig bemerkte. Er sah außerdem, dass sie den Kopf geneigt hielt, so als ob sie intensiv nachdächte. In dem Augenblick in dem die Straßenbahn schon auf fast einen Meter herangekommen war, machte die junge Frau einen überraschenden Schritt nach vorn. Padberg umfasste sie sofort und riss sie zurück. Die Umstehenden schauten überrascht, stiegen aber ohne jede Bemerkung in die Wagen ein.

Die junge Frau begann auf der Stelle heftig zu weinen, und sie zitterte, wie Padberg spürte, der sie noch in den Armen hielt. Langsam und Schritt für Schritt ging er mit ihr zurück. Unbeobachtet von Neugierigen drehte er die junge Frau zu sich um und schaute in ihr tränennasses Gesicht. Aus der Innentasche seines Saccos zog er ein sorgfältig zusammengelegtes Taschentuch und bot es ihr an. Sie nickte, nahm es und trocknete ihre Tränen.

So, sagte Padberg, jetzt gehen wir in das Cafe an der Ecke und Sie beruhigen sich von dem Schrecken. Sie nickte wieder stumm und Padberg nahm ihren Arm und führte sie über die Straße in das Cafe. Er wartete, bis sie sich ein wenig mehr beruhigt hatte und stellte sich dann vor. Sie nannte nur ihren Vornamen Susanne. Und sie sagte schlicht: Danke. Sie bestellte Mineralwasser und Padberg ließ sich Kaffee bringen.

Als Beide versorgt waren, fragte Padberg: Was war das eben? Unvorsichtig oder Absicht?

Ich war sehr in Gedanken und habe nicht auf die Bahn geachtet.

Sehr ernste, schwere Gedanken?

Ja. Ich habe große Zweifel, ob ich alles richtig mache.

Was machen Sie denn?

Ich studiere. Geschichte und Englisch fürs Lehrfach. Im Sommersemester, das in diesen Tagen zu Ende geht, war ich nicht besonders gut. Teilweise schlecht. Und ich frage mich, ob ich weiter machen soll.

Sie stecken also in einem Stimmungstief?

Als Susanne nickte, sagte Padberg: Da holen wir Sie jetzt raus. Er erzählte ihr dann ein wenig von sich und bot ihr an, sie nach Hause zu begleiten, damit nicht noch einmal...

Susanne lebte mit drei Studentinnen in einer Wohngemeinschaft. Padberg erbat sich ihre Telefonnummer und versprach, sich wenigstens einmal in der Woche zu melden und Vorschläge zu machen.

Er ging dann weiter und kaufte doch noch einen sommerlichen Blouson. Zu Hause verfiel er ins Grübeln. Was war in ihn gefahren? Er kannte sich als zurückhaltend, kontaktarm, ohne Freunde und nun. Gefiel ihm das Mädchen? Im Grunde nicht. Wollte er etwas nachholen? Er kam nicht ins Reine mit sich, hatte aber schließlich das gute Gefühl, das Richtige zu tun.

In den nächsten Wochen änderte sich Konrad Padbergs Lebensstil zusehends. Er legte seine Scheu ab, wurde offen, unternehmungslustig, mitteilsam. Er führte Susanne in den Dom, zum Gerokreuz, zu Stefan Lochners Marienbild. Und er hörte schmunzelnd, wie die norddeutsche Protestantin ihm zuflüsterte, sie möchte wohl wissen, was sich wirklich in dem Dreikönigs-Schrein befinde.

Padberg fuhr mit ihr zu ausgedehnten Wanderungen ins Bergische Land und in die Eifel, und Beide erlebten mit Freude die Begeisterung, die eine sonnige Sommerlandschaft ihnen schenkte. Auf den Wanderungen diskutierte der sehr belesene Mann mit der Studentin - ohne sie zu examinieren - über historische Epochen; über Renaissance und Reformation, über Absolutismus und Aufklärung, Über das Bürgertum im frühen 19. Jahrhundert. Er empfand dabei nicht den Triumph des Wissenden sondern Freude über das lebhafte Echo, das er auslöste. Gegen Ende der Semesterferien besuchte Susanne Padberg mit dem Abschiedsgeschenk einiger Flaschen Rotwein von besonderer Qualität. Er habe sie darin bestärkt, bei ihrem Studium zu bleiben, aber sie werde die Universität wechseln und nach Hamburg gehen.

Sie nahm ihn zum ersten Mal herzlich in die Arme und verabschiedete sich rasch. Padberg sah ihr am Fenster lächelnd und winkend nach und empfand ein seit seinen Ehejahren nicht mehr gespürtes Glück.

Das Kernetauschen

In Zentralasien erzählt man die Geschichte von Tamil und Aisha, die im Lande des Groß-Khans von Samarkand lebten und einen geheimen, heute vergessenen Brauch übten, den sie das Kernetauschen nannten. Ihr werdet sagen, das sei mehr als fünfhundert Jahre her und in unserer Zeit... Ich sehe schon, wie ihr geringschätzig die Mundwinkel herunterzieht. Aber hört sie euch an und urteilt dann, ob die Geschichten, die die Märchenerzähler auf den Märkten von Buchara, Taschkent und Samarkand erzählt haben, uns heute noch etwas angehen oder nicht.

Tamil und Aisha also lebten in einem der Gebirgstäler nahe bei Samarkand in einer Hütte, die sie aus Lehm und Binsen gebaut hatten. In der Mitte der Hütte brannte das von Aisha gehütete Feuer, über dem der an einem Dreifuß hängende Kessel schwebte. In der linken Ecke der Hütte hatten sie das Lager aus Maisstroh aufgeschüttet. In der rechten Ecke standen Kasten und Truhen mit Geschirr und Vorräten: Maismehl und getrocknete Früchte. In diesem Teil der Hütte war auch der Tisch mit den Stühlen für die beiden und einem Ehrenstuhl für einen Gast, für jeden Gast, der überraschend eintrat. An seinem Platz wurde bei jeder Mahlzeit auch eine Schüssel gedeckt.

Tamil baute Mais, Wurzeln und Kraut an. Aisha versorgte einige Ziegen. Einen Teil ihrer Ernte und Ziegenkäse verkauften sie auf dem Markt. Einmal im Jahr fuhren sie mit dem Nachbarn zum Jahrmarkt nach Samarkand. Mitten in dem Gewühl von Menschen, Kamelen, Pferden, Eseln, Wagen, mitten in dem Geschrei der Händler, dem Jammern der Bettler, der schrillen Musik der Gaukler, diesem Gestrüpp aus Staub, Stimmen und Gestank, schauten sie verwundert auf die Tänzer und Schwertschlucker, lauschten sie neugierig oder beklommen, verängstigt oder belustigt den Märchenerzählern, die von den großen Taten Timur Lenks weitschweifig und mit großen Gesten erzählten.

Unsere Geschichte beginnt in einer Nacht, in der der Vollmond über dem Lande des Groß-Khans von Samarkand stand und die Träumer verwirrte. Ihr kennt das: Man schläft unruhig, wirft sich rerum, quält sich mit Träumen aus Angst und Bedrohung. So euch Aisha, der träumte, dass Tamil von Räubern ergriffen und erschlagen worden sei. Sie weinte laut im Traum, so dass Tamil erwachte und ihr die Hand auf die Stirn legte, um sie zu wecken. Als Aisha erkannte, dass sie nur geträumt hatte, legte sie sich beruhigt in Tamils Arme und schlief weiter.

Der Bauer Tamil, müsst ihr wissen, war ein langsamer aber ein gewissenhafter Denker. Seit Aishas Traum lief ihm wie eine junge Ziege die Frage nach: Was geschieht, wenn eins von uns stirbt? Was behält der Überlebende vom Gestorbenen? Stirbt die Liebe den gleichen Tod? Er grübelte lange. Seine Gedanken ließen keinen Seitenweg aus und kein Versteck hinter Wörtern und Vorwänden. Dann endlich, im Mai, als die Kirschen reif waren, wusste er, was er zu tun hatte. Lasst es mich so erzählen, wie es wohl die Märchenerzähler auf dem Jahrmarkt in Samarkand taten: Er pflückte eine besonders schöne, dunkelrote, glänzende Kirsche und nahm aus Aishas Verratstruhe eine Mandel. Er führte Aisha vor die Hütte und beide setzten sich mit untergeschlagenen Beinen so, dass sie sich ins Gesicht sehen konnten. Tamil gab Aisha die Kirsche zu essen und bat sie, den Kern in ihre Hand zu legen. Er selbst legte den Kern der Mandel in seine Hand.

Und nun, sagte er, wollen wir unsere Seelen in die Kerne denken. Du die deine in den Kirschkern und ich die meine in den Mandelkern. Wenn das geschehen ist, werden wir die Kerne tauschen und essen. Du den Mandelkern und ich den Kirschkern.

Dann werden wir beide die Seele des anderen mit uns tragen, deine Sanftmut und meinen Mut, deine Zartheit und meine Kraft. Ich werde Wörter wie Kirschblüten sprechen und du denkst Gedanken wie Mandelblüten. Und wenn einer von uns stirbt, ist er nicht tot, sondern der andere wird seine Seele behalten.

Ich sehe in euren Gesichtern den Zweifel wie frische Schminke: Man kann doch nicht die Seele - wo sitzt die eigentlich - aus sich heraus denken, herausziehen, herausspucken. Man kann nicht ohne Seele leben. Das gibt es nicht, das ist unmöglich, das können wir nicht glauben. Basta! Es kommt nicht darauf an, was ihr heute glaubt. Tamil und Aisha hatten gesehen, wie Menschen ihre Seelen verloren, verkauften, verschleuderten. Sie hatten erlebt, dass man Seelen dazu bewegen kann, ihre Körper zu verlassen und in anderen Körpern weiterzuleben. Die Menschen hatten damals die Kraft, die Seelen zu bewegen.

Glaubt mir!

Tamil und Aisha saßen also vor ihrer Hütte und dachten ihre Seelen in die Kerne. Als beide empfanden, dass dies nun geschehen sei, tauschten sie die Kerne und aßen sie. Und von dieser Stunde an, so würde nun der Märchenerzähler mit weit ausgebreiteten Armen erzählen, dachten, fühlten, litten, freuten sie sich mit der Seele des anderen und für den anderen mit. Tamil fühlte sich auf dem Feld von Aisha begleitet; Aisha wusste Tamil neben sich, wenn sie auf den Markt ging.

Und nun hört, wie es weiterging.

Von Zeit zu Zeit verkleidete sich der Groß-Khan von Samarkand und wanderte durch sein Land. Er kehrte überraschend in den Hütten seiner Untertanen ein, um vorsichtig zu erkunden, was man von seiner Herrschaft halte, und um zu sehen, wie die Menschen lebten, ob sie satt zu essen und den Frieden in ihren Hütten hätten.

Eines Abends trat er in die Hütte von Tamil und Aisha, wo er den Tisch für sich gedeckt fand. Er aß mit den beiden Maisfladen, lobte den Ziegenkäse wegen seiner Würze und trank Ziegenmilch. Als Handelsmann gab er sich aus, der in Samarkand Kamele kaufen und nach Buchara zurückbringen wolle. Nirgendwo auf der Welt, das wisse man, gebe es so schöne, starke, ausdauernde Kamele wie in Samarkand.

Mit dieser Lüge kam er bei Tamil nicht an. Und nirgendwo gibt es so schöne Pferde wie in Samarkand, ergänzte er die Rede des Gastes. Erst auf dem jüngsten Jahrmarkt habe ich den Groß-Khan auf einem solchen Schimmel reiten sehen. Er ritt ganz nah an mir vorbei und ich habe mir sein Gesicht genau eingeprägt.

Dabei lachte er den Groß-Khan an. Aisha goss rasch Ziegenmilch nach; denn sie sah, dass der Gast sich ärgerte. Du weißt, sagte der Groß-Khan zu Tamil, dass ich es nicht mag, wenn man meine Verkleidung durchschaut.

Aber, gnädiger Herr, sagte Aisha - ich vermute, dass sie so sagen musste - gnädiger Herr, was hättet Ihr von Eurer Macht, wenn Ihr sie nicht gebrauchen und was von Eurer Person, wenn Ihr sie nicht vorzeigen könnt?

Ich kann meine Macht gebrauchen. Meine Begleiter liegen im nächsten Ort. Sie werden deinen Mann auspeitschen, wenn ich es befehle, und keiner wird fragen, warum. Sie werden ihn nach Samarkand mitnehmen und in den Kerker werfen, wo er verfault und verhungert, und keiner wird fragen, warum.

Ich kann mir vorstellen, dass Aisha nicht groß gewachsen war, aber jetzt richtete sie sich auf, so groß und so gut sie konnte: Ich werde fragen, sagte sie.

Du? Der Groß-Khan lachte.

Ich werde nach Samarkand gehen und den Emir Al-Umara fragen, wo Tamil, mein Mann ist und warum der Groß-Khan ihn eingekerkert hat. Und ich werde mich auf den Markt stellen und allen die Geschichte von dem Bauern Tamil erzählen, der von dem gnädigsten, allmächtigen Groß-Khan unschuldig eingekerkert worden ist, bis er verfault und verhungert. Der Groß-Khan, stelle ich mir vor, wird Aisha lange angeschaut haben. Das würdest du tun? Ja, sagte Aisha.

Und was sagst du dazu, fragte er Tamil. Nun musste Tamil wohl oder übel mit der Wahrheit herausrücken.

Ich denke, sagte er vorsichtig, dass meine Seele ihr den Mut gegeben hat. Ja, sie würde nach Samarkand gehen und den Groß-Khan der Willkür anklagen. Und weil er die Gefahr witterte, es nun ganz mit dem Herrscher zu verderben, setzte er eilig hinzu: Ich aber, gnädiger Herr, bitte um Gnade. Wir sind einfache Leute, unwissend und unerfahren. Ich war stolz, Herr, Euch zu erkennen. Woher hätte ich wissen sollen, dass Ihr unerkannt.

Der Groß-Khan fiel ihm ins Wort: Was hast du gesagt von deiner Seele?

Solltet Ihr noch nichts vom Kernetauschen gehört haben, fragte Aisha, und sie erklärte dem Groß-Khan alles. Der schwieg lange.

Dann bat er um ein Nachtlager.

Ihr werdet nun denken, dass die beiden, Tamil und Aisha, in dieser Nacht sehr unruhig geschlafen haben. Der Groß-Khan unter dem Strohdach ihrer Hütte! Vielleicht war er sogar verärgert. Vielleicht ließ er Tamil doch festnehmen. Ich glaube das alles nicht. Tamil und Aisha haben, wie ich meine, in dieser Nacht gut und fest geschlafen, und das nicht nur, weil sie die Begleiter des Groß-Khans in ihrer Nähe wussten.

Am Morgen bot der Groß-Khan Tamil und Aisha an, ihn nach Samarkand zu begleiten und an seinem Hof zu leben, vornehm gekleidet und reich bezahlt. Sie sollten nur eines tun: Ihn und seine Freunde das Kernetauschen lehren.

Und nun stellt euch wieder den Märchenerzähler vor, den alten Mann mit den Falten im Gesicht und den Falten im Kaftan und den Falten im Turban. Wie er ausschmücken wird, was Tamil geantwortet hat, wie er die Entscheidung hinauszögern, die Spannung steigern wird. Kann sich der arme Bauer leisten, das Angebot des Groß-Khans auszuschlagen? Endlich wird er erzählen, wie es war: Nein, sagte Tamil, das Kernetauschen ist kein Spiel für alle und kein Spiel zur Belustigung Eures Hofes. Es ist eine Übung voller Ernst für die wenigen, die sich lieben. Denen aber gibt es eine Macht, die der Euren gefährlich werden kann. Und mir, sagte Aisha. lächelnd, werden an Eurem Hof meine Bäume fehlen, meine Kirschbäume und meine Mandelbäume. Der Groß-Khan merkte, dass er gegen die beiden nichts mehr ausrichten werde, und er verließ sie dankbar und nachdenklich.

Den Schluss der Geschichte erzählt man in Zentralasien auf zwei Weisen. Die einen sagen, Tamil und Aisha seien am gleichen Tage gestorben und von ihrem Nachbarn vor der Hütte begraben worden. Nach einem Jahr, sagen sie, wuchsen aus dem Grab zwei Bäume - ein Kirschbaum und ein Mandelbaum – und sie standen so nah beisammen, dass ihre Zweige sich durchdrangen, so, als ob sie auf einem Baum wüchsen. Die anderen wollen wissen, dass sich der Groß-Khan, als ihn seine Feinde vom Thron gejagt hatten, in die Hütte Tamils und Aishas geflüchtet habe, wo er nach einfachem Leben gestorben sei. Ich glaube eher an den anderen Schluss der Geschichte; denn ich kenne die Mächtigen.

Aber ihr sollt urteilen...

Die Erfindung der Psychonomie

Leander Schmitz galt schon in der Schule als "verrücktes Genie". Wenn eine Stunde ausfiel oder der Lehrer sich verspätet hatte, trat er vor die Klasse und erzählte eine Geschichte, die er in dem Moment erfunden hatte. Später erlernte er Zauberkunststücke. Jüngeren Schülern schüttelte er Dutzende von Münzen aus der Nase. Auch mit Kartentricks verblüffte er die Klassenkameraden.

Eines Tages war Leander verschwunden. Er kam nicht zur Schule, niemand wusste etwas über ihn. Viel später erfuhren wir, dass er den Traum so mancher Jungen wahr gemacht hatte: Er reiste mit einem kleinen Zirkus. Er baute das Zelt mit auf, verkaufte Programme, kontrollierte die Eintrittskarten und er arbeitete mit einem Jongleur zusammen. Als er genug konnte und eigene Tricks erfunden hatte, machte er sich selbstständig und wechselte den Zirkus. Mit diesem kam er eines Tages in die Stadt. Alle staunten, alle applaudierten. Nach dem Gastspiel verschwand Leander Schmitz erneut.

Irgendjemand brachte das Gerücht auf, er sei nach Indien getrampt. Nach Jahren stand er eines Morgens auf dem Marktplatz. Er war jetzt Anfang 30, sehr schlank, fast hager, mit knochigem Gesicht und sehr aufmerksamen Augen, die manchmal stechend wirkten. Er spielte Trompete und hatte ein großes Plakat an das Transformatoren-Häuschen geklebt. Die Leute lasen: "Leander von Malakoff hilft Ihnen bei seelischen und gesundheitlichen Problemen".

Leander von Malakoff ist der Erfinder der Wissenschaft von der Psychonomie.

Eine neue Wissenschaft, die den Menschen hilft. Diskret, wirksam, schmerzfrei. Kommen Sie heute Abend um 20 Uhr in das Nebenzimmer des Gasthofs 'Zur Traube'. Unverbindliche Beratung. Sie werden begeistert sein"

Ich ging hin und mit mir ein gutes Dutzend Leute, die ihn wie ich aus seinen Jugendjahren kannten. Sie redeten miteinander, neugierig, erwartungsvoll, teils ein wenig ironisch. Im Nebenzimmer waren die Fenster mit Vorhängen verdunkelt. Es herrschte Zwielicht, was dem Ganzen wohl einen mystischen Anstrich geben sollte.

Leander trat auf, unvermittelt, aus dem dunklen Hintergrund. Er trug einen bodenlangen blauen Umhang, den er mitunter schwungvoll und dekorativ um sich schlang. Langsam näherte er sich dem Publikum und schaute alle Gäste einzeln und nacheinander genau an. Er verriet mit keiner Miene, wen er von uns wieder erkannt hatte.

Mit salbungsvoller, dunkler Stimme proklamierte er seine wissenschaftliche Entdeckung, die Psychonomie. Es gebe, zählte auf, die Astronomie, die Pseudowissenschaft der Astrologie, ferner die Psychologie, aber an die Psychonomie habe bisher nur er, Leander von Malakoff gedacht. Jeder Seele eines Menschen gebe er einen zum Charakter passenden Namen. Was man benennen kann, rufen kann, herbeirufen kann, das kann man schließlich beherrschen, das heißt verändern im Sinne von heilen. Er redete und redete, wiederholte sich, spielte mit Tonlagen und Stimmungen, pries seine Entdeckung bis die Zuhörer unruhig wurden.

Dann trat er wieder auf das Publikum zu, zeigte mit spitz vorstoßendem Finger auf Frau Pringsheim, meine Nachbarin. Kommen Sie mit, sagte er, zog die nur scheinbar widerstrebende im Grunde aber neugierige Frau zu sich. Er setzte sie auf einen Stuhl, schaute ihr mit stechendem Blick aufmerksam und lange in die Augen, bis Frau Pringsheim sich abwandte. Ich sehe sagte er, dass Ihre schöne Seele unruhig ist. Sie schwirrt herum, sie ist nicht eben auf der Jagd, aber sie ist sehr unstet, mal hier, mal da, immer unterwegs nach Neuem, nach Veränderung. Ihre Seele heißt für mich 'Schwalbe'.

Leander genoss die überraschten Ausrufe aus dem Publikum. Mit einer noch ein paar Töne tieferen Stimme rief er: "Schwalbe, hörst du mich? Schwalbe, hörst du mich, dann melde dich! Schwalbe!" Hinter dem Vorhang meldete sich eine leise Frauenstimme: "Ja". Erschreckte Ausrufe, Schreie im Publikum. Leander hob beschwichtigend die Hände. Frau Pringsheim schlug die ihren vor das Gesicht. Sie zitterte am ganzen

Leibe, wie sie dasaß. "Schwalbe", rief er nun mit seiner beschwörenden Stimme, "Schwalbe, du musst zur Ruhe finden, flieg in dein Nest, bleib lange und ruhig dort, vertiefe dich in die Phantasie, du wirst lernen, es gibt eine Phantasie der Seele, die nur die meisten Menschen nicht kennen. Sie wird dir helfen wieder zu dir selbst zu finden. Dein unstetes, suchendes Leben wird aufhören, du wirst zufrieden sein mit dem, was du hast. Hast du mich gehört?" Wieder kam es aus dem Hintergrund: "Ja!" "Wirst du mir folgen?" Zum dritten Mal sagte die Schwalbenseele ja.

Der Gaukler wandte sich noch einmal an Frau Pringsheim und fragte, ob er sie überzeugt habe und sie ihrer Seele folgen werde. Frau Pringsheim nickte stumm. Leander genannt von Malakoff verneigte sich zum Publikum und half der völlig verstörten Frau Pringsheim zu ihrem Platz im Publikum zurück. Während ich mir meine Gedanken darüber machte, dass Leander, der ja aus unserem Stadtviertel stammte, sich vielleicht beim Gastwirt der "Traube" über einige Leute, an die er sich erinnerte, und ihr Leben erkundigt hatte, lud Leander für den kommenden Abend zur nächsten Session ein. Er werde allerdings für die Behandlung dann ein bescheidenes Honorar erbitten. In das überraschte Gemurmel im Publikum platzte ein später Besucher. Er ging zielstrebig auf Leander zu, fragte ihn, ob er Leander Schmitz, alias von Malakoff sei und erklärte ihn, als er bejahte, für vorläufig festgenommen wegen Betrugs, Entführung, wiederholten Diebstahls-Delikten. Leander Schmitz, das verrückte Genie, entledigte sich langsam seines blauen Umhangs, warf ihn aber mit einer raschen Bewegung dem Polizisten über den Kopf und rannte in den Hintergrund, wo er sicherlich den Notausgang kannte.

Das Publikum schrie empört, alles redete durcheinander, einige lachten. Der Polizist befreite sich von dem Umhang und rannte Leander nach. Kurz darauf kam er mit einem jungen Mädchen wieder, das sich hinter dem Vorhang versteckt hatte. "Die Schwalbe", rief ein Mann aus dem Publikum und alle lachten.

Von dem Mädchen muss die Polizei wohl sein Quartier erfahren haben, denn noch am gleichen Abend war sie erfolgreicher bei der Festnahme des Leander Schmitalakoff.

Eines Tages nannten sie ihn Moltke

Zu den Mitgliedern eines Freundeskreises von Frauen und Männern mittleren und höheren Alters, der sich forschend und beschreibend mit der Geschichte der Stadt und ihrer Region befasste, gehörte Stefan Eggers, ein stiller, lediger Mann von 35 Jahren. Von einem bestimmten Tag an gaben die Freunde ihm den Spitznamen "Moltke" in Erinnerung an den preußischen Feldmarschall, der auch den Beinamen "der große Schweiger" trug. Was war geschehen?

Der Freundeskreis hatte einen Ausflug zu einem klassizistischen Schloss unternommen. Man wanderte gemächlich und aufmerksam durch die nach Farben benannten Salons, die Schlafräume, die Waffenkammer. Man betrachtete die wertvolle Porzellan-Sammlung des Hauses, die großformatigen Gemälde von Ideallandschaften und Stillleben und kam schließlich in die Ahnen-Galerie, wo ernste meist uniformierte Herren entschlossen dreinblickten und liebliche Frauen freundlich aus den Rahmen schauten. Stefan Eggers blieb vor einem solchen Frauen-Porträt stehen. Es stellte eine junge Frau dar in einem rosafarbenen Seidenkleid mit weißen Spitzen an Ausschnitt und Ärmeln. Die Dame lächelte und Eggers fühlte sich direkt angeschaut. Und während die Gruppe weiter ging, um die berühmten Gärten des Schlosses anzuschauen, blieb Eggers zurück.

Da stieg die junge Frau aus dem Bild, nahm ihn an der Hand, öffnete eine Tapetentür neben dem Bild und zog ihn in ein Kabinett. Sie schob ihn auf eine Chaiselongue, setzte sich nah zu ihm und begann zu erzählen. Sie sei den häufigen, zu manchen Jahreszeiten fast täglichen Besuch von Touristen im Schloss gewöhnt und mache sich ein heimliches Vergnügen daraus, die Besucher nach ihrer Herkunft und Stellung einzuordnen. Sie könne rheinische Hausfrauenverbände längst von holsteinischen Lehrkörpern unterscheiden und betrachte natürlich die vorbeibummelnden Männer sehr genau. Das werde er doch von ihr als junger Frau verstehen. Es gebe auch nach 200 Jahren noch Männer, die ihre Aufmerksamkeit, vielleicht sogar Begierde erregten.

Aus dem Rahmen gestiegen sei sie allerdings bisher noch nie. Er dürfe sich etwas darauf einbilden, ihr Interesse, das Interesse der Komtesse Ludmilla, geweckt zu haben. Undeutlich erinnerte sich Eggers später an einen zarten Kuss auf die Wange. Die Komtesse erzählte munter weiter. Es sei mitunter schrecklich langweilig, seit 200 Jahren in diesem Rahmen zu stehen und Leute anzuschauen. Hier und da werde der Staub vom Rahmen und vom Bild selbst abgewischt, was sie zu Lebzeiten sicherlich zum Niesen gebracht hätte. Als ein damals berühmter Maler sie porträtiert habe, sei sie 25 Jahre alt und jung verheiratet gewesen. Spätere Bilder von ihr gebe es nicht im Schloss, denn sie sei nicht sehr alt geworden und an der Schwindsucht gestorben. Das Klima im Schloss sei auch heute so kalt, dass man sich immer wieder den Tod holen könne.

Die Komtesse legte den Arm um Stefans Schulter, kuschelte sich ein wenig an ihn und bat, er möge jetzt von sich etwas erzählen. Und er berichtete von seinem Leben, seinen Interessen und Vorlieben. Er sei ein großer Freund der bildenden Kunst, und deshalb sei ihm ihr Bild und der innige Ausdruck ihres Gesichts und ihre Haltung besonders aufgefallen. Für Bilder gebe er viel Geld aus und er besitze eine stattliche Sammlung. Im Übrigen sei er nicht verheiratet und lebe ganz allein, so wie sie in ihrem Rahmen.

Die Komtesse lachte und umarmte ihn .So vergingen einige Minuten in zärtlichem Schweigen. Dann stand sie auf und nahm im das geradezu feierliche Versprechen ab, über ihr Zusammensein und das Gesprochene nie und zu niemanden etwas zu sagen. Stefan Eggers versprach es, fühlte sich noch einmal kurz umarmt und vor die Tür geschoben.

Draußen kam gerade einer vom Freundeskreis daher, der ihn suchte. Eggers, wo bleiben Sie denn? Wir sind schon längst durch den Park gegangen". Stefan schüttelte stumm den Kopf und folgte ihm zur Gruppe. Der Herr erzählte später, er habe Eggers vor dem Bild einer jungen Frau angetroffen, das er fasziniert und wie entrückt immerfort angeschaut habe. Eggers schwieg auf der Heimfahrt in erinnerungsträchtige Gedanken versunken. Beim nächsten Treffen der Gruppe fragte ihn einer, was er denn an der jungen Frau gefunden, was ihn, wie zu vermuten, so besonders intensiv angesprochen habe. Aber Eggers schwieg und gab auch auf weitere Fragen keine Antwort, Es ging noch Wochen lang so, dass er höchst einsilbig blieb und über den Besuch im Schloss beharrlich schwieg. Deshalb kam einer der Freunde auf die Idee, in "Moltke" zu nennen nach dem großen Schweiger. Der Vorschlag wurde sehr amüsiert aufgenommen und seit dem Tag hieß Stefan Eggers eben Moltke, und er hört inzwischen darauf.

Das glückliche Einhorn

Kosenamen, sagte Bühler, kennen wohl die meisten Liebenden. Nur ganz prosaische Naturen haben dafür keine Phantasie. Andererseits wimmelt es doch von Bären und Hasen und vielen Worterfindungen. Pernette, also meine Frau Ingeborg, nennt mich Einhorn. Wie es dazu kam, das ist eine vergnügliche Geschichte.

Gehen Sie einmal gute 30 Jahre mit mir zurück. Ich war ein junger, noch Lebens unerfahrener Mann, auf der Suche nach Sinn im soeben begonnenen Beruf. Auf der Suche nach einem festen Grund, auf dem ich einmal mein Leben aufbauen könnte. Ich las Romane, Gedichte, philosophische Bücher, ging in Vorträge, auch in die Versammlungen verschiedener Parteien. Ich unternahm Reisen zu Kunstdenkmälern und zu Ausstellungen.

In einem Museum stand ich längere Zeit vor einem Gemälde mit einem im Mittelalter häufig gemalten Motiv: "Dame mit Einhorn". Da war ein Rosengarten mit einem halbrunden, Blumen umwundenen Tor. Darin die Dame auf einer Bank oder einem Schemel. Und vor ihr stand, das eine vordere Bein leicht gehoben, das Einhorn. Blendend weiß und sehr starr. Ein Gemälde aus der Gotik mit tiefer Symbolkraft. Lange betrachtete ich das ruhige, ernste und wie mir schien doch erwartungsvolle Gesicht der Dame.

Von der rechten Seite, ich weiß es noch, näherte sich mir eine junge Frau und blieb neben mir vor dem Einhorn-Bild stehen. Wie mir schien, betrachtete sie es genau so aufmerksam wie ich. Sonderbar, sagte sie plötzlich. Das Fabeltier, das als Sinnbild von Reinheit und Keuschheit gilt, zielt mit seinem großen Hörn geradezu bedrohlich auf das Herz der Dame. Wir reimt sich das zusammen? Was hat das Tier mit der Dame zu tun, was hat es vor? In welchem symbolischen Verhältnis stehen die beiden zueinander?

Ich hatte vor kurzem gelernt, dass das Einhorn in der mittelalterlichen Sagenwelt nicht nur als Symbol der Reinheit und Keuschheit galt sondern auch als Sinnbild der Kraft, und ich sagte es meiner Nachbarin. Sie war verblüfft und dachte nach. Ich fügte rasch hinzu, dass der Gesichtsausdruck der Dame mir erwartungsvoll erschien - vielleicht erwartete sie, ob das Fabeltier sich mit Keuschheit oder mit gleich welcher Kraft auch immer ihrem Herzen nähern werde. Die junge Dame empfand diese Bemerkung mit einem leichten ironischen Lächeln als typisch männlich.

Darauf schauten wir uns zum ersten Mal, immer noch lächelnd, an und ich weiß natürlich inzwischen längst, dass wir uns gegenseitig bereits mit diesem Augenblick sympathisch fanden. Wir verließen das Museum gemeinsam, im Gespräch über gotische Malerei und die mangelnde Individualität der damals gemalten Gesichter. Unsere Gesichter und ihre Eigenart betrachteten wir, als wir uns kurz darauf in einem Cafe gegenübersaßen, dafür umso genauer.

Wir trafen uns häufiger, unternahmen Reisen und Ausstellungsbesuche, auch Theaterabende, gemeinsam. Ich gewann mit der Lebenserfahrung ihre Liebe. Ja, und eines Tages nannte sie mich "mein Einhorn". Mein Gesicht muss verständnislos verblüfft ausgesehen haben, denn sie erläuterte mir diese Kosenamenwahl damit, dass sie zunächst unsicher gewesen sei, ob ich ihr mit der Lebens unerfahrenen Reinheit des jungen Mannes oder mit der stürmischen Kraft eines jugendlichen Liebhabers begegnen werde. Da sie es nun wisse, gebe sie mir dennoch diesen Namen.

Seither, sage ich Ihnen, bin ich ein glückliches Einhorn.

Aber Kosenamen sollen ja nicht einseitig bleiben. Beim Lesen eines kunstgeschichtlichen Buches, das nur aus erläuternden Illustrationen bestand, entdeckten wir das Porträt einer Dame aus der zweiten Hälfte des 18. Jahrhunderts. Das Bild zeichnete sich aus durch das bezaubernde, wissende Lächeln dieser reifen Frau, und es zog die Blicke der Betrachter auf sich durch ein freigiebiges Dekollete, das mit einem Hauch von Spitze mehr enthüllte als verbarg.

Ich betrachtete das Bild und Ingeborg, Ingeborg und das Porträt jeweils mit Wohlgefallen, und da die porträtierte Dame den mehr als seltenen zweiten Vornamen Pernette trug, nannte ich Ingeborg von Stund' an so.

Und es gefiel ihr als besondere Anerkennung ebenso wie mir das Einhorn.

Frank wollte nur nachdenken

Grabenstraße 93 war keine feine Adresse. Das alte Haus, nur eine Kate mit drei Zimmern, einer kleinen Küche und einem nicht ausgebauten Dachboden für Spinnen und Fledermäuse. An der Schmalseite ein kleiner Garten, in dem der letzte Besitzer, der alte Herr Lobberich, Bohnen, Erbsen, Möhren, Kartoffeln, Zwiebeln angepflanzt hatte, dazu ein Kräuterbeet und einige Beerensträucher. Er war vor wenigen Monaten gestorben. Sein Sohn Heinz hatte es völlig ausgeräumt, aber an Renovieren oder Vermieten noch nicht gedacht. Frank hatte sich von Heinz den Schlüssel erbeten. Er wollte einige Tage und Nächte in dem alten Haus verbringen, nur um nachzudenken.

Es war ihm in letzter Zeit sehr schlecht gegangen. Zuerst hatten Gebr. Kiesewetter Konkurs angemeldet und er stand auf der Straße. Weil er missmutig, nervös und gereizt war, gab es immer wieder Streit mit Erna, mit der er damals zusammen war, bis sie ihn aus ihrer Wohnung warf. Ein Freund bot ihm eine Schlafstelle in einer Rumpelkammer, aber Ruhe und Zeit zum Nachdenken fand er nicht bei dessen vier lebhaften Kindern. Bei einem Sturz auf der Treppe holte er sich einen Bandscheibenvorfall und musste operiert werden. Nach drei Wochen anstrengender Rehabilitations-Kur stand er nun mit einem Koffer da und dachte über eine Bleibe nach, wenigstens ein Dach über dem Kopf.

Heinz Lobberich hatte Verständnis und gab ihm den Schlüssel für das Haus in der Grabenstraße. Mit dem Koffer und einer Matratze unterm Arm, die ihm Erna großzügig, wie sie sagte, geliehen hatte, zog er spät abends, damit man ihn nicht sähe, dort ein. Gleich im ersten der kahlen Räume legte er die Matratze auf den Boden und setzte sich, vorläufig mit dem Rücken an der Wand. Der alte Herr Lobberich fiel ihm ein. Sie hatten sich vor Jahren in ihrer Stammkneipe kennen gelernt. Lobberich machte Eindruck auf ihn, weil er ein nachdenklicher Gesprächspartner war. Was würde er heute zu ihm sagen?

"Du hast es weit gebracht" würde er sagen. "Weit nach unten. Und jetzt?"

Frank gestand sich ein, dass er keine Antwort wüsste.

"Du kannst hier nicht hocken bleiben", hörte er Lobberichs dunkle, nachdenkliche Stimme. "Eines Tages ist dein Konto leer". Frank würde dem zustimmen. Aber, fragte er sich, auf der Matratze hockend, wo soll ich hin? Wer braucht mich? Was kann ich tun? Arbeitslos, allein, gesundheitlich angeschlagen. Soll ich in eine Großstadt gehen, wo mich niemand kennt? Ich bin aus meiner Geburtsstadt noch nie herausgekommen. Vielleicht eine Umschulung versuchen? Er hatte etwas gelesen von einer Aussteiger-Kommune in den italienischen Abruzzen. Die wollten da das einfache Leben erproben. Wollten sich alles selber machen, jeder in seinem Beruf. Hühner und Ziegen halten. Das las sich sehr schön, aber er konnte kein Italienisch. Das war also auch nichts. Er kam sich überflüssig vor. Ein Hauch von Selbstmitleid wehte ihn an. Er starrte in den leeren, dunklen Raum, ließ die Zeit verstreichen. Da hörte er, wie die Haustür geöffnet wurde. Er erschrak, drückte sich an die Wand.

Es war Heinz Lobberich. "Erschrick nicht", sagte er. "Ich muss mit dir reden. Vielleicht kannst du mir helfen."

"Ich dir? Ich kann mir selber nicht helfen."

Heinz hockte sich zu ihm auf die Matratze. "Also, ich hänge an diesem kleinen Haus. Keine wertvolle Sache, aber hier bin ich groß geworden, Es gehört mir, nicht nur materiell, auch seelisch, möchte ich das nennen. Und jetzt will Hilde, dass ich es abreißen und ein modernes großes Haus bauen lasse. Sie liegt mir ständig in den Ohren. Aber ich will das nicht. Und sie versteht mich nicht. Wir streiten dauernd."

"Das kenn' ich", sagte Frank. "Aber, was kann ich dabei tun?" "Hilde und du, ihr seid doch uralte Freunde, mindestens." Frank lächelte mit gesenktem Kopf. "Ja, ja. das stimmt schon. Das weißt du noch? Das war, sagen wir einmal, unsere Jugendliebe. Ein bisschen kuscheln, Händchenhalten, ins Kino gehen. Das war's schon."

"Ich bin nicht eifersüchtig", warf Heinz ein. "Ich merke nur, dass sie gern an dich denkt und viel von dir hält. Und da bin ich so auf den Gedanken gekommen, ob du ihr das Hausbauen vielleicht ausreden könntest. Ich hab' das Geld nicht, ich müsste Schulden machen, Hypotheken sind beim Bauen natürlich nötig. Mir fällt da eben etwas ein: Wollen wir zwei das Haus renovieren und du ziehst hier ein?"

"Ja, natürlich". Frank schaute überrascht auf. "Aber ich habe nicht die nötigen Möbel. Erna wird vielleicht nichts davon abgeben, obwohl mir einiges gehört". "Das ist die kleinere Sorge. Ich habe genug von Vater, was du für den Anfang nehmen kannst".

"Danke".

"Mir ist jetzt nur wichtig, dass du mit Hilde sprichst. Du musst sie von dem Podest herunterholen. Wir haben eine schöne Wohnung, die reicht uns völlig. Ich will kein Haus. Aber da sitzt sie auf den Ohren. Verstehst du, ich brauche dich."

"Du brauchst mich?"

"Ja, weil sie auf dich hören wird. Du hast immer noch einen Stein im Brett bei ihr.

"Und was soll ich sagen?"

"Dir wird schon das richtige Wort einfallen. Ich habe dir alles gesagt, du kennst meine Gründe, weshalb ich das Haus behalten will. Und außerdem wird es dann dein Haus sein. Ich verlass' mich ganz auf dich, Frank."

"Du bist gut! Ich wollte hier nur ein paar Tage nachdenken, was aus mir werden soll. Und jetzt..."

"Komm' morgen zum Essen zu uns, ja?"

"Gern"

"Ich glaube, ich muss dir noch etwas sagen". Heinz zögerte ein wenig. "Also, ich brauche das Geld, das ich habe, für etwas Anderes. Noch weiß es niemand und noch ist es nicht spruchreif, aber du sollst es auch wissen, ich möchte mich selbstständig machen. Und dann werden wir zusammen weitersehen. Aber zuerst renovieren wir hier deine Wohnung. Also, gute Nacht und bis morgen Mittag." Heinz Lobberich erhob sich, schüttelte Frank die Hand und ging. Frank streckte sich auf der Matratze aus, aber er brauchte lange Zeit, um einzuschlafen.

Die beiden Leben des Herbert Stieglitz

Bitte, hör mich an! Ich möchte dir etwas erzählen, was es nur selten gibt: Eine Art von Lebensbeichte. Ich liebe dich und wenn du meine Frau werden willst, musst du wissen, wer ich bin, wer ich eigentlich bin.

Ich nenne mich Hermann Sobottka, und ehe du auf dem Standesamt als Marlene Sobottka die Heiratsurkunde unterschreibst, sollst du wissen, dass ich einmal Herbert Stieglitz hieß. Mit diesem meinem richtigen Namen strandete ich bei Kriegsende in einer bayerischen Stadt. Weil ich in meine Heimat im Osten nicht zurückkonnte, blieb ich da. Ich suchte Verbindungen insbesondere zu amerikanischen Soldaten und bald war ich mit meinen 25 Jahren ein bekannter junger Mann in bestimmten Kreisen der Stadt als eine der örtlichen Schwarzmarkt-Größen. Du hättest bei mir alles kaufen können, was es nicht gab. Nicht nur amerikanische Zigaretten, das Stück für fünf Mark. Reichsmark natürlich. Ein Portemonnaie besaß ich nicht. Die Scheine steckten lose in meiner Tasche. Bei Razzien der Polizei war das praktischer. Und ich habe zahlreiche Razzien überstanden, ohne dass man mir etwas nachweisen konnte. Ich hatte ein Lager mit Sekt, Cognac, Wein, Kaffee, Butter, Eipulver, Dosenfleisch, Schokolade und natürlich Zigaretten, stangenweise Zigaretten. Das Pfund Kaffee kostete bei mir 300 Mark, das Kilo Schweinefleisch 50, das Kilo Zucker schon 170 und das Kilo Butter 300 Mark. Ein Ei konntest du aber für 12 Mark haben.

Ich muss dir gestehen, dass ich damals das war, was man in verschiedenen Gegenden einen bösen Buben nennt. Nicht weil ich tat, was verboten war. Für viele Menschen war es lebensnotwendig, ihre letzten wertvollen Dinge zu verkaufen und sich auf dem Schwarzmarkt zu verproviantieren. Ich habe auch in der Volksküche Steckrüben gegessen, die man vornehm "Goldrübchen" nannte und in meinem Stammlokal für 35 Pfennig saures Kartoffelgemüse ohne Marken, was nur aus Kartoffelscheiben in einer essigsauren Mehlpampe bestand. Davon hatte ich bald so Nase und Magen voll, dass ich ein Gelübde ablegte, nie mehr im Leben Kartoffelgemüse zu essen.

Ein böser Bube, sagte ich. Ja, das war ich wohl, weil ich ohne Bedenken und, ich muss sagen, gewissenlos die Waren beschaffte, die ich verkaufen konnte.

Und dabei geschah es einmal, dass eine alte Bäuerin, in deren Haus wir eingebrochen hatten, ohne mein Zutun die Treppe hinabstürzte und sich das Genick brach. Du musst wissen, dass ich damals auch als Scherenschleifer über Land zog und in den Dörfern Gelegenheiten auskundschaftete, ausbaldowerte, wie man in den entsprechenden Kreisen sagt. Die Bäuerin, von unseren Geräuschen geweckt, erkannte in mir den Scherenschleifer wieder, leuchtete mir ins Gesicht, verfehlte dabei eine Treppenstufe und stürzte.

Kein Richter der Welt hätte mir die Wahrheit geglaubt. Darum wurde es nach kurzem Überlegen für mich lebenswichtig, zu verschwinden. Und das tat ich dann auch, allerdings auf eine wenig schöne Art und Weise. Die Polizei fahndete natürlich sofort nach den Zusammenhängen beim Tod der Bäuerin, hatte die Einbruchsspuren gefunden, Zeugen vernommen, die Geschichte mit dem Scherenschleifer gehört und sich erinnert, dass dieser Kldoch schon in anderen Dörfern immer im Zusammenhang mit Einbüchen aufgefallen war. Man suchte mich also. Eine Personenbeschreibung gab es auch. Es war, wie du verstehen wirst, gefährlich für mich geworden, in der Stadt zu bleiben. Ohne meinem Kumpel irgendetwas zu sagen, verdrückte ich mich eines Nachts. Ich kam hierher, meldete mich als geflohener Kriegsgefangener ohne Papiere, gab den Mädchennamen meiner Mutter an und heiße seither Hermann Sobottka. Es war ja doch so etwas wie ein Verrat an meinem Kumpel. Ich habe aber erst viel später begonnen, darüber nachzudenken, Schuld zu empfinden. Träume, fange ich jetzt einmal diese Lebensbeichte von einer anderen Seite her an, Träume können einen tagelang verfolgen, nachdenklich machen, beeinflussen. Überlebensgroß stand in einem Traum eines Nachts mein Kumpan vor mir und sagte - ich höre es noch heute - "Das musst du ändern, Herbert". Wie konnte ich das, fragte ich mich an nächsten Morgen und noch tagelang danach. Und dann wusste ich es.

Ich fuhr noch einmal in die erwähnte bayerische Stadt und suchte nach meinem Kumpel. Ich wusste ja längst aus den damaligen Gerichtsberichten, dass er mehrere Jahre Zuchthaus - das gab's damals noch - bekommen hatte. Ich vertraute darauf, dass ich ihm nicht auffallen würde: wohlgenährt, gut gekleidet und mit einer Sonnenbrille getarnt. Es glückte und ich sah ihn - als Arbeiter bei der Straßenreinigung. Du weißt, dass ich nicht sehr empfindsam oder gar sentimental bin, aber es gab mir doch Grund zum Nachdenken. Ich hatte mich schließlich in die, wie man sagt, mittlere Führungsschicht eines bedeutenden Industrieunternehmens hinaufgearbeitet. Und er?

Ein paar Erkundigungen und ich wusste, dass er ein Gehaltskonto hatte. Und seitdem bekommt er jeden Monat Geld von mir. Anonym. Mein Verschwinden damals war sicherlich feige und die Anonymität heute ist es auch. Ich weiß. Aber die Feigheit ist wohl manchmal die Kehrseite der Frechheit.

Und nun urteile. Ich liebe dich und wenn du bereit bist, mit einem ehemals bösen Buben und seinen Fehlern alt zu werden, dann bitte ich dich noch einmal meine Frau zu werden. Als Frau Sobottka natürlich.

Ein Abstecher in die Vergangenheit

Nach zwanzigjährigem Auslandsaufenthalt hatte Jochen Spittler die Idee, einige Urlaubstage in seiner Heimatstadt zu verbringen. Er wollte sehen, was noch vertraut, was verändert war, vielleicht einige Bekannte treffen und mit ihnen plaudern. So schlenderte er durch die Hauptstraße, erkannte die alten Häuser wieder, deren Fassaden zum großen Teil frisch gestrichen waren, wohl wegen des bevorstehenden Stadtjubiläums. Die ihm begegnenden Leute betrachtete er aufmerksam auf der Suche nach Bekannten, aber er traf keine.

Nachdem Jochen ein Hotelzimmer gemietet hatte, ging er zum Abendessen ins "Michelangelo", ein italienisches Lokal, das bei seiner Generation seinerzeit hoch im Kurs stand. Er studierte die Speisekarte, fand sie auch vertraut, fragte nach dem Padrone, und erfuhr, dass Gino Zaffarelli sich zur Ruhe gesetzt und das Lokal dem Sohn übertragen habe.

Jochen wählte mit Bedacht Essen und Wein, und während er begann, den Vorspeisenteller zu genießen, betrat ein Ehepaar das Lokal. Jochen erkannte die Beiden sofort und verspürte eine starke Erregung. Kein Zweifel, es war Bettina. Blond wie zuvor, mit den Jahren etwas stattlicher geworden. Ihr Mann konnte Hans Brähler sein, den er nur flüchtig kannte. Er war im Gymnasium eine Klasse über ihm.

Die Beiden nahmen am Nachbartisch Platz, wobei Bettina ihm den Rücken zuwandte. Das war Jochen ganz recht. Er war sich auch nicht ganz sicher, ob er sich zu erkennen geben sollte. Abwarten und der Situation überlassen, dachte er.

Nachdem die Beiden ihr Essen gewählt und sich zugeprostet hatten, sagte Bettina, es sei schade, dass sie Simone nicht zum Mitkommen habe überreden können. Es sei doch ihr Geburtstag.

Das ist deine Erziehung, sagte Hans. Sie ist schließlich erst 17, und da kann man noch mit Bestimmtheit... du verstehst.

Die Jugend ist heute weiter als wir in dem Alter waren, sagte Bettina.

Jochen neigte den Kopf und lächelte in seinen Teller. Als du 17 warst, dachte er, sind wir auch ins Kino und in die Disco zum Tanzen gegangen und am Sonntagnachmittag im Hofgarten Hand in Hand spaziert. So anders und wenig entwickelt waren wir auch nicht vor 25 Jahren.

Ich habe manchmal den Eindruck, hörte er Bettina sagen, dass du eifersüchtig bist auf die Freunde deiner Tochter. Da war mein Vater anders. Er hat sich meine Freunde angeschaut und er hat keinen abgelehnt.

Wer ist denn dieser Sven schon? fragte Hans.

Ich finde ihn nett, aufmerksam und zuvorkommend. Und du brauchst ihn noch nicht als Schwiegersohn zu beurteilen. Bettina hob lachend ihr Glas, und Hans stimmte ihr lachend zu. Jochen legte Messer und Gabel beiseite und überließ sich seiner Erinnerung für einige Augenblicke. Ja, ihr Vater war wirklich ein sehr netter, offenherziger Mann. Nach einer größeren Party mit der Familie hatte er Bettina gefragt, wer denn der außerordentlich gut erzogene junge Mann im blauen Blazer gewesen sei. Bettina sagte es ihm und erzählte am nächsten Tag die freundliche Einschätzung ihres Vaters. Jochen wusste noch heute, dass er damals sehr verlegen war und errötete, was Bettina wundervoll fand.

Bevor den Beiden das Essen serviert wurde, griff Hans Brähler in seine Jackentasche und holte ein Etui heraus. Das ist für dich, sagte er und entnahm dem Etui eine Brosche in der Form eines goldenen Ginkoblattes. Bettina hielt die Brosche freudestrahlend hoch, sodass Jochen sie erkennen konnte.

Mein erstes Geschenk war ein von mir gemaltes Aquarell. Für andere Geschenke hatte ich kein Geld. Doch, einen schmalen Rahmen hatte ich gekauft. Und Bettina hatte sich genauso gefreut wie jetzt über das Ginkoblatt, ging es ihm durch den Kopf. Jochen bestellte ein Dessert und ließ den Beiden Zeit zum Essen. Während er langsam das Tiramisu löffelte, fiel ihm ein, dass er und seine Freunde samt Bettina den gleichen Nachtisch schon vor 20, 25 Jahren geliebt hatten. Und er würde sich wundern, wenn die Beiden es jetzt nicht auch wieder naschten. Für die Wartezeit ließ er sich noch ein Glas Wein bringen und flüsterte der Bedienung zu, sie möge auf sein Zeichen am Nachbartisch eine Flasche

Sekt mit drei, ja drei Gläsern servieren. In der Zwischenzeit versuchte er sich zu erinnern, wie und warum damals die frühe, erste Verliebtheit zu Ende gegangen war. Es müsse wohl einen Streit gegeben haben. Solche Geschichten gingen meist mit einem Streit über ein völlig unwichtiges, unbedeutendes Thema zu Ende. Ein anderer Junge war nicht im Spiel, das wusste er noch.

Jochen konnte nun der Bedienung das verabredete Zeichen geben und ging mit ihr zusammen an den Nachbartisch. Die Überraschung war riesengroß, entlud sich in einem Schrei und in einer Umarmung, die stürmischer war als Jochen erwartet hatte. Auch Hans Brähler zeigte sich sichtlich erfreut.

Jochen gratulierte und man trank sich zu, Bettina strahlte vor Wiedersehensfreude. Es war also doch kein grundsätzlicher Krach, der zur Trennung geführt hatte, sonst hätte sie sich anders gegeben, überlegte Jochen. Er musste von seiner Arbeit in Frankreich und Belgien erzählen, lenkte das Gespräch aber auf Tochter Simone. Du warst mit 17, sagte er, auch schon sehr selbstständig. Vermutlich ist eure Tochter Holz vom gleichen Stamme. Ich glaube, du hast Recht, sagte Bettina, und ich hatte manchmal den Eindruck, es war dir zu viel. Aber das ist Schnee von gestern. Aber es war eine gute, zärtliche, schöne und vor allem wichtige Zeit.

Du bist nicht auch noch auf Jochen eifersüchtig?

Hans Brähler schüttelte lachend den Kopf: Das wäre die dümmste Form der Eifersucht.

Durch das Lokal kamen eilig zwei junge Leute. Jochen Spittler erschrak. Das war Bettina mit 17 Jahren. Gesicht, Figur, Bewegung, alles. Simone umarmte ihre Mutter und gratulierte ihr. Sie sei mit Sven im Kino gewesen, aber es wäre doch selbstverständlich, dass sie herkam. Und Sven wollte auch gratulieren. Er tat es höflich und wohlerzogen. Und Jochen schaute die beiden Frauen an. Ich sagte doch: Holz vom gleichen Stamme.

Marek, Martin und Marcel

Er nannte sich Marek, aber ich erfuhr eines Tages, dass er sich auch Martin und Marcel nannte. Ein Hochstapler? Ein Betrüger? Er sprach perfekt und ohne Akzent Polnisch, Deutsch und Französisch. Bald wusste ich: Marek war Dolmetscher im Dienst der polnischen Botschaft. Martin arbeitete nebenberuflich als Gebärdendolmetscher für Vereinigungen von Gehörlosen und Marcel übersetzte für einen mittleren Verlag mit großen Ambitionen moderne französische Erzählungen ins Deutsche.

Wer war er nun wirklich? Eines Abends fragte ich ihn danach beim Bier. Er hielt mit der Wahrheit nicht zurück. Ich, drei in einem, dabei bin ich nicht gespalten, nicht irre. Aber das muss ich erklären.

Also: Geboren bin ich in Oberschlesien, Myslowitz, mit einem deutschen Vater und einer polnischen Mutter. Ich wurde auf Marek getauft und wuchs zweisprachig auf. Als mich dann während des Krieges die deutsche Wehrmacht holte, nannte man mich dort Martin. Bei Kriegsende verkauften die Amerikaner meine ganze Einheit an die Franzosen als Kriegsgefangene. Und das bis 1948.

Im Lager gelang es mir, meine Französischkenntnisse zu verbessern. Einiges war ja von der Schulzeit noch hängen geblieben. Nach der Gefangenschaft blieb ich in Frankreich. Ins kommunistische Polen zog mich nichts. Außerdem wusste ich nicht, wie man mich als ehemaligen deutschen Soldaten behandeln würde. Ich hatte großes Glück. Im Hotel "Krasnapolska" in Lyon fand ich eine Stelle als Zimmerkellner. Man nannte mich, der französischen Gäste wegen, Marcel. Da hatte ich meinen dritten Namen. Dass sich zugleich mit den Namen etwas in mir ändern würde, hatte ich damals nicht gedacht. Und auch nicht geglaubt.

Erst als ich die Tochter eines polnischen Emigranten, deren es in Frankreich viele gibt, kennen und lieben lernte, wurde das polnische Erbe, will ich es einmal nennen, das polnische Erbe in mir wach. Ich hatte viel von der französischen Lebensart angenommen, fühlte mich schon überwiegend als Franzose, hatte eine neue Identität bekommen. Doch dann spürte ich mehr und mehr, dass ich zu der polnischen Familie hingezogen wurde.

Das alte, schwerere, schon wegen der Liebe nicht leichtfertige Wesen brach in mir wieder durch. Allerdings nur bei der polnischen Familie. Da war ich Marek, im Hotel blieb ich Marcel.

Ich fühlte mich geteilt oder verdoppelt, spielte beide Rollen mit wachsendem inneren Vergnügen, und entdeckte ein verschüttet gewesenes theatralisches Naturell. Mit 16 wollte ich einmal Schauspieler werden. Ich spielte den ernsten, nachdenklichen Marek, der ich vielleicht eigentlich bin. Und ich spielte den raschen, eleganten, verbindlichen, immer zu einem Scherz aufgelegten Kellner Marcel. Aber - war ich das nicht auch?

Spielte ich nur eine Rolle, weil mir das Theaterspielen Spaß machte, oder war der Bruder Leichtfuß vielleicht die Rückseite meiner Seele? Oder ist es so, dass die meisten Menschen Rollen spielen, je nach Notwendigkeit und Gelegenheit eine andere? Ich war mir nicht sicher. Je älter ich wurde, desto mehr bezweifelte ich, dass ich Rollen spielte. Ich zweifelte auch an meiner Identität. Wer war ich wirklich? Marek oder Marcel?

Ich suchte eine Entscheidung, Rolle oder doppelte Existenz. Zimmerkellner zu sein, war zwar interessant, aber auf die Dauer kein Beruf. Ich fragte also in der polnischen Botschaft in Paris, ob man dort etwas für mich tun könne. Nach einigem Warten hatte ich wieder Glück. Die polnische Botschaft in Bonn war damals erst kurze Zeit eingerichtet. Man konnte einen Dolmetscher brauchen. Ich heiratete meine polnische Geliebte und wir zogen nach Bonn.

Ein neues Eingewöhnen in eine andere Gesellschaft, in ein anderes Lebensgefühl wurde von uns verlangt. Das gelang mir leichter als meiner Frau. Dieses liberale, großzügige, fröhliche rheinische Naturell, das die Dinge ernst aber nicht schwernimmt, machte es mir leichter, mich einzugewöhnen. Und dennoch: Nach etwa einem Jahr vermisste ich den Marcel in mir. Mein anderes Ich, an das ich gewöhnt war wie an mein Spiegelbild. Er hatte nichts mehr zu tun, aber ich wollte nicht, dass er sich verlöre. Ich suchte lange nach der Gelegenheit, wieder einzusteigen in die frankophone, in die vertraute Art. Auf der Buchmesse nahm ich

Kontakt zu einem Verlag auf, der französische Autoren herausbrachte. Wir wurden nach einiger Zeit handelseinig. Und nun war ich wieder der Marcel.

Das aber ist, wie du weißt, noch nicht mein ganzes Leben. Es gibt ja noch den Martin in mir. Und der wurde sehr merkwürdig wieder geweckt. Ich geriet einmal zufällig in eine Versammlung von Gehörlosen und war fasziniert von der Gebärdensprache, mit der da Reden oder Predigten übersetzt wurden. Versteh' mich bitte: Das wollte ich auch können. Auch da konnte ich übersetzen, und ich hatte ja nichts anderes getan. Ich lernte diese Sprache und ich werde tatsächlich hier und da um meine Hilfe gebeten. Das ist eine schöne und befriedigende Sache, sage ich dir. Ich habe dazu, weil ich ja hier als Deutscher angesprochen und gebraucht werde, den Martin aus der Seelenecke hervorgeholt. Das ist der Helfende, der Vermittelnde. Er steht in der Mitte zwischen dem Arbeiter Marek und dem leichtgewichtigen Charmeur Marcel. Manchmal denke ich an meinen hilfreichen Namenspatron.

Und nun darfst du noch einmal fragen, wer von den dreien ich wirklich bin. Und ich sage dir noch einmal: Ich bin alle drei. Gerade bei Martin ist mir aufgefallen, dass das keine Rolle ist, sondern Leben. Ich bin das, ebenso wie ich Marek und Marcel bin. Ich habe eben mehrere Personen in mir, eine mehrgestaltige Identität. Und ich fühle mich wohl dabei. Und im Übrigen glaube ich, dass das etlichen Menschen so geht. Sie haben es vielleicht nur noch nicht gemerkt oder gelebt.

Ein Wiedersehen mit Arie van Vliet

Er hieß Arie und hausierte in Amsterdamer Vorstadtkneipen. In seinem Bauchladen bot er Schnürsenkel, Gummilitze, Knöpfe in verschiedenen Größen, Farben und Formen, Reißzwecke, Streichhölzer sowie Eau de Cologne und billiges Parfüm in kleinen Flaschen an.

"Ham Se vielleicht was nötig?" fragte er an jedem Tisch und wartete ein wenig auf ja oder nein, ehe er weiterging. Was an ihm auffiel war, dass sein Unterkiefer beim Reden zitterte. "Arie van Vliet" sagte meine Begleiterin, eine holländische Kollegin, die man mir auf meiner Reportage-Tour als Wegweiserin, Türöffnerin und Dolmetscherin mitgegeben hatte. "So sieht man sich wieder".

"Sie kennen ihn?" fragte ich.

"Arie? Den kannte ganz Amsterdam".

"Erzählen Sie mir von ihm?"

"Wenn er an unserem Tisch war".

Arie hatte einige Kleinigkeiten verkauft, ehe er zu uns kam. "Ham Se vielleicht was nötig?" fragte er ausdruckslos. "Hallo Arie", sagte meine Begleiterin. "Oh, Madame, welche Freude, Sie wieder zusehen!" rief er mit freudig getöntem Gesicht. Ein paar kurze Sätze über Gesundheit und Ergehen, was man so sagt. Meine Kollegin kaufte ein Fläschchen Parfüm. Ich wühlte mehrere Paare Schnürsenkel heraus und Streichhölzer. Wir verzichteten beide aufs Wechselgeld.

"Arie, sing uns was!" rief jemand aus dem Hintergrund des Lokals. Arie streckte sich plötzlich zu schlanker Größe, nickte uns zu und ging weiter ins Lokal hinein. Seinen Bauchladen schloss er und legte ihn auf einen unbesetzten Tisch. Der Wirt spendierte ihm ein kleines Bier, das er hastig trank. Jemand nahm eine Gitarre von der Wand. Arie stimmte sie nach Gehör und begann mit einem aktuellen Schlager: "Wenn auf Capri die Rosengärten blühen..." Das klang, halblaut gesungen, sehr angenehm und einschmeichelnd. Er ließ bekannte Lieder und ein Operetten-Potpourri folgen. Erst bei dem populären Gassenhauer vom Cowboy Jimmy, dem König der Prärie, sang das ganze Lokal begeistert mit. Inzwischen erzählte meine Begleiterin seine Geschichte.

"Arie van Vliet war ein sehr beliebter, ein geradezu gefeierter Operetten-Buffo. Er und eine junge Soubrette waren die Publikumsmagneten eines privaten Operettentheaters. Er hatte keine, sagen wir, exzellente aber eine wohltönend warme Stimme mit viel Ausdruck. Außerdem war er ein Komiker von umwerfender Wirkung. Als Sänger und Komiker der Publikumsliebling schlechthin. Ja, aber der Theaterbesitzer starb sehr plötzlich. Sein Nachfolger hatte nicht die gleiche glückliche Hand bei der Auswahl der Stücke und der Besetzung. Das Publikum blieb nach und nach aus, die Leute verliefen sich. Vor ein paar Jahren musste das Theater geschlossen werden. Die ganze Truppe stand auf der Straße. Die meisten Musiker und die jüngeren Darsteller fanden wohl neue Engagements, aber für Arie gab's nichts mehr. Er hatte durch Lebhaftigkeit und Charme verstanden, sein Alter zu überspielen. Er war 60 Jahre alt."

Meine Kollegin machte eine Pause, während Arie lebhaften Beifall kassierte. Sie stand rasch auf, erbat sich vom Wirt einen Teller, lehnte den angebotenen Dessertteller ab und verlangte einen Suppenteller. Wegen der Scheine. Und sie bat von Tisch zu Tisch: "Bitte, für Arie". Den Teller stellte sie gut gefüllt neben den dankbar nickenden Sänger. Es lagen wirklich einige Scheine darauf.

Zurück an unserem Tisch fragte ich sie, ob sie ihn so gut kenne. "Ich habe zahlreiche Kritiken geschrieben" erklärte sie. "Und dann habe ich einfach so aus menschlichem Interesse seinen Weg etwas verfolgt. In der ersten Zeit holte man ihn gern zu Vereinsfesten, Firmenausflügen, großen Familienfeiern. Seine wahrscheinlich kümmerliche Rente von irgendeiner Genossenschaft konnte er so ein wenig aufbessern. Aber dann kam das Zittern des Unterkiefers. Vermutlich eine Alterserscheinung. Das wirkte auf manche Leute komisch. Als er einmal ausgelacht wurde, nahm er keine solche Aufträge mehr an.

Ja, und dann begann er durch die Kneipen zu ziehen, wo einfache Leute verkehren. Damals habe ich ihn etwas aus den Augen verloren. Er wurde sicherlich erkannt und zum Singen aufgefordert. Aber was er dabei einnahm, reichte wohl nicht weit. Darum muss er sich, vermute ich jetzt, den Bauchladen zugelegt haben und als Hausierer gehen.

So habe ich ihn heute zum ersten Mal wieder gesehen. Alt und schmal ist er geworden, aber wenn er singen kann, streift er das Alter ab wie seine abgetragene Jacke. Arie hatte noch ein Bier getrunken und das Geld vom Teller eingesteckt. Mitten im Lokal stehend, verneigte er sich dreimal tief wie nach dem Schlussapplaus auf der Bühne. Als er zur Tür ging, kam er an unserem Tisch vorbei und bedankte sich mit überschwänglicher Freude. "Solange ich singen und einigen Menschen eine kleine Freude bereiten kann, ist das Leben noch frisch und es wird weitergehen".

Alle nannten ihn Alfred

In den Straßen um den Wilhelmplatz, wo mittwochs und samstags der Wochenmarkt stattfand, kannte jeder den schmalen, dunkelhaarigen Mann von schätzungsweise 25 Jahren, der um die Marktstände herumschlich und sich anbot, Hausfrauen den Einkauf nach Hause zu tragen, besonders, wenn außer der Einkaufstasche noch ein Kartoffelsack oder ein anderes schweres Stück zu tragen war. Alle nannten ihn Alfred.

Seinen Familiennamen kannte niemand. Von seiner Lebensgeschichte wussten die Leute im Viertel nur, dass er wohl geistig zurückgeblieben war und keine Lehre gemacht hatte. Infolge einer frühkindlichen Halskrankheit hatte er eine raue, krächzende Stimme behalten und er sprach nur einzelne Worte. Eine Frau aus der Nachbarschaft wusste immerhin, dass er beide Eltern sehr früh verloren habe und viele Jahre in Heimen gelebt hatte. Sonst wusste man im Viertel nichts von ihm und man kümmerte sich auch nicht darum.

Er hatte die Angewohnheit, jungen Frauen auf dem Markt zart übers Haar zu streicheln, was die einen entrüstet zurückwiesen, andere mit nachsichtigem Lächeln duldeten. Es wurde auch berichtet, dass er gelegentlich versucht habe, junge Mädchen zu umarmen und nicht nur ihre Haare zu streicheln. Aber die Leute erzählen viel.

So sagte man ihm auch nach, er habe eines Nachts das Schaufenster eines Wäschegeschäfts - die Fenster waren damals viel kleiner als sie heute sind - mit schwarzer Farbe zugeschmiert. Beobachtet wurde Alfred, als er an jedem Morgen auf das Glas des Schaukastens des Turnvereins an der Schulturnhalle in der Steinbergerstraße einen Zettel mit nur einem Wort klebte. Am Samstag war dann die Botschaft vollständig: "Ihr tut nichts für die Alten".

Eines Tages folgte ich ihm auf dem Heimweg vom Markt. Ich hielt einen genügend großen Abstand, sodass ich annehmen durfte, er merke die Verfolgung nicht. Alfred ging in ein altes Haus in der Gocherstraße. Ich schaute auf die Namen auf dem Klingelbrett, als die Haustür aufging und Alfred mit seiner krächzenden Rachenstimme fragte: Warum?

Er hatte mich also doch bemerkt, und ich erklärte, dass ich ihn seit langem vom Sehen kenne und mehr von ihm wissen wolle. Er schaute mich lange an und ich hatte so Gelegenheit, ihn genauer zu betrachten: Das blasse, knöcherne Gesicht, die ernsten, dunklen Augen, den alten, abgetragenen, an den Ellbogen geflickten Anzug. Er mochte etwa zehn Jahre älter sein als ich und ich entschuldigte rasch meine jugendliche Neugier mit meinem Interesse an ungewöhnlichen Menschen. Ich wollte mich auch schon wieder zum Gehen wenden, als er sagte: Komm.

Alfred ging voraus durch einen dunklen, übelriechenden Gang und schloss eine Tür im Erdgeschoss auf. Er wohnte in zwei kleinen Zimmern und einer winzigen Küche, die beherrscht wurde von einem großen, alten Kohleherd mit einem blitzblank geputzten Wasserschiff und langem schwarzen Ofenrohr. Küchentisch und Stühle, ein Schrank und ein kleines Regal. Mehr hatte in dem Küchenkabinett keinen Platz.

Und doch: Am Tisch saß in einem Rollstuhl eine alte Frau. Tante, erklärte mir Alfred, wies auf die gelähmten Beine: Schlag und machte mit der Hand eine schneidende Bewegung am Hals entlang, um mir anzudeuten, dass die Tante auch die Sprache verloren habe.

Er lachte die Tante an, fuhr ihr leicht über die ordentlich gekämmten und zu einem Knoten im Nacken gebundenen Haare und schmiegte seine Wange an die der Tante, was sie mit einem dankbaren Lächeln aufnahm.

Alfred packte aus einer Tasche verschiedenes Gemüse aus, das ihm von Markthändlern geschenkt worden war. Kohlrabi, Möhren und ein Wirsingkopf. Aus der Jackentasche fingerte er eine halbe Handvoll Kleingeld, das man ihm fürs Tragen gegeben hatte, und legte es in eine henkellose Tasse im Küchenschrank. Dann begann er die Kohlrabis unter der Wasserleitung zu Waschen, zu putzen, zu schneiden. Er setzte sie auf den Herd, begann Kartoffeln zu schälen und das Essen für die Tante und sich zu richten. Die Tante, die alles aufmerksam beobachtete, nickte ihm zufrieden und freudig zu.

Alfred hatte mir einen Küchenstuhl angeboten und gefragt, ob ich nicht mit ihnen essen wollte. Ich lehnte ab, würde daheim erwartet und begann, mich zu schämen. Warum war ich ihm gefolgt? Wollte ich meine Neugier befriedigen, die bedrückenden Umstände eines solchen kleinen, behinderten Lebens kennen lernen? Eine prickelnde Sensation erleben oder einen überheblichen Blick aus der wohlanständigen, bürgerlichen Höhe auf diese menschlichen Niederungen werfen? Ich wusste es selbst nicht genau und war verwirrt.

Alfred, fragte ich, kann ich etwas für dich tun? Brauchst du etwas zum Leben? Ich spürte, dass es dumme Fragen waren, aus der momentanen Verlegenheit heraus gestellt. Er schüttelte dann auch sofort den Kopf, hob die Schultern, breite die Arme aus. Nichts, sagte er, wies auf die Tante und sagte: Rente, zeigte auf seine Brust: Wohlfahrt. Er schüttelte wieder den Kopf und wiederholte: Nichts. Und mit Anstrengung brachte er langsam heraus: Wir können uns selbst helfen. Es geht gut.

Ich ging unter gemurmelten Entschuldigungen.

Über das Erlebte schrieb ich einen Schulaufsatz unter dem Thema "Armut und Krankheit in der Großstadt", der meinem Deutschlehrer überhaupt nicht gefiel. Ich kannte aber etwa ein Dutzend Markthändler, denen ich nach und nach die Geschichte erzählte, weil ich meinte, sie müssten mehr über Alfred und sein Leben wissen und nicht nur geringschätzig oder verzeihend über ihn lächeln. Und bald fiel mir auf, dass Alfred mit größeren, und dicker gefüllten Taschen vom Markt nach Hause ging.

Bellarmin oder Die Erfindung der Psychonomie

1.

Also, wir waren zu Dritt. Horst Brettschneider, ich sagte Hotte zu ihm, ein ehemaliger Pauker, der seine unegalen Finger nicht von den kleinen Mädchen lassen konnte. Das hat ihm über zwei Jahre Knast gebracht. Daher kennen wir uns. Fast zur gleichen Zeit sind wir rausgekommen Und seitdem zusammen unterwegs. Hotte war so ungefähr ein Zweimeter-Mann, ein Brustkasten wie 'ne Trommel, schwarze Haare, schwarze Augen. Die Weiber sind auf ihn geflogen. Aber 'ne Macke hat er auch gehabt. Pausenlos hat er neue Namen für sich erfunden. Jeremias Baltruweit zum Beispiel - und er konnte den ostpreußischen Tonfall unwahrscheinlich gut nachmachen. Auch Herbert Bennewitz war in seiner Sammlung, fällt mir noch ein. Der stammte aus dem Rheinland. Als er als Geistheiler auftrat und seine Erfindung machte, nannte er sich Horatio Bellarmin. Woher er den Namen hatte, weiß ich wirklich nicht. Ich glaube, er sagte mal was von einem Kardinal. Ist natürlich Blödsinn. Der Hotte und Kardinal!

Ja, und dann war noch Rosina bei uns. Eine Magd aus Niederbayern, die ihrem geilen Bauern davongelaufen war. Wir hockten am Straßenrand, als sie vorbei gelaufen kam, mit offenem Maul stehen blieb und Hotte anstarrte. Ich sagte ja schon: Die Weiber flogen auf ihn. Sie erzählte von sich und wir nahmen sie mit. Wir sind ja auf dringendes Bitten keine Unmenschen. Und rund und drall war sie auch. Gefiel uns einfach. Und nu' wandert sie mit uns und wir leben zusammen.

Ja, und mein werter Name ist Heini Knopf. Aufgewachsen in Berlin-Moabit, nischt gelernt, ein paar Mal geklaut, eingesponnen, noch ein paar Mal eingesponnen. Na ja, und jetzt halt unterwegs mit Hotte, ich meine mit Bellarmin und mit Rosina. Heute da und morgen wieder wo anders.

Ja, und was ich hier erzählen will, das passierte in, ich nenn' das Kaff mal Moosbruck. Is' ja nich' nötig, dat et jeder findet, wa? Entschuldgen Sie schon, manchmal stößt mir halt die Heimat auf und ich fall in'n Dialekt.

Angefangen hat's eigentlich bei 'nem Gewitter. Mit den ersten Tropfen erreichten wir eine alte Kapelle, ein paar Kilometer außerhalb von Moosbruck an einem Feldweg. Die Tür war offen, drinnen alles leer, voll Staub und Dreck, aber lauter Spitzbogen, wie Bellarmin das nannte. Und schrecklich dunkel wegen der aufziehenden schwarzen Wolken. Man sah aber noch, dass Stufen und Wände hier und da beschädigt waren.

Rosine grauste es, weil sie meinte, eine Ratte gesehen zu haben. Nur Bellarmin - ich nenn' ihn halt mal so - war begeistert. Seht euch das mal an, sagte er. Kolossal spitzbogig, alles strebt, strebt, strebt nach oben, nach dem Wahren, Schönen und Guten. Genau das habe ich gesucht. Er sprang auf die Stufen, fuchtelte mit den Armen herum. Halbdunkel überall, schummeriges Halbdunkel, sagte er mit tiefer Stimme, Hier wabert das Unnennbare. Ich bin begeistert von dieser neugotischen Spitzbogigkeit. Und seit dem Krieg ist das alles ein wenig ruinös. Es ist die perfekte Steinwerdung der deutschen Seele.

Und mitten drin - ich! Er riss die Arme in die Luft. Horatio Bellarmin, der Geistheiler, der Erfinder der Psychonomie! Rosina fand ihn wunderschön. Ich bin da nüchterner. Für mich biste Hotte Brettschneider aus Klein-Machnow, sagte ich. Da wurde er wütend.

Und dann legte er los: Von dieser Kapelle aus, von diesem wundervollen Raum aus wird eine Volksbewegung ausgehen zur Errettung der Seelen. Ich nenne meine Erfindung Psychonomie.

Das musst du mir erklären, sagte ich.

Später, sagte Bellarmin. Ich stehe noch ganz am Anfang. Mir fehlt noch etwas, ein Bindeglied, mit dem ich meine Botschaft, meine herrliche, große Botschaft, den Menschen vermitteln kann. Sie sollen es nicht nur mit meinen Worten kapieren, sondern da gehört noch was dazu.

In dem Moment legte das Gewitter richtig los. Der Platzregen rauschte nur so herunter, es war stockfinster in der Kapelle, Blitz und Donner dicht an dicht. Rosina schmiss sich mir mit einem erschreckten Schrei und mit ihrer vollen runden Wucht an die Brust. Mir war auch ganz schon mulmig und wir klammerten uns aneinander. Nur Bellarmin schien das Toben nichts auszumachen. Ja, sagte er, Wasser, das war's!

Er schaute sich um, entdeckte die Tür zur Sakristei, fand sie offen, ging hinaus Und dann hörten wir ihn schreien! Ja, ja, ja, schrie er. Ja, ich hab's gewusst. Wasser, Wasser! Mit ein paar Riesenschritten war er bei uns. umarmte uns beide mit seinen langen Armen. Ich hab's gewusst! Es wird riesig werden, schrie er, ein Weltereignis! Was meint ihr, was ich in der Sakristei gefunden habe? Einen Brunnen, eine Quelle. Kommt, schaut es euch selber an! Und was soll ich sagen? Tatsächlich gab es in einer Ecke der Sakristei einen kleinen Brunnen, eine mit Steinen gefasste Quelle. Man sah den Wasserspiegel. Eine rostige Kette mit einem alten zerbeulten kleinen Eimer hing auch noch da. Es war wie im Märchen.

Jetzt haben wir's, sagte Bellarmin, der wieder zu sich kam und vernünftig redete. Das Wasser dieser heilkräftigen Quelle öffnet die Seelen der Menschen, macht sie aufnahmefähig für die Geistheilung durch die Psychonomie. Wir müssen nur noch die Geschichte dieser alten, vergessenen Quelle erfinden.

Das glaubt dir doch kein Mensch, widersprach ich ihm. Merk dir, sprach er wie ein Pauker, Je faustdicker eine Lüge ist, desto eher wird sie geglaubt und zweitens ist mit der Dummheit der Menschen noch immer das meiste Geld zu verdienen.

Na, versuchen Sie mal dem zu widersprechen!

Inzwischen hatte sich das Gewitter verzogen. Rosina entließ mich aus ihrem Klammergriff und wir setzten uns auf die Stufen, die wohl früher zum Altar geführt hatten. Bellarmin ging während dessen auf und ab, murmelte manchmal Unverständliches und blieb endlich mit hoch erhobenen Armen stehen. Hört euch die Geschichte von der wundertätigen, der heilkräftigen Quelle an, rief er. Es war einmal ein Schäfer, Michael Winterhalter mit Namen, der trieb in einem furchtbar trockenen Sommer seine Herde hier über das Feld. Die Tiere waren dem Verdursten nahe.

Da hob Michael Winterhalter seinen Schäferstock und hieb wie weiland Mose gegen einen Stein auf dem Acker. Und das Wunder geschah: Unter dem Stein drang Wasser hervor. Der Schäfer hob den Stein an, die Quelle öffnete sich und die Schafe bekamen zu Saufen. Ein krankes

Lamm, das Winterhalter getragen hatte, trank davon und wurde gesund. Irgendjemand ließ die Quelle in einem Brunnen fassen und ein frommer Mann ließ eine Kapelle darüber bauen. Da habt ihr die Geschichte. Wie gefällt sie euch? Rosina fand sie wunderschön. Ich hatte als nüchterner Mensch meine Zweifel. Du wirst es erleben: Man wird sie uns glauben. Und jetzt hab' ich Hunger.

Hast du noch was Essbares dabei?

Ich holte Brot und Wurst aus meinem Rucksack und wir versuchten, das wundertätige Wasser zu trinken. Es schmeckte scheußlich! Damit, prophezeite ich ihm, wirst du keinen Erfolg haben. Und du wirst erleben, sagte er, dass die Leute hier Schlange stehen nach dem wundertätigen Heilwasser. Und sie werden dafür zahlen. Jede Summe, die wir fordern.

Ach, Quatsch, sagte ich. Keine müde Mark.

Zehn Mark, zwanzig Mark, was wir fordern werden sie zahlen. Sie werden süchtig sein nach unserem Wasser, sie werden sich prügeln um ein paar Tropfen.

Und was sollen wir dabei machen, fragte ich.

Bellarmin wusste es schon. Einer füllt ab und einer kassiert und regelt auch den Verkehr, damit sich niemand vordrängt. Wir werden die ganze Bude, ich meine Kapelle voll haben. Brauchen die nicht auch was zu Essen, fragte ich. Würstchenbude, Biertheke, Limo, Mineralwasser, Zigaretten können wir hier draußen aufbauen.

Davon wollte Bellarmin nichts wissen. Das passt mir nicht, sagte er. Wir verkaufen Wunder, keine Würstchen. Wunder machen nicht satt, regte sich mein Widerspruchsgeist. Fresser, sagte Bellarmin.

Spinner, sagte ich.

Streitet's euch nicht, mischte sich Rosina ein. Wir konnten uns nicht weiter streiten, denn wir bekamen Besuch. Ein Pfarrer stand unter der Kapellentür und starrte uns an.

Was geht hier vor?

Bellarmin war sofort bei der Sache. Welch erfreulicher Besuch! Grüß Gott, Hochwürden!

Der Pfarrer freute sich gar nicht, uns hier zu treffen. Wer sind Sie? Was tun Sie hier, fragte er.

Horst Brettschneider richtete sich zu seiner ganzen imponierenden Größe auf. Ich bin Horatio Bellarmin und das sind meine Begleiter Herr Knopf und Frau Rosina. Und wer sind Sie?

Der Pfarrer stellte sich vor als Pfarrer Thalmeyer, der Ortsgeistliche von Moosbruck. Ich bin hier verabredet mit einer Frau Renate Markus vom Landesamt für Denkmalspflege.

Es geht um die Restaurierung dieser Kapelle, der Rochus-Kapelle. Das Gewitter hielt mich davon ab, pünktlich zu sein. Frau Markus war noch nicht hier?

Bellarmin schaute ziemlich mitleidig auf den kleinen, mageren, grauhaarigen Geistlichen herab. Restaurierung, sagen Sie? Bedauernd schüttelte er den Kopf. Hier wird nichts restauriert. Dieses edle ehemalige Sakralgebäude hat keinen Wert mehr für Sie und keinen für die Denkmalspflege. Aber - und er sagte es sehr laut und bestimmt - eine Bestimmung für die Menschheit.

Es wird ein Strom des Segens fließen von hier, von der Rochus-Kapelle und von der von mir, Horatio Bellarmin, hier wiederentdeckten heilkräftigen, wundertätigen Rochusquelle. In diesen Strom lasse ich mir keine Barriere, keinen Staudamm bauen. Von niemanden. Ich brauche dazu das Halbdunkel dieses Raumes. Das Ungreifbare das Unnennbare. Fühlen Sie es nicht selbst, Hochwürden? Fühlen Sie nicht diese Spannung, diese Stimmung, die in diesem Raum herrscht?

Der Pfarrer blieb ganz ruhig und kühl. Wer sind Sie?

Wie nennen Sie sich?

Ich bin Horatio Bellarmin, der Heiler.

Nie gehört, sagte Pfarrer Thalmeyer

Unsere Kreise berühren sich nicht, Hochwürden.

Und was befähigt Sie?

Überflüssige Frage. Der Geist natürlich. Und das Wasser der Rochus-quelle. Ich werde die Welt mit einer neuen, von mir entwickelten Wissenschaft überraschen.

Der Geist kann der Geist der Verderbnis sein, belehrte ihn der Pfarrer.

Ich sehe, worauf Sie hinauswollen, Herr Pfarrer. Der eine braucht für sein Seelenheil eine Predigt, dem anderen genügt ein Klistier.

In mein Lachen hinein, sagte der Pfarrer: Diese Parterreakrobatik mache ich nicht mit. Sie verlassen die Kapelle oder ich lasse Sie von der Polizei hinauswerfen.

Bellarmin stellte sich ganz sanft und fragte, ob der Pfarrer den Bischof gefragt habe. Auf des Pfarrers überraschte Gegenfrage nach dem Warum verließ Bellarmin nach und nach das Sanfte seiner Stimme. Würde ich Ihnen empfehlen, sagte er, Bringen Sie mir den Beschluss des Bischofs, dann gehe ich, wenn Sie es dann noch wagen, mich zu vertreiben. Meine Patienten werden Sie in Stücke reißen!

Urplötzlich griff der Pfarrer an den Kopf und stöhnte, suchte eine Sitzgelegenheit. Bellarmin nahm ihn in die Arme und brachte ihn zu den Stufen, setzte ihn sehr sanft ab.

Die Aufregung, sagte Pfarrer Thalmeyer. Es ist nur die Aufregung. Ich bekomme dann immer eine Migräne. Und kein Mittel hilft. Ich werde Ihnen helfen, sagte Bellarmin ganz ruhig, ganz fest. Und er befahl Rosina, Wasser zu holen. Sie fischte aus dem Gepäck einen Trinkbecher, lief so rasch es ihr Umfang zuließ, in die Sakristei und kam mit einem vollen Becher zurück. Bellarmin hockte sich neben den Pfarrer, dem ich den Rücken stützte, und begann Stirn und Schläfen des Pfarrers zu massieren. Rosina, sagte er, gib dem Herrn Pfarrer einen kleinen Schluck zu trinken, Rosina tat es. Wasser, befahl dann Bellarmin mit kalter Stimme. Er hielt die Fingerspitzen in den Becher und massierte mit den feuchten Fingern weiter. Sehr gut, sagte er. Es ist sehr gut. Sie haben eine Seele von sehr empfindsamem Typ. Von leichtfüßigem Charakter. Ich nenne sie "Schwalbe". Sie klammert sich nicht an den Boden, sondern ist befähigt zu schweben. Das kann nicht jede Seele. Sie sind ein bevorzugter Mensch, empfindsam, schöpferisch, zart organisiert, phantasievoll.

Bis dahin sprach Bellarmin ganz ruhig und mit dunkler Stimme. Und dann wieder nüchtern, geschäftsmäßig: Wasser! Er befeuchtete sich wieder die Fingerspitzen aus dem Becher, den Rosina ihm hinhielt, und massierte weiter. Sie können, sagte er dabei, Ihre Seele schwalbengleich aufsteigen lassen. Versuchen Sie es mit meiner Hilfe! Lassen Sie Ihre Seele in das geheimnisvolle, schattenträchtige Dunkel dieses Raumes aufsteigen. Aufwärts mit den Pfeilern.

Der Pfarrer schaute plötzlich erstaunt um sich. Was ist das, fragte er.

Schweben lassen, sagte Bellarmin. Gib Hochwürden noch einen Schluck Wasser. Rosina hielt ihm den Becher an den Mund und er trank.

Ich bin so leicht, so frei. Der Kopf ist frei, schmerzfrei, so leicht. Wo bin ich? Was geschieht. Urplötzlich fiel er vor Rosina nieder, umarmte ihre Knie. Heilige Maria Magdalena, rief er.

2.

Ich muss verrückt gewesen sein. Mannstoll bin ich nicht, nie gewesen, eher zurückhaltend und schüchtern. Ich lebe allein und ich war ganz zufrieden. Aber...

Damals war ich mit Pfarrer Thalmeyer in der Rochus-Kapelle verabredet. Wir wollten die Restaurierung besprechen. Das schwere Gewitter verhinderte, dass ich pünktlich kam. In der Kapelle traf ich dann diese drei Leute. Als erster fiel mir im Halbdunkel ein kleiner, hagerer Mann auf, ein Kerl mit einem, verschlagenen Gesicht, dem alles zuzutrauen war.

Mein erster Gedanke: Hüte dich vor kleingewachsenen Männern. Mein zweiter Gedanke beim Blick in sein Gesicht war, was Hemingway "la geule classique du conspirateur" genannt hatte.

Auf den Stufen zur Apsis hockte eine korpulente junge Frau, die mich mit großen, müden Augen anglotzte. Ihr Mund stand offen, weil sie Mundatmerin war, wohl wegen Polypen in der Nase. Später merkte ich, dass sie sich am Rande der Debilität bewegte. Und dann tauchte aus dem Hintergrund er auf. Dieser Mann, dieser Kerl, dieses Mannsbild, dieser Bär! Ein Zweimeter-Baum mit einem Kreuz wie ein preußisches Doppelspind, hätte mein Vater gesagt. Mit Bassstimme sagte er: Sie müssen Renate Markus sein. Das war, um es romantisch zu sagen, ein Glockenton, der in mir weiter schwang. So etwas war nie gehört, war unerhört. Ich spürte mein Herz im Hals und schloss für einen Moment verwirrt die Augen.

Ich bin Horatio Bellarmin, der Geistheiler, stellte er sich vor. So heißt man nicht, dachte ich. Ein erfundener Name, ein Künstlername, ein nom de plume. Nom de plumeau schoss es mir durch den Kopf. Unbegreiflich. Ich verbot mir den Gedanken. Er sprach dann davon, dass Pfarrer Thalmeyer mich angekündigt hatte. Er sei schon gegangen, nachdem er einen Migräne-Anfall wirkungsvoll behandelt hatte. Er zog seiner Straße fröhlich, sagte dieser Bellarmin lächelnd und zitierte sehr gegen mein religiöses Gefühl sogar die Bibel damit. Von Thalmeyer wusste er, dass das Landesamt die Sanierung der Kapelle beabsichtigte, und er bezog dagegen Stellung mit einer überraschenden Eloquenz und mit dem geballten Charme einer Dampfwalze.

Er habe soeben die heilkräftige, wundertätige Rochusquelle wieder entdeckt und er wolle aus der Kapelle sein Therapiezentrum machen. Seine Erfindung, die Psychonomie von hier aus segensreich ausbreiten. Ob das Landesamt überhaupt etwas von der Quelle wisse? Der Herr Pfarrer habe sie nicht gekannt. Er, Bellarmin, wisse, dass sie einst von einem Schäfer entdeckt worden sei, dass er ein Lamm mit dem Wasser geheilt, dass später jemand die Kapelle über die Quelle gebaut habe. Und jetzt sei er, Bellarmin da, und er brauche das Halbdunkel, in dem sich die Seele entfalten könne, indem sie sich öffnet, hinaus strebt wie die Spitzbögen. Er brauche den Moder und den Staub und die eventuell hier hausenden Fledermäuse. Fühlen Sie nichts?

Spüren Sie nichts in diesem Raum? Nein, sagte er, für Sie ist das ein Gebäude der neugotischen Phase der Architektur, stillos, kitschig, übertrieben spitzbogig, wertlos. Ich versuchte, ihm klar zu machen, dass wir die Bauwerke dieser Epoche als wichtige Zeitzeugen erhalten wollen, sichern, vor dem Verfall bewahren. Und nun fuhr Bellarmin zu großer Form auf. Sie werden kommen mit Maschinen und Bauleuten und den Staub wegblasen und die Wände abwaschen und nach Fresken suchen und die Fenster erneuern und vielleicht einen Kultraum daraus schneidern für Konzerte, Ausstellungen, Lesungen, Volksmusik...

In diesem Moment konnte ich mich merkwürdigerweise fangen und ihm in die Parade fahren. Soweit haben wir noch gar nicht gedacht, sagte ich kühl, aber das ist sehr gut möglich. Danke für den Tipp!

Die kühle Ironie verfing bei ihm leider nicht. Er holte tief Luft, plusterte sich auf wie ein Maikäfer und schrie los. Er lasse sich nicht verdrängen, hinauswerfen, Er habe eine Mission für die Menschheit. Er werde die neue Wissenschaft von der Psychonomie von hier aus in die Welt tragen. Er werde dazu keine Restaurierung, keine Sanierung, keine Katalogisierung, keine Registrierung und was wir noch im Schilde führten, dulden. Gehen Sie, gehen Sie, Renate Markus, zu Ihren Auftraggebern zurück und sagen Sie - und er schrie noch lauter - Horatio Bellarmin lasse ihnen ausrichten, sie sollten seine Kreise nicht stören. Sie versündigten sich sonst. Sie verhinderten die Genesung der Menschheit. Haben Sie das verstanden, Renate Markus?

Nun verkrieche ich mich innerlich wie eine Schnecke in ihr Haus, wenn mich einer anbrüllt und ich bin dann immer sehr verwirrt. So auch jetzt, zumal ich noch dazu so beeindruckt war von diesem Urviech von Kerl. Ich habe irgendetwas gestammelt und ging schwankend, kopfschüttelnd und tief verwirrt aus der Kapelle davon.

3.

Ich kann es nicht mehr verstehen. Heute nicht mehr. Aber es ist wahr. Am Nachmittag des nächsten Tages ging ich zur Rochus-Kapelle mit einer riesigen Einkaufstasche mit Brötchen, Schwarzbrot, Butter, Leberpastete, Schinkenspeck, Gorgonzola, Butterkäse, Bier und Wein. Ich schleppte mich mühsam ab. Und warum? Ja, warum wohl? Ich wollte in der Nähe dieses Mannes sein, der mich mit seiner Naturgewalt vielleicht Brutalität, zugleich anzog und abstieß. Selbstsicherheit eines Menschen hat mich, die ich, wie gesagt, schüchtern bin, stets beeindruckt.

Die Rochus-Kapelle erkannte ich nicht wieder. Da standen plötzlich zwei Tische und mehrere Stühle, in der Apsis war ein Matratzenlager aufgeschlagen, abgeschirmt und unterteilt mit spanischen Wänden. Pfarrer Thalmeyers Gemeindejugend hatte die Ausstattung aus irgendwelchen karitativen Beständen zusammengesucht und hergefahren.

Ich traf Bellarmin alleine an. Knopf und Rosina waren in den Ort gegangen. Zum Einkaufen. Ich kam mir reichlich überflüssig vor. Bellarmin aber - und er wäre nicht Bellarmin gewesen ohne eine solche - spielte mir eine große Szene vor. Wie begeistert, geradezu glücklich er sei über meine Rückkehr und über die Einrichtung. Ich sollte Platz nehmen, mich ganz zu Hause fühlen bei ihm. Wir setzten uns an einen Tisch, er legte sehr vertraut seine Pranken auf meine Hände, duzte mich frech und sagte, jetzt, Renate, erkläre ich dir meine Geheimwissenschaft, die Psychonomie. Er sprach von der Astronomie, der Wissenschaft von den Sternen, ihren Namen, ihren Bahnen. Und von der Astrologie, der Pseudowissenschaft vom angeblichen Einfluss der Gestirne auf Charakter und Wesen der Menschen. Ferner von der Psychologie, der Wissenschaft von den Einflüssen der Seele auf den Menschen. Niemand aber, sagte er, hat daran gedacht, die Seelen der Menschen zu klassifizieren, sie in Gruppen einzuteilen, vor allem aber, ihnen Namen zu geben. Das tut meine neue Wissenschaft, die Psychonomie. Ihr Grundsatz: Was einen Namen hat, kann man bezeichnen, rufen, herbeirufen, dem kann man zureden, es beeinflussen. Das wird die Psychonomie vollbringen.

Er sprang auf, ging in der Kapelle hin und her. Mein Charisma, begann er von neuem, setzt mich instand, die Seelen der Menschen, die sich an mich wenden, um Heilung und Hilfe zu erfahren, zu erkennen, zu benennen und herbeizurufen. Und dann kommt mein heilender Geist ins Spiel, mit dem Erkennen des seelischen Schadens, der Beeinträchtigung, des Leidens. Mit Massage und dem heilenden Wasser der Rochusquelle werde ich die herbeigerufenen Seelen behandeln. Und viele von ihnen heilen.

Ach ja, sagte ich. Und mit Ihrem Charisma. So wie ich die Scharlatanerie erkannt hatte, muss er wohl die Ironie in meinem Ausruf erkannt haben. Mit zwei Schritten stand er vor mir, zog mich vom Tisch hoch, riss mich, presste mich an sich. Ich wehrte mich schwach gegen seine Bärenkräfte. Irgendetwas wie "Bitte nicht" oder "Lassen Sie" muss ich wohl gesagt haben, aber er knurrte "Mein Charisma drückt mich" und versuchte, mich aufs Matratzenlager zu zerren. Knopf und Rosina kamen diesem Moment geräuschvoll herein und retteten mich wohl mehr oder minder. Auch sie hatten eingekauft; Brot Wurst und Bier. Bellarmin verwandelt seine Attacke augenblicklich in gespielte Zärtlichkeit, küsste mich auf beide Wangen, zog mich noch einmal so sanft an sich wie ich es nicht von ihm vermutet hatte, wandte sich den Beiden zu und sagte mit ausgebreiteten Armen: Renate gehört jetzt auch zu uns. Ich protestierte kopfschüttelnd, aber das ging im allgemeinen Gejohle unter.

Während Rosina und Knopf den Tisch deckten und ein ausgiebiges Gelage vorbereiteten, nahm ich mir Bellarmin auf die Seite und sagte - innerlich wieder restauriert und gefestigt – ich wisse nicht, was ich an ihm mehr bewundern sollte. Seine Phantasie oder seine Frechheit, mit der er gutgläubige Leute übers Ohr hauen wolle. Von seinem Angriff auf mich wolle ich jetzt mal schweigen. Er blieb frech beim Du und fragte, ob ich noch zweifle. Zweifeln sei gar kein Ausdruck, fauchte ich ihn an. Ich stehe hier herum und höre mir Ihren Psycho-Quatsch an, Ihren betrügerischen Unsinn. Dabei soll ich die Bude hier vermessen und sanieren. Er rückte mir wieder auf den Pelz und zischte mir ins Ohr, ich hätte es nötig mal wieder vermessen und saniert zu werden. Ich hatte schon mit der Hand ausgeholt, um ihn zu ohrfeigen, da rief Knopf zu Tisch, und er tat es mit einer so großen weltmännischen Geste, dass ich lachen musste anstatt zuzuschlagen. Ich ließ mich einladen. Schließlich hatte ich fast für alles gesorgt. Es wurde fröhlich und gemütlich. Bellarmin entwickelte einen Humor und einen Charme, dass ich fast geneigt war, ihm seine Attacke zu verzeihen. Schließlich war er nicht nur ein überrumpelnder, eher schon ein überwältigender, auf jeden Fall ein überzeugender Mann. Je mehr Bier wir tranken, desto lauter wurde Knopf, desto geiler quietschte Rosina, desto leiser und zutraulicher wurde Bellarmin und desto weicher wurde ich. Schließlich lagen wir alle vier auf den Matratzen und während Knopf und Rosina ungestört herumtobten, beließ es Bellarmin dabei, mir Hände und Haare zu streicheln. Wir mögen eine gute Stunde so gelegen haben, da schlug Bellarmin mir vor, mich von der Kraft der Psychonomie zu überzeugen.

Ich versprach, am nächsten Morgen wiederzukommen. Ich müsse jetzt unbedingt noch mit meiner Dienststelle telefonieren. Ich verabschiedete mich rasch und ohne Zeremonien. Es gibt Augenblicke, in denen eine Frau gut daran tut, ganz schnell einen Schlussstrich zu ziehen, um sich nicht völlig zu verlieren.

Auf der Straße traf ich Pfarrer Thalmeyer, der unterwegs war, um Bellarmin zu berichten, dass er von ihm erzählt, für ihn sozusagen Reklame gemacht habe. Er wisse schon, dass eine in der Stadt sehr wichtige Dame ihn aufsuchen werde. Es sei eine gewisse Frau Rita Faller. Ihr Mann, ein Bau- und Transport-Unternehmer, sei der wichtigste, der reichste und einflussreichste Mann des Ortes, außerdem sei es sein Großvater gewesen, der Holzhändler und Fuhrunternehmer Tobias Ludwig Faller, der zusammen mit seiner Frau Therese im Jahre 1860 die Kapelle über der Quelle habe bauen lassen als Dank dafür, dass er und sein Haus von der großen Brandkatastrophe, der ein Drittel der Häuser von Moosbruck zum Opfer gefallen waren, verschont geblieben sei. Die Kapelle habe im wesentlichen Reisenden und Wanderern als Raststätte und zur stillen Einkehr gedient. Es habe sich aber niemand von den Nachkommen der Stifter mehr so richtig um die Kapelle gekümmert, sodass der Bischof sie kürzlich profaniert habe.

Ich konnte das Lachen nicht unterdrücken, und die Spottlust hatte mich wieder eingeholt nach der Gemütsverwirrung. Das werde Bellarmin aber gar nicht gefallen, sagte ich, dass seine schöne Geschichte von dem Schäfer und der Entdeckung der Quelle in sich zusammenfalle. Wir verabschiedeten uns und es kam zwischen uns so etwas wie ein komplizenhaftes Lachen auf.

Nüchtern und ruhig und voll des neu erwachten Widerspruchsgeistes ging ich also am nächsten Morgen zur Psychonomie-Sitzung. Bellarmin freute sich sehr darüber, dass ich Wort gehalten hatte. Er bot mir Platz an, eilte in die Sakristei und holte eine Schüssel Wasser sowie einen Trinkbecher, stellte beides auf den Tisch neben mir. Knopf, der einen schlecht gelaunten Eindruck machte, maulte, ob das wieder einen solchen Heckmeck gebe wie mit dem Pfarrer. Und mit Maria Magdalena, setzte Rosina hinzu.

Da fuhr Bellarmin wütend hoch, packte Knopf am Hemd. Heckmeck, brüllte er ihn an, das sagst du nicht noch einmal. Kritik dulde ich nicht. Ich verlange, dass ihr an meine Wissenschaft von der Psychonomie glaubt. Vor mir, vor meiner Phantasie liegt ein Kontinent voll wunderbarer, nie da gewesener Erfolge. Knopf und Rosina zogen sich stillschweigend aufs Matratzenlager zurück.

Bellarmin wandte sich nun mir zu und nannte mich seine nach Pfarrer Thalmeyer erste Patientin. Er versprach, dass viele Geschlechter von mir berichten würden. Ich lachte höchst amüsiert. Bellarmin überhöre es und trat hinter mich. Er benetzte die Fingerspitzen mit dem Wasser und begann, Stirn und Schläfen zu massieren.

Nicht denken, sagte er, nicht an den Auftrag denken, nicht an mich, nicht an gestern. Gar nichts denken. Das ist Voraussetzung. Ich dachte nun doch an gestern und daran, dass er mich noch immer duzte und sagte spöttisch: Wie recht du hast! Bellarmin verbat sich die Ironie. So könne der Schatten des Zweifels nicht weichen, der noch immer meine Seele belaste. Lass dich fallen, denk an nichts, spür nur meine Hände, meine sanften, heilenden Hände. Du weißt ja noch, wie sanft sie sein können. Und wie fest.

Alles zu seiner Zeit, sagte ich, und wie war das mit Maria Magdalena? Kommt die auch zu mir? Rosina sagte so etwas. Bellarmin brach die Behandlung ab. So gehe das nicht, und ich solle an ihn glauben, an ihn und an die Kraft der Psychonomie. Ich erinnerte ihn daran, dass Knopf das alles Heckmeck genannt hatte, aber er überhörte das. Er wolle jetzt meine Seele rufen, kündigte er an. Ich bat ihn, meine Seele in Ruhe zu lassen, denn ich wollte nicht unsicher gemacht werden.

Auf deiner Seele liegt ein Schatten, ein vergiftender Schatten, verkündigte er mit einer Stimme, die keinen Widerspruch und keinen Zweifel zuließ. Nachtschatten heißt deine Seele, Renate, Nachtschatten. Und sie ist vergiftet von Unglauben, Spott, Ironie und muss deshalb gereinigt werden, entgiftet. Trink! Er hielt mir den Becher an den Mund. Ich weigerte mich, die Brühe zu trinken, nahm nur einen winzigen Schluck und spuckte ihn sogleich wieder aus. Pfui Teufel! Diese Brühe!

Der schlechte Geschmack der Medizin ist ein Teil der Therapie, sagte er. Weiß Gott, wo er den Satz aufgeschnappt hatte. Er forderte mich auf, mich wieder zurückzulehnen und begann, meine Seele zu rufen, der er völlig unverständlicherweise den Namen Nachtschatten verpasst hatte. Während er mich weiter massierte, rief er: Nachtschatten, ich rufe dich, du kommst näher. Nachtschatten...ja, so ist es gut! Trink noch einen Schluck!

Ich weigerte mich, gab aber immerhin zu, dass das Massieren ganz angenehm sei. Dennoch brauchte ich nichts gegen Kopfschmerzen. Bellarmin blieb bei seinem Reden. Meine Seele, dieser Nachtschatten, sei krank, verklemmt, nicht offen, nicht zugänglich. Du zweifelst und deine Seele wird dadurch vergiftet. Noch erdrücke der Verstand die Seele, macht sie zu dem vom Zweifel erdrückten Nachtschatten. Ich bemerkte trotz seines eindringlichen Redens, dass es Unsinn war, was er da absonderte.

Er redete so weiter. Alles hat seine Zeit, Renate, sagte er. Der Verstand hat seine Zeit und die Seele hat ihre Zeit. Jetzt ist die Stunde der Seele. Jetzt sollst du glauben und nicht zweifeln. Du sollst, du musst daran glauben, dass ich die von mir beim Namen gerufenen Seelen entgiften, heilen, von ihren Schatten befreien kann mit meinen Händen und mit dem Geist, der in diesen Händen wirksam wird.

Ich war es leid, weiter zuzuhören. Um des lieben Friedens willen, sagte ich. Ich bin beruhigt. Der Zweifel wird auf Eis gelegt. Bist du zufrieden? Bellarmin spielte den Enttäuschten. Er habe sich mehr erwartet von mir. Das war ziemlich zweideutig, aber ich ging nicht mehr darauf ein. Ich musste ihm darauf aber doch noch eins auswischen. Ich wünsch dir viel Erfolg bei dummen Menschen, sagte ich und verabschiedete mich ziemlich formlos, zwang mich aber dennoch zu einem freundlich scheinenden Lächeln.

4.

Det war ja 'n ganz schöner Hammer, den die Markus dem Hotte hinge-knallt hat. Aber sie hat ja Recht. Und außerdem hat er sie ja wohl verna-schen wollen, wa? Un die Leute denken auch ganz komisch über ihn. Ham wir im Ort gehört, als wir einkaufen waren. Für 'nen Zauberer hal-ten sie ihn oder für 'nen Verrückten. Von 'ner Quelle hat noch nie einer wat gehört. Na, ja, ein paar ham ja gesagt, dass se mal herkommen und gucken. Sogar ausprobieren wollen se das Wasser. Dann ham ihm wel-che Prügel angedroht, wenn et nix hilft. Nur einer hat gesagt, dat er die Bullen auf Hotte hetzen will. Wird ja woll nich so dicke kommen, wa?

Und der Pfarrer war noch mal da. Hat gucken wollen, wat die Gemein-dejugend uns an Klamotten gebracht hat. War richtig gut. Und erzählt hat er, dass ein gewisser Faller die Kapelle gebaut hat, um 1860 rum nach 'nem Riesenbrand in Moosbruck. Das hat dem Hotte nu jarnich gefallen. Die schöne Geschichte von dem Schäfer war ja damit im Eimer.

Aber, sagte der Pfarrer, der Faller hat noch Nachkommen, ein stinkrei-cher Knopp. Der Name fiel übrigens auch im Supermarkt. Der Frau von dem Faller, Rita heißt se, der hat der Pfarrer die Geschichte von der Ka-pelle und von Hotte auch erzählt, und die wollte gleichkommen, wie der Pfarrer ankündigte. Und die kam auch! Und wie die kam! Aufgedonnert wie'n Zirkusgaul.

Hotte zog natürlich gleich seine Nummer ab. Er nannte sie direkt beim Namen. Sie sind Frau Rita Faller, sagt er. Sie kennen mich, fragt sie. In-tuition, sagt er. Aber der Herr in ihrer Begleitung ist nicht Ihr Mann, sagt er. Nein, sagt der junge Mann, so ein geschniegelter Typ, Anfang 30, ich bin Theo Bilz. Er ist Lokalredakteur hier, erklärt die Faller. Und er wolle vielleicht einen Artikel über uns schreiben.

Die Faller fing also vom Pfarrer an, der hätte so begeistert über Hotte geredet, dass sie ihn unbedingt kennen lernen musste Das gab Hotte nu' auch zu. Das hat er gewusst. Und die verwandtschaftliche Bindung zur Kapelle spiele wohl auch eine Rolle. Sie wollte das Wasser ausprobieren, sagte sie. Hotte schickte Rosina in die Sakristei und die brachte eine Fla-sche von dem Wasser.

Un' dann erklärt er der Faller, dass das Wasser nur ein Mittel zum Zweck is', sozusagen. Wichtiger war ihm seine Behandlung, seine neue Wissenschaft. Da wollte nu' der Bilz was Genaues von wissen. Un' er hat ihm sein Heckmeck erzählt. Ich kann's schon nich' mehr hören! Ich bin denn auch mit Rosina im Hintergrund verschwunden. Auf die Matratzen.

Währenddessen hat der Hotte die Fallern auf 'nen Stuhl gesetzt und is' um sie rumgetigert, hat ihr Wasser auf die Stirn geschmiert, angefangen zu massieren. Un' ganz ruhig und langsam hat er geredet. Sie solle sich entspannen, an nichts denken, ganz locker sein. Un' dann fing er natürlich von ihrer Seele an, dass sie schwierig zu fassen sei. Differenziert oder so was hat er glaub' ich gesagt. Zwei Wesen sieht er in ihr, zwei Seelenräume, wie er das nannte. Jetzt fällt mir ein, wie er dazu sagte: Ein altes und ein neues Wesen, ein Vertrautes und ein Erregendes, ein Abgelebtes und ein Begehrtes. Irgendwo scheint mir das eine gewisse Schuld zu schweben, aber auch Verlangen, Sehnen. Die Fallern muss in dem Moment aufgesprungen sein. Sie blicken durch mich hindurch, schrie sie. Das ist mir direkt unheimlich!

Jetzt hab' ich denn doch durch den Vorhang gelinst und sehe, wie Hotte mit beruhigenden Handbewegungen auf sie einredet Ich bin erst am Anfang, sagte er. Ich bin erst am Anfang. Und ich kenne jetzt den Namen ihrer Seele. Sie ist ein Ginkoblatt, zweigeteilt, zwei in eins. Sie kennen Goethe? Natürlich kennen Sie Goethe. Ihre Seele nenne ich Ginko. Und ich werde sie rufen. Ginko, ruft er, und noch mal Ginko. Und da sticht die Rosina der Hafer und sie ruft so halblaut "Jahaaa". Ich halt' ihr sofort den Mund zu, aber der Bilz kam schon an den Vorhang und guckt rein.

Na, war der platt! Verzeihung, sagt er noch und verduftet. Jetzt war aber auch Hotte verrückt. So könne er nicht weiter machen. Irgendetwas wie "fauler Zauber" muss der Bilz wohl gesagt haben. Aber es ging sowieso nicht weiter, denn wir bekamen Besuch. Zwei Frauen und ein Mann wollten Wasser holen. Und der Mann kannte die Frau Faller. Rosina schlüpfte schnell hinaus, schnappte sich die Milchkannen von den Dreien und verschwand in der Sakristei. Der Mann sagte ziemlich frech: 'n Tag Chefin. Sie auch hier? Der Chef schickt mich, das Wasser holen. Das soll so gesund sein. Die Fallern sagte sehr peinlich berührt, das sei der Fahrer ihres Mannes, Herr Vierheilig.

Als Rosina die Kannen brachte, trat ich aus dem Vorhang und verlangte zehn Mark pro Kanne. Nur bei Behandlung sei das Wasser kostenlos. Ich sah, dass Hotte sehr ernst und blass geworden war. Der Vierheilig und die Frauen gingen, und Hotte bat Frau Faller und diesen Bilz auch zu gehen. Er sei nicht mehr konzentriert. Sie möge morgen wieder kommen. Frau Faller drückte ihm noch einen Geldschein in die Hand und die beiden gingen. Auf Wiedersehen, großer Meister, sagte sie.

Auf baldiges Wiedersehen. Der Bilz sagte dazu gar nichts. Er ging ohne Gruß. Er hatte sich vorher ein wenig mit Hotte über die neue Wissenschaft unterhalten und das kam mir ziemlich kritisch vor.

Der haut dich in die Pfanne, sagte ich zu Hotte. Das wirst du sehen.

Hotte meinte, der Mann störe ihn nicht. Aber der Vierheilig. Der kennt mich. Aus dem Knast? wollte ich wissen. Kann schon sein, sagte Hotte. Au Backe, sagte ich. Wenn der uns die Bullen auf den Hals hetzt! Wisst ihr was? Wir hauen ab. Rosina und ich haben hier sowieso nischt zu tun. Das Geschäft machst du allein, wir stehen nur doof rum.

Warten wir's ab, sagte Hotte. Noch ist nichts verloren. Also, ich wundere mich immer noch, wie frech du lügen kannst, wie du den ganzen Tinnef herunter quatschst ohne rot zu werden. Immer neue Erfindungen, immer blühendere Phantasien.

Sagt der Hotte ganz kühl: Ein Lügner mit Gewissensbissen ist ein Stümper. Man muss aus einem vollen Vorrat an Lügen schöpfen können. Die Überzeugung von dem, was du sagst, muss dir ins Gesicht geschrieben sein.

Und wie lange geht das gut, fragte ich.

Ihr könnt ja gehen, sagte er. Ich habe keine Angst. Die Dummheit der Menschen und die Verführbarkeit der Bürger lassen mich nicht im Stich. Davon leben Tausende. Man muss es nur verstehen. Und ich versteh mich drauf.

Und dann kam die Überraschung, mit der ich nicht mehr gerechnet hatte. Die Markus steht in der Tür und sagt, dass sie ja eigentlich nicht mehr herkommen wollte, aber sie müsse uns sagen, dass das Landesamt uns Zeit lässt, weil es für die Sanierung in diesem Jahr kein Geld mehr gebe.

Hotte umarmte sie ganz kurz .Und die Beiden, sagt er dann, die Beiden wollen mich im Stich lassen. Leute, wir bleiben, ruft er aus. Er fasst die Markus und Rosina an den Händen, ich nehme die anderen Hände der Frauen und wir tanzen Ringelreihen wie Kinder und Hotte ruft dabei immer wieder: Wir bleiben, wir bleiben.

Da steht ein Mann in der Tür und sagt sehr laut: Da wäre ich nicht so sicher!

Wir hören schlagartig mit dem Tanzen auf und starren den Mann an. Hotte fasst sich als erster. Natürlich. Und er sagt: Nach Ihrem Auftreten und Ihrer Erscheinung müssen Sie der Transport-Unternehmer Alois Faller sein.

Der bin ich, sagt Faller. Und Sie müssen Ihrer Erscheinung und Ihrem Auftreten nach der entlassene Grundschullehrer Horst Brettschneider sein, vorbestraft wegen Unzucht mit Abhängigen Die Markus schrie laut auf: "Waaas". Ich sagte nur "Au Backe" und Rosina auf gut niederbayerisch "Ja, spinn' i?"

Nachdem wir uns von dem Schrecken erholt hatten, sagte Hotte ganz von oben herab: Sie irren. Ich bin Horation Bellarmin, der Geistheiler und Erfinder der Wissenschaft von der Psychonomie. Sagt der Faller, der Künstlername interessiert ihn nicht. Er solle verschwinden, weil er, Faller, Anspruch auf die Kapelle habe.

Anspruch, sagte Hotte. Dass ich nicht lache. Sind Sie der Bischof? Der Bischof habe hier nichts mehr zu sagen, meinte Faller dazu. Der habe den alten Schuppen aufgegeben. Aber seine Vorfahren hätten die Kapelle gebaut und er sei der Erbe von diesem inzwischen herrenlosen Gut.

Da mischte sich die Markus ein. Das Landesamt für Denkmalspflege verfüge über das Gebäude und werde es sanieren lassen. Was sie selber angehe, habe sie hier so viel Unsinn erlebt und gesehen, dass es ihr völlig reiche Und dann ging sie nach einem langen, kritischen Blick auf Hotte.

Faller blieb am Ball. Wann wir die Kapelle verließen, wollte er wieder wissen. Hotte sagte: Nie. Faller drohte, er werde uns dazu zwingen. Hotte .wie immer eiskalt: Da bin ich aber gespannt. Sie wissen nicht, wer ich bin, sagte Faller. Doch, das weiß ich, warf ihm Hotte hin. Die Nummer eins im Ort und das in jeder Beziehung. Weiter, was wollen Sie unternehmen?

Das komische Wasser, sagte Faller, habe ich noch daheim stehen. Wenn Sie nicht freiwillig gehen, lasse ich es vom Gesundheitsamt untersuchen. Was sagen Sie nun? Es soll mir recht sein. Dann bekomme ich noch das staatliche Gütesiegel. Damit kann ich werben. Eine gute Idee.

Faller verschlug es einen Moment die Sprache. Ihre Frechheit, Brettschneider, hat ja etwas Imponierendes, aber mir reicht's jetzt. Ich komme wieder. Verlassen Sie sich darauf. Und er rauschte ab. Jetzt erst recht! rief Hotte ihm nach.

5.

Wenn ich nur geahnt hätte, welche Folgen die verdammte Geschichte über den Scharlatan, den Schwindler Bellarmin für mich haben sollte, - ich hätte die Finger davongelassen. So habe ich eine bequeme Geliebte verloren, eine leicht zu befriedigende, vernachlässigte Frau, die mich noch dazu mit allem Möglichen und Schönen ausgestattet hat: Anzug, Hemden, Krawatten, goldene Manschettenknöpfe und so weiter. Und was mich noch am meisten ärgert: Ich bin auch noch vor der Stadt, vor den Lesern blamiert durch den Faller, diesen Idioten.

Ich hatte also Rita zur Rochus-Kapelle begleitet. Natürlich neugierig von Beruf. Hörte sich ja ganz interessant an, was der Pfarrer Thalmeyer ihr da erzählt hatte. Konnte vielleicht ein Thema für eine gute Geschichte werden.

Rita fragte zunächst nur nach dem Wasser, aber der Bellarmin begann gleich mit seinem Schwindel, mit seiner angeblichen neuen Wissenschaft. Das Wasser sei da nur ein Hilfsmittel, eine Art Transmissionsriemen. Das Mädchen aus Bellarmins Begleitung brachte inzwischen eine Kanne Wasser und die Zeremonie begann. Ich fragte ihn noch, woher er wisse, dass die Quelle heilkräftig sei. Intuition, sagte er, und Erfahrung. Pfarrer Thalmeyer werde es mir bestätigen können. Ich hatte da schon meine Zweifel, fragte aber doch nach der Wissenschaft, die er erfunden haben wolle. Und dann legte er richtig los. Schreiben Sie, junger Mann, Horatio Bellarmin, der Geistheiler, Bellarmin wie der Kardinal, das Haupt der Gegenreformation, mit zwei l. Die Glaubwürdigkeit einer Zeitung beginnt beim richtig geschriebenen Namen. Bellarmin also, der Geistheiler, bietet in der altehrwürdigen Rochus-Kapelle Heilungsversuche mit der von ihm entwickelten neuen wissenschaftlichen Methode der Psychonomie an. Sie beruht auf dem von mir gefundenen Prinzip, dass jede Seele einen Namen hat mit dem man sie rufen kann. Sie werden das erleben. Was einen Namen hat, was man rufen kann, das kann man auch beeinflussen, beherrschen, verändern, heilen. Schreiben Sie sich biete die Heilung kranker Seelen an. Die meisten Menschen wissen gar nicht, wie ihre Seelen leiden, wir krank sie sind. Wenn Menschen mit Depressionen, mit ständiger Trauer, Verzweiflung, Schlaflosigkeit ihre Seelenkrankheit erkannt haben und zu mir finden, dann wird von dieser Kapelle aus ein Segensstrom in die Welt gehen. Sie werden erleben, Herr Bilz, wie ich Seelen bei ihrem Namen rufe und herzitiere, wie ich heilenden Einfluss auf sie nehme.

So redete der Schwindler. Und dann wandte er sich Rita zu. Ich weiß nicht, begann er, ob Sie nicht nur die Neugier hergelockt hat. Aber ich sage Ihnen: Sie brauchen mich! Meinen Protestversuch wischte er mit einer unwirschen Handbewegung weg. Ich beginne die Behandlung, sagte er, und ging beobachtend um sie herum, die er zuvor auf einen wackligen Stuhl gesetzt hatte. Er forderte sie auf, nichts zu denken, ganz locker zu sein. Mir riet er frech, ganz genau aufzupassen, damit ich das Richtige, das Treffende schreiben könne. Und dann beging der Kerl die unwahrscheinliche Gemeinheit, Rita durch die Blume zu erklären, dass er die Geschichte von uns Beiden erkannt hatte. Er nannte ihre Seele "Ginko", sprach von dem Geteiltsein, von zwei in eins, zitierte Goethe, der halbgebildete, billige Kopf, sah in ihr ein Abgelebtes und ein Begehrtes, redete sogar von Schuld. Dann fing er an, ihre Schläfen mit dem Quellwasser zu massieren und rief den Namen "Ginko". Ich dachte, jetzt schnappt er über, aber da meldete sich hinter dem Vorhang eine Frauenstimme und flüsterte - wie soll ich sagen - geil, hingegeben, sehnsüchtig, verlangend, flüsterte diese Stimme "Jaaah". Das ist doch nicht zu fassen, sagte ich und ging rasch zu dem Vorhang in der Apsis, schaute hinein - und sah dieses Paar, diese Begleiter des Schwindlers, in innigster Umarmung. Ich entschuldigte mich quasi automatisch und ging zu Rita und Bellarmin zurück. Alles fauler Zauber, sagte ich in den beschwörenden Redefluss Bellarmins hinein. Der hatte es gerade wieder mit dem Rufen der Seele und mit der Psychonomie. Sie habe doch gehört, dass ihre Seele antworte. Schluss mit dem Schwindel, sagte ich. Lass uns gehen.

Da wurden wir doch noch aufgehalten, denn zwei Frauen und Herrn Fallers Fahrer, dieser widerliche Typ namens Vierheilig, kamen, um von dem angeblich so heilkräftigen Wasser zu kaufen. Es war Rita gar nicht recht, dass der Kerl sie dort sah. Der sagte, der Chef habe ihn nach dem Wasser geschickt. Das solle doch so gesund sein.

Als die Drei mit dem Wasser wieder abzogen, war Bellarmin merkwürdigerweise sehr verwirrt. Er könne jetzt die Behandlung nicht fortsetzen, sagte er, aber Rita solle wiederkommen. Ohne mich, sagte ich. Dann noch einmal zu Ihnen, Herr Bilz, wandte sich Bellarmin an mich. Damit Sie die richtige Auffassung haben, die richtigen Worte finden. Das lassen Sie nur meine Sorge sein, fuhr ich ihm in sein dreistes, arrogantes Reden. Er ließ sich nicht abbringen. Noch einmal zu den Grundtatsachen der Psychonomie. Die Idee kam mir blitzartig. Nicht nur Menschen haben Namen. Auch Tiere. Dinge, Sterne. Man nennt sie, um sie unterscheiden zu können. Warum heißen Sie Bilz, das Reh Reh, der Sirius Sirius? Sehen Sie, das ist alles offen. Da kam mir die Idee, dass auch die Seelen der Menschen Namen haben. Man kann sie rufen, herbeirufen. Sie sehen, Herr Bilz, ich habe eine Nische der Wissenschaft entdeckt. Und dann wurde er plötzlich noch grundsätzlich. Die abgestumpfte Gesellschaft, rief er geradezu enthusiastisch, die spirituell am Hungertuch nagt und verdurstet, sie braucht meinen psychonomischen Beistand, meinen Heilplan. Die Ansprache, das Herbeirufen, die Aktivierung der Seelen wird sie herausführen aus Angst und Verzweiflung.

Und das glauben Sie, fragte ich.

Er wurde geradezu böse. Was denken Sie von mir, fragte er im sprich-wörtlichen Brustton der Überzeugung. Ich habe Erfolge. Ich hatte schon immer Erfolge als Heiler. Nun stehe ich vor dem großen Durchbruch, dem wissenschaftlich fundierten Durchbruch der Psychonomie.

Die Erfolge möchte ich sehen, sagte ich ironisch. Sie werden sie sehen bei Frau Faller zum Beispiel. Sie wird aufleben, die Bedrückung ihrer Seele wird von ihr abfallen, Sie wird wieder ein fröhlicher Mensch. Sie werden es erleben. Darauf bin ich gespannt, sagte ich lachend. Aber im Vertrauen: Ich glaube Ihnen kein Wort! Wissenschaft, dass ich nicht la-che Ich werde mir sehr genau überlegen, was ich schreibe.

Spüren Sie, Herr Bilz, wenigstens das Fluidum dieses Sakralraumes, machte Bellarmin einen neuen Versuch. Wie hier alles strebt, nach oben strebt. Spüren Sie das geheimnisvolle Halbdunkel?

Das ist es, was auch die Seelen öffnet.

Und die Stimmen hinter dem Vorhang, sagte ich lachend. Komm, for-derte ich Rita auf, lass uns gehen. Ich weiß genug. Rita gab Bellarmin verstohlen einen Geldschein und verabschiedete sich mit großen und dankbaren Worten.

Und dann schrieb ich die Geschichte, die mir so viel Ärger eingetragen hatte.

"Fauler Zauber in der Rochus-Kapelle"

In der ehrwürdigen ehemaligen Rochus-Kapelle, auf die bekanntlich die Familie Faller einen Erbanspruch erhebt, geschehen seit einigen Tagen merkwürdige Dinge. Ein angeblicher Wunder- oder Geistheiler, der sich den Künstlernamen "Bellarmin" zugelegt hat, behandelt Moosbrucker Bürger mit einer Art von Hypnose, die er als seine wissenschaftliche Er-findung ausgibt. Er hat dafür den Kunstnamen "Psychonomie" erfun-den. Herr Bellarmin ist jedoch nicht in der Lage, den wissenschaftlichen Nachweis für die Wirksamkeit seiner angeblichen Erfindung anzutreten. Er macht den Leuten weis, dass ihre Seelen Namen hätten und dass man sie damit rufen, beherrschen, beeinflussen könne. Den Beweis bleibt er schuldig und über Erfolg oder Misserfolg dieser angeblichen Therapie ist nichts bekannt. Dennoch haben sich, wie zu erfahren war, Moosbrucker Bürger wegen Unruhezuständen oder seelischer Beeinträchtigung von Bellarmin behandeln lassen. Ohne jegliche Genehmigung und offensichtlich an der Aufmerksamkeit der Stadtverwaltung vorbei treibt Herr Bellarmin oder wie er sonst heißen mag, seinen faulen Zauber.

Dem Scharlatan stehen noch zwei zweifelhafte Subjekte in seiner Begleitung zur Seite. Sie spielen eine Art Echo und lassen die angeblich herbeizitierten Seelen antworten. Es wird abzuwarten sein, welche Verwirrung und welche sonstigen Schäden dieser Mann anrichtet. Von Hohn und Spott, die die Stadt treffen werden, ganz abgesehen."

6.

Ick hab et ja zu Hotten gleich gesagt: Der haut uns in die Pfanne. Wie ick mit Rosina zusammen den Artikel gelesen hab, da hab ick innerlich geschwankt. Mal war ick wütend auf den Kerl, mal hab ick mir eingestanden, dass er ja Recht hat. Et is ja wirklich Schwindel, wat der Hotte da treibt. Nur sagen kann man's ihm schlecht. Rosina stolperte über das Wort "Scharlatan" Da musste ick ja auch passen. Keine Ahnung, wat dat heißt. Hotte war, nachdem er uns die Zeitung hingeworfen hatte, in den Ort gegangen. Er wollte sich über Fallern erkundigen. Ick hielt die Gelegenheit für günstig, abzuhauen. Mit Rosina natürlich. Sie war auch bereit zu verduften, denn schließlich, wat taten wir denn hier? Wasser abfüllen und verkaufen, Hottes Quatsch zuhören und sonst nischt. Dat is ja auch kein Leben, Dabei muss ich zugeben, das Geschäft lief ganz gut. In den zwee Tagen kamen sechs Leute zur Behandlung, pro Nase 50 Emmchen, und etwa ein Dutzend Leute holten Wasser. Dat könnte so weiter gehen, wird et aber nich'. Nach dem Artikel nimmt doch kein Hund mehr ein Stück Brot von uns. Wir sind geliefert, wenn die Bullen kommen. Die nehmen uns gleich hopp, wenn sie rauskriegen, wer wir sind.

Nee, Abhauen ist dat einzig Senkrechte. Als wir Klamotten und Krempel zusammengepackt hatten, stürmten der Pfarrer und die Frau Faller in die Kapelle. Sie schrie gleich, dass sie total unschuldig sei an dem Artikel und auch der Pfarrer sagte sehr vornehm, er sei empört. Dann merkten sie erst, dass Hotte gar nicht da war. Wir erklärten, er sei in den Ort gegangen, was der Pfarrer sehr mutig fand. Ich schüttelte den Kopf dazu und meinte, da kenne ihn doch kein Mensch.

Die Beiden überlegten sich, wie man da gegensteuern könne. Ein Widerruf, meinte der Pfarrer, sei wohl nicht zu bekommen, aber vielleicht könnten Leserbriefe zur Verteidigung beitragen. Frau Faller versprach, gleich heute damit anzufangen und auch andere Leute dafür zu gewinnen. Und dann legte sie noch einmal mit voller sozusagen vollbusiger Überzeugung den Meister zu loben. Einem solchen Mann, einem solchen wunderbaren Mann, einem so begnadeten, erfolgreichen Heiler, einem Mann von solcher Autorität und Ausstrahlung müsse einfach geholfen werden. Und sie wurde richtig poetisch. Die hässlichen Flecken, die Bilz auf sein Bild gesprenkelt habe, müsse man wegwischen.

Dat hörte die Markus, die in dem Moment hereingeschneit kam. Ick weeß gar nicht, wat die überhaupt noch hier wollte. Aber sie mischte sich gleich richtig ein. Der Journalist habe doch die Wahrheit geschrieben über diesen Schwindler. Der Fallern verschlug's die Sprache. Sie schnappte nach Luft wie'n Fisch auf dem Trockenen.

Wat sie denn überhaupt...wollte sie fragen, aber die Markus stellte sich selbst vor und sagte auch, sie sei das Versuchskaninchen für den Unsinn mit der Psychonomie gewesen. Da kannte sie die Fallern schlecht. Die schnauzte sofort zurück: Sie sei wohl enttäuscht und verbittert. Dafür gebe es sicherlich eine Erklärung.

Die Markus ging darauf überhaupt nicht ein, sondern fragte, wo Hotte sei. Sie sagte sogar sehr ironisch "der Meister". Wir erzählten ihr, Hotte sei in den Ort gegangen, die Leute nach Faller fragen.

Nach meinem Mann, wunderte sich die Fallern.

Sie sind Frau Fallier? Interessant, sagte die Markus sehr von oben herab. Sie sind eine begeisterte Anhängerin Bellarmins und der trägt, wie mir scheint, Material gegen Ihren Mann zusammen.

In der nächsten Minute hatte Hotte seinen großen Auftritt. Wie ein Held im Kino trat er ein, breitete seine Arme aus und rief: Meine Freunde!

Die Fallern fing gleich wieder an zu beschwören, sie sei an dem Artikel absolut unschuldig. Aber sie sei empört und im höchsten Grade verärgert über die Unterstellungen, die Theo - sie verbesserte sich - Herr Bilz, da veröffentlicht hat. Und der Herr Pfarrer Thalmeyer sei es auch.

Der Pfarrer bestätigte das. Er nannte sich sehr betrübt, zumal ihm doch von Hotte geholfen worden sei.

Hotte schaute uns alle ganz ruhig an und sagte ebenso ruhig: Ich versteh' euch nicht. Jetzt verstand ihn von uns allen keiner. Und Hotte musste erklären. Bilz habe über ihn und uns eine Geschichte geschrieben. Die sei zwar nicht sehr höflich ausgefallen, eher etwas altväterlich im Stil, aber er habe auf uns aufmerksam gemacht. Das sei besser als uns zu verschweigen. Frau Faller und der Pfarrer verstanden die Welt nicht mehr. Hotte erklärte weiter, es sei ihm wurscht, ob man begeistert oder kritisch über ihn schreibe. Hauptsache, man schreibt. Auch wenn's kritisch oder boshaft sei, interessiere das die Leute. "Ihr werdet sehen, niemand wird sich abschrecken lassen. Wer zu mir kommen will, der kommt."

Die Fallern machte ihn mit empörter Stimme auf das Wort aufmerksam, das wir nicht kapiert hatte. Aber Scharlatan, sagte sie. Das gehe doch entschieden zu weit. Jetzt zeigte Hotte seine Klasse, und ick muss sagen, ick bewunderte ihn in dem Moment. "Scharlatan", sagte er verächtlich. "Na schön, ein trockener unempfindlicher Kopf wie der des Herrn Bilz mag das so nennen. Bitte sehr. Was kümmert es den Mond, wenn ihn der Mops anbellt? Die meisten Leute wissen gar nicht, was das ist. Sie lesen vielleicht ein neues Wort für einen Wunderheiler darin. Ein Spezialist. Scharlatan, rief er mit großem Schwung seiner Arme, das ist so etwas wie ein Ritterkreuz für einen Heiler.

Wir standen alle da, wie vom Donner gerührt. Nur die Markus musste kritisieren und knurrte etwas von einem Gemüt wie ein Fleischerhund. Die Fallern dagegen bewunderte seine Ruhe, seinen Optimismus, ja seinen Humor. Die Markus fragte die Fallern, was ihm wohl sonst übrigbliebe, was ihr den Faller'schen Vorwurf einbrachte, kaltschnäuzig zu sein.

231

"Ich habe nur meinen Verstand nicht am Portal deponiert", gab die Markus zurück. Und Hotte beruhigt die Fallern mit einer richtigen Chuzpe. Die Markus, er nannte sie sogar Renate, sei nur gekränkt, weil sie beide mehr von einander erwartet hätten. Das beleidigte Gesicht von der Markus war sehenswert. Noch ehe sie sich zur Wehr setzen konnte, forderte Hotte die Fallern auf, die Behandlung fortzusetzen. Er sei jetzt aufgeladen und voller Kraft.

Die Fallern wollte noch wissen, was Hotte im Ort über ihren Mann erfahren habe. "Nur das Beste", wich der aus und bat sie, sich zu setzen, damit er beginnen könne. Rosina brachte schon das Wasser und Hotte nahm sein Tigertapsen, immer im Kreis um die Fallern rum, wieder auf. Ihre Seele, ihre schöne Seele ist, wie schon erwähnt, zweigeteilt wie ein Ginkoblatt und deshalb habe er ihr den Namen Ginko gegeben, wie sie sich wohl erinnere.

Er rief die Seele bei ihrem Namen und Rosina flüsterte: Ja, ja, ja. Hotte schüttelte unwillig den Kopf, aber die Faller fand es schön. Es klinge wie ein Echo. "Meine Seele sagt ja", rief sie richtig begeistert. Wir haben sie gerufen, bestätigte Hotte und die Markus sagte leise zum Pfarrer: Unmöglich!

Hotte rieb die Schläfen der Fallern mit dem Wasser ein und ließ sie einen kleinen Schluck trinken. So habe er bei ihm auch angefangen, sagte der Pfarrer zur Markus, die nur nickte. Und er habe ihm geholfen damit, fügte der Pfarrer noch hinzu. Das, meinte die Markus, könne auch ein Zufall gewesen sein. Hotte bat um Ruhe. Keine störenden Gespräche. Es gehe um Harmonie, um die Harmonie, die in einer schönen Seele wohnt. Sie müsse nur wollen, dann könne man sie auch finden. Und die Fallern sagte: Ja, ich will.

Hotte wurde jetzt richtig beschwörend: Er redete vom Auseinanderstreben der Ginko-Seele, von Verstand und Verlangen, das man in Eins bringen müsse, zusammenfügen in Harmonie. Mit Ruhe und Gelassenheit und dem heilenden Wasser der Rochusquelle werde er sie soweit bringen. Sie solle sich den Ginkobaum in ihrem Garten vorstellen und sich in den hinein denken. Ob sie sich das vorstellen könne. Mit Mühe, sagte die Fallern. Er gab ihr noch einen Schluck Wasser und massierte intensiv und lange ihre Schläfen, Und dann meinte er, sie fühle sich jetzt in ihrer Seele wieder zu Hause. Sie solle sich auch unter seinen Händen wohl fühlen und in der schönen Provinz ihrer Fantasie. Und die Fallern sagte tatsächlich, sie fühle sich wohl und spüre deutlich, dass ihre Seele wieder zurück gefunden habe zu Ruhe und Harmonie und zu innerer Gelassenheit ohne Erregung.

Hotte nannte diesen Zustand ihrer Seele die harmonische Balance, und die Fallern sagte nach einigem Nachdenken, sie sei erleichtert, nicht mehr zerrissen. Alles erscheine ihr klar und sie sei wieder auf dem Weg zu sich selbst.

Hotte war begeistert und auch der Pfarrer sprach von einem beglücken-den Erlebnis. Nur die Markus blieb skeptisch. Vermutlich sei das alles nur eine Einbildung. Die Fallern dankte Hotte mit einer richtig jubeln-den Stimme. Fehlte nur noch, dass sie ihm um den Hals gefallen wäre. Jetzt könne kommen, wer wolle, sagte sie noch. Und dann kam Bilz wie aufs Stichwort. Da bin ich schon, sagte er.

Die Fallern aber wollte nichts mehr von ihm wissen. Was wollen Sie denn noch hier, fragte sie und Bilz wunderte sich sehr über das "Sie". Die Fallern erklärte, sie seien geschiedene Leute. Und ihrer Seele habe jetzt den richtigen Weg gefunden. Mit einem hässlichen, breiten Grinsen fragte Bilz "Etwa zu ihm? " Und deutete auf Hotte. Die Fallern fand diese Frage sehr dumm, und ich fragte Hotte, ob ich das Bürschchen, diese halbe Portion am Schlafittchen packen und rauswerfen solle.

Hotte war wieder einmal Meister der Situation. Er wehrte mein Angebot ab. Herr Bilz, sagte er, habe seine journalistische Pflicht getan, wie er meine. Er, Bellarmin, stehe hoch darüber "Wer heilt, hat Recht, Herr Bilz", sagte er fast triumphierend. Hier seien zwei seiner geheilten Pati-enten und erst gestern hätten sechs oder acht Bürger von Moosbruck beglückt und zufrieden die Rochus-Kapelle verlassen. Diese Leute wer-den über die wahren Erfolge seiner Wissenschaft berichten, wenn sein Artikel längst vergessen sei. Bravo, rief die Fallern und fragte Bilz, was er hier überhaupt noch wolle.

Er kündige eine Art von Prozession an, sagte der. Über ein Dutzend Leute mit Flaschen seien zur Kapelle unterwegs. Die Markus fragte, ob das eine Art von Volksaufstand sei nach dem Artikel, aber Bilz hielt es für einen Andrang der Kunden. Das ist der Erfolg Ihres Artikels, Herr Bilz, sagte Hotte lachend. Da kamen zwei neue Gäste in die Kapelle: Herr Alois Faller und dieser widerliche Typ namens Vierheilig.

7.

Ich lasse mir doch von diesem hergelaufenen Knastbruder, diesem Schwindler, nicht auf der Nase herumtanzen. Wer bin ich denn? Als Unternehmer, als Angehöriger einer der alteingesessenen Familien des Ortes, als bedeutender Steuerzahler. Ich werd's ihm schon zeigen. Man sagt, ich sei ein unbequemer Mann. Das kann er jetzt erleben. Ich bin ja froh, dass Vierheilig ihn erkannt hat und von seinen Strafen wusste. Er ist zwar auch kein unbeschriebenes Blatt, aber meine soziale Ader, nicht wahr, einen Vorbestraften wieder ins normale Leben zurückzuführen, kann ja auch überraschende Nebenwirkungen haben. Ich fuhr also mit Vierheilig wieder zur Kapelle, um diesen Brettschneider alias Bellarmin endgültig rauszuschmeißen. Unterwegs überholten wir einen ganzen Pulk von Leuten, die mit Kannen und Flaschen zur Kapelle marschierten. Das wunderte mich doch nach dem Artikel in der Zeitung. Lesen die Leute denn nichts, fragte ich Vierheilig und der meinte, die seien bloß neugierig auf das, was da geboten wird.

In der Kapelle das gleiche Bild. Die drei Ganoven-Typen, dazu wie erwartet meine Frau und der unvermeidliche Bilz, ihr Freund. Obwohl auch das mich wunderte, denn der hatte doch den im Grunde vernichtenden Artikel über Bellarmin geschrieben. Der Pfarrer war auch da, aber der hatte ja Reklame für Brettschneider gemacht. Dazu noch eine junge Frau, wie sich herausstellte vom Landesamt für Denkmalpflege.

Ich ging gleich aufs Ganze und fragte Brettschneider, wann er endlich verschwinde. Überhaupt nicht, sagte der und er werde in jedem Fall bleiben. Ich machte meine Besitzansprüche geltend. Aber da protestierte der Pfarrer ebenso wie die Denkmalschützerin. Der Pfarrer sagte, die Kirche habe zwar auf die sakrale Nutzung, nicht aber auf ihr Eigentum verzichtet. Und das Landesamt, sagte die Dame sehr ruhig und bestimmt, werde die Kapelle sanieren und der Öffentlichkeit wieder zugänglich machen. So drücken sich halt Bürokraten aus.

Ich versuchte, Oberwasser zu gewinnen und sagte sehr fest, das sei mir alles egal. Ich wollte die Kapelle haben und was ich wolle, das setze ich auch durch.

Brettschneider wurde plötzlich frech. Ich sollte mich nicht so sehr darauf verlassen, denn nicht alle Leute seien käuflich. Ich wollte ihm an den Kragen, aber der kleine andere Knastbruder ging dazwischen .Du hast jetzt Pause, sagte er zu mir. Ich hätte den Kerl zwar durch Sonne, Mond und alle Sterne prügeln können, holte aber nur tief Luft und sagte: Ich weiß ja, wer es sagt, ihr Knastbrüder. Rita, meine Frau nahm Brettschneider sofort in Schutz. Das dürfe ich nicht sagen. Herr Bellarmin sei ein begnadeter Mensch, ein Heiler von großer Begabung und wundervoller Wirkung. Ich nannte sie eine hysterische Ziege, was dem Herrn Pfarrer gar nicht gefiel. Und die junge Frau grinste dazu.

Und was tat Rita, meine Frau? Sie nahm mich in Schutz. Lassen Sie nur, Herr Pfarrer, sagte sie. Ich kenne ihn, er ist nun einmal so temperament-voll, so durchsetzungsfähig und er ist mein Mann und das bleibt er auch.

Ich war total perplex. So kannte ich sie schon lange nicht mehr. So sanft, so nachgiebig und verständnisvoll. Meist war sie in letzter Zeit hart, ab-weisend, interesselos, Ich muss sie wohl in meiner Überraschung sehr lange und verblüfft angeschaut haben.

Sie begann zu lachen und sagte als brave Schülerin Brettschneiders sie habe die Harmonie ihrer Seele wieder gefunden. Und nun wisse sie auch, wie ihr Leben weitergehen könne. Dabei lächelte sie mich an wie seit Jahren schon nicht mehr.

Ich bin von Natur aus misstrauisch und fragte deshalb, ob sie meine, das diesem Heckmeck hier zu verdanken. Die junge Frau rief lachend Bravo! Sie wandte sich dem Bilz zu und die Beiden tuschelten intensiv mitei-nander.

Jetzt unternahm Brettschneider alias Bellarmin einen Versuch, mich zu beeinflussen. Ich dürfe natürlich Heckmeck sagen, solange ich die Wissenschaft von der Psychonomie noch nicht von Grund auf kenne. Er habe mich durchschaut und ich sei ein bedauernswerter Mensch. Das hat mein ganzes Leben lang noch nie jemand zu mir gesagt. Und dieser Schwindler wagt es. Als ich ihn aufforderte, das zu wiederholen, sagte er sogar noch, er habe Mitleid mit mir. Vierheilig, fragte ich, was sagst du dazu? Ach, meinte der, der hat schon immer gesponnen. Jetzt wolle der kleine Ganove dem Vierheilig an den Kragen, aber Brettschneider warnte ihn. Halt' dich zurück, sagte er. Das ist ein gefährlicher Typ. Raubüberfall, gefährliche Körperverletzung und so weiter. Fünf Jahre Knast. Ich schnauzte ihn an, er solle damit Schluss machen. Der Kleine und das Weib zogen sich in den Hintergrund zurück und verschwanden hinter einem Vorhang.

Der Schwindler ließ sich von mir nicht beeindrucken. Das ist mir ja auch noch nicht passiert. Ich bin gewohnt, dass man mir gehorcht. Rita, Vierheilig und meine sämtlichen Fahrer und Lagerarbeiter hören auf mein Kommando. Aber dieser Kerl lässt sich von mir nicht den Mund verbieten sondern setzt noch einen drauf. Er kenne den Namen meiner Seele, sagt er. Ich hörte noch, wie die Denkmalschützerin zu Bilz sagt: Er schreckt vor nichts zurück und der antwortet: Keine Bremse.

Dann habe ich mich zu meiner vollen Länge von über einem Meter achtzig aufgereckt, die Fäuste in die Hüften gestemmt und den Kerl angebrüllt, dass die Scheiben der Kapelle klirrten. Was bildest du dir ein, du Laus, du Wanze, du Ratte. Meinst du, du kannst mich für blöd verkaufen, mich mit deinem dummen Geschwätz auf den Arm nehmen? Ich werde mit dir Schlitten fahren, ich werde dich mit dem Daumennagel knacken. Noch heute haust du hier ab mit deiner Mischpoke. Eine Stunde gebe ich dir, und wenn du dann nicht die Fliege gemacht hast, hole ich meine Arbeiter und die werden dich hier raus prügeln, dass du in keinen Sack mehr passt. Ich holte zuerst mal Luft.

Rita hatte sich mit schreckgeweiteten Augen zum Pfarrer geflüchtet, der beschwichtigend die Hände hob. Vierheilig stand grinsend neben mir, die junge Frau suchte an Bilz Brust Schutz und die beiden Ganoven glotzten aus dem Vorhang. Einzig Brettschneider blieb völlig unbeeindruckt. Nichts in seinem Gesicht regte sich.

In die Pause, die ich machte, um Luft zu schnappen, sagte er ein einiges Wort: Geier!

Rita schrie auf und Brettschneider fantasierte weiter. Geier heisst deine Seele, Faller. Hörst du mich, Geier? Geier? Der Typ hinter dem Vorhang sagte halblaut: Ja! Bilz und die Denkmalschützerin lachten laut und prustend. Ich fragte Brettschneider mit der alten Lautstärke, was das solle. Sie haben es schon erfasst, Herr Faller, sagte Brettschneider, zu besseren Umgangsformen zurückkehrend. Geier ist der Name Ihrer Seele. Er ist auch das Wesen Ihrer Seele. Rita flüsterte ein zustimmendes Ja.

Geier, schrie ich, Geier? So ein Quatsch!

Brettschneider begann, um mich herumzugehen. Manchmal stieß er mit ausgestrecktem Arm auf mich zu. Ruckartig sprach er auch. Sie schwebt, sagte er. Sie kreist über Ihnen, über allen, mit denen Sie zu tun haben, Sie zieht ihre bedrohlichen Kreise. Sie kann nicht anders, sie späht nach Beute, sie schlägt zu, duldet keinen neben sich, über sich. Nur alles unter sich treten. Herrschen, Würgen, Fressen. Er war auch immer lauter geworden und machte eine erwartungsvolle Pause. Aber ich sagte nichts. Nur die junge Frau sagte mit widerwilliger Anerkennung: Wie er das macht! Und Bilz sagte sehr verächtlich: Scharlatan.

Brettschneider fing mit seinem Sermon von neuem an, aber er wechselte den Tonfall. Ganz sanft und leise kam er daher. Diese arme Seele. Sie tun mir leid, Faller, Sie und Ihre arme Geier-Seele. Unvermittelt fragte er, ob ich gut schliefe oder nur mit Tabletten und im Rausch. Ich glaube, ich habe dazu genickt, weil er Recht hatte und Rita stöhnte; Wie wahr!

Jetzt, wo sich Brettschneider auf dem richtigen Weg wähnte, verlegte er sich auf einen priesterlichen Tonfall, und den kann ich nun gar nicht ausstehen. Er meinte, meine kranke Seele quäle sich mit ihrer Schuld. Da bin ich dann noch einmal explodiert. Quatsch, schrie ich, riesengroßer Quatsch und Unsinn. Ich quäle mich nicht und meine verdammte Seele quält sich erst recht nicht.

Weil ich schon wieder schrie, sah sich Brettschneider wohl auf der Siegerstraße. Was Sie verleugnen, das geben Sie zu, sagte er. Ich habe Recht und nur ich. Und das wissen Sie. Er befahl mir, mich zu setzen und von dem Wasser zu trinken. Und ich tat es! Er befahl mir geradezu, mich zu entspannen und wartete einige Sekunden, ehe er begann meine Schläfen zu massieren. Während dessen hörte ich wie die beiden jungen Leute leise redeten. Er schafft es, sagte Bilz und die Denkmalschützerin setzte etwas bissig hinzu: Selbst Schwindler haben ein Charisma. Und nun setze Brettschneider alias Bellarmin zu seiner Seelenmassage an. Sie wissen, Herr Faller, sagte er, dass Sie gegen den Strich leben. Manchmal träumen Sie, ein guter Mensch zu sein. Aber Ihre schlechte Seele, Ihre böse Seele, dieser Geier, lässt es nicht zu. Sie müssen so leben, wie Sie sind; Egoistisch, rücksichtslos, alles unterdrücken, unter sich treten, niedertrampeln. Nur Geld, Nur Erfolg.

Rita fragte völlig überrascht, um nicht zu sagen überrumpelt, woher er das alles wisse, und die junge Frau rief so bissig wie vorher dazwischen, das höre man im Ort. Brettschneider verlangte absolute Ruhe. Er drang wieder in mich. Ich könne meine Seele rufen. Ich könne ihr befehlen, einen anderen Weg zu gehen. Einen freundlichen, einen lachenden, der auf die Menschen zugeht und nicht über sie hinweg. Ich müsste es wollen. Ihm sollte ich meine Seele und ihr Heil anvertrauen. Ihm und seiner psychonomischen Behandlung. Ich sollte meine Seele in seine heilenden Hände legen. Und ich würde ein anderer Mensch mit einer guten, gesunden Seele. Und er fragte frech, ob ich das wolle.

Für den Augenblick reichte es mir und ich sagte etwas müde: Mensch, Brettschneider, was reden Sie da für einen Unsinn. Rita fand das alles natürlich genial. Woher er das wisse, wie er mich kenne. Vierheilig sagte noch ziemlich verärgert, das sei alles Quatsch und ich stimmte ihm zu. Es sei kompletter Unsinn, aber ich muss zugeben, dass ich unsicher geworden war.

Erkennen Sie sich selbst, die Krankheit Ihrer Seele und Sie werden Ihr Leben ändern, sagte Brettschneider mit einer geradezu beschwörenden Stimme.

Bilz blieb bei seiner Kritik und sagte ziemlich laut, fast unverschämt laut, das sei alles humanistische Halbbildung mit gefährlichen Risiken und Nebenwirkungen, und die junge Frau neben ihm bestätigte: Das genau ist es!

In der Kapelle entstand eine lange Pause, in der sich mein nachdenkliches Schweigen ausbreitete. Ich bin verwirrt, sagte ich schließlich.

Das ist der Anfang, jubelte Brettschneider. Das war dem Pfarrer alles zu viel. Bei aller Wertschätzung Bellarmins könne er nicht länger schweigen. Als Seelsorger müsse er nunmehr warnend eingreifen. Als Seelsorger, fragte Brettschneider. Und mit ungeheurer Arroganz setzte er hinzu, dass er mit seiner Wissenschaft sich als Seelsorger sehe, als Seelenheiler. Der Pfarrer warnte ihn davor, sich zu übernehmen. Eine Seele sei so zart, empfindlich, verletzbar. Sie mit einem Tier zu vergleichen, gehe ihm entschieden zu weit. Brettschneider möge seine Grenzen erkennen und beachten.

Grenzen? Brettschneider lachte nur höhnisch. Grenzen, jawohl, insistierte der Pfarrer. Sie mögen mit Ihren Worten und mit der Wirkung Ihrer Persönlichkeit zum Beispiel auf Frauen...

Hat er die? fragte Bilz die junge Frau. Fragen Sie nicht, wehrte die ab. Der Pfarrer bat um Ruhe und Bilz entschuldigte sich. Sie sollten diese Begabung, fuhr der Pfarrer in seiner Predigt fort, nicht missbrauchen, auch nicht gegenüber einem so hoch angesehenen Bürger dieser Stadt.

Darum also geht es Ihnen, Herr Pfarrer, sagte Brettschneider, jetzt ganz Herr der Situation. Mich interessiert nicht das öffentliche Ansehen einer Person. Ich sehe die Menschen an, ihre Seelen, und ich erkenne ihr Wesen, ihre Krankheiten, nenne ihre Namen und rufe sie herbei, heile sie, ja, heile sie. Ich bin der Seelsorger, der Seelenarzt, der Seelenheiler. Der Pfarrer gab sich noch nicht geschlagen. Eine Seele ist kein Raubvogel, kein Untier. Sie lästern den Schöpfer!

Nein, Herr Pfarrer, ich lästere nicht, ich helfe. Ich versuche, das wieder herzustellen, was durch Menschen Schuld und Leid beschädigt ist, wieder herzustellen, was der Schöpfer ursprünglich im Sinne hatte.

Jetzt wurde es dem Pfarrer zu viel. Das ist diabolisch, rief er. Hier kann ich nicht bleiben. Ich verlasse Sie in tiefen Sorgen, Herr Bellarmin. Gott befohlen. Und er machte einen starken Abgang.

Vierheilig forderte mich auf, auch zu gehen. Brettschneider habe einen solchen Unsinn schon immer gemacht. Im Knast habe er Tischrücken gemacht und die Stimmen von Toten herbeigerufen. Und jetzt macht er diesen Seelenbrei. Das hält ja keine alte Sau aus!

Jetzt wurde die Tür vorsichtig geöffnet, ein Mann schaute herein und fragte, ob es hier das Wunderwasser gebe. Die Rochusquelle, sagte Brettschneider. Nur herein! Und dann kamen die bereits angekündigten etwa ein Dutzend Leute mit Kannen und Flaschen. Brettschneider rief seine Helfer und die begannen das Wasser zu verkaufen. Bilz wunderte sich und fragte, ob denn niemand die Zeitung gelesen habe. Machen Sie sich nichts daraus, tröstete ihn die Denkmalschützerin. Die Dummen sterben nicht aus. Brettschneider ergriff sofort die Gelegenheit beim Schopf: Manchmal hat das schlichte, unverbildete Volk die bessere Witterung, das bessere Verständnis und Empfinden als die Intellektuellen. Sie sehen, Herr Faller, das Heilwasser findet Freunde.

Rita meinte dazu, das wundere sie gar nicht und ich musste wenn auch widerwillig zugeben, es auch schon versucht zu haben. Und nun trieben die Dinge ihrem Höhepunkt zu, an dem ich auch nicht ganz unschuldig war. Ein sehr korrekt gekleideter Herr trat ein, grüßte alle und fragte nach Herrn Bellarmin. Der gab sich zu erkennen. Darauf erklärte der Herr, er komme vom Gesundheitsamt. Ich hätte dem Amt eine Probe des Wassers von dieser angeblichen Wunderquelle zur Untersuchung gegeben, was ja auch stimmte. Brettschneider war sichtlich überrascht und wollte das Ergebnis wissen, wobei er auf die amtliche Bestätigung hoffte. Der Beamte zog ein Blatt Papier aus der Tasche und teilte höchst amtlich mit, dass das Wasser derartig mit Bakterien und anderen Beimengungen verseucht sei, dass der Genuss im höchsten Grade gesundheitsgefährdend sei.

Das ist unmöglich, protestierte Brettschneider.

Die Untersuchungen seien eindeutig, wiederholte der Beamte und untersagte Brettschneider den Verkauf und die weitere Verwendung mit sofortiger Wirkung. Stellen Sie den Verkauf ein. Sofort, sagte er mit Nachdruck.

Der kleine Ganove stellte sich dazwischen. Kommt ja gar nicht in Frage. Warum meinen Sie, sind die Leute hier alle gekommen? Ich musste mich jetzt ja doch einschalten und beteuerte Brettschneider gegenüber, dass ich das nicht gewollt hätte.

Inzwischen hetzte der kleine Ganove die Leute gegen den Beamten auf. Lasst Euch das nicht gefallen, rief er. Und er hatte Erfolg. Die Leute umringten den Beamten, bedrohten ihn und wollten ihn aus der Kapelle drängen. Rita, Bilz, die junge Frau, sogar Vierheilig und schließlich auch ich selbst schützten den Beamten.

Es gab einen richtig lauten, wilden Tumult. Ich versuchte, meine Autorität einzusetzen und rief, der Mann tue nur seine Pflicht. Dieser bat mich auch ausdrücklich um Schutz, denn ich hätte schließlich die Untersuchung veranlasst. Bilz versuchte eben falls, die Leute zu beruhigen. Die aber schrieen im Chor: Wir wollen Wasser, wir wollen Wasser, wir wollen Wasser.

Während ich mit der ganzen Wucht meines Körpers versuchte, die Leute zurückzudrängen, bemerkte ich etwas sehr Merkwürdiges: Der kleine Ganove und das Weib versuchten. hinter den wütenden Leuten, sich aus der Kapelle zu stehlen. Die wollen sich stillschweigend verdrücken, dachte ich und suchte Brettschneider, der ziemlich unschlüssig in der Gegend herumstand. Und dann...

Rita sagte später, mich habe der Teufel geritten. Ich aber sah für mich die Möglichkeit, mich zum öffentlichen Wohltäter zu stilisieren, zum Retter kranker Menschen, zum Ehrenbürger Moosbrucks sogar. Vielleicht war ja an der Psychonomie doch etwas dran. Rita war so anders geworden, ich selbst war sehr nachdenklich. Er hatte mir ja heftig ins Gewissen geredet, wenn das so eine Art von Selenmassage wäre, verbunden mit der Wasserkur und mit dem ganzen zauberischen Hokuspokus, an den manche Menschen ja glauben, dann konnte etwas daraus werden.

Vielleicht sogar ein Geschäft.

Ich schrie über den Tumult und den Sprechchor der Wasserkäufer hinweg: Leute, Mitbürger von Moosbruck, hört mich an. Mein Entschluss steht fest. Ich kaufe die Rochusquelle, lasse das Heilwasser entkeimen und verkaufe es so billig, dass es sich jeder leisten kann. Prima, danke, bravo, rief das Volk und es brach in einen Tumult des Dankens aus.

Und ich, Alois Faller, setzte noch einen Trumpf drauf: Als meinen Geschäftsführer bestelle ich hiermit Herrn Horatio Bellarmin. Der machte ganz auf Weltmann: Ich stehe zur Verfügung, sagte er und Rita rief voll Begeisterung: Dann bleibt er uns ja erhalten!

Ein hoch geachteter Ehrenbürger

Der alte Herr war eine stadtbekannte Erscheinung: Bemüht, aufrecht und gerade zu gehen, mit seinem vollen weißen Haar von fern an Gerhart Hauptmann oder gar Stefan George erinnernd, langsamen Schrittes, gestützt auf einen schwarzen Stock mit einem elfenbeinernen Löwenkopf. Wurde er gegrüßt, was häufig vorkam, pflegte er mit der halb erhobenen rechten Hand jovial zu winken. Vitus Weinmayr, der einzige Ehrenbürger der kleinen Stadt.

Der ehemalige Lehrer hatte schon früh angefangen zu schreiben. Naturgedichte, Kurzgeschichten, größere Novellen, ein paar Märchen und einen Heimatroman. Ein wohlwollendes Kultusministerium tat ihm die Ehre an, einige der Kurzgeschichten und Gedichte in die Lesebücher der Grundschulklasse aufzunehmen. Der Grund war einsichtig: Es handelte sich meist um Themen allgemeinen Inhalts, die Weinmayr in der vertrauten heimischen Umgebung angesiedelt hatte. Diese Auszeichnung schien dem Stadtrat Anlaß genug, Vitus Weinmayr die Ehrenbürgerwürde anzutragen. Er nahm hoch geehrt und dankbar an. Nach dem Festakt im Rathaussaal mit Reden und Dankesworten, der umrahmt war mit Musikstücken des Gymnasiums – Orchester, versammelten sich Stadträte, Lehrer und persönlich eingeladene Künstler der Stadt im Nebenzimmer der Kollerschen Brauerei – Gaststätte zum Essen. Man war fröhlich, fast ausgelassen. Weinmayr unterhielt die Gesellschaft mit Geschichten aus seiner Lehrerzeit. Als das Zusammensein sich spürbar dem Ende zuneigte, begann der Kellner zu kassieren, und er wandte sich zuerst an den Ehrengast. Weinmayr schaute verständnislos den Kellner an, blickte konsterniert und hilflos in der Gaststube herum, bis der neben ihm sitzende Bürgermeister Weckesser die Situation erkannte und sagte: Nein, nein, das übernehmen selbstverständlich wir. Was hatte Sie denn?

Ehrenbürger Weinmayr, der zu dem Zeitpunkt bereits im Ruhestand war, aber weitere Heimaterzählungen schrieb, lebte noch fast sechs Jahre. Nach seinem Tod nannte der Stadtrat eine etwas abseits am Stadtrand gelegene Straße nach ihm.

Etwa um diese Zeit trat der Studienassesssor Lothar Walz seinen Dienst am Gymnasium der Stadt an. Er unterrichtete Deutsch und Französisch und bot Italienisch als Wahlfach an, denn er hatte mehrere Jahre in Italien gelebt und studiert und eine Doktorarbeit über neapolitanische Erzähler des 17. Jahrhunderts geschrieben.

Es war unausweichlich, daß er eines Tages von Weinmayr, seinen Erzählungen, Gedichten und Märchen erfuhr. Er las sie und wurde nachdenklich. Zunächst hielt er seine Lesefrüchte für Zufälle. Aber hier und da und immer häufiger meldete sich sein Gedächtnis. Er suchte seine Doktorarbeit heraus und die Texte, die ihr zugrunde lagen – und erschrak. Weinmayr hatte seine Erzählungen nicht selbst erfunden, geschweige denn erlebt, sondern nacherzählt. Themen, Personen, ja ganze Textpassagen waren aus 300 Jahre alten italienischen Erzählungen und vor allen Märchen übernommen und nur in die heimische Umgebung eingepaßt worden.

Lothar Walz behielt sein Wissen zunächst für sich. Dann aber hielt er es für richtig, mit dem Bürgermeister darüber zu reden. Er ließ sich als bei Weckesser melden und las ihm einige Texte vor. Kommt Ihnen da etwas bekannt vor, Herr Bürgermeister, fragte er. Weckesser dachte nach er dachte lange nach und Walz übte sich in Geduld. Doch dann spiegelte das errötete Gesicht des Bürgermeisters Erkennen und Erschrecken wider.

Das klingt wie von Weinmayr, nicht wahr?

Walz bestätigte diese Erkenntnis und legte Stück für Stück die Quellen der Heimatgeschichten vor.

Der Bürgermeister erschrak jetzt erst richtig. Da haben wir also – um Himmels willen – einen Plagiator zum Ehrenbürger gemacht. Wenn das herauskommt! Wir, ich meine die Stadt, wir sind bis auf die Knochen blamiert. Lieber Herr Assessor, was können wir tun?

Das Korrekteste wäre wohl, die Ehrenbürgerschaft rückgängig zu machen, abzuerkennen. Das ist ja hier und da schon vorgekommen. Nach dem Krieg zum Beispiel.

Unmöglich! Das wäre ein – ein – Weckesser suchte nach Worten – ein Eingeständnis unseres Versagens, mehr noch, unserer Unfähigkeit. Nein, ganz und gar unmöglich. Er machte eine Pause. Aber was tun?

Walz hob fragen die Schultern.

Es gibt nur eins, sagte Weckesser: Totschweigen. Wir wissen nichts, Sie wissen nichts. Wer außer Ihnen kennt schon die alten Italiener? Wie vieles in der Welt, wie viel Schlimmeres in der Politik, in der Wirtschaft, wird verschwiegen, unter den Teppich gekehrt, weil das Aufdecken ein unverzeihlicher Fehler, ein nationales Unglück, eine Katastrophe wäre. Wir müssen genau so handeln, Herr Assessor, ganz genau so. Wir würden uns lächerlich machen, wenn der Fehler herauskäme. Und Lächerlichkeit tötet. Wir könnten uns nirgendwo mehr sehen lassen. Lieber Herr Walz, tun Sie mir und dieser Stadt den großen, den einzigen Gefallen und vergessen Sie, was Sie wissen. Niemand hat einen Nachteil von Ihrem Schweigen. Nur wir beide wissen Bescheid und wir verschweigen es im Interesse der Stadt und ihres Ansehens. Erfüllen Sie mir die Bitte? Schauen Sie, nach Ihren Assessorjahren werden Sie die Stadt verlassen und es wird sich vielleicht an anderem Ort niemand mehr für Vitus Weinmayr interessieren. Und wir haben unsere Ruhe.

Lothar Walz, dem die Kleinstadtdiplomatie zu gefallen begann, stichelte lachend noch einmal: Aber was wäre, wenn ein anderer Literaturwissenschaftler die Geschichte auch herausfindet und ohne Sie zu fragen, an die große Glocke hängt?

Dann, sagte Bürgermeister Weckesser mit dem gleichen Verschwörer – Lachen, dann werden wir wahrheitsgemäß sagen, daß wir das natürlich gewußt haben, aber für unwichtig gehalten haben. Immerhin hat der Ehrenbürger Vitus Weinmayr seiner Heimat einen Dienst erwiesen.

Die Leute aus der Wilhelmstraße

Das Haus Wilhelmstraße 14, Ecke Cranachstraße, war in den ersten Jahren des 20. Jahrhunderts gebaut, an der hellgelben Fassade sprangen vom ersten Stock an Erker vor, an denen sich als Halbrelief Blumenmuster im Jugendstil empor rankten. Im Erdgeschoß hatte der Hausbesitzer Friedrich Marx sein Möbelgeschäft. Im ersten Stock links wohnte der Grundschullehrer Gustav Lemmer mir seiner Frau Antonie und vier Kindern, zwei Jungen und zwei Mädchen, im Alter zwischen 5 und 15 Jahren, im Haus „Lemmerherde" genannt. Sie tobten häufig lärmend durchs Haus, turnten auf dem kleinen Hof an der Teppichstange oder schossen mit dem Luftgewehr auf Spatzen und die Katze aus dem Nachbarhaus. Die Mädchen sprangen übers Seil oder spielten Hüpfkästchen. Herr Lemmer, ein Mann Ende 40, war ein strenger Herr mit pädagogischer Autorität. Er belehrte außer seinen Schulklassen auch Frau und Kinder. Sein Wort und Befehl galten in der Familie ohne Widerspruch. Verschlossen und mürrisch ging er seiner Wege und niemand hatte ihn je lachen gesehen. Frau Antonie war eine ruhige, freundliche Frau, die aufmerksame Mutter ihrer Kinder, die als stille Dulderin angesehen wurde und altmodische Kleider trug, die sie „zeitlos" nannte.

In ersten Stock rechts wohnte die Familie Mauel. Der Vater, ein Eisenbahn – Pensionär, saß den ganzen Tag im Sessel im Erker und schaute auf die Straße hinaus. Frau Mauel, stets in Kittelschürze, redete gern im Haus und galt als gute Köchin, was der Leibesumfang ihres Mannes bestätigte. Der Sohn Paul, 26jährig, war angehender Konzertpianist und erteilte Klavierunterricht. In seinem Zimmer, das an die Lemmer'sche Wohnung angrenzte, stand ein Flügel, auf dem er häufig übte. Er komponierte Klavier – Sonaten und vertonte die Gedichte expressionistischer Lyriker. Auch hatte er bereits drei Konzertabende gegeben, über die in der Lokalpresse zu lesen stand, daß er ein feinfühliger Interpret klassischer Klaviermusik von Beethoven bis Reger sei, ein aufstrebendes Talent, dssen Namen man sich merken müsse. Im Hause wohnten noch die Familien Brandt, Duckstein, Deibert und Clement, ruhige Leute, wenn man davon absah, daß Herr Clement gelegentlich singend vom Wirtshaus heimkam.

Eines Tages tauchte zur allgemeinen Überraschung eine junge Frau auf. Paul Mauel hatte stillschweigend geheiratet. Eva Mauel war eine dralle Blondine, stand auf stämmigen Beinen und hatte ausgeprägte Rundungen überall wo sie hingehören. Sie war auffallend geschminkt und ihr knallroter Mund hatte, wie sich Herr Lemmer ausdrückte, eine zweizollige Unterlippe. Die Männer in der Wilhelmstraße schauten sie aufmerksam, interessiert und taxierend an. Die Frauen des Hauses eher distanziert, kritisch und argwöhnisch.

Etwa zur gleichen Zeit schaffte sich Familie Lemmer einen Hund an, einen etwas klein gebliebenen Schäferhundmischling. Er stammte aus dem Tierheim und er hörte, wenn er wollte, auf den Namen Putzi. Er hatte die merkwürdige Angewohnheit, gelegentlich ohne Grund in hellen Tönen zu jaulen, was die Lemmerkinder „zum Steinerweichen" fanden, Frau Lemmer, altmodisch gekleidet, denkend und sprechend, nannte es hingegen „allerliebst".

An einem Frühlingstag übte Paul Mauel eine Chopin – Etüde. Putzi, der im Nebenzimmer in seinem Korb döste, hobwitternd den Kopf und begann auf der Stelle zu jaulen. Der Pianist versuchte, die Störung zu ignorieren, in dem er fortissimo spielte, wo Chopin ein mezzoforte genügt hätte. Putzi jaulte nur intensiver, bis Paul Mauel mit einem schmerzenden Mißakkord den Deckel des Instruments zuschlug, wütend aus der Wohnung ging und bei Lemmers läutete. Das Jaulen des Hundes störe ihn bei der Arbeit, er müsse sich schließlich konzentrieren. Ob man den Hund nicht in einem anderen Zimmer unterbringen könne. Frau Antonie hielt das nicht für möglich: man habe sonst keinen Platz in der Wohnung. Ob man nicht mit dem Hund spazieren gehen könne, während er übe, regte Paul Mauel an. Auch das hielt Frau Lemmer nicht für machbar. Und außerdem fühlten sie sich auch durch das Geklimper seiner Klavierschüler gestört.

Paul Mauel machte wortlos auf dem Absatz kehrt und verschwand türeschlagend in seiner Wohnung. Eva Mauel hörte zunächst schweigend dem Bericht ihres Mannes zu, hatte den aufmerksamen Blick ihrer großen blauen Augen auf sein wütendes Gesicht gelegt, und sagte dann begütigend: Laß mich das mal machen. Was ihr Männer mit Faust und Verstand nicht erreicht, schaffen wir Frauen hinten herum mit dem Katzenpfötchen.

Während Paul Mauel sein Üben auf die Zeiten verlegte, in denen eines der Lemmerherde mit Putzi Gassi ging, befaßte sich Eva Mauel mit den Gewohnheiten des Herrn Lemmer. Sie wußte bald genau, um welche Zeit er aus der einen knappen Kilometer entfernten Schule in der Steinbergerstraße nach Hause kam. Und dann richtete sie es so ein, daß sie um die gleiche Zeit zum Einkaufen ging oder sonstige Besorgungen vorschützte. Man begegnete sich, Herr Lemmer grüßte, was Eva mit einem dankbaren Lächeln ihrer großen blauen Augen quittierte. Das Zusammentreffen wurde häufiger, man kam ins Gespräch über Dinge im Hause, im Vorort, in der Schule, der Familie. Eva schlug mitunter einen kleinen Umweg vor, der dem strengen Patriarchen gar nicht ungelegen kam. Man brauchte ja auch ein wenig Erholung an der frischen Luft. Bei einer kurzen Rast auf einer Bank in einer nahen Grünanlage begann Herr Lemmer Eva Mauel Komplimente zu machen über ihr gutes Aussehen und ihre Figur, und Eva schaute ihm mit dankbarem Lächeln voll ins Gesicht. Sie fand, daß seine reife Männlichkeit doch jede Frau anziehen müsse. Gustav Lemmer dankte mit einem Handkuß, obwohl er wußte, daß man das weder im Sitzen noch unter freiem Himmel tun sollte. Nach geraumer aber ihr passend erscheinender Zeit ging Eva Mauel zum Frontalangriff über und brachte das Gespräch auf Putzi. Er sei ja ein recht netter Hund, nur ein bißchen klein geblieben, fast kretinös, erfand sie ein neues Wort. Aber er sei wohl nicht als Wachhund angeschafft worden, oder? Herr Lemmer bestätigte, er sei in erster Linie ein Spielkamerad für die Kinder. Eva legte ihren ganzen hingebungsvollen Charm in ihren lächelnden Blick. Es tue ihr so leid, daß es wegen des Hundes den unliebsamen Auftritt zwischen seiner Frau und ihrem Mann gegeben habe, aber er werde doch auch einsehen, daß ein Künstler wie Paul sehr feinfühlend, sehr sensibel sei und reagiere. Er brauche für seine Arbeit absolute Ruhe und die habe er gehabt. Jahrelang habe er die Ruhe gehabt, bis eben Putzi ins Haus gekommen sei. Er sei ja sonst ein lieber und zutraulicher Hund. Eva schwieg erwartungsvoll und auch Herr Lemmer verfiel ins Nachdenken. Eva ergriff scheinbar spontan seinen Arm und zog ihn ein wenig an sich. Bitte, sagte sie, denken Sie nach.

Denken Sie an meinen Mann – und ein wenig auch an mich. Herr Lemmer, der pflichtgetreue, Autorität versprühende Mann, versprach nachzudenken, und er kramte dazu aus dem versunkenen Schatz seiner Seele ein Lächeln aus, was seine anziehende, reife Männlichkeit noch anziehender machte, so daß Eva, wieder scheinbar spontan, sich zu einem Kuß auf die Wange hinreißen ließ. Auf dem Heimweg hängte sie sich bei Lemmer ein und erst im Anblick des Hauses Wilhelmstraße 14 ließ sie seinen Arm los.

Jeden Widerstand abwehrend, verkündete Gustav Lemmer beim Abendessen seiner Familie, daß er sich entschlossen habe, den Hund wieder abzugeben. Das Tier rieche ihm zu stark, überall lägen Haare herum, das Jaulen störe ihn auch gewaltig und für den Hund sei das Leben auf der Etage auch nicht das Beste und Gesündeste. Der Hund brauche von Natur aus Auslauf.

Trotz des heftigen Weinens der jüngsten Lemmertochter, wurde Putzi ins Tierheim zurückgegeben.

Paul Mauel hatte wieder Ruhe zum Üben und seine Schüler auch. Er wunderte sich zwar über Putzis Verschwinden, erfuhr aber lange Zeit nichts von der Katzenpfötchen – Taktik seiner Frau. Und er erfuhr nichts von gelegentlichen heimlichen Verabredungen des ernsten, strengen Herrn Gustav Lemmer mit seiner die männliche Phantasie anregenden schönen jungen Frau. Die beruhigte sich selbst damit, daß sie alles für ihren Mann getan habe.

Lothar Schirdewan, der Außenseiter

Der erste Zwischenfall, mit dem mein Kollege Lothar Schirdewan den Ruf eines Außenseiters erwarb, ereignete sich weit nach Mitternacht in der breiten, wegen ihrer zahlreichen, gotischen Giebeln berühmten Hauptstraße der Stadt, wo er auf den Stufen eines Blumengeschäftes saß, eine rote Nelke in der Hand, und mit kräftigem, wohllautendem Bariton und mit erstaunlicher Textsicherheit die „Internationale" sang. Die Polizei nahm ihn mit in die Ausnüchterungszelle.

In der Stadt erfuhr man natürlich die Geschichte und die biederbürgerliche Gesellschaft wunderte sich, daß so Einer bei der Zeitung ... also nein!

Das war etwa ein Vierteljahr nachdem Lothar in die Redaktion eingetreten war, ein mittelgroßer Mann, Anfang 30, mit dunklem, stets ungekämmt wirkendem Kraushaar. Er war äußerst schweigsam, redete nicht über sich. Wir wußten nicht einmal, wo er bisher gearbeitet hatte. Er brachte einen höchst eigenwilligen Arbeitsstil mit; Redaktionskonferenzen mied er, erkundigte sich telefonisch nach Terminen, schlug eigene Themen vor und tauchte nicht vor drei Uhr in der Redaktion auf, verzog sich in sein kleines Zimmer und begann ungesäumt seine Texte in die Schreibmaschine zu hacken. (Wir sind in den 50er Jahren!) Er schrieb mit dem Tempo einer Spitzensekretärin, formulierte stilsicher und brillant, wo es angebracht war auch mit Humor und Ironie. Die Manuskripte legte er dem Ressortchef auf den Schreibtisch, tippte mir zwei Fingern an den Schirm seiner Mütze und verschwand. Wir wußten immerhin, daß es in einer kleinen Altstadtgasse ein möbliertes Zimmer gemietet hatte.

Seine kommunalpolitischen Kommentare, meinungssicher und zupackend argumentativ, nahmen auch mitunter eine Außenseiterposition ein und brachten dem Blatt zuweilen bürgermeisterlichen Ärger, aber das gehört zum Beruf.

Lothar Schirdewan bekam noch einmal mit der Polizei zu tun. Eine junge Frau, für ihren, sagen wir mal freizügigen Lebenswandel bekannt, war erschossen aufgefunden worden. In ihrem Notizbuch fand die Polizei Name und Telefonnummer Schirdewans. Seine Zimmerwirtin gab ihm jedoch ein wasserdichtes Alibi: Sie hatte mit ihm und ihrem Schwager zur vermutlichen Tatzeit Skat gespielt. Und dabei sei reichlich Bier getrunken worden. Der Mord wurde bald aufgeklärt: Ein älterer, angesehener Bürger hatte aus Eifersucht geschossen. Schirdewans Name im Notizbuch der jungen Frau aber wirkte wie ein unsichtbarer Aufkleber auf seinem Rücken. „Aha, das ist also auch so einer." Er war für die Gesellschaft gezeichnet. Und sowas ist bei der Zeitung... also nein! Wir Kollegen wurden bei mancher Gelegenheit, in Versammlungen oder bei Festen, auf Lothar angesprochen. Ob ein Mann mit einem so auffälligen Lebenswandel denn noch tragbar sei, und ähnliche Vorbehalte wurden uns mit sorgenumwölkter Miene und im wohlverstandenen Interesse des Blattes natürlich, vertrauensvoll zugeflüstert. Wir verteidigten den Kollegen unisono. Erstens sei er unschuldig und man solle doch an den Täter und seine bisherige Reputation denken. Und zweitens sei er ein guter Schreiber und die Redaktion werde wohl nicht auf ihn verzichten. Wir verschwiegen seine Eigenwilligkeit, sein mangelhaftes Interesse an kollegialen Kontakten. Der Ruf des Außenseiters, des nicht gesellschaftsfähigen Typs blieb ihm.

Der große Skandal aber bestand uns allen noch bevor. Der Schwager seiner Zimmerwirtin, der Skatfreund, war städtischer Angestellter. Und eines Abends begann er Andeutungen zu machen, in einigen Ämtern gehe es nicht mit rechten Dingen zu. Gewisse bekannte Herren gingen ein und aus und man pflegte besonders enge Freundschaften zu dem oder jenem. Von wertvollen Geschenken, Pelzmänteln für die Gemahlinnen und teuren Urlaubsreisen werde gemunkelt. Er, der Schwager, wisse ja nicht, ob an dem Gerede etwas dran sei, aber die Gerüchte nähmen zu.

Lothar Schirdewan hatte inzwischen gute Kontakte zu Stadträten, Behördenleitern und Wirtschaftskreisen, die unvoreingenommen mit ihm umgingen und häufig gute Nachrichtenquellen waren. Bei denen setzte er an mit seinen Nachforschungen. Es dauerte über einen Monat, bis er Steinchen für Steinchen zum Mosaik einer großen Korruptionsgeschichte zusammengetragen hatte. Die Zahl der darin verwickelten Personen war von Woche zu Woche gewachsen. Zum ersten Mal nahm sich Schirdewan sehr lange Zeit für den Text, den jeder Name, jeder Verdacht, jede Anschuldigung mußte hieb– und stichfest sein. Und Beleidigungen durften erst gar nicht vorkommen.

Zunächst sah es so aus, als ob die Geschichte dem Chefredakteur zu heiß wäre. Werde man sich nicht sehr viel Ärger einhandeln und sollte man nicht den wenigstens den Bürgermeister verständigen? Der Ärger, meinte Schirdewan werde vor Gericht zusammenschmelzen wie ein Schneemann in der Sonne, und nur eine dreckige Pfütze werde übrigbleiben. Und den Bürgermeister zu informieren heiße ja wohl, die Veröffentlichung überhaupt zu verhindern. Das sein für ihn ein Kündigungsgrund.

Die Korruptionsgeschichte erschien und der Skandal war perfekt. Die Stadt kochte und brodelte, Gerüchte sprudelten wie die Lava eines Vulkan–Ausbruchs. Es schien, als ob alle Leute davon gewußt und nur auf die Veröffentlichung gewartet hätten. Aus dem Rathaus und den Behörden kamen die gegenteiligen Reaktionen. Alles sei böswillige Propaganda und wurde in Bausch und Bogen bestritten. Verleumdungsklagen wurden angedroht. Ein unbeteiligter Geschäftsmann erstatte Anzeige gegen namentlich genannte Akteure des Dramas.

Die Ermittlungen liefen an, die Vorwürfe wurden Punkt für Punkt bestätigt, teilweise durch Geständnisse erhärtet.

Der Einzige jedoch, dem die biederbürgerliche Gesellschaft sehr reserviert, geradezu ablehnend, ja zum Teil feindlich gegenüberstand, war Lothar Schirdewan, der Nestbeschmutzer, der Außenseiter dieser Gesellschaft. Hatten die besseren Kreise der Stadt ihn wegen seines vermuteten ungehörigen Lebenswandels schon immer mit Abstand angesehen, seine Arbeit erschwert, seine Texte abgelehnt, so nahmen jetzt Drohungen zu und die Forderung an den Verlag, ihn zu entlassen.

Schirdewan kam der Gesellschaft in ihrem warmen behüteten, so beschmutzten Nest entgegen und kündigte. Viel später las man seinen Namen noch einmal im Zusammenhang mit einer Preisverleihung.

Sebastian Immer blickt aufs Meer

Sebastian Immer, seit 25 Jahren Bürgermeister seiner Heimatgemeinde, beschloß als 60jähriger, bei der anstehenden Wahl nicht mehr zu kandidieren. Obwohl der in allen Gesellschaftsschichten geschätzte Mann von Parteifreunden gedrängt wurde, noch einmal anzutreten, blieb Immer konsequent. Weil er seinem Nachfolger – ganz gleich wer es würde – nicht bei der Arbeit zuschauen wollte und sich eventuell ärgern müßte, verließ er den Ort und zog auf die Nordseeinsel, auf der er seit Jahren ein Ferienhaus besaß. Es sollte der Alterssitz für ihn und seine Frau werden, aber sie war vor fünf Jahren gestorben und er hatte nicht mehr geheiratet. Nach einer großen Abschiedsveranstaltung löste Sebastian Immer seinen Haushalt rasch auf und verließ die Stadt.

In dem kleinen Inseldorf ging er nun häufig spazieren, wegen seines Fußes gelegentlich auf einen Stock gestützt. Besonders gern wanderte er auf dem Deich, schaute dem Treiben der Urlaubsgäste bei den Strandkörben und Sandburgen zu, blickte auf das von der Flut stets bewegte Meer hinaus und beobachtet die sich ständig verändernden Wolkenbilder. So saß er auf einer Bank auf dem Deich und schaute sehr aufmerksam hinaus. Die Ebbe war verebbt, die Flut machte sich mit sehr kleinen Schritten weit draußen auf den Weg. Es war der Augenblick des Stillstandes, in dem das Kommende beginnt, das Vertraute zurückkehrt.

Da setzte sich sich eine Frau zu ihm. Sie hatte braunes, gewelltes Haar, dunkle Augenund war etwa 50 Jahre alt. Sie fragte gewohnheitsmäßig, ob es gestattet sei und als Immer bejahte, merkte er bereits, daß sie ihn genau betrachtete.

„Sie sind Herr Immer, nicht wahr? Sebastian Immer."

„Sie kennen mich", fragte er überrascht.

Sie aber fuhr gleich fort: „Sie wohnen schon ein paar Monate hier. Ich habe Sie wiederholt gesehen, aber erst heute Gelegenheit gefunden und den Mut Sie anzusprechen."

„Bitte, woher kennen Sie mich?"

„Ich hatte damals kurze blonde Haare, trug Kleidergröße 36 und war ein fröhliches junges Ding. " Sie machte eine wirkungsvolle Pause und schaute Immer von der Seite an, „Ich bin, ich war die Atti."

„Atti!" Sebastian Immer war von der plötzlichen Begegnung mit seiner Vergangenheit so überrascht, so überwältigt, daß er nichts weitersagen konnte.

„Jetzt weißt du wieder alles, Sebastian, nicht wahr? Ich war genauso überrascht, als ich dich zum ersten Mal hier sah vor ein paar Monaten. Und als ich hörte, daß du wohl für immer hierbleiben würdest. Ich habe nichts von deinem Haus gewußt.

Ich lebe ja auch schon über 20 Jahre hier. Wie daheim arbeitete ich zunächst in der Gastronomie, sparte mir etwas zusammen und richtete mir vor Jahren eine Pension ein. Nichts Großes, acht Betten, in drei Doppel– und zwei Einzelzimmern. Es ernährt mich." Sie sah, wie es in seinem Gesicht arbeitete. „Du brauchst nicht zu fragen", fuhr sie fort. „Meine Tochter hat nur drei Monate gelebt. Eines Morgens fand ich sie tot im Körbchen. Plötzlicher Kindstod nennen die Mediziner das."

„Um Himmels willen", stieß Immer aus.

„Es ist vorbei", sagte sie. „Das ist alles lange her. Ich bin allein geblieben. Habe nicht geheiratet. Auch keinen Mann mehr gekannt." Und kaum vernehmbar setzte sie hinzu: „Ich habe nur einmal im Leben lieben können."

„Warum hast du nie mehr etwas von dir hören lassen? Ich bin schließlich seit Jahren verwitwet."

Atti lachte: „Jetzt kenn‘ ich dich wieder, Sebastian. Ich will ja nicht sagen ‚typisch Mann‘, aber im Ergreifen von Gelegenheiten warst du schon immer groß."

„Also, Atti", wollte Immer wieder zu seinem Vermittlungsversuch ansetzen, aber sie unterbrach ihn sofort. „Vergiß nicht, was verabredet war. Heute kann ich sogar schon ironisch darüber reden. Du warst vor der

ersten Bürgermeisterwahl. Vor deinem ganz wichtigen, neuen Lebensabschnitt. Und da hätte es doch verdammt schlecht ausgesehen, da wäre
deine Wahlchance auf Null geschrumpft, wenn in der Stadt bekannt geworden wäre, daß eine junge Kellnerin vom bürgerliche Bürgermeister–
Kandidaten ein uneheliches Kind erwartet. Noch dazu von einem ver-
heirateten Mann. Du hast dich sehr großzügig gezeigt, das muß ich be-
kennen und anerkennen. Ich konnte es mir leisten, eine Zeit zu privati-
sieren und mein Kind zu bekommen. Dafür bin ich für alle Zeit aus
deinem Leben verschwunden. Kein Stein des Anstoßes mehr für deine
Karriere. Wie das in der ersten Zeit in mir aussah, kann ich dir heute
nicht mehr schildern. Ich glaube, ich war in mancher Nacht kurz davor,
durchzudrehen. Ich habe mich schlaflos herumgewälzt und am Tag war
ich erschöpft und konnte keinen Gedanken fassen, war zu keinem Ent-
schluß fähig. Wie sollte, wie konnte es weitergehen? Selbstmord kam
nicht in Frage.

Berufliches Fortkommen – Fragezeichen. Dein Geld war zwar ein Trost
und ein Halt. Da hatte ich wenigstens keine Sorgen. Aber es würde ja
nicht ewig reichen. Das änderte sich merkwürdigerweise erst, als das
Kind geboren war. Andere Frauen verzweifeln dann in dieser Situation.
Ich hatte – und das klingt jetzt schrecklich sentimetal und romantisch –
ich hatte ein Kind von dir, verstehst du das? Nein, das kann ein Mann
wohl nicht verstehen. Ich habe übrigens trotz eindringlicher Ermahnung
der Standesbeamten keinen Vater angegeben. Wie wir es verabredet hatten. Zwischenzeitlich, besonders als ich anfangs mit der neu eingeführ-
ten Pension noch zu kämpfen und zu sparen hatte, kam mir schon der
Gedanke mich bei dir zu melden und meine Lage zu schildern. Viele
andere Frauen hätten das sicherlich getan. Ich sage mal, daß ich dafür zu
stolz war." Atti machte eine lange Pause. Immer, der großgewachsene,
stattliche Mann, war zusammengesunken und hatte das Gesicht in die
Hände gelegt. Sie wollte ihm Zeit geben, sich zu fassen. Sie schaute aufs
Meer hinaus und sah die Flut langsam kommen.

„Warum habe ich das alles nicht wissen dürfen", fragte Immer schließlich.

„Das sagts du heute, Sebastian. Damals hast du es nicht wissen wollen,
nicht einmal wissen dürfen in deiner Lage. Ich könnte jetzt sagen, du

hättest dich von allen, auch vom Wissen, freigekauft. Aber ich sage es nicht. Dafür denke ich noch viel zu gern an unsere Zeit zurück."

„Willst du mich heiraten?" fragte Immer und wußte im gleichen Moment, daß ihm das schlechte Gewissen diesen Satz befohlen hatte.

Atti lachte nur dazu. „Du bist wirklich noch der Alte. Um praktische Lösungen bemüht. Aber das geht nicht mehr. Man kann so eine Sache, die seit Jahren tot ist, nicht reanimieren. Ich zumindest bin eine Andere geworden. Nein, ich heirate nicht. Es ist gut dich hier zu wissen, dich gelegentlich zu shen. Das genügt. Du kannst ja hier und da zu mir kommen, ‚Pension Andrea' Ich habe stets den Wein im Keller, den du gern getrunken hast. Damals. ‚Gimmeldinger Meerspinne', Riesling Kabinett, trocken. Wie gesagt, komm mal abends vorbei auf einen Wiedersehens–Schluck. Ganz absichtslos." Sie winkte ein wenig mit der Hand und ging.

Sebastian Immer saß noch bis in den sinkenden Abend hinein auf der Bank am Deich und blickte aufs Meer.

Der Onkel Jonathan

In meiner Jugend gab es einen Schlager, von dessen Melodie ich die ersten Takte, und vom Text die ersten beiden Zeilen im Gedächnis habe: „Der Onkel Jonathan, Jonathan, der ist ja gar nicht so, der gibt ja nur so an..."

Ich erinnere mich gut daran, weil es damals in meinem Gesichtskreis einen Mann gab, der so genannt wurde: Jonathan Tremel. Er war Vertreter eines Leipziger Verlages und kam regelmäßig in die Buchhandlung meines Vaters. Was heißt: Er kam? Er rollte geradezu; denn er war klein, kaum einen Meter sechzig, hatte einen Glatzkopf und einen mächtigen Kugelbauch, den er vornehm Embonpoint nannte, und er ging mit unnatürlich kleinen Trippelschritten. Seine Weste zierte eine doppelte Goldkette, an der eine ebenfalls goldene Sprungdeckeluhr hing, mir der er im Gespräch gern und scheinbar geistesabwesend spielte.

Die Buchhändlerinnen, die Angestellten meines Vates, begrüßte er laut und mit winkend erhobener rechter Hand, den jüngeren flüsterte er Zitate aus Liebesgedichten zu, wobei er die Augen himmelwärts drehte und die Hand mit komischer Pose aufs Herz legte. Sein Zitatenvorrat schien unerschöpflich – von Walther von der Vogelweides „Tandaradei" bis Rilkes „Mädchenklage". Wenn Onkel Jonathan, wie ihn die Buchhändlerinnen längst nannten, besonders gut aufgelegt war, erzählte er die neuesten Witze. Meinem Vater die politischen und den Frauen die eher schlüpfrigen, und er amüsierte sich gleichermaßen über das Echo – vom lüsternen Kichern über ein scheinbar verschämtes Lächeln bis zum scheinheiligen Protest.

Kurz: Er war die personifizierte gute Laune, er versprühte Heiterkeit, Lebensfreude, Optimismus, er plauderte charmant und gelegentlich ernsthaft und er verließ das Büro meines Vates, glaube ich, nie ohne Auftrag.

Als Onkel Jonathan einmal winkend hinausgerollt war, fragte die Kassiererin nachdenklich, ob der Textdichter ihn vielleicht gekannt habe, ob er vielleicht wirklich nur so angab.

Eines Tages traf ich ihn, als er auf einer Bank saß in der Grünanlage, die ich auf dem Heimweg von der Schule durchqueren mußte. Es muß im Juni gewesen sein, und obwohl der Sommer sich in jenem Jahr Zeit ließ, saß ein sichtlich erhitzter Jonathan Tremel da und wischte sich wiederholt den Schweiß vom Gesicht und vom kahlen Schädel. Den Hemdkragen hatte er aufgeknöpft, die Krawatte gelockert, selbst die Weste über seinem Kugelbauch geöffnet. Die kurzen Beine hatte er weit vorgestreckt. Ich blieb stehen und grüßte ihn. Er rief mich zu sich, wies mir mit einer seiner typischen schwingenden Handbewegungen den Platz neben sich an. Setz dich zu mir.

Geht es Ihnen nicht gut? Fragte ich etwas besorgt, weil ich seine Erschöpfung sah.

Wird wieder vergehen, wehrte er ab. Er schnaufte ein paar Mal. Man kommt in die Jahre, das vestehst du noch nicht. In deinem Alter ist man von seiner Unsterblichkeit überzeugt. Er machte wieder eine Pause. Und immer den Musterkoffer schleppen. Tagein, tagaus. Das spürst du auch mit der Zeit. Die Knochen werden müde.

Ich vesuchte ein wenig abzuwiegeln. Das kann doch nicht so schlimm sein; denn wenn Sie ins Geschäft kommen, Ihre Witze reißen, herzlich lachen, Fröhlichkeit im gabzen Laden verbreiten wie ein Parfum, dann… dann spotten Sie doch Ihrer Jahre, will ich mal sagen.

Onkel Jonathan fand sein Lachen wieder. Junge, das hast du schön gesagt. Und nach einer Pause fügte er ernst hinzu: Nur, es stimmt nicht. Ich vertrete meinen Verlag in einem ziemlich großen Bezirk, fahre von Stadt zu Stadt, wohne immer in den gleichen Hotels. Es sind Hotels bestenfalls der Mittelklasse. Genau hinschauen darf man in den Zimmern nicht. Die Leute an der Rezeption und die freundlichen Zimmermädchen kennen mich alle und seit Jahren. Und der Nachtportier vom „Schwarzen Ochsen", der mich nachts zur Dependance um die Ecke begleitet, weil die Zimmer da billiger sind, sagt immer mit der gleichen öligen Stimme: Und wieder geht ein schöner Tag zu Ende. Und er hält verstohlen die Hand auf fürs Trinkgeld, das er auch immer mit der gleichen Lüge quittiert: Das wär' doch nicht nötig gewesen.

Ich frage ihn, ob er kein Zuhause habe, nicht verheiratet sei. Ach weißt du, dazu hatte ich keine Zeit und keine richtige Gelegenheit. Einer wie ich lebt a la carte. Nein, ich bin allein auf der Welt. Und wenn ich morgens winkend aus dem Hotel gehe, meine Kunden besuche, dann schminke ich mir ein Lachen ins Gesicht und memoriere meine Rolle für den Tag. Ja, das ist es. Ich spiele meine Rolle. Meine Rolle als Bonvivant mit Embonpoint. Als Junge wollte ich einmal Schauspieler werden. Nimm bitte nicht an, daß das leicht ist, in jedem Geschäft, vor jeweils anderem Publikum sozusagen, den passenden Text aufzusagen. Die Stimmung im Haus instinktiv erahnen, sich darauf einstellen, die richtigen Worte finden. Bei euch kenne ich mich aus da ist das Klima gut, aber nicht überall. Das ist mein Geschäft, das ist mein Erfolg. Ich bin ein guter Vertreter.

Und nach einer langen Pause, während er wieder Gesicht und Glatze abwischte, sagte er leise: Aber das bin ich gar nicht, der da winkend und scherzend in euer Geschäft kommt. Ich spiele nur eine Rolle, so wie ein Hanswurst. Ich bin, wie es scheint, dazu verdammt, so zu spielen, denn nur so verkaufe ich ganz gut. Aber es ist ein Rollenspiel. Du wirst eines Tages lernen, daß die meisten Menschen, immer wieder und immer öfter Rollen spielen, ihren Seelen Masken vorbinden, ihren Charakter in ein Kostüm zwängen. Warum? Zunächst weil sie Erfolg wittern, dann weil es anderen gefällt und schließlich, weil sie es nicht mehr anders können, weil sie sich selbst nur noch in einer Rolle sehen und ertragen können. Aber, und nun hob er die Stimme, ehe es bei mir soweit kommt, hänge ich meinen Beruf an den Nagel. Und jetzt geht's mir wieder besser, ich muß zur nächsten Kundschaft. Danke, daß du mir zugehört hast. Es hat mir gutgetan. Jonathan Tremel richtete sich wieder her und rollte mit jovialem Winken davon.

ERSATZ (Szenen aus der Nachkriegszeit)
Erster Teil: Die Reise

1.

Hildegard wollte nach Köln fahren, ihre Vaterstadt, in der es keinen Vater mehr gab. Während des Krieges hatte man sie in meine bayerische Heimatstadt geschickt, als Apothekerin im Reserve-Lazarett in der Oberrealschule. Seit dem Kriegsende arbeitete sie in der Martins-Apotheke, gegenüber des berühmten Martins-Münsters in der breiten, Altstadt genannten Hauptstraße. Sie nannte die Stadt seither ihre Ersatz-Heimat. Von Bayern nach Köln zu fahren, klingt weder abenteuerlich noch aufregend. Aber im November 1945.

In Köln-Klettenberg, in der Luxemburgerstraße, lebten Onkel Max und Tante Anni Reifferscheidt, bei denen Hildegards Vater vor der Zerstörung seiner Wohnung in der Kölner Südstadt noch Bettwäsche, Porzellan und Silberbesteck untergebracht hatte. Und davon wollte Hildegard einiges holen.

Wie ich Hildegard kennen gelernt habe, hängt mit ihrem Vater Hermann Josef Reifferscheidt zusammen, mit dem ich zufällig gemeinsam in meiner Heimatstadt im September 1945 eingetroffen war - ich aus der englischen Gefangenschaft, er aus dem Gefängnis Klingelpütz in Köln. Ich hatte den schwer kranken Mann zu seiner Tochter in die Rosengasse geführt, wo er drei Tage später starb. Ich erfuhr davon, als ich in der Martins-Apotheke nach ihr fragte.

Damals hatte ich plötzlich das Gefühl, ich müsse mit ihr reden, ihr beistehen, denn sie hatte ja nun niemanden mehr, ihr erzählen, dass es mir genauso gehe, dass auch ich - außer Tante Helma - niemanden mehr hatte. Und Helma, die jüngste Schwester meiner Mutter, war gerade einmal drei Jahre älter als ich. Also eher eine Freundin als eine Ersatz-Mutter. Über mein Gespräch mit Hildegards Vater auf der gemeinsamen Lastwagenfahrt wollte ich vielleicht später einmal erzählen.

Nach der Beerdigung Hermann Josef Reifferscheidts, an der die Zimmerwirtin Hildegards, Frau Obermeier, eine Arztwitwe, ein junger Arzt, der auch im Lazarett gearbeitet hatte, und eine Kollegin Hildegards aus der Apotheke teilnahmen, ging ich zum Grab meiner Eltern.

Bei dem einzigen Luftangriff auf die Stadt, am 9. März 1945, sollte wohl der Bahnhof getroffen werden. Die amerikanischen Bomberverbände setzten die "Christbäume" genannten Lichtsignale, aber ein scharfer Märzwind driftete sie nach Westen über die so genannte Siedlung. Dort standen Einfamilienhäuser, in der Zeit der Arbeitslosigkeit von ihren Besitzern und ihren Nachbarn in Selbsthilfe gebaut. Hier lebten einfache Leute, Arbeiter, kleine Angestellte, Bahnbeamte wie mein Vater, weder Bonzen noch Unternehmer. Die Bomben zerstörten fast die ganze Siedlung. Tante Helma, die bei uns wohnte, überlebte die Katastrophe nur, weil sie im Reserve-Lazarett Nachtdienst hatte.

Zur Beerdigung meiner Eltern bekam ich drei Tage Urlaub. Ich saß damals bei schlechtem Essen und Langeweile in der Festung Hoek van Holland.

Nach der Beerdigung, bei der der Pfarrer eine unverdauliche Predigt über Christentum und Nationalstolz hielt, hatte ich das Gefühl, dass hinter mir eine Tür ins Schloss gefallen war. Laut, hart und ernst. Etwas hatte aufgehört. Der Raum, in dem ich aufgewachsen war, blieb nun verschlossen. Warum, fragte ich mich auf dem Weg vom Friedhof, aber ich merkte, dass sei eine Kinderfrage, auf die es keine Antwort gibt. "Sinnlos" sagte ich mir. Ein sinnloser Tod, der nichts mit dem Krieg zu tun hatte. Der Krieg, ein solcher Krieg, zerstampft Leben und Besitz kleiner Leute, einfacher Bürger. Er muss aufhören! Die ihn angezettelt haben, werden sich davonschleichen. Damit muss Schluss sein. Solche Gedanken machte ich mir damals zum ersten Mal, nachdem ich mein Soldatsein bisher dumpf, fatalistisch, Schicksals ergeben, ohne jede Begeisterung ertragen hatte.

Hildegard Reifferscheidt war zwei Jahre älter als ich, der ich gerade 20 Jahre alt geworden war, eine schlanke junge Frau mit dauergewellten blonden Haaren und blauen Augen in einem ungewöhnlich ernsten Gesicht. Nach einer von mir als angemessen angesehenen Schamfrist holte ich sie eines Abends vom Dienst in der Apotheke ab und bot an, sie nach Hause zu begleiten. Sie nahm an, erinnerte sich daran, dass ich ihren

Vater heimbegleitet und an der Beerdigung teilgenommen hatte. Ich stellte mich vor. Martin Feichtmaier. Auf dem Heimweg deutete ich an, dass ich in der gleichen Lage sei wie sie, nämlich auch ohne Eltern. Wir verabredeten für den kommenden Sonntag einen Spaziergang an der Isar.

Dieser Sonntag war ein warmer Herbsttag, an dem die Sonne nachholte, was sie im verregneten September versäumt hatte. Ich erzählte von meiner Familie, ganz nüchtern, ganz unsentimental. Mein Vater, sagte ich, war ein stiller, schmaler Mann, kaum 1,70 Meter groß, fast zierlich. Er hat nie mehr als 130 Pfund gewogen. Er war sehr empfindsam und introvertiert. Politisch stand er links und hat wohl nie etwas Anderes gewählt als SPD. Er arbeitete auf dem Stellwerk des Bahnhofs, und wenn er nach der Schicht nach Hause kam, zog er als erstes eine Arbeitsschuhe aus, schlüpfte in die neben der Wohnungstür bereitstehenden Pantoffel, zog die Dienstjacke aus, hängte sie ordentlich über einen Kleiderbügel an die Garderobe. Nach dem "Guten Abend" gab er Mutter einen leise schmatzenden Kuss auf die Stirn. Und das jeden Abend.

Es war ein Ritual.

Mutter trug dann das Abendessen auf. Sie war in jeder Weise Vaters Gegenteil. Innerlich wie äußerlich. Robust, breit, stämmig, mit kräftigen Armen und großen roten Händen. Die dunkelblonden Haare trug sie in der Mitte gescheitelt und im Nacken zum Knoten gebunden. Sie redete viel und laut, erzählte ausführlich, was im Lauf des Tages geschehen war, was sie gesehen und gehört hatte, wer was gesagt oder getan hatte. Als Hausfrau war sie immer beschäftigt. Ich habe kaum einmal gesehen, dass sie still und sich ausruhend auf einem Stuhl oder auf der Eckbank in der Küche gesessen hätte, die Hände ruhig in den Schoß gelegt. Wenn sie einmal saß, hatte sie auch Arbeit, strickte Socken für Vater und für mich, stopfte Wäsche oder ihre plattierten Baumwollstrümpfe.

Nach dem Abendessen las Vater kommentarlos die Zeitung, während Mutter abspülte. Dabei half ihr Helma. Sie war auf eine sehr merkwürdige Art zu uns gekommen. Eines Tages stand sie mit einer voll gestopften Tasche bei uns in der Küche und erklärte kategorisch, sie werde nie mehr zu ihren Eltern zurückkehren. Nie mehr. Die sind zu alt für mich, die verstehen mich nicht. Sie verbieten mir alles, schikanieren mich dauernd. Ich will bei Euch bleiben. Ihr passt im Alter viel besser zu mir und mit dir - sie machte eine Kopfbewegung zu mir hin – hätte ich einen Bruder, den ich mir schon immer gewünscht habe. Und zu den dämlichen Jungmädeln gehe ich auch nicht mehr. Zu den blöden Heimabenden kommen dann die HJ-Jungs, quatschen dusselig und fummeln mit den älteren Mädels. Ich mag nicht mehr. Versteht mich doch! Und wenn ich nicht bei Euch bleiben kann, dann geh' ich in die Isar. Ich kann nicht schwimmen, Da ersauf ich bestimmt.

Vater hörte ruhig zu, nickte manchmal und war sofort bereit, Helma aufzunehmen. Mutter versuchte, ihre Eltern in Schutz zu nehmen, beschwor die Familienbande, aber sie richtete gegen Helmas Entschlossenheit nichts aus. Helma blieb, auch weil Vater es wollte. Sie war damals 13 Jahre alt.

Der Familienrat tagte am nächsten Abend. Wir Kinder saßen in meinem Zimmer, hielten uns an den Händen und versuchten, etwas von dem Gespräch zu verstehen. Da ging es ziemlich laut zu. Von Dickkopf war die Rede, Sturheit, Einbildung, Ärger mit der Partei. Am Ergebnis änderte sich nichts. Helma blieb bei uns wie eine Tochter und neu aufgetauchte Schwester. Mutter räumte ihr das so genannte Bügelzimmer ein. Ich schloss mit dem Versprechen, ihr sehr bald Helma vorzustellen.

Hildegard fragte nach ihrem Familiennamen. Baumgärtner, sagte ich. Dann kenne ich sie. Schwester Helma, aus dem Lazarett, natürlich. Nach dem langen Spaziergang setzten wir uns ins Café Schuh zu einem Heißgetränk, jenem undefinierbaren Ersatzgetränk aus Fruchtsäften oder Ähnlichem.

2.

In den nächsten Wochen kamen wir uns freundschaftlich näher, und Frau Obermeier gestattete meine abendlichen Besuche. Wir erzählten aus unserem Leben, machten uns miteinander bekannter, tasteten ab, was uns gefiel und was nicht. Über eins waren wir uns sofort einig: Kein Wort über den Krieg!

Mit einer Ausnahme: meine Vereidigung auf Dönitz am 3. Mai 1945. Sie fand in einem Waldstück in der Nähe von Soestdijk statt. Vor uns zwei mächtige Blutbuchen, an die der Spieß das auf Pappe gemalten Emblem der Waffengattung und das Eiserne Kreuz gemalt hatte. Die Buchen waren von hinten bis zur Mitte angesägt, um als Panzersperren gefällt zu werden. Vereidigung vor dem Zusammenbruch. Das nenne ich Realsatire, sagte ich. Am nächsten Tag kapitulierte die Holland-Armee.

Helma lud uns eines Abends ein auf ein paar Flaschen Dünnbier. Die Beiden erzählten von der Arbeit im Lazarett und von den Leuten, mit denen sie da zusammen waren. Ich konnte nur zuhören und mit guter Miete das Ersatzbier trinken. Hildegard fragte mich ein paar Tage später, wie ich zu Helma gekommen sei.

Ich erzählte also, dass sie der einzige Mensch war, bei dem ich bei der Heimkehr Unterschlupf finden konnte. Von gelegentlichen Briefen ins Feld kannte ich ihre neue Anschrift. Nachdem ich deinen Vater zu dir gebracht hatte, ging ich zu ihr, klingelte sie heraus, sah das ungläubige Schauen ihrer schönen großen Augen, hörte ihren Aufschrei, fühlte mich umarmt und in die Wohnung gezogen. Wieder umarmte sie mich, presste mich geradezu an sich. küsste mich unter Lachen und Weinen auf Stirn, Wangen und Mund - und das nicht wie eine Schwester sondern wie eine liebende Frau, die ihren Mann begrüßt. Dass du nur wieder da bist, rief sie. In ihrer Wohnküche - sie hatte außerdem nur ein Schlafzimmer - zog sie mich auf eine Liege, setzte sich zu mir, umarmte mich immer wieder und begann dann hemmungslos zu weinen. Ich zog ihren Kopf an meine Schulter und streichelte Haar und Rücken, hilflos wie alle Männer, wenn sie eine weinende Frau vor sich haben. Ich murmelte wohl einige beruhigende Worte, die aber kaum anders klangen als "Ist ja gut".

Endlich wischte Helma die Tränen ab. Lass dich anschauen, sagte sie. Sie tat es ausführlich, streichelte über Haar und Gesicht, nahm es zwischen die Hände, küsste mich nunmehr schwesterlich. Ich hab' es mir schlimmer vorgestellt, sagte sie. Magerer, verstehst du. Ihr habt doch sicherlich nicht viel zu essen bekommen. Um Himmels willen, rief sie plötzlich. Ich rede und rede und heule und vergesse das Wichtigste. Du musst doch Hunger haben, Junge. Ich bestritt das, holte aus meinem

Pappköfferchen die beiden letzten Scheiben amerikanisches Watte-bausch-Weißbrot und eine Ecke Streichkäse. Helma holte aus dem Schrank zwei Scheiben dunkles Brot und ein Stück Leberwurst-Ersatz, ein bisschen Margarine und eine Flasche Dünnbier. Wir aßen ein wenig und dann forschte Helma mich aus. Ich musste von den letzten Kriegs-monaten erzählen, obwohl es mir tüchtig widerstrebte.

Und dann fiel Helma ein, dass sie nur ein Bett im Schlafzimmer habe, sodass ich wohl auf der Liege hier übernachten müsse. Selbstverständ-lich, sagte ich. Ich habe oft genug in Deckungslöchern und einmal um eine Rolle Stacheldraht gewickelt gepennt. Helma holte Kissen, Leintuch und Decke und machte mir ein Lager zurecht. Als ich mich legte, sagte sie rasch und mit Küsschen gute Nacht und verschwand.

Inzwischen, sagte ich, wohne ich ja nicht mehr bei Helma sondern bei der Familie Maubach in der Nikolaistraße. Nach drei Wochen hatte das Wohnungsamt mich da eingewiesen. Die herrschaftliche Sechs-Zimmer-Wohnung war wie die beiden anderen im Hause voll mit Untermietern. Landgerichtspräsident a. D. Heinrich Maubach, der unmittelbar nach Kriegsende in den Ruhestand gegangen war, stellte sich korrekt mit an-gedeuteter Verbeugung vor. Ein kleiner, etwas untersetzter Mann von etwa 60 Jahren. Graue kurze Haare, wache blaue Augen, ein nachdenk-licher, seine Worte genau wägender Mann, dem vor lauter Gerechtig-keitssinn das Temperament abhandengekommen war.

Da war seine Frau Helene von anderem Format. Eine rundum dralle Brünette von 39 Jahren mit sinnlichem Mund und scharfer Brille; und sie machte sich nichts daraus, morgens, wenn ich aus dem Badezimmer kam, mir nur mit Unterwäsche bekleidet aus der Küche heraus einen guten Morgen zu wünschen. Zur Familie gehörte noch die zehnjährige Tochter Luise, die Anlagen zeigte, ihrer Mutter nachzuschlagen, und Frau Lukas, Maubachs Schwiegermutter, nur ein Jahr älter als ihr Schwie-gersohn. In den übrigen drei Zimmern wohnten die deutsch-polnische Familie Pawluk aus Myslowitz, Familie Dessau aus Stettin und ein klei-ner, unauffälliger polnischer Jude, der sehnlich auf die Ausreisegenehmi-gung in die USA wartete. Unauffällig, weil er nie zu sehen war, nur in seinem Zimmer hörbar Englisch paukte.

Ehe ich zu Maubachs zog, gab es im Hause Helmas einen Zwischenfall, den ich dir erzählen muss. Die Sache war nämlich einmalig. Das Haus gehörte einem Menschen namens Weber, einem Mann mit unsympathischem, brutalem Gesicht. Helma nannte ihn einen widerlichen Kerl. SA-Sturmführer a. D. So sieht er aus, sagte ich. Helma meinte, vor ihm sei kein Rock sicher. Sie habe ihm einmal auf die Finger gehauen, als er handgreiflich werden wollte. Frau Deibert vom zweiten Stock, deren Mann noch in russischer Gefangenschaft sei, habe er angeboten, ihre Miete nachzulassen, wenn sie es mit ihm triebe. Sie habe es ihr empört erzählt und ihn rausgeworfen. Das Haus habe er von einem jüdischen Textilkaufmann Simon Seligmann billig erschwindelt, als dieser auswanderte. Er war nur ein kleiner Verwaltungsangestellter im Rathaus. Jetzt natürlich gefeuert.

Mein Zusammenprall mit Weber folgte schon am nächsten Tag. Er trat mir im Hausflur in den Weg und fragte, wer ich sei; er habe mich seit Tagen beobachtet und wolle nun wissen, was ich hier zu tun hätte. Er sprach in genau dem frechen, aggressiven Ton, den ich erwartet hatte. Ich nannte meinen Namen und sagte, dass ich bei Helma Baumgärtner zu Besuch sei. Besuch, höhnte er. Wir sind verwandt, sagte ich. Und wie lange soll der Besuch dauern? Heimlich unter der Hand hier einziehen, kommt nicht in Frage. Die Wohnung ist nur für eine Person gedacht. Also, wann gehen Sie wieder?

Ich trat einen Schritt zurück, stemmte die Fäuste in die Seiten und schrie ihn an: Sturmführer Weber, Stillgestanden! Der Kerl nahm tatsächlich Haltung an. Ich schrie weiter: Ohne euren Scheißkrieg hätte ich meine Eltern und mein Elternhaus in der Siedlung am 9. März nicht verloren. Dann hätte ich mein Zuhause noch. Ich nahm die Stimme etwas zurück. Plustern Sie sich nicht so auf, Sturmführer Weber! Wenn der Siegmund Seligmann, dem Sie das Haus abgeschwindelt haben - Halts Maul! - aus Amerika zurück kommt, dann sind Sie die längste Zeit Hausbesitzer gewesen. Rühren, Wegtreten! Ich ließ Weber mit offenem Mund stehen und ging zu Helma. Die hatte hinter der Wohnungstür gelauscht und empfing mich mit lautem Lachen. Das hast du wunderbar gemacht. Das ist die einzige Sprache, die solche Typen verstehen.

Zwei Tage später fuhr ein Jeep der britischen Armee vor dem Hause vor. Ein Oberleutnant, der spielerisch eine Reitpeitsche schwang, stieg aus. Ein schlanker, fast eleganter Mann. Ihm folgten zwei Soldaten, beide mit einem Kreuz wie ein preußisches Doppelspind, wie mein Vater das nannte. Sie hatten Schlagstöcke in den Händen, drangen in Webers Wohnung ein, und dann begann so etwas wie ein Teufelstanz.

Man hörte klatschende Schläge, Webers Schmerzensschreie, dazwischen Frau Webers kreischende Stimme: Lasst ihn aus, lasst ihn am Leben, ihr schlagt ihn ja tot. Was hat er euch denn getan? Hört auf, lasst ihn aus! Habt Erbarmen! Von Weber hörte man nichts mehr. Frau Deibert hörte oben zu, Helma und ich standen in der offenen Wohnungstür.

Plötzlich hörte die Prügelei auf und die drei Tommies kamen herunter. Vorneweg der Oberleutnant mit zufriedenem Gesicht. Das hat gutgetan, sagte er in akzentfreiem Deutsch. Die beiden Soldaten schnauften noch ein wenig von der Anstrengung und wischten sich den Schweiß aus dem Gesicht. Sie bestiegen den Jeep und brausten davon.

In Helmas Wohnküche mussten wir uns erst einmal beruhigen. Was war jetzt das, fragte Helma. Es sah nach einem Racheakt aus, meinte ich. Lass mich bitte einmal nachdenken. Jetzt hab ich's, sagte ich dann. Hat Weber nicht immer wieder angegeben mit den Schlägereien und den Saalschlachten vor '33? Das hat er wohl. Und eingebildet hat er sich eine ganze Menge darauf.

Aha. Das muss im März oder April '33 gewesen sein. Da trieb die SA alle jungen Sozialdemokraten und Kommunisten, die sie kannten, in ihrem Heim zusammen und veranstaltete eine Prügelorgie. Ich nehme an, dass Weber der Anführer und der Brutalste war. Eines der Opfer war der Sepp Hastreiter, ein Freund meines Vaters. Die Beiden kannten sich von den "Naturfreunden". Als er wieder genesen war, besuchte er uns. Ich erinnere mich noch so ungefähr. Ich war immerhin acht Jahre alt. Was besprochen wurde, weiß ich natürlich nicht. Aber kurz danach war der Sepp Hastreiter verschwunden.

Eingeweihte wussten, dass er nach England emigriert war. Ich will einen Besen mit anhängender Putzfrau fressen, wenn der Oberleutnant nicht der Sepp war, der jetzt seinen privaten Rachefeldzug führt. Hast du gehört, was er sagte, als er das Haus verließ? Er sagte: Das hat gut getan. Es verging keine halbe Stunde, da stand Frau Weber vor der Tür mit einem vom Weinen und vom Schrecken verquollenen Gesicht. Helfen Sie meinem armen Mann, bitte helfen Sie ihm! Er liegt da, bewusstlos, kaum mehr zu erkennen, überall blau geschlagen, das Gesicht ganz zu geschwollen. Was war das nur? Was wollten sie drei? Warum gerade mein Mann? Der junge Soldat hat ihn immer mit der Reitpeitsche ins Gesicht geschlagen und die beiden anderen mit den Knüppeln auf den ganzen Körper. Kopf, Rücken, Bauch, Beine, selbst zwischen die Beine - und sie hielt die Hände vor den Schoß, als ob sie die Prügel bekommen hätte. Und getreten haben sie ihn auch immer wieder und in den Bauch. Was hat er denn getan? Keiner Menschenseele hat er etwas zu Leide getan.

Jetzt legte ich die Arme vor der Brust zusammen, um meine Distanz zu demonstrieren. Dann fragen Sie Ihren Mann mal, wenn er wieder bei sich ist, was er und seine Schläger im April '33 mit den jungen Sozis und Kommunisten hier angestellt haben, ob die nicht mindestens genauso verprügelt worden sind. Und Sie brauchen sich doch nicht zu wundern. Das brutale Schwein schlägt Sie doch auch.

Ich schwieg und beobachtete Frau Weber. Sie starrte mich mit offenem Munde an. Davon weiß ich ja gar nichts. Das wird er Ihnen auch nicht erzählt haben. Aber seine Brutalität kennst du, Else, mischte sich Helma ein. So helft ihm doch, sagte Frau Weber wieder, ohne Helma zu antworten. Nein, sagte ich, keine Hand rühre ich für den. Frau Weber wandte sich schluchzend zum Gehen. Jetzt machst du gleich reinen Tisch, dachte ich und rief ihr nach: Und wenn sie ihm die Eier zertreten haben, dann lässt er seine geilen Finger vielleicht von Frau Deibert und Helma. Und ich schloss die Tür. Jetzt hat sie was zum Nachdenken.

Ein paar Tage später erzählte Frau Deibert Helma leise und hinter vorgehaltener Hand, sie habe Frau Weber geholfen, ihren bewusstlosen Mann auszuziehen und ins Bett zu bringen. Gott, sah der aus! Am ganzen Körper blutig geschlagen, Kopf, Rücken, besonders der Bauch, und selbst - sie senkte die Stimme verschämt - die beiden Dinger unten, Sie wissen schon, waren faustdick geschwollen und ganz blau. Was hatte das nur zu bedeuten?

Helma erläuterte die Zusammenhänge, die wir vermutet hatten. Eigentlich brauche er doch einen Arzt, meinte Frau Deibert. Helma wiegte den Kopf. Die früheren Ärzte gibt es nicht mehr. Sie dürfen nicht praktizieren, weil sie Nazis waren oder sie sind in Gefangenschaft oder gefallen. Und die paar Treuhänder, die jetzt Praxen haben, sind an solchen Patienten sicherlich nicht interessiert. Nein, nein, das heilt schon wieder. Ist bei den jungen Männern damals auch abgeheilt. Die konnten auch zu keinem Arzt gehen. Frau Deibert stieg mit besorgter, ein wenig nachdenklicher Miene in ihre Wohnung hinauf.

3.

Schon in den ersten Tagen, noch vor meiner vorsichtigen Annäherung an Hildegard, hatte ich begonnen, wieder heimisch zu werden. Dazu musste ich auf die Ämtertour gehen: Einwohnermeldeamt, Ernährungsamt, Wirtschaftsamt, Wohnungsamt. Das dauerte Tage wegen der Warteschlangen. Ich baute meine Ersatz-Existenz Amt für Amt auf. Da ich vor dem Verlust des Elternhauses Bürger der Stadt gewesen war, machte die Zuzugsgenehmigung keine Schwierigkeiten. Anderen ging es schlechter: Keine Arbeit, keine Wohnung, keine Wohnung, keine Arbeit. Basta.

Beim Wohnungsamt hatte ich, wie gesagt, erst nach drei Wochen Glück. Beim Wirtschaftsamt fragte ich nach Bezugsscheinen für Anzug, Hemd, Unterwäsche. Ich konnte schließlich in der abgemusterten Uniform ohne Schulterstücke und Pleitegeier nicht ewig herum laufen. Der Angestellte gab mir die Papiere und meinte, ich solle es versuchen, aber ich müsste großes Glück haben.

Mit der Lebensmittelkarte in der Tasche ging ich in die Kirchgasse und wartete auf Helmas Heimkehr aus dem Krankenhaus, in dem sie seit der Schließung des Lazaretts als Schwesternhelferin arbeitete. In der Zwischenzeit rechnete ich aus, was ich in den kommenden vier Wochen essen durfte.

Es waren 10250 Gramm Brot, 800 Gramm Fleisch, 400 Gramm Fett, 600 Gramm Nährmittel, 125 Gramm Käse, 200 Gramm Kaffee-Ersatz, dreieinhalb Liter Magermilch und 6 Kilo Kartoffeln. In mein Nachdenken darüber, ob ein Mensch davon existieren könne, schaltete ich das Radio ein und horte die passende Meldung: Irgendwo im Rheinland hatte die Polizei im vergangenen Monat 1000 Personen wegen Schwarzhandels festgenommen und dabei 1400 Tonnen Lebensmittel, 10 000 Eier, über 500 Schweine, Schafe und Pferde beschlagnahmt.

Helma kam abgehetzt nach Hause Sie hatte zum Abendessen ein paar Dinge eingekauft. Das passt sehr gut, sagte ich. Eben habe ich ausgerechnet, wie viel Kilo ich in den nächsten vier Wochen zunehmen werde. Sag mal, kann man von einer solchen Karte als alleinstehende Wesen überhaupt leben?

Ach, sagte sie, es quietscht etwas, aber es geht. Ich krieg' ja hier und da aus der Krankenhausküche einen Schlag. Für den Schwarzen Markt habe ich kein Geld. Der Doktor Hufeland hat mir neulich einmal vorgerechnet, was das Zeug da kostet. Grundwährung ist ja die Ami-Zigarette, das Stück für fünf Mark. Und dann: ein Pfund Kaffee 300 Mark, ein Kilo Fleisch, nicht eben das Edelste, 50 Mark, ein Pfund Butter 300 Mark, ein Kilo Zucker 170 Mark, die Dose Nescafe 40 bis 60 Mark, je nach Versorgungslage, und schließlich die Flasche Whiskey 300 Mark. Ein Witz ist es ja, dass ein Ei 15 Mark und eine Schachtel Streichhölzer 5 Mark kosten. Wer ein Paar neue Schuhe sucht, muss 1000 Mark hinblättern, und eine Armbanduhr kostet bis zu 2000 Mark. Und wenn du beim Butterkauf Pech hast und an den richtigen Gauner kommst, dann dreht der dir ein Päckchen Butter an, das aus Kartoffelbrei und einer dünnen Schicht Butter drum herum besteht.

Gibt's denn hier einen Schwarzmarkt?

Natürlich, den gibt's überall. Hier ist er im Hof vom "Goldenen Nagel". Du kennst die Gaststätte doch noch. Er wird von Polen beherrscht. Die von den Nazis einkassierten Zwangsarbeiter, die jetzt "Displaced Persons" heißen, haben wohl hervorragende Beziehungen zu den Amerikanern als Lieferanten. Ich zeigte Helma meine Bezugsscheine und meinte, ich würde gern einen Schaufensterbummel machen, aber das sei ja sinnlos ohne Geld. Helma hatte die große Überraschung parat: Du hast natürlich Geld. Als nächste Angehörige durfte ich das Sparbuch deines Vaters auflösen. Das Geld hab' ich für dich aufgehoben. Der lieben Helma bin ich dankbar um den Hals geflogen.

Nun konnte ich also versuchen, mit den Bezugsscheinen einzukaufen. Mein Morgenbummel führte an zumeist fast leeren Schaufenstern vorbei, beim Metzger wie beim Lederhändler. Ein "Herrenausstatter", an dessen Namen ich mich erinnerte, stellte einen grünen Anzug in Knabengröße aus, dem man ansah, dass er kratzte. Ich ging trotzdem hinein. Der Besitzer kam mir selbst entgegen. Ich stellte mich vor und fragte, ob er sich an meinen Vater erinnere. Er erinnerte sich mit ernstem Gesicht und ich hoffte, dass der Kontakt hilfreich sein möge. Der Besitzer begleitete mich in den hinteren Teil des Ladens, wo er aus einem fest verschlossenen Schrank einen hellgrauen Anzug nahm. Für alte Kunden habe ich versucht, etwas aufzuheben. Probieren Sie einmal! Ich probierte. Er verkündete im Stil einer Anordnung: Die rechte Schulter etwas heben, Hose zwei Zentimeter kürzen, dann passt er wie für Sie gemacht. Der Anzug gefiel mir, schon weil ich keine Wahl hatte. Hemd und Unterwäsche waren leichter zu finden. Mit dem Geld meines Vaters zu zahlen, war ein besonderes Erlebnis, so als habe mein Vater mir von irgendwo her das Geld heimlich in die Tasche gesteckt.

Am Nachmittag konnte ich den Anzug abholen und versteckte ihn zunächst in Helmas Kleiderschrank. Am Abend vor dem Zu-Bett-Gehen, spielte ich mit Helma das Rate-Spiel aus Kindertagen: Ich sehe was, was du nicht siehst und das ist grau. Ich huschte ins Schlafzimmer, zog mich um, schlenderte betont lässig in die Küche zurück und fragte sehr hochnäsig: Habe ich die Ehre mit Frau Helma Baumgärtner? Helma antwortete mit einem jubelnden Schrei. Ein wunderbarer Anzug. Gratuliere! Du siehst sehr gut drin aus. Sie nahm mich an beiden Händen und drehte mich hin und her. Ich erzählte, wie ich an den Anzug gekommen sei, und sie fand es sehr nobel, dass der Kaufmann sich an meinen Vater erinnert hatte.

Am nächsten Morgen ging ich noch einmal langsam durch die Hauptstraße und las die Speisekarten mehrerer Gasthäuser. Es gab abgebräunten Leberkäse mit Kartoffelsalat für 50 Gramm Fleischmarken, paniertes Schweineschnitzel mit Nudeln für 100 Gramm Fleischmarken und 50 Gramm Nährmittelmarken, Erbsensuppe für 50 Gramm Nährmittelmarken und als einziges markenfreies Gericht ein Kartoffelgemüse.

Bis ich das Zimmer bei Maubachs bekam, wohnte ich notgedrungen aber gern in Helmas Küche. Wir überlegten sehr bald, wie ich Arbeit finden könnte, denn ohne Arbeit gab's keine Lebensmittelmarken. Mir war schon mit 17 Jahren klar, dass ich Journalist werden wolle, nein müsse. Etwas Anderes kam für mich nicht in Frage. Es gab aber bisher nur Mitteilungsblätter der Besatzungsmacht und erst später die "Neue Zeitung" in München mit Hans Habe als Chefredakteur und Erich Kästner als Feuilletonchef.

Bei dem Gespräch fiel Helma der Herr Weiser ein. Er gehörte zum allgemeinen Bekanntenkreis auf der "Guten Tag und Wie geht's Basis". Herr Weiser besaß eine kleine Druckerei. Ja, ich durfte mich am nächsten Tag vorstellen. Herr Weiser, Arnold Weiser, war ein alter, hagerer und sehr hoch gewachsener Mann, der deshalb ein wenig gebückt ging. Er trug eine weiße Künstlermähne, die er, wenn erforderlich, mit einer ruckartigen Kopfbewegung in den Nacken dirigierte.

Ich erzählte, dass ich eines Tages zur Zeitung wolle, es aber nicht für falsch hielte, schon einmal ins Metier hineinzuschnuppern. Herr Weiser sah mich von oben mit dunklen Augen nachdenklich an, als ob er Wesen, Charakter und Begabung erforschen wollte, und meinte dann, in diesen schweren Zeiten verdiene er mal eben das Nötigste zum Leben, aber eine Hilfskraft könne er in seinem Alter schon gut brauchen. Viel könne er aber nicht zahlen. Ob ich mit hundert Mark im Monat zufrieden sei. Ich war es. Er versprach, auf 120 Mark zu erhöhen, wenn ich anstellig und tüchtig sei.

So lernte ich, mit dem Winkelhaken umzugehen, Überschriften zu setzen, lernte die Einteilung des Setzkastens und die Namen der Schriftgrade - Nonpareille, Petit, Cicero, Mittel, Konkordanz und so weiter. Herr Weiser besaß eine Linotype-Setzmaschine und eine Druckerpresse, die er mit der Hand bediente. Für seinen kleinen Betrieb schien mir das ausreichend. Es fehlten nur ausreichend viele Kunden.

Wir druckten Hochzeits-Anzeigen, Todesanzeigen, Zettel mit Einladungen für die Gründung von Vereinen. Der Arbeiter Gesangverein, der Kleintier-Zuchtverein, der Kranken-Unterstützungsverein "Bavaria" luden zur Gründungsversammlung ein. Und die SPD rief alte Genossen und neue Interessierte zur Wiedergründung ins Merkel-Bräu ein.

Herr Weiser las den Einladungstext nachdenklich durch. Ich war ja auch ein Roter, sagte er, und bin es eigentlich noch immer. Pauschal meinte er, die Drucker seien fast alle rot gewesen, traditionsgemäß. Man erkläre das damit, dass sie am meisten zu lesen hatten und darum besonders gut informiert waren. Er werde jedenfalls zur Gründungsversammlung gehen. Wir gingen beide. Etwa 30 Männer und Frauen hatten sich eingefunden, meist hagere Gestalten mit ernsten Gesichtern, die diszipliniert aufrecht dasaßen. Ich vermutete Arbeiter und kleine Angestellte, Genossen und Parteigänger von vor '33. Der Redner aus München machte seine Sache gut. Ernst erinnerte er an die tausendfachen Opfer des NS-Regimes aus allen Parteien, Konfessionen, Gesellschaftsschichten. Sie alle hätten es nicht geschafft, die Organisation der Unterdrückung zu beseitigen. Das müsse Anlass sein für die Schaffung einer stärkeren, bewussteren demokratischen Ordnung auf allen Ebenen. Dazu müsse die Verzweiflung des Augenblicks überwunden, die Kräfte des Volkes zusammengefasst werden. Für den Weg in die Zukunft gab er die Marschrichtung vor: Demokratie in Staat und Gemeinde, Sozialismus in Staat, Gesellschaft und Wirtschaft. Vorwärts an die Arbeit!

Die Versammelten applaudierten freundlich, diskutierten an den Tischen, tranken ihr Dünnbier und wählten schließlich einen vorläufigen Ortsausschuss.

Alles schön und gut, sagte mein Meister einige Tage später. Die Partei muss nur ein paar Fehler vermeiden. Wir können nicht wieder da anfangen, wo wir '33 aufgehört haben und die zwölf Jahre wie eine schlecht gespielte Szene aus einem Film herausschneiden. Dazu ist zu viel passiert. Krieg, Tod, Vernichtung der Städte, das hat die Menschen verändert. Sie sind verstört, teilweise demoralisiert. Sie denken jetzt vor allem an sich, an ihr Weiterkommen. Von Verantwortung wollen sie nichts wissen. Und "Heil Hitler" geschrieen? Daran kann sich niemand mehr erinnern. Herr Weiser schwieg und ging verbissen an die Arbeit. Mich ließ er verstört zurück.

Im Laufe der Monate gründeten ehemalige Mitglieder der Bayerischen Volkspartei die CSU und aus KZ, Strafbataillon und Zuchthaus heimgekehrte Kommunisten die KPD. Wir druckten Plakate und Einladungen, gingen aber zu keiner der Versammlungen mehr.

4.

Nur arbeiten und Kohldampf schieben, abends im kalten Zimmer ein Buch aus Herrn Maubachs Bücherschrank lesen - wenn auch mit Begeisterung Manfred Hausmanns "Lampion küsst Mädchen und kleine Birken" - das konnte das ganze Leben nicht sein.

Helma hatte erzählt, dass es in einer der kleinen Altstadtstraßen das Cafe Prinzess gebe, ein Tanz- und Unterhaltungslokal, in dem nebenbei Hans Pfeifer als Conferencier arbeite. Den musst - du von der Schule kennen.

Ja, er war eine Klasse über mir.

Das Cafe war nicht sehr groß. Eine kleine Tanzfläche, die man im Soldaten-Jargon als Nahkampfdiele bezeichnet hätte, umgeben von etwa einem Dutzend Tischen. Eine kleine Bühne, auf der fünf Musiker spielten: Klavier, Trompete, Saxophon, Klarinette, Schlagzeug. Bei Bedarf trat eine Bedienung ans Mikrophon und sang mit aufregend erotischer Stimme die neuesten amerikanischen Schlager.

Die meisten Tische um die Tanzfläche waren besetzt. Ich fand einen leeren in einer Ecke, von der aus ich Lokal und Gäste gut beobachten konnte. Mir fehlte nur ein Gesprächspartner. Zum Lästern über die Leute...

Ich sah einen Tisch mit drei einsamen Mädchen, tanzte mit einer, redete die wenigen üblichen Dinge, ob es ihr gefalle, dass sie gut tanze, ob sie öfter hierherkomme.

Als ich zu meinem Tisch zurückkehrte, fühlte ich mich fixiert.

Am Nebentisch saß ein Ehepaar mittleren Alters, also so um die 40. Die Frau schaute mich unentwegt an, Sie versuchte ein flirtendes Lächeln, das ich mit einer leichten Kopfneigung ebenfalls lächelnd quittierte. Auch ihr Mann schaute herüber und nickte. Hans Pfeifer hatte begonnen, Witze zu erzählen. Wissen Sie, fragte er, dass eine Deutsche und eine Französin, wenn sie müde sind, das Gleiche sagen? - "Vati geh!" Wer französisch verstand, lachte amüsiert. Pfeifer sagte dann den amerikanischen Schlager "Give me five minutes more" an und kommentierte, das sei ja wohl nicht ernst zu nehmen. Was könne man schon in fünf Minuten anfangen. In das wissende Lachen des Publikums sagte er "Damenwahl!"

Die Nachbardame stand mit zwei Schritten vor mir und forderte mich mit dem Lächeln, das ich schon kannte, auf. Ich fühlte mich als 20jähriger, aufgefordert von einer reifen, wissenden Dame, ein wenig geschmeichelt. Wir tanzten sehr gut zusammen. Ich hatte schließlich mit 17 in der renommierten Tanzschule der Frau Elvira Fischenich mit Fortgeschrittenen-Kurs und Club intensiv und mit großer Freude Tanzen gelernt. Das bewährte sich jetzt. Wir strahlten uns an und ich meinte, es sehe so aus, als ob wir nie etwas Anderes zusammengetan hätten.

Haben wir ja auch noch nicht. Bis jetzt, sagte sie.

Als die Kapelle einen Tango spielte begann sie aggressiv zu tanzen. Mit dem Knie zwischen meinen Beinen. Ich zeigte ihr, dass ich das auch könne. Als ich sie zum Tisch zurückbrachte, hängte sie sich bei mir ein. Ihr Mann stand auf, stellte sich vor. Wir heißen Staudt, Erasmus und Else Staudt. Kommen Sie doch an unseren Tisch herüber. Ich nannte ebenfalls meinen Namen, holte mein Bierglas und setzte mich zu Staudts.

Martin, sagte Else, kühn meinen Vornamen benutzend, tanzt wunderbar. Das gönn ich dir. Erasmus, der Eras genannt werden wollte, streckte sein linkes Bein vor, klopfte drauf. Es klang nach Holz. Das Original liegt bei Woronesch. Mit dem Tanzen ist also nicht mehr viel los bei mir, aber Else tanzt so gern - und gut, nickte ich dazu, sie innig anschauend - also gehen wir oft und gern her. Um Stimmung zu holen, Sie verstehen.

Ich verstand und dachte bei mir, ich werde gern noch etwas zur Stimmung und zum Appetit von Else Staudt beitragen. Zum Tanzen kamen wir nicht auf der Stelle, denn die Bedienung, von der Staudts wussten, dass sie Renate hieß und etwas mit Conny Zachow zu tun habe, sang eben mit ihrer dunklen Stimme "Don't fence me in". Die Kapelle machte Pause, die Hans Pfeifer nutzte für den Sketsch von den vier Temperamenten und dem Haar in der Suppe.

Der erste Gast - der Sanguiniker - nahm Platz, Renate brachte ihm die Speisekarte. Er bestellte einen Kalbsbraten. Der Kalbsbraten ist aus. Macht nichts, nehme ich Hackbraten. Renate bringt die Suppe. Er beginnt zu essen, findet nach wenigen Löffeln ein Haar, zieht es aus dem Mund, schaut es angewidert an und sagt oberflächlich, das kann man nicht essen, und geht. - Und hat es zu Hause längst vergessen.

Der zweite Gast - der Choleriker - nimmt schon mit wütendem Gesicht Platz, schnauzt einen Gast an: Was glotzen Sie denn so blöd? bestellt Kalbsbraten, schimpft auf den Sauladen, riecht an der Suppe, knurrt Saufraß, findet das Haar, kriegt einen Tobsuchtsanfall, will Renate schlagen, die flüchtet, er verlässt fluchend das Lokal.

Der dritte Gast - der Melancholiker - kommt schon gebeugt, müde, traurig, hereingeschlurft, bestellt, sagt mit weinerlicher Stimme, gerade heute habe er sich so auf den Kalbsbraten gefreut schaut ständig traurig vor sich hin, beginnt langsam zu essen, findet das Haar, jault schmerzlich auf, schüttelt sich vor Ekel, sagt wieder weinerlich: Das kann man doch nicht essen und schlurft wie er gekommen war, hinaus.

Der vierte Gast - der Phlegmatiker - schiebt langsamen Schrittes seinen Bauch vor sich her, bestellt Kalbsbraten, als ihm Renate sagt, der sei aus, sagt er ruhig, fast müde: Macht nichts, Er wischt den Suppenlöffel am Tischtuch ab, beginnt zu essen, findet das Haar, zieht es langsam aus dem Mund, leckt es ab, ringelt es sorgfältig um den kleinen Finger der rechten Hand, wischt es auf den Boden, blickt ihm nach, isst seelenruhig weiter. Fräulein, noch so eine Suppe!

Der Beifall ist groß, und ich finde, dass es ihn verdient hat.

Wir tanzen wieder, eng und vertraut wie ein routiniertes Liebespaar. An einem Tisch an der gegenüberliegenden Wand fällt mir ein breit und behäbig da sitzender Mann auf, der einen sehr guten, teuren Anzug trägt. Er hat einen Maßkrug vor sich stehen. Ich bemerke, dass in Abständen immer wieder ein anderer Gast für kürzere oder längere Zeit an seinen Tisch kommt.

Ich frage Eras Staudt, wer das sei.

Das ist Conny Zachow. Ich habe ihn schon im Zusammenhang mit Renate erwähnt.

Das sagt mir nichts.

Sie sind noch nicht lange wieder daheim, wie?

Nein, seit drei Wochen.

Drum. Zachow ist der König des Schwarzmarkts.

Ich denke, die Polen beim "Goldenen Nagel".

Die Geschäftsbereiche sind genau eingeteilt. Zachow hat es nicht nötig, sich auf die Straße zu stellen. Die Leute kommen hierher oder zu ihm nach Hause. Das aber sind nur die ganz Vertrauten. Die anderen wissen seine Adresse natürlich nicht.

Und was verkauft er?

Alles. Mit Ami-Zigaretten gibt er sich nicht ab. Er ist fürs Gediegene. Alle Sorten Lebensmittel, vornehmlich Butter, Schinken, Mehl, Zucker, alles en gros und en detail. Aber auch Fahrradschläuche und Autoreifen und natürlich Schnaps, Whiskey und Sekt. Sie dürfen raten, was in dem Maßkrug ist.

Sicherlich kein Dünnbier, nach allem, was Sie sagen.

Richtig. Er trinkt Sekt. Den bringt er selber mit. Das sieht zwar kein Wirt gern, aber mit Zachow will sich's keiner verderben. Er zieht schließlich die Gäste her.

Müsst ihr immer reden? Ich will tanzen. Komm, Martin, der Langsame Walzer ist so schön. Die Kapelle spielte "Ich tanze mit dir in den Himmel hinein", und Else Staudt schloss die Augen mit einem Ausdruck, als ob sie bereits auf Wolken schwebe. Ich muss zugeben, wir tanzten so leicht, fast schwebend, dass auch ich wolkige Gefühle bekam. Zum ersten Mal. Eras Staudt sah mit Freude das gerötete, lächelnde Gesicht seiner Frau. Ihr habt euch gesucht und gefunden, wie? Else legte ihre Hand auf meine. Er tanzt himmlisch. Ich möchte immer weiter machen. Leider müssen wir Schluss machen und gehen. In einer halben Stunde ist Sperrstunde

Jammerschade. Sie kommen aber öfter ins Cafe Prinzess, bitte, ja?

Ich versprach es, und wir brachen zusammen auf. Wir hatten ein langes Stück einen gemeinsamen Weg. Staudt ging langsam und auf seinen Stock gestützt. Else hängte sich bei mir ein wie eine alte Bekannte und drückte mitunter meinen Arm.

Ich habe ja jetzt viel Zeit, begann Staudt einen langen Monolog. Ich bin Versicherungskaufmann. Damit ist jetzt kein Geschäft zu machen. Wir leben von der Substanz. Die ist Gott sei Dank gut gefüllt. Ich sitze also viel am Fenster und denke nach. Man macht sich dann so sein System zurecht. Ich bin, wenn ich mir die Gesellschaft heute anschaue, zu dem Schluss gekommen, dass die von den Nazis so oft beschworene Volksgemeinschaft gar nicht existiert. Sie war eine Forderung, der nachgeholfen wurde mit Druck und Terror, also tatsächlich nicht vorhanden. Ein Haufen Einzelwesen, die sich unter Zwang um einander gekümmert haben und nun wieder auseinanderfallen. Die Gesellschaft bröckelt ab, sage ich. Sie zerbricht, wird ruinös wie die Straßen in den Großstädten. Jeder denkt nur noch an sich, an sein Weiterkommen, an sein Überleben.

Staudt blieb stehen. Das Gehen fiel ihm schwer. Er atmete ein paar Mal tief durch. Geht schon wieder, sagte er. Und dann kommen die Schwarzhändler, fuhr er fort, die geschickten Kleinkriminellen. Das sind die schlimmsten Egoisten. Sie wissen, wie man an die Mangelware kommt und sie vermakeln sie zu Preisen, die sich nur Wenige leisten können. Dabei bilden sich diese Verbrecher ein, sie seien notwendig, um wenigstens einen Teil des allgemeinen Mangels zu beheben. Verstehen Sie jetzt, Martin, was ich mit Abbröckeln meine? Die Gesellschaft bricht auseinander in Habende und Habenichtse. Aber, wandte ich ein, hat es nicht immer Reiche und Arme gegeben, solche, die sich alles und solche, die sich nichts leisten konnten? Und das trotz zwei Jahrtausenden christlicher Nächstenliebe.

Das lasse ich nur für normale Zeiten gelten. Wie haben Nachkrieg, wir führen ein Ersatzleben. Wir haben einen Ersatzstaat von alliierten Gnaden, eine Militärregierung, ein Kommandounternehmen, das uns Demokratie beibringen soll. Das ist die Quadratur des Kreises. Aber ich schweife ab. Krieg, Zerstörung, Not, Mangel an allem haben die ständische Ordnung der Gesellschaft vernichtet, wenigstens durcheinandergewirbelt. Der Bodensatz kommt nach oben, die Menschen, die einmal Besitz hatten, sind arm, haben Häuser und Besitz verloren, können sich den Luxus des Schwarzmarktes nicht leisten. Die Rücksichtslosen, die Ellbogenmeister, die über Leichen gehen, haben jetzt die Macht.

Wir waren vor seinem Haus angekommen. Nur noch eins zum Schluss. Am Schlimmsten sind die Vertriebenen dran. Die hier in Notquartieren hausen, haben es noch gut gegenüber denen, die man bei Bauern eingewiesen hat. Ich habe alte Kunden besucht und gesehen, wie die Familien in die Scheunen geschickt wurden, ohne Bett, ohne Kissen, ohne Decke. Auf dem blanken Stroh haben sie gelegen. Oder im Hausflur unter der Treppe. Dabei hätten sie Zimmer genug. Soviel für heute. Denken Sie darüber nach, Martin. Und jetzt gute Nacht. Kommen Sie gut und rasch nach Hause. Er gab mir die Hand. Auf baldiges Wiedersehen. Während sich Erasmus Staudt zur Haustür umwandte und seinen Schlüssel suchte, machte Else den Abschied gründlicher. Sie nahm mich in die Arme, drückte mich an sich und gab mir rasch ein Küsschen. Bis bald, flüsterte sie und folgte ihrem Mann ins Haus. Ich drückte mich aufmerksam in den Schatten der Häuser, immer auf der Lauer wegen Militär-Polizisten, die die Sperrstunde überwachten. Es ging gut.

Dass ich nicht gleich einschlafen konnte, lag daran, dass Worte und Taten der Eheleute Staudt zu eindrucksvoll waren in jeder Beziehung. Hatte er Recht mit dem Wort vom Ersatzstaat, mit seiner Meinung von der Volksgemeinschaft?

Es hat sie wohl, sinnierte ich, nie wirklich gegeben. Sie war herbei gezwungen worden durch Propaganda, Druck und Terror. Und jetzt? Vielleicht würde man später einmal von einer Übergangs-Gesellschaft sprechen: Innerlich noch nicht ganz aus dem Alten entlassen, äußerlich noch nicht im Neuen angekommen. Übergangs-Gesellschaft? Ersatz-Gesellschaft? Ersatz war das Wort der Zeit. Nicht nur bei Lebensmitteln und Kleidung war man auf Ersatz angewiesen. Viel vom täglichen Bedarf war noch nicht herzustellend wie im tatsächlichen Frieden. Man gab sich notgedrungen mit Ersatz zufrieden.

Aber das war nur die eine Seite des Lebens. Die Leute waren froh, dass der Krieg vorbei war - egal wie. Der Frieden, der wirkliche Frieden, stand ja noch bevor. Und wie er ausfallen würde, war völlig ungewiss. Man lebte in Wartestellung. Was war denn in einem besiegten, zerschlagenen, geteilten Land zu erwarten? Not und ein Leben mit Ersatz, im Ersatz. Man sah nur den heutigen Tag. Nur dieser eine, kleine, heutige Tag musste bestanden, überlebt werden. Zukunft? Keine Ahnung. Vergangenheit? Nicht daran rühren. Nicht davon reden. Man könnte sich vielleicht verraten. Man war halt mitgelaufen, weil es leichter war, aber eigentlich war man schon die ganze Zeit dagegen. Wer will das denn noch wissen Wir bleiben doch die gleichen Menschen wie immer. Was soll sich da ändern, vielleicht gar verbessern?

So vermutete ich, würden die meisten Leute heute denken und reden. Und das schien mir tiefer einzudringen in die Seelenlage als Staudts Überlegungen zur Volksgemeinschaft, und vom Abbröckeln der Gesellschaft. Ich empfand eine seltsame Mischung aus Unruhe und Zufriedenheit. Irgendwann schlief ich ein. Aus der Tiefe des Traumes tauchte eine ins Groteske vergrößerte, aufgequollene Else Staudt auf, die ihre Beine entblößte und mir die Zunge herausstreckte.

5.

Inzwischen war es November geworden, ein grauer, kalter, regnerischer November, der die Menschen in den Trümmern der Städte frieren ließ und uns alle hungern, denn die Lebensmittelration für den Oktober musste statt der vier Wochen sechs reichen. Zur Begründung hieß es, die Transportmittel reichten nicht aus. Die Bombardierung der Bahnhöfe habe zur Zerstörung zu vieler Güterwagen geführt. Immerhin wurde für den Dezember eine Sonderzuteilung an Mehl in Aussicht gestellt.

An einem regenlosen Tag sprach Hildegard zum ersten Mal von ihrem Wunsch, nach Köln zu fahren, um Onkel Max und Tante Anni zu besuchen. Nüchtern und pragmatisch sagte ich, ich komme mit. Hildegard war begeistert.

Ich meinte, sie könne das nicht allein tragen. Und Meister Weiser werde Verständnis haben. Wir fahren am Donnerstag, bestimmte ich. Dann sind wir vielleicht bis Sonntag zurück.

Meister Weiser stimmte zu.

Die denkwürdige Fahrt nach Köln begann am so genannten Anhalter Bahnhof, einem Platz an der Ausfallstraße, wo Reiselustige und Reisebedürftige Lastwagen anhielten in der Hoffnung mitgenommen zu werden. Möglichst weit. Der Bahnverkehr lag ja noch danieder.

Im leichten Nieselregen stellten wir uns, ausgestattet mit zwei Koffern und zwei Rucksäcken zu den fünf grauen Gestalten, die schon auf Lastwagen warteten. Ein mitleidiger Fahrer versprach, uns alle mitzunehmen. Bis Regensburg wenn wir wollten. Wir wollten alle.

Wir saßen schweigend, dösend, nachdenklich unter der Plane, die vor dem Regen schützte. Mir fiel die letzte Fahrt auf der Ladefläche eines Lastwagens ein, die letzte Strecke der Heimkehr aus der Kriegsgefangenschaft. Auf der Ladefläche saß nur ein alter Mann. Er nickte kurz, als ich zustieg. Ich fragte Hildegard, ob ich ihr schon davon erzählen dürfe. Sie nickte stumm.

Obwohl es dunkel geworden war, begann ich vorsichtig, erkannte ich doch, dass er schmal und krank aussah. Mitunter redete er leise mit sich selbst. Ich fragte, ob er mich meine. Nein, nein, junger Mann, sagte er und stellt sich vor: Hermann Josef Reifferscheidt mit ff und dt. Aus Köln. Er erzählte, dass er zu dir wolle und dass du in der Apotheke arbeitest und was ich inzwischen sonst noch weiß. Irgendwo muss ich ja hin, sagte er. Meine Wohnung ist ausgebombt und außerdem, ja, dann gestand er nach einigem Zögern, dass er aus dem Gefängnis komme, aus dem Klingelpütz. Ich bin gar nicht mehr gesund, und darum hat man mich entlassen.

Dann schwieg er lange. Ich wartete.

Ich versteh' das alles nicht mehr, begann er wieder und schüttelte den Kopf. Er bekam dann einen heftigen Hustenanfall und musste wieder pausieren. Was habe ich denn getan, fragte er. Versammlungen gehalten, geredet, Broschüren verteilt. Ich habe niemanden angezeigt, keinen Menschen ins KZ gebracht. Ich kannte überhaupt keinen Juden. In unserem Vorort lebten keine.

Verzeih bitte, aber ich musste doch ein wenig fragen. Haben Sie es wenigstens verhindert, sagte ich leise. Wie konnte ich denn? Ich kannte ja keinen.

Aber Sie haben davon gewusst.

Nur sehr ungenau.

Da wir schon bei dem Thema waren, das uns ja noch lange beschäftigen wird, wurde ich doch ein wenig präziser. Meine Eltern und ich haben es gewusst, sagte ich. Und erklärte, dass mein Vater als Bahner die Transporte kannte, und dass meine Mutter als junges Mädchen bei einer jüdischen Familie gearbeitet habe. Sie seien alle abgeholt worden. Aber schon damals, sagte ich dann, wollte niemand etwas davon wissen und darum konnte das alles geschehen. Das schien mir für den Augenblick genug. Ich kannte deinen Vater ja nicht und wollte ihn nicht beleidigen.

Du bist lieb.

Ortsgruppenleiter, sagte er dann, Ortsgruppenleiter war ich, und deshalb haben die Engländer mich verhaftet. Gnadenhalber wurde ich entlassen, weil ich krank bin. Und er fing wieder an zu husten. Richtig qualvoll. Schwer atmend fuhr er fort: Ich hab' doch nur geglaubt und vertraut. Deutschland wolle er wieder zur Weltmacht machen.

Wie denn, fragte ich. Doch nur durch Krieg.

Er überhörte das. Das Schanddiktat von Versailles beseitigen, die alten Grenzen, die Kolonien wieder bekommen. Dann die Arbeitslosigkeit. Wieder unterbrach ihn ein Hustenanfall.

Ein starker Staat ist doch nichts Schlechtes.

Es kommt darauf an, was man damit macht. Er machte wieder eine Pause und wechselte dann das Thema: Von den KZs habe er nichts gewusst, alles erst jetzt erfahren.

Wir schon sagte ich. Ein Freund meines Vaters war in Dachau. Ich erzählte dann vom Tod meiner Eltern. Das beeindruckte ihn wie es schien sehr. Wir schwiegen dann, bis der Wagen vor dem Rathaus hielt und ich ihn zu dir brachte.

Hildegard hatte ruhig zugehört. Das war sehr rücksichtsvoll von dir, dass du nicht massiv eingestiegen bist – trotz deiner Familiengeschichte. Und ganz besonders lieb, dass du ihn zu mir gebracht hast. In den wenigen Tagen, die er noch hatte, haben wir auch über das alles gesprochen. Vater war eigentlich kein politischer Mensch. Er meinte, er müsse sich engagieren, das verlange man von einem guten Deutschen, aber im Grunde ist er nur mitgelaufen.

Ja, sagte ich, und er wollte nicht sehen, was die guten Deutschen daheim und in der Welt anrichteten. So haben's ja viele gemacht. Und wenn man einmal etwas Negatives erfuhr, hieß es mit sanftem Protest "Wenn das der Führer wusste".

Ja, das kenne ich auch, erinnerte sich Hildegard.

Und heute, fragte ich. Heute haben die Besatzungsmächte die Hauptschuldigen eingesperrt. Die Anderen haben so viel mit dem schlichten

Existieren zu tun, dass sie nichts mehr wissen wollen. Kriegerwitwen und Heimatvertriebene ausgenommen. Sie bürsten die Zeit wie lästigen Staub aus den Mänteln. Die Meisten erinnern sich absichtlich nicht, wollen sich nicht erinnern, dass sie mitgemacht haben, begeistert mit geschrien, die Arme hochgereckt haben. Und dann gibt es natürlich die Siebengescheiten, die das alles längst haben kommen gesehen. Hildegard nickte. Ich höre das auch in der Apotheke. Die Leute reden ja darüber. Es fällt schwer, dazu den Mund zu halten. So viel Engstirnigkeit, so viel Verdrängen, Vertuschen, Vergessen. So viel Heuchelei. Die Amis lassen uns verhungern, sagte neulich eine Frau. Beim Hitler hatten wir auch nicht viel, aber keiner hat gehungert. Da war mein Chef mal mutig. So einseitig dürfe sie das nicht sehen, sagte er zu der Kundin. Die verließ ziemlich aufgebracht die Offizin.

Klar, Widerspruch hören solche Leute nicht gern, stimmte ich zu. Aber wir müssen widersprechen, wenigstens unsere Generation. Wir dürfen uns nicht abfinden mit diesen Dumpfbacken, mit dem Verschleiern, dem Vergessen, dem Runterreden, dass alles nicht so schlimm war.

Irgendwann kamen wir nach Regensburg. Jeder gab dem Fahrer einen kleinen Geldbetrag, meist einen braunen Zweimark-Schein. So auch wir.

Am Bahnhof hing ein behelfsmäßiger, handgeschriebener Fahrplan, Nanu! Schau mal, sagte ich zu Hildegard, neuerdings gibt es einen Eilzug von München nach Frankfurt am Main. Und wenn der pünktlich wäre, musste er in etwa einer Viertelstunde hier sein. Der Zug war pünktlich.

Weil offenbar noch kaum bekannt, war er nur halbvoll. Welch ein Anblick! Da wir doch nur überfüllte Hamsterzüge kannten, bei denen die Menschen draußen auf den Trittbrettern mitfuhren. Als ein Schaffner in den Wagen kam, löste Hildegard eine Fahrkarte nach Frankfurt. Ich hielt ihm meinen Entlassungsschein aus der Kriegsgefangenschaft hin. Er akzeptierte.

Die Fahrt über Nürnberg nach Würzburg dauerte Stunden und Stunden. Die Leute im Abteil redeten vom Hunger, vom Hamstern, auch vom Krieg. Und sie schimpften auf die Hilfspolizisten, die die mühsam zusammen gehamsterten Sachen beschlagnahmten. In Nürnberg stiegen zwei Männer ein, die wussten, dass man nicht bis Frankfurt fahren müsse, um besser ins Rheinland oder nach Westfalen zu kommen. In Hanau müsse man umsteigen nach einem Kaff namens Friedberg. Dort werde ein Güterzug mit lauter leeren Wagen eingesetzt, der nach Hagen in Westfalen fahre. Von da aus komme man überall hin weiter.

Wir überlegten. Machen wir das?

Meinst du?

Versuchen wir's!

Ist das nicht ein großer Umweg?

Ich denke, von Hagen nach Köln ist eine ziemlich grade Strecke. Ich weiß es aber nicht. Ist ja eigentlich deine Gegend. Also gut.

In Hanau verließen wir den Eilzug. Der Personenzug nach Friedberg wartete schon. Er war restlos überfüllt, Die Leute standen auf den Trittbrettern. Wir stellten uns dazu, banden die leeren Koffer mit Gürteln an den Brettern fest. Nach fünf oder sechs Stationen tauchte der Bahnhof Friedberg aus dem Abenddunst auf. Irgendjemand musste überall die Parole ausgegeben haben: Von Friedberg fährt ein leerer Güterzug nach Hagen. Von Friedberg fährt ein leerer Güterzug nach Hagen. Fahrt alle mit!

Auf dem Bahnsteig standen, hockten, saßen, lagen ein paar hundert Menschen und warteten auf diesen Zug. Und als er endlich langsam einlief, war er in Minutenschnelle geentert, gestürmt, besetzt. Koffer und Rucksäcke flogen über die Bordwände, Männer, Frauen, sogar einige Kinder kletterten hinauf und hinüber. Niemand achtete auf den anderen, Ich half Hildegard hinüber und wir besetzten wie die anderen rasch einen Platz an der Wand. Da es inzwischen richtig finster geworden war, streckten sich die meisten schon auf dem Boden aus. Koffer an die Wand gestellt, den Rucksack als Kopfkissen davorgelegt, den Mantel anstelle einer Decke ausgebreitet. (Wohlgemerkt, nicht längs gelegt mit dem Kragen am Hals, sondern quer, weil er so länger ist.)

Hildegard schien verwundert, ja verwirrt. Das habe ich nicht erwartet. Warum sind wir nicht im Zug nach Frankfurt geblieben Wie kommen wir jetzt nach Köln und vor allem, wann? Es ist ja bald Nacht. Keine Angst. Es geschieht dir nichts. Die Volksgenossen sind hier alle mit sich selbst beschäftigt. Oder mit ihrer Nachbarin. Sieh dich um. Die meisten werden bald schlafen. Du hoffentlich auch. Und morgen Mittag sind wir in Köln. Brief und Siegel darauf.

Ich holte aus meinem Rucksack die Brötchen, die Frau Maubach in ihrer unendlichen Augenaufschlags-Fürsorge für uns geschmiert hatte. Kommen Sie nur gut wieder, sagte sie beim Verpacken. Aber sicher. Und vielen Dank, sagte ich mit einem Aufwand an Charme, der ihr rote Wangen machte. Als sich Hildegard wieder ausstreckte, legte ich den Arm um ihre Schulter, wandte mich ihr ein wenig zu und streichelte ihre Hand. Als ich dazu übergegangen war, ihr Haar leicht zu streicheln, merkte ich, dass sie schon schlief.

Ich lag ruhig auf dem Rücken, noch unfähig einzuschlafen. Meine Blicke suchten den Nachthimmel ab. Kein Stern zu sehen. Wie oft bin ich durch die Nacht gefahren, wach und aufmerksam. Stellungswechsel. Aber ich will nicht an den Krieg denken. Zwischendurch blickte ich manchmal zu Hildegard hinüber, auf ihr ruhiges, entspanntes, schönes Gesicht.

Da hörte ich rechts neben mir, wo zwei Frauen unter einer Decke lagen, ein leises Rumoren, Flüstern, Kichern, dann ein unterdrücktes Seufzen, Stöhnen. Vorsichtig drehte ich mich ein wenig nach rechts, sah das Gesicht der Frau, die neben mir auf ihrer linken Seite lag, mit weit geöffnetem Mund und geschlossenen Augen. Sie atmete schwer. Und dann spürte ich urplötzlich und sehr rasch hinüber geschoben ihre Hand an meinem Oberschenkel, stutzte, sah wie sie die Augen aufriss, mich, anstarte und mir blitzschnell zwischen die Beine griff. Ihre Fingernägel krallten sich in meinen Sack, quetschten die Hoden zusammen, sodass ich stöhnte und die Hand löste. Ich hob die Decke an und schob den Arm der Frau zurück. Dabei sah ich das lüsterne, geile Grinsen der anderen Frau, die hinter ihr lag und gerade noch ihre Hand zurückziehen konnte aus dem hochgeschobenen Rock ihrer Freundin. Diese schaute mich mit großen Augen an, schlug erschrocken die Hand vor den Mund, warf sich dann herum und umarmte ihre Freundin stürmisch, wobei ihr ganzer Körper ins Zucken geriet. Ich ließ die Decke wieder fallen, legte mich auf den Rücken sehr erregt und verwirrt. Was war jetzt das?

Frauen ohne Männer, die Männer im Krieg oder in Gefangenschaft. Seit Monaten, seit Jahren allein. Kein Wunder, dass sich Freundinnen zusammentun, um sich zu helfen, wenn im wahren Sinne Not am Mann ist, Not an Männern. Und da liegt plötzlich ein junger Mann neben ihnen. Alles Andere entwickelt sich von selbst. Und ganz unbewusst wahrscheinlich greift die Frau im Orgasmus hinüber. Kein Vorwurf, nein kein Vorwurf. Auch das war doch nur Ersatz wie vieles, wie fast alles. Ich sollte es Staudt erzählen.

Der Zug ruckte plötzlich und blieb stehen. Hildegard war von der Bewegung erwacht, schaute sich um, was ist los? Wir stehen. Keine Einfahrt vermutlich. Das kann dauern. Und es dauerte fast eine Stunde, während derer Hildegard wieder einschlief. Ich muss wohl auch ein wenig geschlafen haben, denn als ich die Augen wieder aufschlug, tauchte im Osten der erste helle Streifen aus der Nacht auf.

Hildegard war auch schon wach, lächelte mich an. Es drängte mich, sie zu küssen, ungewaschen, Nachtgeschmack im Mund. Egal. Wir küssten uns und sagten Guten Morgen. Die anderen im Wagen schliefen noch oder dösten. Niemand schaute zu uns her. Es wäre uns auch gleichgültig gewesen.

Ich erzählte Hildegard mein nächtliches Erlebnis. Du Armer, sagte sie, legte ihre Hand tröstend und ohne sie zu bewegen zwischen meine Beine, schaute mich ernst an. Eines Tages tun wir's ja doch. Sie zog die tröstende Hand zurück und ich beugte mich wieder über sie, um sie zu küssen. Nicht jetzt gleich, wehrte sie mich ab. Übrigens habe ich Hunger. Auch ich wurde sofort nüchtern und kramte aus dem Rucksack die nächsten beiden Maubach'schen Brötchen hervor.

Nach und nach erwachten die Reisenden. An der Schmalseite des Wagens wickelte sich ein Paar aus einer Decke. Die junge Frau mit erhitztem aber lächelndem Gesicht. Es schien mir, als ob sie Verzeihung heischend um sich blicke, zugleich aber auch neugierig, ob irgendjemand in der

Umgebung vielleicht etwas bemerkt hätte. Der junge Mann neben ihr, in Uniform, machte das zufriedene, befriedigte Gesicht des Besitzenden.

Meine Nachbarinnen waren auch erwacht, tuschelten miteinander, schauten aber angestrengt nicht zu mir hinüber. Ich hatte nichts Anderes erwartet. Kurz vor Hagen kam ein Reichsbahner vom vorderen Waggon herübergeklettert. Er kassierte von jedem zwei Reichsmark Benutzungsgebühr. Der uniformierte junge Mann zeigte seinen Entlassungsschein und zahlte für seine in der Nacht eroberte Gefährtin. Ich machte es ihm nach mit dem Entlassungsschein.

Güterbahnhof Hagen-Vorhalle. Der Zug endet hier. Alles aussteigen. Auf dem Bahnsteig suchte ich zunächst einen Fahrplan und las dort, dass demnächst ein Vorortzug zum Hauptbahnhof fahre. In der Zeit drehte ich mir eine Zigarette aus gutem deutschem Tabak, den es auf die Raucherkarte ab. Damals rauchte ich noch hier und da. Ein junger Mann kam auf mich zu und fragte, ob er sich auch eine drehen dürfe. Ich gab ihm Tabakbeutel und Papier, er gab mir fünf Mark. Ich wollte ablehnen. Nehmen Sie nur. Wenn ich mir eine Ami-Zigarette kaufe, muss ich auch fünf Mark zahlen. Und wandte sich zum Gehen.

Die Fahrt nach Köln-Deutz dauerte mit vielen Unterbrechungen drei Stunden. Niemand kam zum Kassieren, niemand verkaufte Fahrkarten unterwegs. Am Bahnhof Deutz huschten wir durch die nicht besetzte Sperre. Das Besondere, das Ungewöhnliche an dieser Fahrt war der Saldo von drei Reichsmark zu meinen Gunsten.

Wir gingen zu Fuß über die Rheinbrücke, die Trümmer der Altstadt, der Kirchen wie Groß St. Martin, des Rathausturms, des Stapelhauses vor Augen. Hildegard zählte die einzelnen Ruinen auf. Sie wurde immer stiller.

Durch Straßen, die nur noch aus Trümmern bestanden, auf Trampelpfaden an Ruinen entlang suchten wir den Weg zur Ringstraße und zum Barbarossaplatz. Der Weg war lang und wegen der Trümmer beschwerlich.

Inmitten von Ruinen aber vor einem ehemaligen Platz hielt Hildegard an. Hier muss es sein. Aber welcher Trampelpfad ist die Luxemburger

Straße? Wir machten eine Pause. Hildegard dachte nach, zählte die Straßeneinmündungen, Ich schaute mich um. An einem Fensterladen klebte ein Stück Papier. "Wir sind in Lindlar bei Franziska. Heinz und Maria Neutzer", stand da für alle, die es anging und die Neutzers suchten. Wir gehen mal da drüben weiter, sagte Hildegard. Das musste die Luxemburger sein. Die Hausnummer ist 264. Also noch ein ganzes Stück.

Wir marschierten weiter. Mir fiel nach etwa einem Kilometer auf, dass die Trümmer weniger wurden, die bewohnbar gebliebenen Häuser im Vorort zunahmen. Auch das Haus Nummer 264 hatte nur einen Dachschaden. Max und Anna Reifferscheidt waren zu Hause.

6.

Es regnete in Strömen auf das ehemals heilige Köln. Kalter, grauer Novemberregen. Er fiel auf den Trümmerberg, der einmal das gegenüberliegende Haus an der Straßenecke gewesen war. Ein kleiner, jetzt blattloser Baum war da oben gewachsen zwischen angeflogenem Unkraut, das einen grünen Streifen wagte. Wir sitzen in Reifferscheidts Wohnzimmer und schauen hinaus. Am Vormittag waren Hildegard und ich in die Stadt gegangen. Sie wollte mir erklären, was einmal gewesen war und nachschauen, was noch stand. Das war einmal das Opernhaus, sagte sie, als wir die Trümmer der Ringstraße erreicht hatten, auf matschigen Trampelpfaden über zunehmend mehr Trümmerstraßen balancierend. Sie schaute sich um, und ihr Blick blieb an einem Haus hängen, das zur Hälfte stehen geblieben war. Man sah im ersten, zweiten und dritten Stock in Zimmer, die wie durchgeschnitten wirkten. Herde, Küchenschränke, ein Tisch standen noch in der halbierten Küche. Türen führten in erhalten gebliebene Nachbarzimmer. Auf den Trümmern des restlichen Hauses hatte jemand eine Art von Treppe geformt, in den ersten Stock führte von da aus eine Leiter. Da wohnt tatsächlich noch jemand, sagte Hildegard. Zur Bestätigung kam ein junger Mann daher, erkletterte den Treppenersatz und die Leiter und verschwand in der Restküche des ersten Stockwerks. Verblüfft und kopfschüttelnd blickten wir hinterher.

Durch die Trümmer gingen wir weiter in Richtung auf den Dom, der jetzt die ganze Stadt überragte und von überall her zu sehen war. Von etlichen Häusern waren wenigstens die Erdgeschosse erhalten geblieben.

Einzelne Geschäfte versuchten sich im Verkauf der wenigen Waren, die es gab. Bäckereien, Lebensmittelgeschäfte, ein paar Kneipen. Was wir an Kirchen sahen, war ruinös. Von 83 Kirchen waren drei noch benutzbar, wusste Hildegard. Den Dom fanden wir mit Stacheldraht von der Stadt getrennt. Einsturzgefahr. Betreten verboten. Nicht anders bei St. Maria im Kapitol und bei Groß St. Martin, an denen wir vorbeikamen. Und dann stand Hildegard am Anfang der Hohe Straße. Sie blieb einfach stehen, schaute und begann zu weinen. Das war eine Weltstadtstraße, sagte sie schluchzend. So etwas wie das wirtschaftliche Herz der Stadt, aber auch Flaniermeile, Schaufensterbummel. Die Straße war nicht mehr da. Zu Staub zermalmt, pulverisiert, ausgelöscht. Hildegard zeigte noch mit einer fahrigen Geste auf den Rest des Rathausturms. Wie ein fauler Zahn. Es war ihr zuviel. Nur ausgetilgtes städtisches Leben zu sehen. Wir trotteten stumm zurück in die Luxemburger Straße,

Nun saßen wir in Reifferscheidts Wohnzimmer und schauten in den trostlosen, grauen Regen hinaus. Und unsere Stimmung war die gleiche, trostlos und grau. Nein, sagte Max Reifferscheidt, das hat diese Stadt nicht verdient. Es war eine Weltstadt, weltoffen, fröhlich, fleißig, kulturell lebendig, gut katholisch und doch liberal. Unsere Vorzeige-Komiker Tünnes und Schäl waren genau so weltbekannt wie der Vorzeige-Dom.

Und jetzt: 80 Prozent zerstört. Ihr wisst, ich habe ein Faible für die Statistik. (Mir schien Tante Anna ein wenig zu seufzen.) Die Stadt hatte einmal 250 000 Wohnungen für 770 000 Einwohner. Heute sind noch knapp 50 000 davon bewohnbar, und was bis zum Kriegsende hiergeblieben ist, waren ein paar Tausend. In Kellern, Gartenhäuschen, Kirchenruinen. Jetzt kommen zwar viele zurück, die in den Dörfern der Nachbarschaft bei Verwandten oder Freunden untergeschlüpft waren oder aus der Evakuierung zum Beispiel aus Thüringen wie unsere Nachbarn. Wir sind hiergeblieben, sagte er mit betontem Trotz.

Ich bin ja froh, dass ich schon seit zwei Jahren meine Rente habe. Heute hätte ich nichts mehr zu arbeiten. Er wandte sich mir zu. Ich bin Feinmechaniker-Meister, spezialisiert auf Schreib- und Rechenmaschinen. Und ich hatte einen Vertrag mit der Sparkasse der Stadt Köln. In allen Zweigstellen habe ich die Maschinen gewartet. Das war eine gute Arbeit. Zuerst bin ich mit dem Motorrad gefahren, später mit einem Opel P 4.

Jetzt gibt's fast keine Zweigstellen mehr. Max Reifferscheidt machte eine lange Pause. Anna brachte eine Kanne Kaffee. Kaffee-Ersatz natürlich. Aber es war Familientradition, um diese Nachmittagszeit eine Tasse zu trinken. Und davon liessen die Reifferscheidts nicht ab, trotz Ersatz.

Und was soll werden? nahm Max seinen Monolog wieder auf. Jeden Tag kommen Leute zurück. Mit Koffern und Rucksäcken und Leiterwagen kommen sie über den Rhein auf der Notbrücke. Wohin mit ihnen? Manchmal denke ich, man musste die ganze Trümmerlandschaft einfach einebnen und die Stadt an anderer Stelle wieder aufbauen. So wie es die alten Römer gemacht haben. Die gingen auch nicht an die zerstörten, vom Schicksal geschlagenen Orte zurück.

Aber das geht doch nicht, sagte Tante Anna. Dann steht der Dom ohne jede Beziehung allein in der Gegend und reckt seine Türme in den Himmel. Und wie lange soll der Wohnungsbau für mindestens eine halbe Million Menschen dauern? Nein, nein, Max, das ist keine Lösung.

Das weiß ich selber. Ich habe ja auch gesagt, dass ich manchmal so einen Gedanken habe. Aber eins steht fest: Bis das alles wieder wird, hat eine ganze Generation zu tun, Mindestens. Und das wird nicht mehr meine Generation sein. Ich werde keinen Finger mehr krumm machen. Macht ihr das, sagte er zu Hildegard und mir. Ohne mich. Das alte Köln, in dem ich groß geworden bin, gelebt, gearbeitet habe, glücklich war, das alte Köln gibt es nicht mehr. Und wenn es einmal eines Tages ein neues Köln geben sollte, dann ist es nicht mehr das Meine. Darum, ohne mich! Und im Übrigen: Auch mit der Politik will ich absolut nichts mehr zu tun haben. Ich habe einmal mitgemacht, als ganz kleines Licht, als Bei-tragszahler, nicht wie mein Bruder. Und wohin hat es geführt, einem Mann zu glauben? Wer sich dazu berufen fühlt, in die neuen alten Par-teien zu gehen, bitte sehr. Ich war einmal dabei. Von jetzt an: Nie mehr. Ohne mich.

Aber das ist doch kurzsichtig, Onkel Max, sagte Hildegard. Sag du es ihm auch, unterstützte Tante Anna sie. Es muss Leute geben, die den Karren aus dem Dreck ziehen, die in ganz Deutschland den Schutt weg-räumen, den die Nazis zurückgelassen haben. Ich meine nicht nur die Trümmer. Ich meine auch diesen schrecklichen Staat, von dem man erst jetzt richtig erfährt, was die Verbrecher alles getan haben. Dieses Land, sage ich jetzt mal ganz plakativ, braucht so etwas wie eine neue Basis, eine Grundlage, einen festen Boden, auf dem wir, ja unsere Generation, da hast du Recht, etwas ganz Neues auf die Beine stellen können.

Du bist ja ein politischer Mensch, sagte ich zu Hildegard. Das ist ganz neu für mich. Wir haben bisher nie über politische Themen geredet. Das gehört sich unter Liebesleuten auch nicht, sagte Tante Anna und lachte herzlich dazu. Hildegard lief rot an. Ich schmunzelte, Onkel Max hatte, wie es schien gar nicht zugehört.

Sie sollten sich das überlegen, Herr Reifferscheidt, sagte ich. Unsere Generation kann das alles nicht schaffen ohne den, Rat von lebenserfahrenen Leuten mit einem sagen wir abgeklärten Urteil. Die gibt es in den Parteien bestimmt auch. Leute mit politischer Erfahrung, die sie aus der Zeit vor 33 mitbringen. Aber die Verwüstung auf allen Gebieten ist so groß, dass jede Hand und jeder Kopf gebraucht wird. Das klingt jetzt alles sehr theoretisch, aber gehen Sie mal in Parteiversammlungen so wie ich, lesen Sie die Programme, so wie ich, und ich habe sie zum Teil gedruckt, dann merken Sie vielleicht, was an Ideen und Plänen dahintersteht, und ob Sie da nicht doch mitmachen könnten.

Max Reifferscheidt schüttelte den Kopf. Nicht mehr. Ohne mich. Der Abend versank in unproduktivem Schweigen. Wir aßen ein wenig nach dem Rezept der bekannten Skatansage: Karo einfach, geschnitten, aus der Hand.

Am nächsten Morgen machten wir uns mit Dank an Onkel Max und Tante Anna und dem Versprechen, uns zu melden, wenn wir daheim gut angekommen wären, auf den Weg zum Bahnhof. Bettzeug, Wolldecken, die wir unterwegs noch dringend brauchen sollten, Wäsche, Frotteesachen und einiges an Silberbesteck hatten wir in den beiden Rucksäcken und Koffern verstaut bis sie kaum noch zu schließen waren.

Die Rückfahrt verlief weniger dramatisch als die Hinreise. Wir saßen auf einem Kohlenzug, Waggon für Waggon beladen mit Briketts aus dem rheinischen Braunkohlen-Revier. Waggon für Waggon besetzt mit Reisenden wie uns. Ganz Deutschland schien in diesen Monaten unterwegs zu sein. Ein Ehepaar und zwei junge Frauen in Wehrmachts-Uniform waren auch auf unseren Waggon geklettert. Man saß auf drei verschiedene Ecken verteilt und schwieg sich an.

Am Abend hielt der Zug irgendwo in Hessen. Alles absteigen. Am Bahnsteig verbreitete sich das Gerücht, demnächst werde ein Personenzug nach Frankfurt eingesetzt. Nach etwa einer halben Stunde dampfte tatsächlich ein Zug herein. Er wurde allerdings nicht hier eingesetzt, sondern kam schon stark gefüllt von irgendwoher. Die Wagentüren waren nicht zu öffnen, denn dahinter standen die Menschen Kopf an Kopf. Ich warf meinen Rucksack durch ein offenes Abteilfenster und wollte nachklettern, da flog der Rucksack postwendend wieder heraus. Also kletterte ich mit Hildegards Hilfe ins Abteilfenster, drängte mich zwischen die Leute, ließ mir Rucksäcke und Koffer reichen und zog schließlich Hildegard und die beiden vom Kohlenzug bekannten Frauen in Uniform herein. Wir fanden alle Platz zum Stehen. Ich schaute mich um, sah verbitterte, verbiesterte, blasse Gesichter und sagte zu Hildegard ziemlich laut: Die hilfsbereite Volksgemeinschaft.

Frankfurt Hauptbahnhof, alles aussteigen, der Zug endet hier. Der uns von der Herfahrt schon bekannte Eilzug nach München fuhr an dem Abend nicht mehr. Also setzten wir uns im ehemaligen Wartesaal, dem das Dach fehlte, auf unsere Rucksäcke, packten aus, was Tante Anna uns zum Essen mitgegeben hatte, und richteten uns darauf ein, die Nacht aneinander gelehnt im Sitzen zu verbringen. Die Bahnhofsuhr existierte nicht mehr. Wie spät mag es sein, fragte ich. Eine Uhr hatte ich nicht dabei. Einige der Männer, die in der Nähe saßen, fühlten sich angesprochen. Keine Ahnung, sagte einer. Meine Uhr haben die Russen. Meine die Amis. Du weißt doch, USA heißt Uhrensammlerarmee, sagte sein Nachbar. Tja, und die meine trägt jetzt ein Pole, sagte ein Dritter. Kommentarlos versanken alle wieder in Schweigen. Hildegard griff sich unter den Pullover und zog eine kleine Armbanduhr aus dem Büstenhalter. Ich starrte sie höchst überrascht an. Warum da? Ach, sicher ist sicher, meinte sie lächelnd. Zwanzig nach zehn haben wir schon. Zeit ins Bett zu gehen für ein braves Mädchen, sagte ich.

In diesem Augenblick begann es zu regnen. Nicht nur zu nieseln, was man ja ausgehalten hätte. Nein, ein ausgewachsener Landregen setzte ein. Wir zogen die Wolldecken aus den Koffern und deckten uns damit ein wenig zu, vor allem die Köpfe. Wir werden uns ganz schön erkälten, sagte Hildegard. Na wenn schon, sagte ich Schicksals ergeben. Ich schau mal, ob es irgendwo noch ein Stück Dach gibt sagte ich im Aufstehen. Den gleichen Gedanken hatten schon ein paar Dutzend andere Reisende vor mir. Es gab kein freies Plätzchen mehr unter einem Reststück von Dach. Irgendeiner aber sagte etwas von einer Fußgängerunterführung, die unterirdisch die Bahnsteige verband. Wir liefen an einem Bahnsteig entlang und fanden die Unterführung tatsächlich. Sie war wie zu erwarten, reichlich gefüllt, aber für uns war noch Platz, auch ohne die inzwischen feuchten Decken. Hier blieben wir sitzen, dösten ein wenig vor uns hin und hielten die Koffer fest, damit sie nicht geklaut würden. Sicher ist sicher...

Mitten in der Nacht leuchtete man uns mit Taschenlampen ins Gesicht. Amerikanische Militärpolizei und ein deutscher Hilfspolizist auf Streife. Was mögen die hier suchen, knurrte ich zu Hildegard hinüber. Fahnenflüchtige und Schwarzhändler flüsterte sie zurück. Uns sicher nicht. Und sie rieb ihre nassen Haare an meinem Gesicht. So hatten wir wenigstens etwas zum Lächeln.

Irgendwann am Vormittag wurde der Eilzug eingesetzt. Wir kauften dieses Mal sogar Fahrkarten und kamen am Nachmittag nach einer fast bürgerlichen Reise in Regensburg und am Abend hungrig aber wieder trocken zu Hause an. Nur Hildegard nieste gelegentlich.

Zweiter Teil: Leben in der Stadt

1.

Ein neuer Schatten des Nachkriegs war bereits im Oktober auf die Stadt gefallen. Ein paar Dutzend Menschen, Männer, Frauen, Kinder, beladen mit Rucksäcken und Taschen, müde, ausgemergelt, hohlwangig, gezeichnet von Verfolgung und Entbehrungen, kamen vom Bahnhof. Vertriebene aus Böhmen. Sie wurden in die Martinsschule eingewiesen, jeweils zwei Familien in ein Klassenzimmer, wo die Stadtverwaltung Etagenbetten mit Strohsäcken und je einer Decke bereitgestellt hatte. Mit vertikal aufgehängten Decken versuchte jede Familie, einen Rest von Privatsphäre zu erhalten. Später, so erinnere ich mich, mussten sich sechs Familien ein Zimmer teilen.

Meister Weiser bekam den Auftrag der Stadt, 500 Handzettel zu drucken, die an exponierten Stellen angeschlagen werden sollten. Da weitere Transporte von Vertriebenen angekommen waren, wurden die Bürger der Stadt zu Spenden aufgerufen Kleidung, Decken, Wäsche, aber auch Haushaltswaren, Besteck, Tassen und Teller, schließlich Stühle, Tische, Öfen wegen des bevorstehenden Winters wurden erbeten. Alle Parteigenossen und Mitglieder von NS-Organisationen wurden gezwungen, einen Anzug abzugeben. Da die Stadtverwaltung, hieß es, alle Mitgliederlisten besitze, könne sie feststellen, wer sich der Aufforderung entziehen wolle. Die Bürger der ehemaligen Siedlung wurden ausdrücklich ausgenommen.

Der Aufruf war unterschrieben von dem von den Amerikanern eingesetzten Oberbürgermeister Dr. Rudolf Dietz. Wir wunderten uns wie viele Leute, dass die Besatzungstruppen genau wussten, auf wen sie sich verlassen konnten und wen sie festzunehmen hatten. Dr. Dietz war ein bekannter Rechtsanwalt, der häufig von Nazi-Gegnern konsultiert worden war. Ihm verdankte, wie mir Herr Maubach erzählt hatte, August Brunner, ein bekannter Kommunist der Stadt, dass er der Todesstrafe entkommen und "nur" zu Zuchthaus verurteilt worden war, aus dem er dann ins Strafbataillon gesteckt worden war. Er hatte es überlebt.

Sein Verbrechen war, dass er, der Drucker, bei Kriegsausbruch laut überlegt hatte, ein Flugblatt zu drucken etwa mit dem Text "Wir haben immer gesagt: Hitler bedeutet Krieg. Wir haben Recht behalten. Leider".

Ein Arbeitskollege hatte ihn verpfiffen. Dr. Dietz argumentierte, dass Brunner das natürlich nicht ernstgemeint sondern nur daher phantasiert habe. Das habe er auch selbst eingeräumt. Und außerdem habe Brunner überhaupt keine Anstalten gemacht, so etwas zu verwirklichen.

Der Denunziant konnte sich danach in der Stadt nirgendwo mehr sehen lassen. In den Wirtschaften, wo er verkehrte, standen die Gäste auf und gingen, wenn er hereinkam. Schließlich verließ er die Stadt und zog in ein Dorf in der Nähe. Aus dem Krieg ist er nicht mehr zurückgekommen.

Es war Ende November geworden und wir froren an manchen Abenden zu Dritt in Helmas Küche. Eines Tages zauberte ich eine Überraschung aus der Tasche. Meister Weiser hatte von einem zufriedenen Kunden, einem Metzgermeister, zum Geld eine Fleischwurst geschenkt bekommen und mir ein gehöriges Stück abgegeben. Dazu legte ich vier Roggenbrötchen auf den Tisch. Helma holte einige Schnitten Brot aus dem Kasten, einen Klacks Margarine, aber auch zwei Flaschen Dünnbier. Es wurde ein vergnügter Abend. Sag mal, begann Helma, und setzte ihr Bierglas bedächtig und nachdenklich auf den Tisch. Dein Vater hatte doch da irgendwo eine Kusine.

Du meinst die Resi in Hettenbach.

Ja, so hieß sie.

Die Frau Gstöttner. Und sie hat ein Elektrogeschäft. Das einzige im weiten Umkreis. Ob das jetzt noch was einträgt, scheint mir zweifelhaft.

Ob die Gute wohl Verbindungen hat zu Bauern, wo man mal versuchen könnte zu hamstern?

Ich habe sie seit der Beerdigung meiner Eltern nicht mehr gesehen und geschrieben haben wir uns auch kaum. Resi und ihr Mann, der Franz, wissen gar nicht, dass ich daheim bin.

Dann wird es Zeit, dass sie es erfahren.

Wie stellst du dir das vor?

Ziemlich einfach. Im Keller steht mein Fahrrad. Und wenn ich Richards Bruder Toni frage, wird er mir seins bestimmt für den Tag leihen. Was hältst du davon?

Ja, das können wir versuchen. Richard, erklärte ich Hildegard, ist Helmas Freund. Er ist noch in der Gefangenschaft in Frankreich.

Wir sollten bald fahren, ehe es Winter wird.

Eine Radtour hat vielleicht auch den Vorteil, dass die Polizei uns nicht schnappt, wie es am Bahnhof leider üblich ist. Ja leider. Ich möchte nur wissen, was die Polizei mit den beschlagnahmten Sachen macht.

Angeblich wird das Zeug an Krankenhäuser geliefert.

Glaub ich nicht.

Kennt ihr, fragte Hildegard, den Unterschied zwischen einem Hilfslehrer und einem Hilfspolizisten? Der Hilfslehrer verwechselt mir und mich. Der Hilfspolizist verwechselt mein und dein.

Verständnisvolles Gelächter.

Könnte von Hans Pfeifer stammen, sagte ich. Wir sollten tatsächlich einmal zusammen ins Cafe Prinzess gehen. Die Musik ist gut, Pfeifer macht seine Sache sehr gut und interessante Leute sieht man da auch. Und wenn du, Hildegard, wegen der Trauerzeit noch nicht tanzen willst, dann lassen wir das.

Ach ja, sagte Hildegard. Ein bisschen Abwechslung täte uns allen gut. Aber zuerst fahren wir nach Hettenbach und machen in Familie, sagte Helma. Unter anderem, mahnte ich.

An einem kühlen, grauen aber trockenen Novembertag fuhren Helma und ich mit den Rädern ins Labertal nach Hettenbach. Toni Langhammer hatte Helma ohne Frage sein Rad geliehen. Wir kamen gut voran, weil es damals ja fast keine Autos gab – mit Ausnahme amerikanischer Militär-Fahrzeuge.

Mit Resi Gstöttner hatte ich telefoniert. Sie lachte und weinte abwechselnd vor Freude und Überraschung, denn sie hatte ja bisher nichts von mir gehört. Sie erwartete uns, lief uns entgegen, umarmte Helma, umarmte mich, zog uns ins Haus. Lass dich anschauen, Bub! Geht es dir gut? Bist du gesund? Keine Verwundung?

Alles in Ordnung. Außer Hunger keine Beschwerden. Und der Granatsplitter, der mir am nächsten gekommen ist, hat den Absatz meines linken Stiefels abgerissen. Sonst nichts.

Resi lachte, weil sie die Absatz-Geschichte für einen Witz hielt. Als erstes steckte sie einen großen Laib Brot in meinen Rucksack. Den hab ich beim Bäcker Loibl für euch geschnorrt. Und jetzt gehen wir zusammen zum Koislhof. Die Frau Groll weiß schon, dass ihr kommt. Und sie hat sicherlich ein Paar Eier und ein Stück Geselchtes für euch übrig. Sie ist ja meist ganz freundlich. Ich konnte mich an Frau Groll nicht erinnern, war ja auch nur selten in Hettenbach gewesen. So eng waren die Familienbande nicht.

Der Koislhof war ein großes Anwesen, schön im Karree gebaut, mit dem Misthaufen in der Mitte, wie aus dem Bilderbuch. Hühner und Gänse liefen herum, im Stall klirrten Ketten. Vor dem Scheunentor stand eine Frau in einer Kittelschürze, zwei kleine Kinder neben ihr.

Das ist die Frau Prohaska, sagte Resi. Eine Flüchtlingsfrau aus dem Sudetenland mit ihren Kindern. Die sind bei Grolls eingewiesen worden. Es ist eine Not.

Frau Groll trafen wir in der Küche. Sie war wirklich sehr freundlich zu uns, setzte allen einen Becher Milch vor, fragte, was man Fremde so fragt. Wir antworteten ebenso freundlich. Es gehe uns soweit ganz gut, nur zu essen hätten wir halt zu wenig.

Sie reagierte aufs Stichwort. Ein paar Eier hätte sie für uns und ein Stückerl Geselchtes findet sich auch. Einen Beutel Mehl vielleicht? Wir waren für alles dankbar. Was wir schuldig seien?

Ach, die Frau Gstöttner wisse schon, was sie brauchen könne. Die macht's schon richtig. Und Resi nickte zustimmend. Die Frau Groll schien wirklich eine liebe, freundliche Frau zu sein. Wir wollten nun nicht länger stören, tranken unsere Milch aus und verabschiedeten uns mit herzlichem Dank.

Ich vergewisserte mich, dass Frau Groll uns nicht folgte und huschte in die Scheune. Frau Prohaska saß auf einem Schemel und flocht ihrer Tochter einen Zopf. In einer Ecke der Scheune war Stroh aufgeschüttet, ein paar Decken lagen ordentlich ausgebreitet darauf. Davor ein Tisch mit drei Stühlen, ein weiterer Tisch mit ein paar Vorräten, Brot, Margarine, eine Schachtel, Becher, Tassen, eine Kanne. In einer Ecke ein Korb mit Kleidern. Das war alles.

Wir begrüßten Frau Prohaska, Resi stellte uns als Verwandte vor. Es war ihr sichtlich sehr unangenehm, dass die liebe, freundliche Groll-Bäuerin auch eine hässliche, unangenehme Seite hatte. Müssen wir hierher gehen? Wir stören Frau Prohaska doch nur. Ist ihr sicher unangenehm, dass wir ihre Not sehen. Komm, lass uns wieder gehen.

Ich schüttelte den Kopf und fragte Frau Prohaska, ob das wirklich alles sei, was ihr hier geboten werde. Sie schaute sich um, zuckte mit den Schultern. Mehr hätten Grolls ihr nicht geben können. Der Winter steht vor der Tür. Sie erfrieren doch hier mit ihren Kindern.

Der Bürgermeister hat mir auch keine Aussicht auf was Anderes machen können. Es ist sehr schwer. Frau Groll gibt mir wenigstens hier und da eine Kanne Milch für die Kinder. Wir haben ja alles verloren, alles zurücklassen müssen. Wir stammen aus dem Egerland. Mein Mann ist noch in russischer Gefangenschaft. Ob der uns überhaupt finden wird, wenn er irgendwann mal heimkommt. Sie kämpfte mit den Tränen.

Ist das bei den anderen Bauern auch so mies, fragte ich Resi. Teilweise, glaube ich schon. Alle kenne ich nicht, ich meine bei allen habe ich nicht reingeschaut. Aber, was man so hört...

Und der Bürgermeister?

Der will's mit keinem verderben.

Verständlich, sagte Helma, die bisher vor Zorn und Überraschung sprachlos geblieben war.

Lass mich mal machen, sagte ich zu Resi. Ich will mal was versuchen. Wir sehen uns wieder, Frau Prohaska.

Ganz bestimmt.

Ich ging eilig hinaus, die beiden Frauen kamen langsam und leise miteinander redend hinterher. Vor dem Wohnhaus blieb ich stehen und schaute die Fassade an. Wütend und entschlossen ging ich hinein und suchte nach Frau Groll. Resi hielt mich am Arm fest. Was willst du denn? Verdirb es nicht mit ihr!

Warte ab.

Frau Groll kam überrascht hinzu. Gibt's noch was? Ja, es gibt noch was. Mir ist da was aufgefallen. In Ihrer Scheune haust eine vertriebene Frau mit ihren Kindern. Ja, die hat der Bürgermeister mir geschickt. Was soll ich dazu sagen?

Sagen sollen Sie nichts, aber tun sollten sie etwas. Wir haben Ende November. In zwei Wochen ist der Winter da, es schneit, es friert und die Frau Prohaska mit ihren Kindern liegt auf dem blanken Stroh. Können Sie da zuschauen?

Was soll ich denn machen? Sie tun mir ja leid.

Leidtun reicht nicht. Überlegen Sie mal, Frau Groll. Wenn der Krieg anders gelaufen wäre, wenn Sie Ihren Hof innerhalb von 12 Stunden verlassen müssten, ohne mehr als in einen Koffer passt. Wenn Sie, sagen wir im Riesengebirge in einem Bauernhof in der Scheune liegen müssten, wie wär' denn das?

Frau Groll schaute mich sprachlos an.

Ich kämpfte meine Wut nieder, versuchte, ruhig zu bleiben. Diese Leute und wir Ausgebombten haben den Krieg als einzige bezahlt. Und Sie leben hier in Speck und Fett. Frau Groll, jetzt frag' ich Sie was. Sie gehen doch sonntags in die Kirche.

Freilich.

Regelmäßig?

Ja.

Und was sagt der Herr Pfarrer von der Nächstenliebe?

Oh, rief Resi.

Keine Angst, sagte ich. Ich mache nicht in Moral, sondern in ganz praktischen Dingen. Sie haben eine ganze Reihe von Zimmern im Haus, nicht wahr?

Ja, für die Dienstboten, wenn ich wieder welche bekomme. Der Knecht ist noch in Gefangenschaft. Wenn er wiederkommt, braucht er sein Zimmer.

Und was ist mit den anderen Zimmern?

Ja, die…

Also, Frau Groll, tun Sie ein gutes Werk. Sie wissen schon. Ich könnte sonst Eier, Speck und Mehl von Ihnen nicht annehmen. Ich hätte ein schlechtes Gewissen.

Ja, ist schon recht. Ich red' mit meinem Mann heut Abend.

Vielleicht sagt er auch dazu ja und Amen.

Amen, sagte ich und wandte mich zum Gehen. Ich brachte es noch fertig, Frau Groll, der lieben, freundlichen Frau Groll, aufmunternd zuzunicken.

Resi war ein wenig verstimmt. War das jetzt nötig?

Ja, sagte ich, das war nötig. Diese dicken, fetten protzigen Bauern sitzen mit ihren Ärschen in ihren Höfen, lassen sich ihren Überfluss versilbern von den Hamsterern, gehen jeden Sonntag in die Kirche, weil's so der Brauch ist und kümmern sich einen Dreck um ihre Mitmenschen, lassen sie noch erfrieren, um sie wieder los zu werden. Jetzt hatte ich mich in

Wut geredet. Und du liebe Resi, bist so lieb und erzählst mir, was sich die Grolls haben einfallen lassen. Bitte!

Resi versprach es und wir machten uns auf den Heimweg.

Du bist ganz schön mutig, sagte Helma nach einiger Zeit als einzigen Kommentar zum Groll-Auftritt. Ich war nicht mutig, ich war nur wütend über so viel Heuchelei und Egoismus. Ich hoffe, es hilft Prohaskas. Unterwegs, in der Nähe der Einöde Moosmühle, zu der ein Wegweiser zeigte, begegnete uns ein Scherenschleifer. Er fuhr auf einem alten Fahrrad mit einem Anhänger, in dem sein Werkzeug lag. Der Mann trug einen alten verkommenen, geflickten, ungebügelten Anzug. Ich bremste und schaute zu, wie der Scherenschleifer zur Moosmühle abbog. Ich werd' verrückt, sagte ich. Das gibt's doch nicht.

Was ist denn? fragte Helma.

Den kenn ich. Das hältst du nicht für möglich. Was macht der hier?

Und, wer ist das?

Der König des Schwarzmarkts in der Stadt, Conny Zachow. Den müsstest du abends im Cafe Prinzess sehen. Todschick angezogen. Der residiert da geradezu und macht seine Geschäfte. Und seine Kunden kommen fast zu ihm gekrochen. Und hier spielt er den armen, abgerissenen Mann, der sich kümmerlich mit Scherenschleifen ernährt.

Oder er besorgt seine Waren.

Das klingt sehr plausibel. Er spielt den armen Mann, um der Polizei nicht aufzufallen. Sehr raffiniert. Jetzt müssen wir wirklich alle zusammen ins Cafe Prinzess gehen.

2.

Es war wie immer im Cafe Prinzess. Renate sang mit einem auf Moll gestimmten Timbre "Why do robins sing in december, long before the springtime is due". Conny Zachow hielt an seinem Stammtisch Hof, einige Paare tanzten, "And why do I see rainbows, when I'm in your arms," sang Renate und mit deutlicher Körperdrehung in Richtung Zachow: "I know why and so do you."

Zachow quittierte es mit geschmeicheltem Lächeln und angedeuteter Verbeugung. Ein älterer Mann an seinem Tisch lachte heftiger. Hans Pfeifer sang eine spöttische Parodie auf die Amerikaner. Auf die Melodie der "Roten Rosen": "Schweinefleisch in Dosen bring ich, schöne Frau".

Viel Betrieb war nicht im Lokal, sodass Helma, Hildegard und ich einen freien Tisch gegenüber von Zachow fanden. Wir bestellten unser Dünnbier, ich tanzte einen Foxtrott mit Helma. Wir waren seit Jugendtagen eingetanzt, und es machte wieder viel Spaß mit ihr.

Zachow hatte fast keine Kunden an diesem Abend. Bei einem Tango schlich Langeweile übers Parkett. In der nächsten Pause schlenderte ich, Hände in den Hosentaschen, an Zachows Tisch. Die beiden Mädchen wussten Bescheid. Ich baute mich vor dem König des Schwarzmarkts auf, fixierte ihn schweigend, wartete auf seine Reaktion.

Sie wünschen, fragte er.

Verdient man eigentlich gut als Scherenschleifer? Ich stelle mir das sehr mühsam, vor. 30 Pfennig für eine Schere. 50 Pfennig für ein großes Messer, zwei Mark für eine Axt. Haben Sie das nötig?

Ich weiß nicht, wovon Sie reden, junger Mann.

Ich hab dir immer gesagt, du sollst vorsichtig sein, mahnte der Mann am Tisch.

Halts Maul, Paul fuhr Zachow ihn an.

Paul wie?

Paul Gawlitschek stellte sich der Mann vor. Aus Oppeln.

Angenehm, sagte ich.

Stören Sie mich nicht weiter! Zachow wurde ungeduldig. Sie haben meine Frage noch nicht beantwortet. Ob Sie es nötig haben, als Scherenschleifer über Land zu ziehen.

Sie verdienen doch hier genug, oder?

Ich weiß nicht, wovon Sie reden, ich sagte es bereits.

Na, dann sage ich mal ein Stichwort. Die Einöde Moosmühle.

Paul Gawlitschek erschrak sichtlich.

Kenn' ich nicht, wehrte Zachow ab.

Natürlich kennen Sie die. Soll ich Ihnen sagen, wann Sie dort waren? Wann ich gesehen habe, wie Sie dorthin von der Landstraße nach Hettenbach einbogen?

Sie müssen sich getäuscht haben, junger Mann. Moosmühle, Moosmühle, ich habe keine Ahnung, wo das liegt. Und jetzt stören Sie mich nicht weiter. Ich möchte tanzen. Zachow stand ruckartig auf und forderte eine Dame am Nachbartisch auf.

Aber Sie kennen die Moosmühle, Herr Gawlitschek, nicht wahr?

Tut mir leid, da war ich noch nie.

Das glaub ich Ihnen sogar. Ich tippte mit dem Zeigefinger an die Stirn und ging, ehe der Tanz begann, lachend an den Tisch zurück zu Helma und Hildegard.

Volltreffer, sagte ich. Er kneift. Es war ihm sichtlich unangenehm, als ich ihn nach der Moosmühle fragte.

Und wer ist der Mann an seinem Tisch, fragte Hildegard.

Ein Schlesier namens Paul Gawlitschek.

Den kenn ich. Er ist magenkrank und kommt oft in die Apotheke, Medikamente zu holen.

Helma war besorgt. Sag mal, Martin, war das nicht ein bisschen unvorsichtig, oder vielleicht tollkühn?

Warum?

Was machst du, wenn der Wirt dich rausschmeißt, weil du seine Gäste belästigst? Lokalverbot und so.

Belästigung? Ich habe mich ganz ruhig und normal mit Herrn Zachow unterhalten. Ich habe nicht gebrüllt, nicht mit der Faust auf fremde Tische geschlagen, mich mit niemanden geprügelt. Warum sollte er mich rausschmeißen?

Weil ich annehme, dass Zachow hier das große Wort führt.

Helmas Sorge war umsonst. Zachow unternahm nichts gegen mich. Er verabschiedete sich sogar sehr bald und ohne große Geschäfte gemacht zu haben. Und als kurz darauf Erasmus und Else Staudt kamen, und zielstrebig auf unseren Tisch zusteuerten, wurde der Abend noch sehr fröhlich.

Ich machte alle miteinander bekannt? Die Eheleute Erasmus und Else Staudt. Wir haben uns hier vor ein paar Wochen kennen gelernt. Und das ist Helma Baumgärtner, eine Verwandte von mir und Hildegard Reifferscheidt, vielleicht demnächst eine Verwandte. Staudts lachten verständnisvoll und Hildegard lief rot an. Ich erzählte von meinem Auftritt mit Zachow und Eras Staudt fand mich mutig.

Ach was. Was soll er mir tun? Hier kennt niemand meinen Namen. Wie will er mich finden? Er ist außerdem viel zu raffiniert, etwas gegen mich zu unternehmen. Er brächte sich doch selbst in Verdacht. Nein, nein, keine Befürchtungen.

Die Kapelle begann einen Langsamen Walzer und dem bittenden Blick Else Staudts konnte ich nicht widerstehen. Wir tanzten elegant weich und zärtlich. Hoffentlich, dachte ich, wird Hildegard nicht eifersüchtig. Aber mir fiel ein, dass ich ihr von Staudts und dem Tanzen erzählt hatte, also konzentrierte ich mich auf Else Staudt und den Walzer.

Natürlich fragte sie, wer Hildegard sei. Meine Geliebte?

Nein, sagte ich, bisher nur eine gute Freundin. Wir kennen uns erst seit vier oder sechs Wochen. Nicht so eilig mit den jungen Pferden. Else Staudt lachte hell über den Pferdevergleich, den ich gar nicht zweideutig gemeint hatte. Du wirst sie schon noch zu reiten lernen, duzte sie mich verwegen.

Ich schwieg und schaute ihr so angestrengt tief in die Augen, dass sie auch rot wurde, vielleicht über ihre Kühnheit erschrocken. Verzeih, hauchte sie. Ich verzieh und zog sie zur Bestätigung einmal fest an mich.

Eras Staudt dozierte inzwischen über das Verbrechen des Schwarzhandels. Sein Lieblingsthema, sagte Else leise und kniff mich fest in den Arm. Ich dankte für den Tanz, fragte Hildegard, ob sie es vielleicht doch über sich bringen könnte mit mir zu tanzen, damit mich Frau Staudt nicht ständig mit Beschlag belegte. Hildegard nickte, Vater hätte nichts dagegen. Er war früher ein fröhlicher Mensch. Ein Fastnachtsnarr, ene Fasteloovendsjeck, sagte sie auf Kölsch, und lachte dazu.

Wir tanzten und mich überkam schleichend ein ganz anderes Gefühl als beim Tanzen mit Frau Staudt. Das Spielerische, Aufgesetzte, Forcierte, das ich bei ihr produzierte, um ihr zu gefallen und ihr Freude zu machen, war nicht mehr da, abgelöst von einem ganz tiefen und heftigen Verlangen nach ihr. Hildegard muss es gemerkt haben, denn beim Schmuse-Blues legte sie den linken Arm um meine Schulter und lehnte ihre Wange an meine.

Als der Tanz zu Ende war, blieben wir wortlos vor einander stehen und schauten uns lange an. Als Letzte verließen wir die Tanzfläche. Auch am Tisch schwiegen wir und überließen Eras Staudt und Helma das Gespräch über die schwierigen Lebensbedingungen, über Mangel, Not und Ersatz.

Else Staudt beobachtete uns beide mit aufmerksamen, wissendem Blick. Während Renate "My dreams are growing better every night" sang und sich Hans Pfeifer mit einem der deutschen Lieblingslieder aus der Kriegszeit anschloss: "Heimat, deine Sterne", erzählte ich von Frau Prohaska und dem Koislhof. Jetzt war es Else Staudt, die das großartig fand und wissen wollte, ob ich Erfolg gehabt hätte. Ich wehrte ab, sei nur wütend gewesen, versprach aber, mich in Hettenbach nach dem Erfolg zu erkundigen. Ich wäre ein schlechter Menschenkenner, sagte ich, wenn ich Frau Groll ganz falsch eingeschätzt hätte. Sie wird was tun, nehme ich an.

Wir tanzten alle noch mehrfach miteinander. Dann holte uns die Sperrstunde aus dem Cafe.

Die Nacht war schon empfindlich kühl und wir beeilten uns. Frau Staudt war vom Tanzen doch einigermaßen angeregt und sie wahrte beim Verabschieden die Form. Wir brachten Helma in die Kirchgasse und ich begleitete Hildegard in die Herrengasse. Sie schloss die Haustür auf und anstatt mich zu küssen, zog sie mich ins Haus, legte den Finger auf den Mund, zog mich die Treppe hinauf, sah in der Wohnung nach, ob Frau Obermeier schon das Licht gelöscht hatte, also im Bett war und schob mich in ihr Zimmer, warf den Mantel ab, umarmte mich erst zärtlich, dann stürmisch und wir lebten das Verlangen aus, das wir beim Tanzen zum ersten Mal gespürt hatten. Nach dem Ende der Sperrstunde, morgens um sechs Uhr, schlich ich mich aus dem Haus.

Drei Tage später kam, als ich morgens die Wohnung verlassen wollte, Frau Maubach aus ihrem Schlafzimmer. Sie trug über der Unterwäsche nur einen offenen Morgenrock und bemühte sich erst gar nicht, ihn zu schließen. Sie hielt mich an und lud mich ein, am Abend ins Wohnzimmer zu kommen. Ihr Mann habe heute 60. Geburtstag und es werde ein befreundetes Ehepaar kommen. Sonst niemand. Man kann ja gar nicht richtig feiern. Ich würde mich aber sehr freuen, wirklich sehr freuen, wenn Sie dabei wären, lieber Herr Feichtmaier. Ich sagte zu.

Am Abend saßen bei Maubachs und Frau Lukas ein großer, schlanker Herr mit brünettem, vollem Haar und einer randlosen Brille vor aufmerksamen, ernsten, blauen Augen. Er schien gewohnt zu sein, das große Wort zu führen. Entsprechend ruhig, sehr schmal und blass, mit grauen Haaren vorgealtert, seine Frau. Maubach stellte mich vor: Rolf und Maria Brettschneider. Er ist, sagte er, soeben wieder Staatsanwalt geworden. Die deutsche Justiz arbeitet ja wieder.

Beim Vergleich der beiden Männer fiel mir zum ersten Mal auf, dass Heinrich Maubach für seine 60 Jahre alt und verbraucht aussah. Seine bescheidene Korpulenz milderte den Eindruck nicht. Als ich am frühen

Abend heimgekommen war, hatte ich ihm bereits gratuliert und eine handgemalte Kachel im Holzrahmen geschenkt, die das gotische Münster der Stadt darstellte. Es gab ja sonst nichts Geschenkwürdiges zu kaufen. Maubach hatte sich erkennbar ehrlich gefreut.

Nach Vorstellen und Begrüßen fuhr Herr Brettschneider in seinem Redefluss fort. Es war geradezu eine politische Ansprache ohne Parteipolitik. Und der Staatsanwalt sprach gewaltig, beeindruckend und druckreif. Auch in mir wuchs, wenn nicht gleich Zustimmung, so doch Verständnis für seine Argumente. Wir sind, wie ich schon sagte, ein eigenartiges, ein merkwürdiges Volk. Ob schon immer gewesen oder erst durch die Hitlerei geworden, vermag ich nicht zu sagen. Vielleicht ist der Krieg Schuld, vielleicht die Not. Tatsache, beweisbare Tatsache ist jedenfalls, dass kein Mann auf der Straße zugibt, Nazi gewesen zu sein. Niemand hat damit was zu tun gehabt. Niemand hat gewusst, dass die Juden abtransportiert und ermordet wurden. Alles ist nur Propaganda der Alliierten. So schlimm kann das doch gar nicht gewesen sein. Mir hat allen Ernstes ein junger Mann gesagt, die Verbrennungsöfen in den KZs hätten die Polen erst nach dem Krieg gebaut. Kein Mensch empfindet Schuld, und wenn mal einer zaghaft ein wenig einräumt, rechnet er das sofort gegen den Bombenkrieg der Amerikaner und Engländer auf, vor allem mit Dresden und Würzburg. Als ob damit irgendetwas zu entschuldigen wäre von den SS-Verbrechen. Natürlich sind die Vergewaltigungs-Orgien der Roten Armee genauso furchtbare, scheußliche Verbrechen.

Herr Brettschneider trank einen Schluck. Wir hatten tatsächlich Weißwein in den Gläsern, den der Staatsanwalt aus seinen Kriegs- und Vorkriegsbeständen mitgebracht hatte. Ich wage einmal die These, fuhr Brettschneider mit Betonung fort, Not macht unpolitisch.

Eindrucksvolle Pause.

Not macht unpolitisch, will sagen: Jeder versucht irgendwie durchzukommen, am Leben zu bleiben. Jeder denkt nur an sich, an sein Leben, an seinen Hunger, vielleicht an den der nächsten Angehörigen. Was draußen vor der Tür geschieht, was im Land geschieht, wie das ganze Volk, das ganze Land, aus den Trümmern auferstehen soll, neu anfangen kann, vielleicht auch Sühne leisten soll, sage ich als Jurist, das kümmert niemanden, das geht niemanden etwas an, denn man hat ja bei der Hitlerei nicht mitgemacht. Man war immer schon dagegen. Wenn der Führer gewusst hätte, was da alles angeblich Schlimmes passiert ist, dann hätte er das bestimmt verhindert. Solche Sätze hört man im Wirtshaus, beim Schlangestehen vor Geschäften und in Ämtern. So als ob man all das Geschehene wie Staub aus dem Mantel bürsten könnte. Und man ist wieder sauber und adrett wie einen die Welt liebt.

Heinrich Maubach unterbrach ihn, hob sein Glas und sagte lächelnd: Du hast ein gutes Plädoyer gehalten, Rolf. Aber vergessen wir das Trinken nicht. Ein bisschen Geburtstag feiern sollten wir auch. Brettschneider schaute in sein Glas, die beiden Damen blickten sichtlich dankbar zu Maubach hinüber. Brettschneider aber gab noch nicht auf. Er wollte meine Meinung wissen: Sie, Herr Feichtmaier, so war doch der Name, müssten als Kriegsgeneration doch auch eine Meinung zu den gesellschaftlichen Zuständen haben.

Ich bin beeindruckt von Ihren Argumenten und Ihrer Beweisführung, begann ich. So präzise habe ich das bisher nicht gehört. Man sprach einmal von "Ohne mich", von totaler Verweigerung gegenüber der Zukunft. Auch das ist ja eine Form der von Ihnen geschilderten Abkapselung vom politischen Leben, ein Abschied aus der Gesellschaft. Von einem Herrn, den ich hier im Cafe Prinzess kennen gelernt habe, hörte ich den Satz: Die Gesellschaft bröckelt ab. Er war der Meinung, die Volksgemeinschaft der Nazis habe nie existiert oder nur gezwungenermaßen. Jetzt zerfalle sie wieder in egoistische Einzelwesen. Ich selbst, Herr Brettschneider, habe zu wenig Erfahrung. Was ich bisher gespürt habe, ist, dass die Gesellschaft zerfällt in Habende und Habenichtse.

Sehr richtig, warf Frau Maubach ein.

Und das kriminelle Regulativ dazwischen ist der Schwarzmarkt. Sehr interessante Überlegung, junger Mann. Sehr bedenkenswert. Brettschneider hob sein Glas und prostete mir zu. Die anderen stimmten ein, Frau Maubach mit strahlendem, anregendem Lächeln. Staatsanwalt Brettschneider wechselte das Thema. Schwarzmarkt, sagte er, ist ein Stichwort. Einer meiner ersten Fälle spielt vielleicht im Schwarzmarkt-Milieu.

Das ist eine merkwürdige Tötungsgeschichte. Mord oder Körperverletzung mit Todesfolge oder ein schwerer Unfall - noch ist alles möglich. Ich nenne die Geschichte einmal "Der Fall Moosmühle".

Oh! entfuhr es mir unabsichtlich aber höchst überrascht. Haben Sie schon davon gehört?

Nein, aber ich weiß, wo die Einöde Moosmühle ist, und ich hatte da ein seltsames Erlebnis.

Die Sache ist also die, fuhr Brettschneider fort. Die alte Bäuerin muss mitten in der Nacht wach geworden sein von einem Geräusch. Sie geht aus der Schlafkammer, steigt die Treppe zum Dachboden hinauf, muss da wohl laut geschrieen haben, sodass ihre Schwiegertochter wach wurde. Die hörte ihren Ausruf: Ja, bist du net der Scherenschleifer? Im nächsten Moment hörte sie ein Poltern. Die alte Frau flog die Treppe hinunter und blieb unten mit gebrochenem Genick liegen.

Die Schwiegertochter merkte, dass die Bäuerin tot war, holte sich ein Licht, rief ihren Mann, Sie suchten den Dachboden ab, aber in dem Augenblick fuhr draußen ein Auto an. Und jetzt suchen wir den Scherenschleifer.

Den kenne ich, sagte ich zur allgemeinen Überraschung.

Sie? fragte Brettschneider. Verkehren Sie in diesen Kreisen Nein, wirklich nicht, aber ich weiß, welcher Scherenschleifer vor einer Woche zur Einöde Moosmühle gefahren ist. Ich habe den Mann vor drei Tagen im Cafe Prinzess darauf angesprochen. Er hat geleugnet, Moosmühle zu kennen, war aber sehr betroffen und log schlecht. Sein Kumpel hat sich dann auch prompt verraten. Der Mann, der sich tagsüber als Scherenschleifer kostümiert und über die Dörfer fährt mit einem uralten, geflickten, schäbigen Anzug, einem Fahrrad mit Anhänger, auf dem sein Schleifer-Werkzeug liegt, ist der ungekrönte Schwarzmarkt-König dieser Stadt. Er heißt Conny Zachow und hält allabendlich Hof im Cafe Prinzess, wo er auch seine Kunden empfängt.

Die kleine Gesellschaft brach in überraschte Ausrufe aus.

Nur der Staatsanwalt blieb quasi dienstlich. Das könnten Sie vor Gericht beeiden, wenn es zum Prozess kommt? Ja, das könnte ich. Es war noch heller Nachmittag, und ich kam mit dem Fahrrad aus Hettenbach, wo ich eine Kusine meines Vaters besucht hatte. Meine Tante Helma Baumgärtner hat auch gesehen, wie er zur Einöde Moosmühle abbog und sie hat ihn vor drei Tagen im Cafe wieder erkannt. Und noch etwas: Nehmen Sie sich seinen Kumpel vor, einen gewissen Paul Gawlitschek. Der ist nicht so knallhart wie Zachow, der wird plaudern.

Herr Brettschneider zeigte zum ersten Mal Gefühl. Er schüttelte mir die Hand und schlug mir anerkennend auf die Schulter. Sehr gut, junger Mann, sehr gut. Frau Lukas und Maubachs stimmten in die Anerkennung ein, Herr Maubach schenkte die Gläser noch einmal voll und alle prosteten mir zu. Ist er nicht ein ganz bemerkenswerter junger Mann, fragte Frau Maubach und legte den Arm um meine Hüfte. Und selbst die schweigsame Frau Maria Brettschneider sandte nach dem Muster vornehmer Damen ein Lächeln zu mir herüber.

3.

"Ohne mich" - "Die Gesellschaft bröckelt ab" - "Not macht unpolitisch". Jetzt kannte ich drei Meinungen über die Lage im Land. Konnte ich irgendwo zustimmen? Ich dachte einen einsamen Abend in meinem Zimmer lang nach. Hildegard hatte Nachtdienst in der Apotheke. Max Reifferscheidts Abkapselung hatte ich schon in Köln widersprochen. Das passte weder zum zerbombten Land noch für die hungernden, frierenden Menschen. Eras Staudt stellte einfach eine Beobachtung vor sich hin wie ein Mahnmal. "Die Gesellschaft bröckelt ab". Ein Rezept, wie die Egoismus-Phase zu überwinden sei, ließ sich davon nicht ablesen. Der Staatsanwalt Brettschneider hatte mich beeindruckt. Das gebe ich zu. Aber je länger ich darüber nachdachte, desto drängender fragte ich mich, ob er denn Recht habe. Es gab viele Leute, die aus der Not, aus der Zerstörung, aus dem Hunger in die Politik gegangen waren und Parteien neu oder wieder gegründet hatten. Sie bemühten sich um Zustimmung und um Freunde und Mitglieder. Dazu hatten sie allen Grund, denn für Dezember war die erste Wahl nach dem Krieg, die Kommunalwahl in Städten und Gemeinden angesetzt. Dann so beruhigte ich mich, würde sich zeigen, wie interessiert die Leute an Politik wären. Am Morgen fragte ich Meister Weiser nach seiner Meinung zur Brettschneiderschen These.

Der Herr Staatsanwalt zielt zu kurz, sagte er. Ich bin im Gegenteil der Meinung, Not führt zur politischen Aktion und zur revolutionären Reaktion. Aus Jammer und Not haben die schlesischen Weber in Langenbielau und Peterswaldau in den 40er Jahren des vergangenen Jahrhunderts den Aufruhr gewagt und die Häuser ihrer Ausbeuter zerstört. Not und Rechtlosigkeit haben Arbeiter und die Handwerker, die durch die Industrie arbeitslos geworden waren, dazu gebracht, sich mit der sozialen Frage, wie man das in den 60er Jahren nannte, zu befassen und Parteien zu gründen. Du hast vielleicht noch nichts von Ferdinand Lassalle gehört. In deiner Schulzeit kam der nicht vor. Er hat die Arbeiter als die Klasse der Enterbten bezeichnet und dazu aufgefordert, eine politische Partei zu gründen und in allen gesetzgebenden Körperschaften gegen das Elend zu agitieren. Not und Rechtlosigkeit waren ja gerade Triebfedern der Politik. Das Kommunistische Manifest ist nicht aus Jux und Tollerei entstanden und Bebel und Liebknecht haben nicht aus Langeweile in Eisenach die Sozialistische Arbeiterpartei gegründet, Da heißt es im Programm, dass die wirtschaftliche Abhängigkeit der Arbeiter von den Monopolisten die Grundlage ihrer Knechtschaft ist.

Meister Weiser hatte sich in Rage geredet und machte zunächst eine nachdenkliche Pause. Ich muss einmal daheim suchen, fuhr er dann fort, ob ich noch die Schriften von Moses Hess und Wilhelm Weitling finde. Da hast du dann die Theorie zur politischen Praxis und zur Bekämpfung der Not. Wie gesagt, der Herr Staatsanwalt zielt zu kurz. Er bedenkt nicht, dass Ursache für den angeblich unpolitischen Egoismus der Leute eine ganz andere ist. Nach dem Ende der Nazis haben die Menschen im ganzen Land die Nase restlos voll von Politik. Sie sind schließlich zwölf Jahre lang Tag für Tag mit politischen Phrasen berieselt worden. Das stumpft irgendwann einmal ab. Da kommen dann Not und Hunger und Trümmer und die Sorge um die Kriegsgefangenen nur noch verstärkend hinzu. Generell sage ich einmal: Not macht nicht unpolitisch, sondern Not gebiert politischen Willen. Und jetzt an die Arbeit.

Die angekündigte Kommunalwahl brachte uns Arbeit; denn Meister Weiser hatte dazu eine gute Idee. Er bot den Parteien an, Handzettel zu drucken mit kurz gefassten programmatischen Grundsätzen zur Information von Mitgliedern, Bürgern, die es werden wollten, Freunden und potentiellen Wählern. Eines Tages schwenkte er ein Papier in der Hand. Du wollest doch auch schon immer wissen, was wir unter christlicher Politik zu verstehen haben. Hier habe ich das Programm der Christlich Sozialen Union.

Wir druckten also schön und Punkt für Punkt einen Handzettel.

● Wir erstreben einen Staatsaufbau auf christlicher Grundlage.

● Wir lehnen jeden Militarismus und Zentralismus ab.

● Wir bejahen eine zweite unpolitische Kammer, vor allem zur Interessenvertretung der Berufsstände.

● Mann und Frau sind in Wert und Aufgabe ebenbürtig.

● Die Familie ist die Urzelle und Quelle des Volkes. Wir fordern jeden nur möglichen staatlichen Schutz des Familienlebens.

● Männer und Frauen erhalten für gleiche Arbeit den gleichen Lohn. Wir bejahen eine angemessene Beteiligung der Arbeitnehmer am Reingewinn ihres Unternehmens.

● Wir lehnen die Planwirtschaft ab. Wir kämpfen gegen den Wirtschaftsliberalismus und treten ein für freie Entfaltung der Einzelpersönlichkeit im Rahmen ihrer sozialen Pflichten.

● Wir verlangen ein angemessenes Mitbestimmungsrecht der Arbeitgeber und der Arbeitnehmer bei der Lenkung der Wirtschaft, ein Mitbestimmungsrecht der Arbeitnehmer bei der Gestaltung der Arbeitsbedingungen und Produktionsverhältnisse.

• Vor allem durch seine Kultur muss das deutsche Volk die Achtung der Völker und seinen alten Platz im Kreise der Nationen wiedergewinnen.

• Die Religion muss der tragende Pfeiler jeder Kulturordnung sein.

Als wir unser frisch gesetztes Produkt noch einmal durchlasen, sagte Meister Weiser nur einen Satz: Ich bin gespannt, wie lange eine so konservative Partei ein so soziales Programm durchhält.

Vor der Wahl herrschte in der Stadt eine bisher unbekannte, gespannte, erregte Stimmung. Die Menschen redeten nicht mehr nur über Hunger und Wohnungsnot, über Kriegserlebnisse, verwundete, gefallene, vermisste Männer und Brüder. Sie redeten über Politik, über die Wahl, die Parteien, die Zukunft. Sie spürten, dass etwas Neues bevorstand. Es hatte ja nie eine Stunde Null gegeben. Bei Kriegsende war das Leben weiter gegangen – wenn auch anders. Jetzt wurden sich die Menschen bewusst, dass das mörderische System endgültig zum Ende gekommen war und ein dem Menschen näherstehendes, angstfreies gesellschaftliches Leben beginnen könne.

Meister Weisers Kunden redeten von Aufbruch, von Neuanfang. Herr Rübsam, der Wahlplakate der SPD abholte, sah den Sozialismus kommen, hoffte, dass die Großen nun nicht mehr allein zu bestimmen hätten. Weiser wiegte bedächtig den Kopf. Solche taufrischen Idealzustände werde es so bald nicht geben. Die Konservativen haben ihre eigene Schwerkraft, gerade hierzulande. Er sei schon froh über eine gesunde Mischung von Beharrung und Fortschritt, die die Gestaltung der neuen Staatsform nicht behindere.

Die Handzettel der CSU holte zu meiner Überraschung Hans Blass ab, mein Konabiturient. Er war ein halbes Jahr älter als ich, und durfte schon wählen. Wir schüttelten uns lachend die Hände, klopften uns auf die Schultern und erinnerten uns, dass wir uns im Reichsarbeitsdienst zuletzt gesehen hatten. Gleichzeitig fiel uns eine übermütige Szene ein. Wir müssten unsere Unterwäsche selbst waschen, zogen also mit den Waschschüsseln in den Händen quer über den Exerzierplatz und sangen, von Hans angestimmt, das amerikanische Kriegslied "Gonna hang out the washing on the Siegfriedline, have you any dirty washing, mother dear?

317

Gonna hang out the washing on the Siegfriedline, for the washing day is near. Wether the weather may be wet of fine; we'll just rub along without a care. Gonna hang out the washing on the Siegfriedline, if the Siegfriedline's still there."

Wir hatten das Glück, dass uns niemand von den Führern hörte Von einander wussten wir schon seit Schultagen, dass wir beide nicht aus Nazi-Familien stammten. In der Pflicht-HJ trotteten wir beide hinter den Uniformierten her.

Du bist schon politische aktiv, fragte ich ihn.

Wir sind, wie du dich sicherlich erinnerst, eine konservative Familie. Mein Vater war ja Mitglied der Volkspartei. Die Nazis haben ihn mehrfach verhaftet, weil er trotz Verbots jüdische Patienten behandelt hat, und das kostenlos. Jetzt hat er hier die CSU mitgegründet. Und ich hab' mich an der Uni München für Medizin immatrikuliert. Damit ich eines Tages Vaters Praxis übernehmen kann. Und du?

Ich will Journalist werden und warte darauf, dass es vielleicht hier eine Zeitung geben wird, wo ich volontieren kann. Da kannst du Glück haben. Anfang 1946 wird hier eine Zeitung lizenziert. Der zukünftige Chefredakteur hat sich beim hiesigen Parteivorstand schon vorgestellt. Ein Doktor Pechstein aus München. Er war bis 33 bei der Parteizeitung der Volkspartei. Als Verleger, erzählte er, wird ein Sozialdemokrat die Lizenz bekommen. Die Amerikaner legen größten Wert auf Überparteilichkeit.

Mensch, du kannst dir gar nicht vorstellen, wie mich das freut! Hoffentlich ist die Redaktion nicht schon komplett. So viel ich weiß, sucht Pechstein noch Leute. Einen Redakteur bringt er aus München mit. Es wird nicht ganz leicht sein, die Stellen zu besetzen. Die mittlere Generation ist meist politisch belastet, wie man jetzt sagt. Er wird also junge Leute brauchen können. Wenn ich ihn richtig verstanden habe, sieht er sich auch unter den Rundfunkleuten um. Du weißt ja sicherlich, dass sich der Großdeutsche Rundfunk im Mai hier aufgelöst hat. Einige von den Mitarbeitern fallen im Stadtbild ein wenig auf. Einen Inder sah ich mehrfach, auch einen Nordafrikaner. Die Nachrichtensprecher für die Auslandssendungen. Da gibt es sicherlich noch einige interessante Leute, meint Pechstein.

Überhaupt interessante Leute. Weißt du, dass die Amerikaner Wernher von Braun und seine Mitarbeiter aus Peenemünde, den ganzen Vergeltungswaffen-Club, hier in den ehemaligen Unteroffiziers-Wohnungen bei der Kaserne untergebracht haben? Peinlich genau abgeschirmt von der Öffentlichkeit. Eines Tages werden sie die Leute mitnehmen. So wertvolle Köpfe können die auch brauchen.

Ich hatte davon noch nichts gehört und war überrascht. Aber das war jetzt Nebensache. Mich erfüllte eine riesige Vorfreude. Es wird eine Zeitung geben, und ich muss dabei sein!

Hans Blass, der wusste, dass ich weder aus einer nationalsozialistischen noch aus einer konservativen Familie stammte, versuchte nicht, mich zu werben. Er meinte aber, wir sollen uns einmal zusammensetzen und erzählen, wie es uns im Krieg weiter gegangen sei. Ich schlug vor, ins Cafe Prinzess zu gehen. Er habe doch sicherlich auch eine Freundin. Er war sofort einverstanden und wir verabredeten uns.

Es war ein müder, trüber Abend im Cafe Prinzess. Die Kapelle spielte lustlos, kaum ein Paar tanzte, denn die meisten Tische waren frei, auch der Stammtisch von Zachow. Renate sang nicht sondern bediente nur mit versteinertem, eisigem Gesicht. Hans Pfeifer konferierte nicht, Er war, wie Renate erklärte, stark erkältet, habe keine Stimme. Und sie selbst sei absolut nicht in der Lage zu singen. "No can do", zitierte sie mit müdem Lächeln einen gängigen amerikanischen Schlager.

Ich fragte sie, wo Zachow heute bleibe.

Er ist verreist.

Für lange?

Keine Ahnung.

Und Paul?

Ich weiß nicht. Renate drehte ab und ging an einen anderen Tisch Ich hatte mit Hildegard wie immer einen Tisch an der Wand genommen. Hans Blass und seine Freundin Johanna, die Hansi gerufen werden wollte, und ein rotwangiges, blondes Kind mit lebhaften, lustigen Augen war, kamen kurz darauf.

Wir stellten die Mädchen vor, die sich, glaube ich, bald über Kochrezepte für die mageren Vorräte unterhielten. Hans erzählte, dass er die beiden letzten Kriegsjahre in München bei der Flak verbracht habe. Flak ist keine Waffe, sondern eine Weltanschauung, zitierte er ein damals bekanntes Wort. Außerdem war er wie ich der Meinung, dass man über Kriegserlebnisse nicht reden solle, nicht reden dürfe, weil die Zeit so schrecklich, so mörderisch war. Wir tanzten ein paar Mal, fast als einzige, tranken unser Bier, redeten über Klassenkameraden und über Schulerlebnisse.

Hansi bat, ihre neue Bluse zu beachten. Sie habe sie selbst aus einem alten Leintuch genäht. Wir bewunderten es einhellig. Da kamen Erasmus und Else Staudt ins Lokal. Große Wiedersehensfreude, Umarmung, Küsschen auf die Wange. Ich machte mit Hans und Hansi bekannt. Staudt wunderte sich über den schlechten Besuch an einem Samstag. Ich deutete auf den leeren Stammtisch Zachows und meinte, dann fehlten auch seine Kunden. Ich habe da einen bestimmten Verdacht, sagte ich, aber darüber kann ich noch nicht reden.

Mir fiel auf, dass Else Staudt ihre Blicke nicht von Hans lassen konnte. Er war, das muss ich neidlos zugeben, ein rassiger junger Mann, sehr schlank wie wir alle, feingliedrig mit auffallend schmalen Händen. Das schwarze, leicht gewellte Haar und den dunklen Teint hatte er von seiner römischen Mutter, die ihn, wie mir beim nachdenklichen Betrachten einfiel, stets Giovanni rief, was er damals gern hörte und sich von seinen Freunden auch erbat.

Als die Kapelle einen langsamen Walzer begann, fiel Else mit ihren Augen über mich her. Bitte, Martin, flüsterte sie und neigte sich zu Hildegard: Ich darf doch? Sie durfte und wir tanzten wie wir es seit Wochen gewohnt waren. Dein Konabiturient ist ein gefährlich schöner Bursche.

Ich kann mir vorstellen, dass ihm die Mädchen zufliegen. Die Hansi solle höllisch aufpassen, dass ihn ihr nicht eine ausspannt.

Ich lachte. Du hättest es getan, oder?

Wahrscheinlich.

Als wir an den Tisch zurückkamen, waren Staudt und Hans Blass bereits dabei zu politisieren. Hans sprach emphatisch vom christlichen Menschenbild, von christlicher Politik, vom christlichen Abendland und christlicher Kultur, die es zu verteidigen gelte gegen alle menschenverachtenden Radikalismen. Und er zog den mir wohlbekannten Handzettel aus der Tasche, um ihn Staudt zu geben.

Eras Staudt hörte ruhig und gelassen zu. Als Mann der Wirtschaft, sagte er dann, neige ich mehr zum Liberalismus. Da ich dem zu literarischen Ehren gekommenen Jahrgang 1902 angehöre, habe ich schon vor 33 wählen können und ich habe regelmäßig die Deutsche Demokratische Partei gewählt, die zuletzt noch als Staatspartei firmierte. Ich bin also, wenn Sie so wollen, ein Linksliberaler und habe für konservative, das heißt für mich Fortschritt hemmende Politik nicht viel übrig. Bei den Bürgerrechten und der Ablehnung radikaler Tendenzen kommen wir uns sicherlich nicht ins Gehege, aber da mir nichts über die Freiheit meiner persönlichen Entscheidung und die freie Entfaltung in meinem persönlichen Lebensraum geht, fürchte ich bei konservativer Politik immer eine gewisse Fremdbestimmung, ein Eingepfercht-Sein in bestimmte Normen, eine staatlich verkündete und verordnete Moral.

Das wollen wir sicherlich nicht, soweit ich das schon sehen kann. Aber wir wollen auch nicht, dass Religion nur Privatsache ist, wehrte sich Hans.

Einverstanden. Die Kirchen dürfen sich mit ihrer kritischen Meinung zu bestimmten staatlichen Entscheidungen oder Vorhaben zu Wort melden. Sie hätten das im Tausendjährigen Reich ruhig öfter und deutlicher tun dürfen. Aber die sollen nicht in die Parteipolitik hineinregieren. Christi Reich war nicht von dieser Welt.

Tut mir leid, Herr Staudt, das ist der falsche Ausweg aus unserer Debatte.

Ein wunderbares Schlusswort, sagte Else Staudt. Tanzen Sie, Herr Blass? Ich glaube an diesem Tisch müssen wir Frauen die Initiative zum Tanzen ergreifen vor lauter männlich dominierter Politik.

Hans stand lachend auf, knöpfte sein Sakko zu und verneigte sich.

Und ich, fragte Hansi.

Beim nächsten Mal. Abwechslung macht Appetit, sagte Else und dirigierte Hans auf die Tanzfläche. Ich forderte Hansi auf, erzählte die Geschichte der Eheleute Staudt und bat um Nachsicht.

Hansi riss ihre Augen auf und raunte: Ich glaube, du bist ein echter Freund. Ich nickte lachend. Ich hoffe.

Staudt hatte inzwischen mit Hildegard weiter politisiert. Ich kann also jetzt und hier keine liberale Partei wählen, weil es hier noch keine gibt. Aber als loyaler Staatsbürger gehe ich selbstverständlich zu Wahl.

Dann hoffe ich auf eine Stimme für meine linken Freunde, sagte ich.

Mal sehen. Es kommt ja jetzt nicht so sehr auf die weltanschaulichen Gegensätze und Unterschiede an als vielmehr auf praktische Politik für diese Stadt. Und da gibt es ja Programme.

Die gibt es, jawohl. Und ich erinnerte mich an das damals im Merkel Bräu Gehörte. In dem Programm, für das ich mich begeistern könnte, wird Demokratie in Staat und Gemeinde und Sozialismus in Gesellschaft und Wirtschaft gefordert.

Dazu müssen wir bereit sein, die Verzweiflung des Augenblicks zu überwinden, nach vorn zu blicken und alle Kräfte zusammenzubündeln. Der Wiederaufbau der Wirtschaft und der Industrie dürfte allerdings nicht nach den alten kapitalistischen Mustern ablaufen. Die Abhängigkeit der Arbeiter von den Unternehmern in jeder Beziehung darf es nicht mehr geben. Das wäre 19. Jahrhundert. Selbstverwaltung und Gewerkschaften müssten an hervorragender Stelle mitwirken können. Und eins, das ich mir ausgedacht habe: Wo wirtschaftliche Macht zur Macht über Menschen wird, muss sie kontrolliert werden. Dass dazu auch Änderungen im Sozialrecht und im Arbeitsrecht gehören, liegt auf der Hand. Im Programm wird auch die Verstaatlichung der Banken, der Versicherungen, der Bodenschätze, Bergwerke und Energiewirtschaft gefordert. Ich muss gestehen, dass ich darüber noch nicht genügend nachgedacht habe.

Sie haben aber, lieber Martin, sagte Eras Staudt, in den wenigen Wochen an politischem Format gewonnen, will ich mal sagen.

Ja, sagte ich, Sie schmeicheln mir, aber ich glaube auch, dass ich bei meinem Meister Weiser nicht nur die Grundbegriffe der schwarzen Kunst gelernt habe, sondern einiges mehr. Nun gut, sagte Staudt, es muss einen Neuanfang geben, eine neue Ordnung, damit die Gesellschaft nicht weiter abbröckelt, wie ich immer sage. Hildegard fragte mich beim letzten Tanz an diesem Abend, ob ich in dieser kalten Nacht wieder bei ihr bliebe. Ich sagte, ich bleibe, denn ihr frierenden Frauen braucht doch immer wieder einmal eine Wärmflasche mit Ohren. Der liebe Gott hat genau gewusst, was er tat, als er festlegte, dass der männliche Körper mehr Wärme abzugeben habe als der weibliche.

Nicht so eingebildet. Ihr wärmt uns doch sehr gern. Ich gab das zu. Und es wurde eine liebevolle wärmende Nacht bei minus zehn Grad Außentemperatur.

Die Stadtratswahl wurde von der CSU gewonnen mit deutlichem Abstand vor der SPD. Und August Brunner zog als einziger Kommunist in den Stadtrat ein. Meister Weiser war nicht überrascht. In dieser Stadt wurde immer bürgerlich, kleinbürgerlich und konservativ gewählt. Schließlich gab es hier die dritte Ortsgruppe der NSDAP überhaupt. Was mich freut, ist die hohe Wahlbeteiligung. Die Leute merken, dass es nötig ist, neu anzufangen. Einige Tage später traf ich Renate auf der Straße. Na, ist Zachow wieder zurück von der Reise, fragte ich.

Sie schüttelte stumm den Kopf.

Das heißt, er ist geflohen.

Renate schaute mich groß und fragend an. Was heißt das denn? Sie wissen, was ich meine, Renate. Ich sage nur: Moosmühle. Renate begann ohne Vorwarnung heftig zu weinen. Ich legte den Arm um sie und bot ihr meine Schulter zum Anlehnen. Als sie sich ein wenig beruhigt hatte, sagte ich, es sei heute leicht, unterzutauchen und unter einem falschen Namen anderswo neu anzufangen.

Das ist natürlich leicht für ihn, denn er heißt in Wirklichkeit gar nicht Zachow.

Wie heißt er denn?

Das hat er mir nicht gesagt.

Ich fuhr ihr tröstend übers Haar und sagte: Sie werden einen neuen Anfang finden. Da bin ich mir völlig sicher. Ach ja, sagte sie. Ich brauchte so einen Freund wie Sie. Und sie verabschiedete sich rasch.

Am Abend sagte ich zu Herrn Maubach, er könne dem Herrn Staatsanwalt Brettschneider ausrichten, er komme im Fall Moosmühle zu spät. Zachow und Gawlitschek haben die Stadt mit unbekanntem Ziel verlassen. Und Zachow heißt gar nicht Zachow. Das war sein Künstlername, sein nom de plume oder nom de plumeau bei seiner Geliebten einer Kellnerin namens Renate. Der Fall Moosmühle - Totschlag oder Unfall - wird also für immer unaufgeklärt bleiben.

4.

Die zu Beginn des Monats Dezember plötzlich eingebrochene scharfe Kälte ließ mich an Frau Prohaska denken. Ich rief Resi Gstöttner an und fragte nach ihr. Stell dir vor, sagte sie, es grenzt an ein Wunder. Der Bauer der alte Groll, war nach einigem Zögern und mit den von ihm gewohnten brummigen Bemerkungen einverstanden. Frau Prohaska und ihre Töchter haben ein heizbares Zimmer im zweiten Stock bezogen. Sie ist sehr dankbar. Nur weiß sie noch nichts von ihrem Mann. Ohne dich wäre das sicherlich nichts geworden. Und ich war anfangs so skeptisch. Tut mir leid.

Ist schon recht, sagte ich. Ich bin auch zufrieden. Manchmal hilft ein leichter Druck auf die moralische Tränendrüse. Helma, der ich das Ergebnis erzählte, klopfte mir auf die Schulter und fand mich wieder einmal mutig. Und Hildegard nahm mich freudestrahlend in die Arme und sagte einfach: Danke. Ich nahm mir vor, im Frühjahr und bei besserem Wetter Frau Prohaska zu besuchen.

In der Stadt gab es einen neuen Oberbürgermeister. Dr. Dietz hatte, weil er parteilos war, nicht mehr kandidiert sondern seine Anwaltskanzlei wieder eröffnet. Der Stadtrat wählte den CSU-Mann Josef Rohrmoser, einen Angestellten der Keksfabrik.

Eine seiner ersten Taten war, die Säle mehrerer Gastwirtschaften zu beschlagnahmen und als Lager für weitere zu erwartende Vertriebene einrichten zu lassen. Damit machte er sich unter den biederen Bürgern der Stadt nicht nur Freunde. Diese Leute - sicherlich zumeist seine Wähler - befürchteten, dass er damit weitere "Flüchtlinge", weitere Fremde, anlocken werde. Rohrmoser kümmerte das wenig. Er wiederholte sogar den Aufruf seines Vorgängers, Spenden für die Vertriebenen zu leisten.

In diesen Tagen ließ ich mir von Meister Weiser ein paar Stunden frei geben und stellte mich beim Wirtschaftsamt geduldig in die Reihe der Wartenden. Ich brauchte einen Bezugsschein für ein Paar feste Schuhe. Neben mir stand ein Beinamputierter, der sich schwer auf seine beiden Krücken stützte.

Jetzt dämmert es den Engländern auch, dass sie einen Fehler gemacht haben, sagte er. Churchill soll gesagt haben, sie hätten mit Deutschland das falsche Schwein geschlachtet. Man redet ja angeblich schon von einem neuen Krieg: Die Westmächte mit uns gegen die Russen. Na, mich geht das nichts mehr an. Das glaub' ich nicht. Das ist unmöglich, sagte ein anderer Mann, Ausgerechnet Churchill, der Kriegsverbrecher. Der hat doch die Bombardierung der deutschen Städte befohlen. Und der soll das plötzlich bedauern?

Ich hielt es auch für völlig unwahrscheinlich. Einen neuen Krieg wird es schon gar nicht geben. Die Völker sind ausgeblutet und müde. Die Engländer haben kaum mehr zu essen als wir. Das reden Leute daher, die sich so etwas wünschen, weil sie im Krieg nichts mitgemacht haben. Außerdem wollen sie das Kriegsende rückgängig machen. Das ist wirklich reine Phantasterei. Mit dieser Meinung erntete ich Kopfnicken. Die Warteschlange rückte langsam vor.

325

Hier einen Bezugsschein zu bekommen, ist das reinste Glücksspiel, sagte eine Frau hinter mir. Mal gibt's was, mal gibt's nichts. Das ist doch Willkür. Wenn denen hier die Nase nicht passt, heißt es: Ham wir nicht. Kriegen wir nicht mehr rein. Der Spruch ist aber schon alt, sagte mein Vordermann. Den haben wir schon im Krieg erfunden. Den Vorwurf können Sie denen hier nicht machen. Die verwalten doch nur den Mangel.

Und warum gibt's alles auf dem schwarzen Markt, fragte die Frau.

Dunkle Quellen, verdammt dunkle Quellen, sagte der Amputierte. Ich vermute, sagte ich, dass es Firmen gibt, die ihr Zeug gehortet haben für bessere Zeiten, wenn das Geld wieder was wert ist. Und die rücken das Eine oder Andere raus zu Wucherpreisen. So stell' ich mir das vor.

Kannst Recht haben, Kumpel, sagte der Amputierte. Das musste man alles beschlagnahmen. Das hätte der Hitler längst gemacht, sagte die Frau. Aber heute...

Ich drehte mich um und fasste die Frau ins Auge. Ach, sagte ich, reden Sie doch nicht einen solchen Mehlpapp daher. Ohne den Hitler und seinen Scheißkrieg ständen wir nicht hier sondern könnten einkaufen, was wir wollten. Haben Sie immer noch nicht kapiert, wem wir den ganzen Mist verdanken?

Sie Kommunist, giftete die Frau.

Nein, sagte ich, aber Sie waren Frauenschaftsführerin. Ich kenn' Sie doch. Das war zwar gelogen, aber es wirkte. Die Frau machte auf dem Absatz kehrt und verschwand. Der hast du es aber gegeben, Kumpel, sagte der Amputierte anerkennend. Ach was, sagte ich, noch immer empört. Ich kann das nicht hören, dieses hirnverbrannte Geschwätz, Die Alte hat bestimmt nichts verloren und quatscht über Hitler. Meine Eltern haben sie in der Siedlung tot aus den Trümmern gezogen.

Mehrere Leute schauten mich daraufhin ruhig, neugierig, mitleidig an, sodass es mir schon unangenehm wurde. Glücklicherweise machte die Schlange einen großen Ruck nach vorne, und ich konnte an den Tisch für die Bezugsscheine treten. Ich erklärte dem Angestellten meine Lage und bekam tatsächlich einen Bezugsschein für ein Paar Stiefel.

Hildegard beglückwünschte mich zu den neuen Stiefeln. Die alten Wehrmachtsstiefel waren wirklich nichts mehr wert. Der Schuhhändler, bei dem meine Eltern und ich seit Jahren schon eingekauft hatten, erkannte mich sofort und sprach mich auf den Tod der Eltern an. Ich wollte nicht schon wieder darüber reden und schüttelte nur stumm den Kopf.

Zum ersten Mal hatte ich Hildegard mit in mein Zimmer bei Maubachs genommen, wo ich den kleinen Dauerbrenner anheizte. Ein paar Wochen vorher hatte ich einen Zentner Briketts kaufen können. Auch das ein Glücksfall, denn Kohlen gab es noch weniger als alles Andere. Die Leute, die im Braunkohlen-Revier vor den Toren Kölns - Max Reifferscheidt hatte es erwähnt - die Kohlenzüge enterten und die kostbare Ladung brockenweise nach rechts und links herunterwarfen, wo die Familie stand und die Beute auflas, hatten Recht, sich selbst zu versorgen. (Später rechtfertigte der Kölner Erzbischof, Kardinal Frings, die Selbstversorgung. Wenn die Regierung, sagte er, nicht in der Lage sei, die Menschen mit dem Nötigsten zu versorgen, sei es keine Sünde, wenn die Menschen sich selbst helfen. Folglich nannte man in Köln das Stehlen "Fringsen".)

Wir saßen auf dem Sofa, dem Luxus-Gegenstand meines Zimmers hielten uns an den Händen und schmiedeten Zukunftspläne. Ich hatte nur einen Plan im Auge und im Herzen: An der zu gründenden Zeitung wollte ich eine Volontärstelle haben. Der politische Journalist, der Nachrichtenmann, am liebsten im Ressort Innenpolitik - das war mein Ziel. Die Leser informieren, sie vertraut, sie aufnahmebereit zu machen für alles, was Demokratie heißt, die Spielregeln, die Anforderungen, die Verantwortung, die Befreiung von der Bevormundung durch den Staat. Während ich das so sagte, kam es mir selbst sehr theoretisch vor, aber, beruhigte ich Hildegards kritisches Schauen, die tägliche Praxis werde schon Fleisch an diese Knochen pflanzen.

Ein paar Tage später kam, wie von mir heftig gewünscht, Hans Blass auf einen Sprung in die Druckerei, um mir zu erzählen, dass der Dr. Pechstein am nächsten Vormittag im Partei-Sekretariat erwartet werde. Mit den besten Wünschen von Helma und Hildegard, aber mit ein wenig zitternden Knien ging ich hin.

Gregor Pechstein, ein Mann von etwa 45 Jahren, dunkelhaarig, ein wenig untersetzt, ein wenig kurzatmig, der mit kleinen Schritten ging und gelegentlich beim Reden die Augen zusammenkniff, wie das kurzsichtige Leute häufig tun, empfing mich sehr freundlich. Er war bereits über mich und mein Schicksal sowie meinen Wunsch informiert. Hans Blass hatte gut vorgearbeitet. Warum ich denn ausgerechnet Journalist werden wollte. Er vermute, dass ich gute Aufsätze geschrieben habe. Aber, sagte er, das genügt nicht. Das ist das Selbstverständliche. Sie müssen etwas Anderes mitbringen, etwas sehr Spezielles, Sie müssen das Bedürfnis verspüren, sich schreibend zu äußern. Wenn Sie etwas erfahren, was die Leute wissen müssen, sollen Sie sofort den Wunsch haben, darüber zu schreiben. Und das zu jeder Tages- und Nachtzeit. Und noch etwas: Was Sie als erstes lernen müssen, ist, Wichtiges von Unwichtigem zu unterscheiden. Aber das bringen wir Ihnen schon bei. Und überhaupt: Ob ich denn nicht wisse, dass das ein gefährlicher Beruf sei, mit dem man sich Gegner, ja Feinde schaffen könne und außerdem ein Beruf, den kein Diktator liebe. Im Gegenteil.

Weil ich den Schalk in seinen Augen sah, ging ich darauf ein und sagte, ich wollte unter anderem dafür sorgen, dass wir keinen Diktator mehr bekämen. Vor allem aber wollte ich schreiben, über alle notwendigen, aktuellen Themen schreiben, die Leser informieren, ihnen zu lesen geben, was sie wissen müssen, dadurch sozusagen Hebammen-Dienste leisten für die Geburt der Demokratie, Ich glaube, trotz des Wortschwalls hatte ich Glück. Das gefällt mir, sagte Pechstein. Sie stammen aus einer sozialdemokratischen Familie, hat mir Ihr Freund erzählt. Das stört mich nicht, denn die Amerikaner legen auf Überparteilichkeit den größten Wert. Ich darf also erwarten, dass Sie sich auch so verhalten.

Heißt das, dass Sie mich nehmen?

Was an mir liegt, ja. Aber der Verleger hat auch ein Wort mitzureden, denn er bezahlt Sie. Aber keine Befürchtungen. Herr Hamburger ist Sozialdemokrat.

Ich bedankte mich mit strahlendem Lächeln und sagte etwas von Wunsch erfüllen. Pechstein holte mich wieder herunter. Eine Probezeit von sechs Monaten sei selbstverständlich. Die Zeitung werde "Der Tag" heißen und am 15. Januar zum ersten Mal erscheinen. Man werde treuhänderisch in die Redaktions-, Verlags- und Druckereiräume einziehen, in denen die Nazi-Zeitung hergestellt worden sei. Und noch etwas: Sie müssen noch den Fragebogen der Militär-Regierung ausfüllen. 131 Fragen. Man ist da sehr gründlich. Die Sekretärin hier bei der Partei wird ihn ihnen geben. Abgeben müssen Sie ihn allerdings bei der Militär-Regierung. Erst wenn die Sie genehmigen, darf ich Sie einstellen. Lassen Sie auch bitte Ihre Anschrift hier. Ich verspreche Ihnen, Sie hören von mir. Dankbarer Abschied mit glücklichem Lächeln.

5.

Pechsteins Zusage und den damit bevorstehenden Beginn eines neuen Lebensabschnittes feierten wir im Cafe Prinzess: Hans Blass und Hansi, Helma, Hildegard und ich. Wegen der anhaltenden Kälte begnügten wir uns mit jenem undefinierbaren Heißgetränk, diesem Ersatz-Punsch aus verschiedenen Säften. Wir waren trotzdem fröhlich und die Vier beglückwünschten mich und malten meine Zukunft aus. Mit Hildegard hatte ich bereits den Abend vorher still, liebevoll und glücklich verbracht.

Im Cafe gab es eine andere Kellnerin, eine schwarzhaarige, schwarz gekleidete junge Frau mit ernstem, blassen Gesicht. Hat die Renate heute frei, fragte ich. Sie schüttelte den Kopf. Nein. Und ging zum nächsten Tisch. Hans Pfeifer konferierte witzig und geschickt wie immer. Während einige Paare tanzten, schlängelte ich mich an der Tanzfläche vorbei zu seinem Tisch, stellte mich vor, erinnerte an die Schulzeit und fragte dann direkt, wo Renate sei.

Ja, sagte er, das ist auch so etwas. Abgereist. Einfach abgereist. Ohne ein Wort, ohne Kündigung oder Ähnliches, keine Erklärung.

Vermutlich, sagte ich, auch kein Reiseziel angegeben.

Natürlich nicht. Der Chef ist stinksauer.

Und die Neue?

Ach, das arme Mädchen. Ihr Mann ist gefallen. Sie muss natürlich verdienen und hat die Arbeit noch nie gemacht. Ich denke, sie wird sich daran gewöhnen und ist dann etwas weniger ernst, ein bisschen verbindlicher, Du verstehst. Hans verstand. Der Chef ist nett und zuvorkommend zu ihr. Er hat halt Mitleid, nehme ich an. Ja, ja, sie wird's schon lernen.

Du machst deine Sache sehr gut, Hans. Ich amüsier' mich jedes Mal königlich. Vor allem der Sketsch von den vier Temperamenten und dem Haar in der Suppe ist großartig. Hans bedankte sich und meinte, den müsse er mit der neuen Bedienung noch üben. Wie heißt sie eigentlich?

Gerti. Mehr weiß ich auch nicht.

Genügt ja auch. Also, danke und alles Gute.

Ich ging zum Tisch zurück und erzählte, was ich von Renate und Gerti wusste. Und nun meine Vermutung: Renate ist Zachow nachgereist und lebt jetzt mit ihm irgendwo mit ihm unter seinem richtigen Namen. Und kein Mensch fragt nach der Einöde Moosmühle und der toten Bäuerin.

Wäre das nicht ein Thema für dich, fragte Hildegard.

Als Entree sozusagen, sagte Hans.

Ich habe selbst schon einmal daran gedacht. Überhaupt das Thema Schwarzhandel reizt mich ganz enorm. Man musste dazu allerdings auch Kontakte zu den Amerikanern haben. Und dafür ist es noch zu früh. Da gilt noch "No fraternization".

Das erste, fiel mir ein, was ich beim Marsch von Holland nach Deutschland jenseits der Grenze gelesen hatte, war ein Schild "This is the land of treasury. Don't fraternize!" Und das gilt ja noch heute.

Das wird sich ganz von allein ändern, meinte Hans Blass. Privat und politisch. Die Amis brauchen Mädchen und die ehemaligen BDM-Maiden werden sich rasch an die andere Uniform gewöhnen. Und politisch wird sich das auch lockern, wenn wir erst wieder gefestigte demokratische Formen haben.

So lange möchte ich nicht warten. Ich glaube, wenn ich in die Stelle ein bisschen hineingerochen habe, gehe ich schlicht zur hiesigen Militärregierung und frage den Chef, wo nach seiner Meinung die amerikanischen Zigaretten auf dem Schwarzmarkt herkommen. Das sieht dir ähnlich, sagte Hildegard. Verbrenn dir nicht dein hübsches Mündchen.

Ach, weißt du, ich glaube, jeder Journalist ist gelegentlich ein berufsmäßiger Maulverbrenner. Ich werde das lernen und mich daran gewöhnen.

Ich winkte Gerti herbei. Bringen Sie uns bitte noch eine Runde, Gerti!

Sie schaute mich überrascht an. Kennen Sie mich?

Nein, Hans Pfeifer nannte mir Ihren Namen. Wir dürfen doch Gerti sagen, damit Sie heimischer werden, oder? Gerti konnte doch lächeln. Natürlich, sagte sie und holte die fünf Tassen Heißgetränk.

Das machst du richtig lieb, sagte Hildegard und Helma ergänzte: Du bist nun mal ein homme á femme. Habe ich dir schon vor Monaten gesagt. Auch Hans und die lächelnde Hansi stimmten zu. Nur Hildegard wurde rot.

Nachdem Gerti das Heißgetränk gebracht hatte, griff Hans den politischen Faden wieder auf. Ich kann mir vorstellen, dass es für eine Zeitung notwendig und richtig ist, einen guten Kontakt zur Besatzungsmacht zu haben. Als Nachrichtenquelle zum Beispiel. Oder auch, wenn es einmal Zwischenfälle geben sollte. Ich bin Realist, wie du weißt, und ich halte es für möglich, dass es einmal Krach zwischen Deutschen und Amerikanern gibt. Zum Beispiel wegen Mädchen oder weil die Amis irgendwelche antideutschen Ressentiments auspacken aus der Mottenkiste der Kriegspropaganda.

Wir vergaßen an dem Abend das Tanzen nicht. Hildegard sagte, während wir die Slowfox-Figuren exakt produzierten: Du kannst auf Menschen zugehen, Kontakte knüpfen. Die braucht man ja wohl in dem Beruf.

Ja, ich glaube schon, sagte ich.

Hansi stieß mich von einer ganz anderen Seite an: Bleib bitte Giovannis Freund. Er braucht einen Freund wie dich. Er ist ein homo politicus, gut und schön, aber mir ist das zu eng, zu einseitig. Er braucht einen Menschen, jetzt drück' ich mich mal ganz lyrisch aus, einen Menschen, der ihn in die Weite führt. In eine geistige Weite, in eine andere Dimension von Denken, Empfinden, Meinen. Und ich möchte auch dabei sein. Ich schaute sie zunächst sehr überrascht an und sie kniff lausbubenhaft die Augen zusammen ehe sie, wie es schien, befreit lachte.

Ich glaube, du hast Recht, Hansi. Wir ergänzen uns vielleicht oder, ich sag's mal anders, ich brauche so etwas wie ein Korrektiv für meine eher linken Anschauungen. Eine Art Kratzbaum, wie ihn Katzen haben, um ihre Krallen zu schärfen. So brauche ich einen Freund, mit dem ich meine Meinung überdenken, schärfen oder mildern kann. Ich verspreche es dir: Wir bleiben zusammen. Und ich zog sie einmal rasch und fest an mich zur Bestätigung.

Da ging das Licht aus. Die Kapelle unterbrach ihr Spiel, ein Stöhnen und empörtes Schreien ging durch das Lokal. Stromsperre, rief der Wirt und beeilte sich, zusammen mit Hans Pfeifer und Gerti, überall Kerzen auf die Tische zu stellen.

Hansi hatte sich überrascht an mich gekuschelt. Wir blieben auf der Tanzfläche stehen wie die anderen Paare auch und warteten aufs Kerzenlicht. Bei Kerzenlicht sieht alles so romantisch aus, zitierte Hans einen Schlager, aber die drei Frauen mochten das Schummerige nicht und wir brachen auf, nachdem wir uns beim Zahlen sehr freundlich von Gerti verabschiedet hatten.

Den vierten Adventssonntag hatte ich mir für das Ausfüllen des Fragebogens mit den 131 Fragen vorgenommen. Hildegard leistete mir im schwach beheizten Zimmer Gesellschaft. Ein paar Tage zuvor hatte ich sie der überraschten Familie Maubach vorgestellt. Auf eine zeitliche Begrenzung ihrer Besuche zum Beispiel bis 22 Uhr, wie es häufig vorkam, verzichteten sie. Heinrich Maubach war ganz alter Kavalier, seine Frau schaute eher neugierig-kritisch, sagte aber mit großer, wie mir schien ein wenig gespielter Freundlichkeit, es ist gut, dass Martin nicht allein ist, wo er doch keine Eltern mehr hat. Ich hielt das für zu vertraulich und sagte es Hildegard. Die zuckte mit den Schultern: Homme á femme.

Wir machten uns über den Fragenbogen her. Die erste der 131 Fragen schuf die Voraussetzung für das Folgende: "Für Sie in Frage kommende Stellung". Ich schrieb also Redaktions-Volontär.

Hildegard meinte, die Frage sei verständlich, denn wenn jemand einen Regierungs- oder Verwaltungsposten anstrebe, müssten die Amerikaner wohl genauer hingucken. Die persönlichen Angaben über Namen, Alter, Größe, Gewicht, Haar- und Augenfarbe sowie gegenwärtige Anschrift waren belanglos. Lachen müssten wir über Frage 18: "Aufzählung aller Ihrerseits oder seitens Ihrer Ehefrau oder Ihrer beiden Großeltern gehabten Adelstitel".

Was war Oma Reifferscheidt gleich für eine Geborene? Von Remagen, sagte Hildegard und prustete vor Lachen. Als Nächstes wollte man Religion und Konfession wissen und die Gründe sowie Einzelheiten erfahren, falls man aus der Kirche ausgetreten sei. Ist ja eigentlich Privatsache, sagte Hildegard. Und nachprüfen kann's auch keiner, ergänzte ich.

Auf die Frage nach allen Vergehen und Verbrechen konnte ich guten Gewissens "keine" antworten. Die Zeiten der Schulbesuche und der Abschlussprüfung machten keine Probleme. Abitur 1943, Ergebnis: befriedigend, Das geht auch niemanden was an, knurrte ich. Sehr genau wollten die Amerikaner weitere Einzelheiten der Schul- und Hochschulbildung wissen, In welcher Studenten-Burschenschaft man organisiert war, ob man Lehrer war an einer Napola, Adolf-Hitler-Schule, NS-Führerschule oder Militär-Akademie und ob meine Kinder eine der Schulen besucht hätten.

Viel Platz war vorgesehen für die Aufzählung der Arbeitsplätze und den Militärdienst und zwar vom 1. Januar 1931 an. Da konnte ich mich guten Gewissens sehr kurzfassen. Und auf die nächsten Fragen schrieb ich grinsend "nein", denn ich war weder Generalstäbler noch hatte ich einen Orden bekommen.

Auf der nächsten Seite wurde sehr detailliert nach der Mitgliedschaft in NS-Organisationen gefragt. Ich wusste gar nicht, dass es da so viele gab!

Was, bitte schön, fragte ich, ist der Fichte-Bund, was die Deutsche Glaubensbewegung, was die Kameradschaft USA? Und was hatte die deutsche Jägerschaft mit den Nazis zu tun? Ich schrieb nur bei HJ 1939 bis 1943 ein. Sonst nichts. Bei den ganzen Abkürzungen fiel mir der Witz ein: Hermann Göring schickte sein Dienstmädchen mit Schuhen zum Schuhmacher. Der schrieb auf den Zettel HJ, SS, SA, BDM. Was heißt das denn, fragte das Mädchen. Ist doch klar: Hermann Jöring seine Schuhe, Sohlen und Absätze, bis Donnerstagmittag.

Sehr neugierig fand ich die Frage, ob ich irgendwelche Verwandte hätte, die jemals Amt, Rang oder einflussreiche Stellung in einer der Organisationen hatten. Hier, sagte ich, würde ich lügen, denn ich bin keine Petze. Aber ich hatte keine solchen Verwandten. Ich habe auch von keiner der Organisationen Titel, Orden oder Dienstgrade verliehen bekommen.

Die nächsten Fragen fand ich perfide und naiv zugleich. Die Leute, die sich als Lehrmeister für Demokratie ausgaben, fragten nach Parteizugehörigkeit vor 1933 und nach der Partei, die man bei der Novemberwahl 1932 und der Märzwahl 1933 gewählt hatte. Es scheint den Herren gleichgültig zu sein, dass Wahlen in unserem Land geheim sind. Und außerdem sagte Hildegard, könntest du schreiben, was du wolltest, denn nachprüfen kann es niemand. Deshalb finde ich das nicht nur gemein, sondern naiv. Verständlich waren dagegen die Fragen 111 bis 115, bei denen Widerstand gegen das NS-Regime und dadurch erlittene Benachteiligungen anzugeben waren.

Da ich weder Bücher veröffentlicht noch Reden gehalten habe und auch kein eigenes Einkommen hatte zwischen 1931 und 1945, konnte ich über die entsprechenden Fragen kurz hinweggehen. Auch habe ich kein jüdisches Eigentum arisiert und die einzigen Reisen, die ich unternommen hatte, waren die mit der Deutschen Wehrmacht. Sie müssten ebenfalls angegeben werden.

Frage 131 ging nach der Kenntnis fremder Sprachen und dem Grad der Vollkommenheit. Es reizte mich, "Latein" zu schreiben, aber ich wollte die Stelle haben und die Amis nicht auf den Arm nehmen.

Ich brachte den Fragebogen zur Militärregierung, die sich in einem ehemaligen Versicherungsgebäude einquartiert hatte. Im Anmelderaum stand an der Theke ein Mann in einer abgerüsteten Offiziersuniform. Wie ein armer Sünder mit gesenktem Kopf. Der Uniformierte herrschte ihn an, wo sein Pass sei. Der Mann hob die Schultern und sagte kopfschüttelnd er habe keinen mehr. Die Russen, versuchte er eine hilflose Erklärung. Hallo, Herr Oberleutnant, sagte ich. So sieht man sich wieder. Ich ergriff seine Hand und erwiderte seinen fragenden Blick mit einem begütigenden Lächeln. Sie erinnern sich? Martin Feichtmaier. Ja, natürlich, er spielte mit.

Wie geht es Ihnen? Besser als Ihnen, scheint mir. Also, sagte ich zu dem amerikanischen Soldaten, der verständnislos zugehört hatte; this man is okay. I know him. He was my Company-Commander. He is no Nazi. That's quite sure. Let him go. I tell him, where he gets a pass. Kurzerhand nahm ich den Mann beim Arm und verließ das Büro.

Vielen, vielen Dank, sagte er draußen. Warum machen Sie das? Weil ich Ihnen helfen wollte. Man hätte Sie ebenso gut einsperren können. Und jetzt gehen Sie diese Straße weiter in die Stadtmitte zum Rathaus. Da fragen Sie nach Herrn Langkammer im Einwohnermeldeamt. Sagen Sie, ich hätte Sie zu ihm gewiesen. Sagen Sie ruhig, dass Sie mich vom Krieg her kennen. Was bei den Amis geholfen hat, könnte im Rathaus auch ausreichen. Der Mann bedankte sich noch einmal und trabte los. Wir sahen uns später hier und da in der Stadt. Der CIC-Offizier las sichtlich gelangweilt meinen Fragebogen. Er fand kein Haar in dieser faden Suppe.

6.

Wir hungerten und wir froren, weil die Lieferung von Koks und Kohlen stockte. Und ich schonte meinen kleinen Vorrat für die Abende, an denen Hildegard bei mir sein würde. Wer Gelegenheit dazu hatte, ging mit einem Handwagen in den Wald und hob Reisig auf. Auch Maubachs heizten damit. Ich saß in meinem sparsam oder gar nicht geheizten Zimmer und aß eine Scheibe Brot mit Schiebewurst, eine Scheibe Wurst also, die ich bei jedem Bissen ein wenig vor dem Mund weiter schob.

335

Wenn Hildegard Nachtdienst in der Apotheke hatte, las ich mich durch Bücher, die ich aus Herrn Maubachs Bücherschrank ausleihen durfte. Hermann Hesse "Unterm Rad", Hermann Stehr "Heiligenhof" oder Otto Ernst "Asmus Sempers Jugendland" beispielsweise, was so zum Bestand einer gutbürgerlichen Bibliothek gehörte.

Abends oder an Wochenenden spazieren zu gehen, machte bei der Kälte keinen Spaß. Um ständig Dünnbier oder Heißgetränk im Cafe Prinzess zu trinken, reichte das Geld nicht. Frau Obermeier sah das wohl auch ein und hatte nichts dagegen, dass ich Hildegard besuchte. Wir hungerten und froren auch hier. Um uns gegenseitig ein wenig Wärme zu spenden, hielten wir uns bei den Händen oder kuschelten uns auf dem Sofa aneinander.

Ich wundere mich, dass man mit so wenig Essen auskommt, ohne zu verhungern, sagte ich. Ja, sagte Hildegard, Essen ist eine dumme Angewohnheit.

Stammt das von dir, fragte ich.

Natürlich. Denkst du, ich plagiiere irgendwen?

Nein. Ich freue mich und ich bin immer wieder, sagen wir, beeindruckt, wie du über den Dingen stehst. Dass du dich von der saumäßigen Lage nicht unterbuttern lässt. Na klar, sagte sie. Ich behalte meinen Kopf oben. Er ist mein einziges Kapital.

Du untertreibst. Ich sag's mal ganz banal aber ehrlich: Du bist eine schöne junge Frau. Ist das kein Kapital? Jetzt musste ich einen Vortrag halten über Schönheit im Allgemeinen und meine im Besonderen. Aber das wäre noch langweiliger. Nein, Schönheit ist nicht schön. Gefallen macht schön. Das stammt ausnahmsweise nicht von mir. Und da ich annahmen darf, dass ich dir gefalle, findest du mich schön. Du bist also nicht objektiv. Alles klar?

Du widerlegst mich nicht.

Und überhaupt: Kapital. Die Schönheit nützt mir überhaupt nichts im täglichen kleinlichen Hickhack in der Apotheke. Bei der Hackordnung unter den Kolleginnen, die länger im Betrieb sind. Du weißt doch: Wenn Männer und Frauen in Frieden zusammenarbeiten, dann muss das Früchte bringen". Das stammt aus der ironischen Spruchweisheit meines Vaters. Aber im Ernst. Wo nur Frauen zusammen sind unter einem einzigen Mann als Chef, da gibt es immer wieder Eifersüchteleien und miese Stimmung. Ich versuchte, sie aus dieser Spur herauszuholen. Hauptsache, sagte ich, du machst mich nicht eifersüchtig.

Aber, aber! Nein, da ist niemand am Horizont. Dann ist es ja gut. Ich zog sie näher an mich heran und wir genossen einige Zeit Nähe und Wärme.

Hildegard war das erste Mädchen, das ich liebte, nicht nur für eine Glücks-Sekunde Ewigkeit in die Arme nahm. Hier hatte kein Blitz eingeschlagen. Es hatte sich in mehreren Wochen langsam entwickelt. Gefallen, Mitleid, Einsamkeit auf beiden Seiten. Das reicht nicht, dachte ich. Über die Liebe hatte ich noch nie nachgedacht. Keine Tiefe erlebt, keine Bindung eingegangen. Bindung, dachte ich plötzlich, das ist das Stichwort. Liebe fordert Bindung. Fühle ich mich an Hildegard gebunden? Ja, ich schaute sie an, wie sie mit geschlossenen Augen an meiner Schulter lehnte. Ja, ich fühle mich mit ihr verbunden, an sie gebunden, seit dem Augenblick beim Tanzen im Cafe Prinzess seit der Nacht danach. Ich will nicht mehr ohne sie sein. Ich will, dass sie zu mir gehört. Ist das egoistisch? Ein bisschen Egoismus ist vielleicht immer dabei. Aber ich will sie ja nicht besitzen, sie ist nicht mein Eigentum. Im Gegenteil. Ich will für sie da sein, sie beschützen, für sie, mit ihr zusammen denken empfinden, planen. Das ist doch Bindung, oder?

Hildegard richtete sich auf, schaute mich an. Was denkst du?

Ob ich dich liebe.

Und?

Ja.

Bist du sicher?

Ganz sicher. Ich will mit dir zusammenbleiben.

Große Worte. Weißt du denn, ob ich das will?

Wir haben bisher noch nicht darüber gesprochen, aber ich habe das Gefühl.

Gefühl. Schön und gut. Aber können wir so weit denken?

Zusammenbleiben, das heißt, gemeinsame Zukunft haben. Haben wir denn eine Zukunft? Haben wir eine Vision für die Zukunft? Also, ich lebe von heute auf morgen. Ich plane nichts, denn man kann in unserer Lage nichts planen. Ich lasse die Dinge auf mich zukommen und sehe zu, was ich daraus machen kann. Das sagt nichts gegen unsere Liebe. Sie ist wunderschön und ich möchte dich ja auch halten, mich sozusagen an dir festhalten.

Hildegard führte vor, was sie momentan unter "Festhalten" verstand. Und ich ließ es mir gefallen und genoss es. Weiter in der Theorie, sagte ich nach geraumer Zeit. Das körperliche Verlangen, die Lust nach einander, gehört natürlich dazu, aber auch das Vertrauen. Wir müssen uns auf einander verlassen können. In allem.

Das kannst du, sagte Hildegard. Es gibt nur dich. Wir küssten uns ein wenig, ehe sie fortfuhr: Manchmal denke ich für dich. Ich denke nicht nur an dich, sondern schlüpfe sozusagen in dich und mache meinen Kopf zu deinem.

Wie das?

Ich überlege mir, was du im Beruf dann machen wirst. Ob es dir gefallen wird, ob du anerkannt wirst, ob deinem Chef gefällt, was du schreibst. Ich habe ja auch noch nichts von dir gelesen. Und dann denke ich, für welches Fach, für welches Ressort sagt man wohl, du dich eines Tages entscheiden wirst.

Das ist klar. Innenpolitik. Aber das wird noch seine Zeit dauern. Im Volontariat muss man ja durch alle Ressorts. Erst danach, meine ich, kann man sich für eines entscheiden. Vorläufig halte ich mich für einen homo politicus. Ja, das bist du wohl auch. Aber auch ein homo amorosus.

Vor Weihnachten gab es doch noch eine Überraschung. Pro Person wurden 1000 Gramm Weizenmehl und 400 Gramm Zucker zugeteilt. Frau Maubach versprach, sich nach Backpulver und Rosinen umzuschauen, um wenigstens einen Kuchen zu backen. Für einen richtigen Christstollen fehlten ja die übrigen Zutaten. Helma schaute auf dem Heimweg auf einen Sprung bei Meister Weiser herein. Ich musste unbedingt am Abend zu ihr kommen. Es gebe eine kleine Überraschung.

In ihrer Wohnküche saß Richard Langkammer, krank aus französischer Kriegsgefangenschaft entlassen. Er versuchte zu lächeln, als er mich sah, was ihm schwerfiel. Er war ausgemergelt, hohlwangig, nur Haut und Knochen. In seinem Entlassungsschein stand "faiblesse generale" und seine Arbeitsfähigkeit wurde als "inapte" bezeichnet. Richard Langkammer war schon etwa seit dem Beginn des Krieges Helmas Freund, von meinen Eltern ohne Widerspruch angenommen. Am Sonntagnachmittag gingen die Beiden spazieren, aber Mutter schickte mich als Anstandswauwau mit. Das sah dann so aus, dass die Beiden sich nach einiger Zeit irgendwo in den Isarauen hinsetzten, während ich zum Flussufer hinunter ging und Steine über den Fluss schnellen ließ. Wenn es mir langweilig wurde, klemmte ich einen Grashalm zwischen die Daumen beider Hände und blies hinein, was einen schrillen Ton gab. So kündigte ich mein Kommen an. An einen Tag erinnerte ich mich deutlich. Sie saßen stumm und traurig da. Richard hatte den Einberufungsbefehl zur Wehrmacht bekommen.

Und nun musste Richard zunächst von seinen Eltern aufgepäppelt werden, was bei den kargen Rationen schwerfiel.

Helma dachte praktischer.

Ein bisschen Weihnachten feiern sollten wir doch. Jetzt habe ich ja auch Grund dazu. Und wir alle. Was meinst du, Martin, fahren wir noch einmal nach Hettenbach zu Frau Gstöttner und Frau Groll? Solange noch kein Schnee liegt.

Ich war sofort einverstanden.

Es wurde eine sehr erfolgreiche Fahrradtour. Resi hatte für uns gehamstert: Brot, Mehl, Schinken, Wurst, Und Frau Groll war überhaupt nicht nachtragend. Sie gab uns eine große, fest verschlossene Flasche Milch mit und sagte, dass der Herr Pfarrer sie gelobt habe. Ich machte noch einen kurzen Besuch bei Frau Prohaska im zweiten Stock. Sie bedankte sich mit Tränen in den Augen, so dass ich mich ganz schnell wieder verabschiedete. Auf dem Heimweg spielten Helma und ich "Pfarrer und Frau Groll" mit vielen Varianten.

Nun konnte Weihnachten kommen.

Es wurde trotz der nur bescheiden verzehrten Hettenbacher Leckereien ein trübes Fest unter grauem Himmel. Am Heiligen Abend saßen wir bei Helma zusammen. Sie hatte einen Kuchen gebacken und Malzkaffee gekocht. Und sie schenkte mir eine Krawatte. Ich hatte bei meinem Herrenausstatter zwei neutrale Schals kaufen können, die ich den beiden Mädchen umlegte. Es gelang uns dennoch nicht so recht, fröhlich zu werden. Wir hatten im zu Ende gehenden Jahr zu viel verloren, bemühten uns aber Trauer und Verzagtheit hintan zu halten.

Bei Maubachs ein ähnliches Bild am ersten Feiertag. Am Nachmittag war ich auch da zum Kaffee eingeladen. Helma hatte mittags vom Hettenbacher Schinken Schinkennudeln gekocht. Ein fürstliches Essen für die Zeit. Der Maubach'sche Kuchen war auch sehr lecker, der Kaffee-Ersatz nicht anders als bei Helma. Herr Maubach hatte seinen Bücherschrank intensiv revidiert und überlegt, von was er sich trennen könne. Und er zeigte sich sehr großzügig. Fast feierlich überreichte er mir die zweibändige Kultur-Philosophie Albert Schweitzers. Da, nehmen Sie. Sie können in Zukunft mehr damit anfangen als ich alter Mann. Vielleicht handelt man dann einmal mehr nach seinem Wort als es die Nazis taten.

Ich war fast sprachlos vor Überraschung und Dank, hatte aber auch eine Überraschung für die Familie. Ich hatte bei meinen Aufenthalten im Maubach'schen Wohnzimmer überlegt, dass da noch Platz für ein Bild mittlerer Größe sei. In einer Buchhandlung hatte in diesen Wochen ein bekannter einheimischer Maler Aquarelle ausgestellt, von denen ich ein schönes, mit impressionistischer Großzügigkeit gemaltes Blumenstück kaufte. Ich ging also schnell in mein Zimmer hinüber, holte das gute Stück und hob es an die Stelle, an der ich es für passend hielt.

Sprachlose Überraschung zunächst, dann Ausrufe der Überraschung von allen Maubachs. Als ich das Bild aufs Sofa gestellt hatte, fiel Helene Maubach mit der ganzen Wucht ihres massiven Körpers über mich her und küsste mich lange, intensiv und mit reifer Leidenschaft. Mir wurde schwindelig. Ich lag wehrlos unter ihr quer über dem Sofa. Schwer atmend standen wir auf. Ich schaute mich nach der Familie um - alle drei hatten leise das Zimmer verlassen. Ich schaute Frau Maubach vorsichtig an. Sie strahlte, sie glühte, sie lachte endlich aus vollem Hals.

Eine schöne Bescherung, sagte ich, um etwas ironisch Distanzierendes zu sagen.

Wieder lachte sie, aber leise und ganz anders. Sie zog mich an sich, drückte mich an sich, schaute mich erwartungsvoll an.

Bitte, sagte ich, geradezu um Abstand bettelnd.

Mein Mann hat nichts dagegen, flüsterte sie. Er weiß es. Sonst wäre er nicht gegangen. Er gönnt mir das - in seinem Alter und er weiß, dass ich dich will. Sie ergriff meine Hände und legte sie auf ihre Brüste. Da, sagte sie. Ich rührte mich nicht, sondern machte rasch ein paar Schritte rückwärts, als sie begann, Rücken und Hintern zu streicheln.

Bitte nicht, sagte ich. Sie wissen doch - Hildegard.

Ja, ja, machte Frau Maubach resignierend. Da habe ich mal die Gelegenheit mit einem jungen, schönen Mann, und da bin ich zu spät dran. Holen wir die Anderen wieder rein.

Ich möchte mich verabschieden. Helma wartet mit dem Abendessen.

Bitte, wie Sie wollen.

Können Sie mich nicht verstehen?

Wenn es sein muss, ja doch.

Herr Maubach, Tochter und Schwiegermutter kamen aus deren Zimmer zurück.

Ich erzählte Helma und Hildegard von dem Überfall beim Abendessen.

Homme á femme sagten beide wie aus einem Mund.

7.

Am Silvesterabend saßen wir drei still und nachdenklich in Helmas Wohnküche bei einem alkoholfreien Punsch und den Resten des Weihnachtskuchens. Draußen war nichts zu hören. Die ganze Stadt schien still und schweigsam wie wir. Alle waren unsicher. Wir nährten eine bescheidene Hoffnung für das Jahr 1946, die nicht zu begründen war; denn über die Zukunft des besiegten Landes war von den Alliierten noch nichts beschlossen außer der Teilung in die vier Besatzungszonen und die Vertreibung der Schlesier, Sudetendeutschen, Ostpreußen und Pommern.

Gründe zum Festhalten am Leben und für einen wahrscheinlich festen Boden unter den Füßen hatten wir alle drei. Helma und Hildegard hatten Arbeit und mir war sie zugesagt für die Mitte des Monats Januar. Mehr Hoffnungsgründe hatten wir nicht.

Am 1. Januar besuchte Helma Richard Langkammer und seine Eltern und Geschwister. Richard lag krank und geschwächt danieder. Helma hatte ihm von unserer Hettenbacher Wurst ein gehöriges Stück mitgebracht und versprach, ihm von ihrer Freizeit viel zu widmen, um ihn aufzumuntern und zu pflegen. Davon verstehe sie ja inzwischen etwas.

Mit Hildegard machte ich während dessen einen Neujahrs-Spaziergang im Schönbrunner Wald und wir phantasierten über unsere Zukunft. Über unser Zusammenleben, übers Zeitungsmachen, über mögliche Themen meiner Arbeit und über meine Idee, noch einmal zu Spenden aufzurufen; denn es waren immer mehr Vertriebene in die unzerstörte Stadt gekommen.

Am Abend trafen wir eine erschütterte, weinende Helma an. Richards Zustand sei bejammernswert. Wie soll er denn bei den wenigen Rationen, die er hier kriegt, gesund werden und wieder zu Kräften kommen?

Wir müssen wieder bei Frau Groll betteln.

So bald schon wieder?

Resi hat vielleicht noch andere Beziehungen. Ich ruf mal an. Du, Helma, gehörst ja auch zur Sippe im weiteren Sinne. Im Laufe der Woche ging ich mittags wieder einmal ins Merkel-Bräu, um das markenfreie saure Kartoffelgemüse für 35 Pfennig zu essen. Ich tat damals das Gelübde, bei wieder normalen Umständen nie mehr im ganzen Leben saures Kartoffelgemüse zu essen.

Ein Mann von schätzungsweise Mitte 30 setzte sich an meinen Tisch. Er zog das linke Bein ein wenig nach und stützte sich auf einen Stock. Er war schlank wie wir alle und mindestens 1,85 Meter groß. Seine Wehrmachts-Uniform hatte er abgerüstet Mir fiel sein aufmerksames, kluges Gesicht auf. Er bestellte eine Gemüsesuppe.

Man isst hier nicht schlecht, meinte er zur Eröffnung des Gesprächs. Ich stimmte zu, sagte aber gleich, dass ich "das hier" nur esse, um den Magen zu füllen.

Sie sind nicht von hier, fragte ich.

Nein, nein, sagte er. Das ganze Land ist ja zurzeit durcheinander gewirbelt. Alle Menschen sind irgendwo hin unterwegs. Dazu die Vertriebenen und Flüchtlinge. Nein, ich war hier im Lazarett wegen meines Beins, wie man noch merkt. Unterschenkel-Schussbruch. Ich stamme aus Peretz in Brandenburg.

Friedrich Wilhelm Haeseler, stellte er sich vor. Nach Hause will ich jetzt nicht. Zu den Russen habe ich kein Vertrauen. Da wird wahllos verhaftet und nach Sibirien verfrachtet. Nein, ich versuche hier zu bleiben. Der Oberbürgermeister hat mir schon halb und halb versprochen, mich einzustellen, wenn wieder eine Schule geöffnet ist. Ich nannte auch meinen Namen und fragte fast überflüssig, er sei wohl Lehrer?

Noch nicht, sagte er schmunzelnd, aber das ist eine lange Geschichte. Zunächst bin ich einmal froh, dass Lehrer gebraucht werden, unbelastete Lehrer, wie der Oberbürgermeister betonte. Die meisten seien ja PG gewesen oder in einer anderen Organisation.

Er bestellte noch zwei Bier und erzählte ein wenig von sich und ich hatte den Eindruck, dass er gern erzählte, weil er sonst niemanden dazu hatte.

Ich habe Geschichte und Germanistik studiert, die Referendarzeit noch abgeleistet, muss ich dazu sagen, aber ich bin ein Liberaler, Linksliberaler, um genau zu sein, im Sinne Friedrich Naumanns. Es wäre mir unmöglich gewesen, Geschichte mit Nazi-Ideologie zu unterrichten. Germanen als Vorbilder, Erbhofbauern, die Systemzeit und wie wir es unter Hitler wieder einmal so herrlich weit gebracht hätten. Nein, nein, nein! Ich bin weiß Gott kein Militarist, aber es blieb nur ein Ausweg, die Flucht in die Wehrmacht. Diesen Weg sind ja viele gegangen. So verschwisterte man sich nicht mit der Partei, wurde nicht einmal gefragt, ob man PG sei. Und je länger der Krieg dauerte, desto tiefer tauchte man unter. Ich habe es, ohne mich anzustrengen oder zu drängeln, zum Feldwebel gebracht. Kein Anlass, um stolz zu sein.

Ohne Übergang wechselte Haeseler das Thema. Was erwarten wir eigentlich in diesem besiegten Land, fragte er. Wir wissen doch, dass es Deutschland nicht mehr geben wird, wenigstens auf absehbare Zeit. Wir sind und bleiben in vier Teile zerschnitten. Das haben die Alliierten schon 1943 so beschlossen. Und Präsident Truman hat Klartext geredet gleich nach der Kapitulation. Die Alliierten haben Deutschland nicht besetzt, um es zu befreien, sondern zu besiegen. Das heißt zu bestrafen. Dazu gehört, dass hunderte von Fabriken demontiert und abtransportiert werden, vor allem nach Russland, weil es am meisten gelitten hat. Aber die anderen besetzten Länder bekommen auch etwas davon ab. Das hat eben erst begonnen, wird aber weiter gehen. Es gibt genaue Listen, welche Betriebe in Frage kommen. Das kann Jahre dauern. Das Verrückte ist ja, dass Amerikaner und Engländer die Wohnviertel der Städte bombardiert haben und die Bahnhöfe, aber nicht die Fabriken. Sie wollten die Moral treffen, nicht die Industrie. Ich will sagen, wenn wir in einigen Jahren wieder einigermaßen vernünftig leben wollen, müssen wir selbst dafür sorgen. Es wenigstens versuchen. Die Alliierten helfen uns dabei nicht.

Im Gegenteil, sagte ich. Sie schicken uns Hunderttausende, vielleicht Millionen Menschen aus Ostpreußen und Schlesien und Böhmen in das zerstörte Land. Wo sollen die Arbeit finden?

Das ist auch Sand in die Augen, sagte Haeseler. In Potsdam hieß es "unter polnischer Verwaltung". Wenn das Land nur verwaltet werden soll, braucht man die Menschen nicht raus zu werfen. Nein, nein. Das ist jetzt polnischer Besitz zum Ausgleich für die ostpolnischen Gebiete, die Russland annektiert hat. Daran ändert sich nichts mehr. Er trank sein Bier aus. Und dann gibt es ja noch den Morgenthau-Plan, nach dem Deutschland sozusagen in den Zustand eines mittelalterlichen Agrarstaats zurückgeworfen werden soll. Ich hoffe nur, dass die Amerikaner sehr bald einsehen, dass sie sich damit einen demnächst wohl wieder potenten Kunden ihrer Wirtschaft zerstören.

Woher er das alles wisse, fragte ich ihn.

Er habe im Lazarett Rundfunk gehört und die amerikanischen Informationsblätter gelesen.

Apropos Lazarett, fragte ich. Kennen Sie nicht meine Tante, Schwester Helma, Helma Baumgärtner?

Natürlich kenne ich Schwester Helma. Aber Tante?

Ich erklärte den Zusammenhang und dass sie jetzt im Krankenhaus arbeite. Und ob er sie wieder sehen möchte, vielleicht?

Haeseler war sofort einverstanden. Er fragte mich dann doch ziemlich neugierig, was ich denn so triebe. Ich erzählte also, dass ich Journalist werden wolle und eine Volontärstelle an der demnächst erscheinenden Zeitung in Aussicht habe.

Da habt Ihr eine große Aufgabe, sagte er. Es wird schwer sein, den Leuten nach den Jahren der Lügen beizubringen, dass nun wieder die Wahrheit publiziert werde. Das kann dauern. Und die alten Nazis werden Euch sowieso nichts glauben. Die sind ja nicht tot. Der Nationalsozialismus ist am 8. Mai 1945 nicht verreckt und zur Hölle gefahren. Es gibt die Betonköpfe noch und sie werden wohl aussterben müssen. Dass man sie sozusagen umerziehen kann, bezweifele ich noch. Ich sehe die Aufgabe und die Schwierigkeit, sagte ich. Wir müssen uns wohl ganz stark an meine Generation wenden. Den HJ-Staub kann man vielleicht eher herausschütteln. Na, dann schütteln Sie mal kräftig, sagte Haeseler und wir verabschiedeten uns lachend und mit dem Vorsatz, uns bei Helma wieder zu sehen.

Ich erzählte Helma von dem Zusammentreffen.

Sie war mäßig begeistert. Haeseler, dessen Vorfahren irgendwann einmal Grafen waren, und der gern einen Vers von Rilke zitierte: "Des alten, lange adeligen Geschlechtes Feststehendes im Augenbogenbau..." habe mit ihr geflirtet. Sie sei ein wenig darauf eingegangen, um ihn nicht zu kränken. Aber jetzt sei Richard wieder da und sie müsse ihm wohl beibringen, dass er sich keine Hoffnungen machen dürfe. Wenn ich das gewusst hätte... sagte ich mit entschuldigend erhobenen Händen. Ist schon recht, sagte Helma. Das bringen wir zusammen schon hin, wie? Schaffen wir. Keine Frage.

8.

Und Friedrich Wilhelm Haeseler kam. Er kam gewaltig. Mit breiter Brust und breiten Armen, und mit dem sicheren, wissenden Lächeln des intellektuellen Verführers. Er umarmte Helma auf der Stelle und versuchte, sie zu küssen. Sie wandte den Kopf zur Seite Bitte, sagte sie und schob ihn vorsichtig zurück. Als er erneut zum Küssen ansetzte, sagte sie bitte nicht und befreite sich aus seinen Armen. Richard ist wieder da, aus französischer Gefangenschaft Er braucht mich jetzt.

Haeseler war jetzt ganz Kavalier. Er ließ sofort von ihr ab, fragte nach Richard und plauderte zehn Minuten über Leben und Berufswunsch, ehe er sich weiterhin lächelnd, ungeknickt, ungekränkt mit Alles Gute und Viel Glück verabschiedete. Helma atmete tief durch, als er die Tür hinter sich geschlossen hatte.

Post für Sie, sagte Frau Maubach eines Abends. Seit dem missglückten Weihnachts-Überfall bemühte sie sich um größte Zurückhaltung, sparte sogar am Lächeln.

In dem dicken Brief, den Frau Maubach auf den Tisch in meinem Zimmer gelegt hatte, steckte der Anstellungsvertrag als Volontär in der Redaktion des "Tag". Arbeitsbeginn am 14. Januar 1946 um 9 Uhr. Ich machte einen Freudentanz um den Tisch herum. Mit dem Vertrag in der Tasche schaute ich rasch in der Martins-Apotheke nach Hildegard und lud sie ins Cafe Prinzess ein, suchte im Krankenhaus nach Helma und

346

tat das Gleiche. Helma hatte die gute Idee, Meister Weiser dazu einzuladen. Ich hätte ihm doch viel zu verdanken. Herr Weiser war sofort bereit mitzukommen. Es wurde ein vergnügter Abend bei Dünnbier und Heißgetränk.

Weiser erzählte, wie er als alter Sozi die Nazi-Zeit überstanden hatte. Er nannte es das Kastanien-Prinzip: Außen braun, innen weiß. In den ersten Jahren habe er bei einer Zeitung gearbeitet. Da fabrizierten die alten roten Setzer vorsätzliche Setzfehler, die die Korrektur auch stehen ließ. Zum Beispiel der "dammlige" statt der damalige Kreisleiter oder "Öffentliche Frauenverrammlung". Die Gestapo blieb nicht untätig, aber nur der Lokalredakteur, der die Fehler hatte durchgehen lassen, musste ein paar Monate Zwangsurlaub nehmen. Er schrieb in der Zeit Drehbücher und hat mehr verdient damit als mit seinem Gehalt.

Nachdem er 1937 seine eigene kleine Druckerei eröffnet hatte, musste er mit den Wölfen heulen. Er habe auch, erzählte er, "Heil Hitler" gesagt, aber insgeheim gedacht: "Heil ihn doch selber!" Aufgefordert, in die Partei einzutreten, habe er regelmäßig abgelehnt. In seinem kleinen Betrieb habe er dazu keine Zeit. Und er gebe reichlich für das Winterhilfswerk. Damit könne er mehr Gutes tun als beim Reden-Hören. Nur einmal habe einer versucht, ihn zu verpetzen. Er wurde vorgeladen und musste sich verteidigen gegen den Vorwurf, er habe Beschlüsse der Partei kritisiert und lächerlich gemacht. Ich weiß, wer mich angezeigt hat, sagte er. Sie dürfen mir den Namen ja nicht sagen, aber ich sage ihn Ihnen. Haben Sie, fragte Weiser, den Strafregister-Auszug dieses Menschen eingesehen? "Wissen Sie nicht, dass er ein notorischer, was sage ich, ein pathologischer Lügner ist? Mehrfach vorbestraft wegen Beleidigung und übler Nachrede. Mehrfach bestraft auch wegen Diebstahl. Er saß im Gasthof Miller am Nachbartisch, als ich mich mit einem Zufalls-Bekannten - ich weiß nicht einmal wie er heißt - unterhielt und dessen Bedenken zerstreute. Ich betone: Bedenken, nicht einmal Kritik. Im Übrigen, sagte er noch, auch Schimpfen ist kein Straftatbestand. Selbst der Doktor Goebbels habe Schimpfen als den Stuhlgang der Seele bezeichnet. Ich durfte gehen, nachdem der vernehmende Polizist sogar gelacht hatte. Dem miesen Denunzianten schüttete ich bei nächster Gelegenheit sein Bier ins Gesicht.

Ich erzählte nur die Geschichte von den angesägten Blutbuchen bei der Vereidigung auf Dönitz. Meister Weiser wünschte mir zum Abschied einen guten Beginn meines Berufslebens, viel Glück und Erfolg. Es wurde ein fideler Heimweg mit herzlichen Umarmungen.

Auch die Maubachs freuten sich mit mir, dass mein Wunsch nach einem Volontariat nun in Erfüllung gegangen sei. Sie drückten sich ein wenig steifleinen aus. Herr Maubach, der Gerechtigkeitsfanatiker, hielt sich für gezwungen, seine Frau bei mir zu entschuldigen. Sie sei nun einmal temperamentvoll, leidenschaftlich, ja sinnlich, und sie sei leider vernachlässigt. Von mir. Wenn ich wüsste. Er brach ab und schwieg lange. Ich sagte, er brauche nicht weiter zu reden. Ich hätte verstanden. Ich hätte nichts dagegen, sagte er noch und mit gesenktem Blick: Ich fühle mich terrorisiert. Deshalb...

Ja, sagte, ich versuche zu verstehen. Das ist für mich als jungen Mann und reichlich unerfahrenen Liebhaber, nicht leicht zu verstehen, aber ich bitte, auch meine Situation zu bedenken. Ich habe eine sehr liebe Freundin, und das schließt alles andere aus.

Maubach entschuldigte sich nun selbst, dass er mich behelligt habe. Er verabschiedete sich rasch. Mir fiel augenblicklich nur ein kommentierendes Wort ein: Ersatz.

9.

Wenn ich morgens Maubachs Haus verließ, um zu Meister Weiser zu gehen, kaufte ich in der benachbarten Bäckerei ein großes Roggenbrötchen, Schuberl genannt, für sechs Pfennig und 100 Gramm Brotmarken. Ich steckte es in die rechte Manteltasche und brach Bröckchen ab, die ich unterwegs aß. Mehr durfte ich mir nicht gönnen. Vielleicht reichte es am Sonntag für eine Scheibe trockenes Brot mit Kunsthonig oder einem Klacks aus undefinierbarem Obst komponierter Vierfrucht-Marmelade.

Als Einzelmensch mit einer einzigen Lebensmittelkarte auszukommen, ähnelte der Quadratur des Kreises: Man war immer kurz davor, schaffte es aber in den letzten Tagen nicht. Oder fast nicht. Manchmal half mir Helma aus, manchmal Hildegard, weil Helma im Krankenhaus etwas abbekam und für Hildegard, wie sie gesagt hatte, Essen eine dumme Angewohnheit war. Mittags bemühte ich mich um ein billiges, möglichst markenfreies Essen in einer der kleinen Wirtschaften oder in der Volksküche die im Kolpinghaus eingerichtet worden war und in der es Goldrübchen gab, die man früher Steckrüben genannt hatte.

Mit Salzkartoffeln und natürlich ohne Marken. Wenn man es darauf anlegte, konnte man da Leute, Schicksale, Lebensläufe kennen lernen. Kleine Angestellte und arme Witwen ebenso wie große und daheim berühmt gewesene Professoren. Herr Rost zum Beispiel, ein Textilkaufmann, hatte die Schrecken und Qualen des Prager Gefängnisses Pankraz erlitten. Professor Niemann aus Breslau hatte nicht einmal das Geld, um sich bei der Universität München zu bewerben oder vorzustellen.

Frau Schneider aus Königsberg fragte alle jungen Männer, ob sie zufällig in russischer Gefangenschaft gewesen seien, im Lager Woronesch, und ihren Sohn Rolf gekannt hätten. Fast alle aßen stumm ihr einfaches Gericht in sich hinein, und man musste sie schon ansprechen, um etwas aus ihrem Leben zu erfahren.

Mein erster journalistischer Plan war, noch einmal zu Spenden aufzurufen für diese Menschen, und die Bitte mit solchen und ähnlichen Schicksalen zu begründen.

Am Morgen des 14. Januar gönnte ich mir ein Kunsthonig-Brot zum Frühstück und eine Tasse Malzkaffee. Nicht eben von viel Eitelkeit gequält, schaute ich doch genauer in den Spiegel und fand mich ganz passabel aussehend. Ausreichend für einen guten ersten Eindruck. Frau Maubach fand das wohl auch, denn an der Wohnungstür nahm sie mich ganz schnell und fest in die Arme und flüsterte mir "viel Glück" ins zart geküsste Ohr.

Die zukünftigen Redaktions-Angehörigen trafen fast gleichzeitig in der Redaktion ein, in dem Altstadthaus, in dem bis zum totalen Krieg 1944 die Heimatzeitung gemacht worden war. Die kleinen Räume waren verstaubt, ungeputzt, die Fenster verschmiert. Die Wände dürsteten nach Farbe. Ein jüngerer Kollege durchsuchte die Schränke und fand Schreibmaschinen. Uralte Geräte. Auf denen, sagte er, hat Goethe schon den

Faust geschrieben. Oder Walther von der Vogelweide Tandaradei. Lachend stellten wir uns vor. Hans Georg August hieß der junge Kollege, er stammte aus Essen, war als Kriegsgefangener in Oberbayern hängen geblieben und hatte von dem Erscheinen der Zeitung beim neu gegründeten Journalistenverband in München erfahren. Er konnte ein Volontariat und ein Jahr Redakteursarbeit im Ruhrgebiet vor der Einberufung nachweisen. Belastet war er nicht. Wie er mir leise gestand, tendiere er ein wenig zur KPD. Er war als Sport- und Wirtschaftsredakteur vorgesehen. Die ungewöhnliche Verbindung erklärte Dr. Pechstein später mit dem Mangel an unbelasteten Kollegen.

Pechstein, ein untersetzter älterer Herr und ein nervös mit den Augen klappernder, ständig um sich blickender Mann von etwa 40 Jahren kamen gemeinsam in das Zimmer, in dem August und ich warteten. Pechstein stellte den älteren Herrn als Verleger Richard Hamburger und den nervösen Mann als Heinz Tischler, den Lokalredakteur, vor. Die Politik, erwähnte er nebenbei, werde er selbst redigieren. Mit einem Tablett, Kaffeetassen und einer Kanne kam eine Frau mittleren Alters aus dem Nebenzimmer. Pechstein stellte sie als Lotte Wirth vor, die Redaktions-Sekretärin. Sie hatte Bohnenkaffee überbrüht, echten Bohnenkaffee. Hoffentlich kriegen wir keinen Herzkasper, sagte August. Mit ihm zusammen trug ich Stühle aus den Zimmern herbei und wir versuchten, es uns gemütlich zu machen.

Herr Hamburger stellte sich als Emigrant vor. Er habe bis 1933 in München eine Fachzeitschrift herausgegeben, ein Sportblatt. Er sei dann als Sozialdemokrat nach Frankreich emigriert und habe mehr oder minder im Untergrund vegetiert. Heinz Tischler, dem ich als Volontär beigesellt wurde, hatte als entlassener Kriegsgefangener in einem oberbayerischen Dorf auf eigene Faust eine kleine Zeitung herausgegeben und selbst geschrieben. Das verboten ihm die Amerikaner ganz schnell. Dort wurde aber Dr. Pechstein auf ihn aufmerksam und heuerte ihn an. Lotte Wirth war Berlinerin, in vielen Sätteln gerecht, wie sie sagte, in vielen Sekretärinnen-Berufen erfahren. Man hatte sie im Rundfunk dienstverpflichtet. So war sie in die Stadt gekommen mit den ganzen Rundfunk-Leuten.

Bei einem ersten Rundgang durch das ganze Haus lernten wir den technischen Betrieb kennen und die bereits zur Arbeit angetretenen Setzer,

Drucker und Stereotypeure. Im zweiten Stock wohnte ein Hausmeister mit seiner Familie und nebenan saßen zwei junge Frauen bei der Arbeit. Ein Fernschreiber und ein Hell-Schreiber tickerten bereits die aktuellen Nachrichten. Ein Hell-Schreiber, erklärte Pechstein, erfunden von Herrn Rudolf Hell, ist in der Lage, Morse-Zeichen in Buchstaben umzusetzen und auf einen schmalen Papierstreifen zu drucken.

Die Damen hier schreiben die Texte für uns ab. Eine der wichtigsten Arbeiten im Hause. Ohne sie wüssten wir nicht, was zu redigieren, was zu drucken wäre. Wir verabschiedeten uns mit lächelnder Freundlichkeit. Pechstein nahm den ersten Stapel Manuskripte schon einmal mit.

Mein Lehrmeister, der nervöse Herr Tischler, sagte: Wir gehen gleich ins Rathaus, stellen uns dem Oberbürgermeister vor und vielleicht dem einen oder anderen Referenten und fragen nach Stadtrats-Beschlüssen und den ganz persönlichen Plänen des OB. Du kannst stenographieren?

Na klar, braucht man doch. Hab' ich mit 16 schon gelernt.

Umso besser. Du schreibst ein bisschen mit, was der OB so sagt.

Mich interessiert noch was. Vielleicht haben sich schon neue Betriebe angesiedelt. Könnte ja sein. Und wann die Schulen wieder geöffnet werden, meinte ich mit den Gedanken bei Haeseler.

Ja, ganz gut.

Oberbürgermeister Rohrmoser empfing uns neugierig-freundlich. Es sei großartig, wieder eine Tageszeitung in der Stadt zu haben. Tageszeitung? Tischler dämpfte die Erwartungen. Vorläufig erscheine "Der Tag" zweimal in der Woche, dienstags und freitags, Und das mit nur vier Seiten: Seite eins Politik, Seite zwei Heimat und Lokales, Seite drei Sport und Wirtschaft und Seite vier Anzeigen. Dennoch werde er sich als Lokalredakteur bemühen, so ökonomisch zu schreiben und zu redigieren, dass jede notwendige Information den Leser erreiche.

Rohrmoser nannte auf Tischlers Frage einige nicht aufregende Stadtrats-Beschlüsse, die nur dem Aufbau einer neuen, intakten Verwaltung dienen sollten. Sein großer persönlicher Wunsch sei es, die hölzerne Behelfsbrücke über die Isar zu ersetzen durch eine massive Brücke wie sie die vorherige gewesen sei. Bei dem Wort "ersetzen" gab es mir einen kleinen Stich. Ich hatte die Holzbrücke für einen Ersatz gehalten, nicht aber eine steinerne. Deshalb gingen die fast lyrischen Worte des Oberbürgermeisters an meinem Ohr vorbei, mit denen er eine Art Brücken-Philosophie entwarf. Von der Verbindung der getrennten Teile, vom Brückenschlag zwischen Alt und Neu, vom Weg in die Zukunft auf festem Grund redete er mit angestrengtem Gesichtsausdruck.

Als er tief schnaufend schloss, fragte ich ganz nüchtern, wann die Schulen wieder geöffnet würden. Das, meinte er, werde noch einige Monate dauern, weil noch mehr Vertriebene zu erwarten seien, die er notgedrungen in Schulen unterbringen müsse. Tischler fragte, ob es vielleicht schon neue Firmen gebe oder mit deren Ansiedlung zu rechnen sei.

Ja, es gebe da einen Herrn aus Pommern, der aus Stahlhelmen Kochtöpfe pressen wolle. Er wisse noch nicht, wie er das beurteilen solle. Wir verabschiedeten uns mit dem Wunsch nach einer guten und vertrauensvollen Zusammenarbeit und schauten uns noch ein wenig im Rathaus um, klopften bei einigen Referenten, um uns vorzustellen.

Tischlers Urteil über Rohrmoser fiel knapp aus: Ein Schwadroneur. Hoffentlich redet er im Stadtrat nicht auch so viele Wolken.

In der Redaktion diktierte Dr. Pechstein Lotte Wirth den Leitartikel für die erste Ausgabe des Blattes. Tischler schrieb zwei Stadtratsmeldungen und eine Glosse über die Brücken-Zukunft. Ich versuchte mich an einer Polizeimeldung und an der Ankündigung einer Theateraufführung. Im Saal einer Gaststätte wollte eine namenlose Truppe den "Vetter aus Dingsda" aufführen. Viele solcher kleinen Truppen tingelten übers Land. Sie hatten im Krieg Fronttheater gespielt und standen nun da, heimatlos und ohne festes Haus.

Am Nachmittag bekam Tischler Besuch. Drei Kollegen vom Rundfunk bewarben sich um freie Mitarbeit in der Lokalredaktion. Alles erfahrene, nicht mehr ganz junge Journalisten, die nach der Auflösung des Großdeutschen Rundfunks im Mai 1945 hier in der Stadt Arbeit suchten. Einen alten Nachrichtenmann, der in einer großen Landgemeinde einen Unterschlupf gefunden hatte, warb Tischler als Korrespondenten für mehrere Gemeinden und Kontaktmann zum Landratsamt an. Für einen Feuilletonisten hatte Dr. Pechstein noch keine Verwendung. Der interessanteste Typ war Friedemann Merz, ein kleiner, lebhafter Mann von mindestens 50 Jahren. Er erzählte, dass er in Berlin ein Pressebüro gehabt habe, mit dem er 30 kleine und mittlere Zeitungen zwischen Flensburg und Konstanz mit Lokalspitzen beliefert habe. Pro Woche eine mit einem aktuellen gesellschaftlichen oder kulturellen Thema. Die Veröffentlichung war vertraglich zugesichert. Merz kassierte pro Spitze fünf Reichsmark. 150 Mark in der Woche, 600 Mark im Monat, davon konnte ich bon leben, meine Herren.

Außerdem habe er das Kulturleben der Reichshauptstadt beobachtet und auf Wunsch auch darüber geschrieben. Merz bot an, auch den "Tag" mit seinen Lokalspitzen zu beliefern, jeweils unter der Überschrift "Die Zeitungsfrau weiß es genau". Das sei sein Markenzeichen seit Jahrzehnten. Leider habe man ihn, als die kleinen Zeitungen nicht mehr erscheinen durften, als Nachrichtenschreiber zum Rundfunk verpflichtet. Ja, und jetzt gebe es noch gar keine neuen Möglichkeiten, solange nur die wenigen Lizenz-Zeitungen erscheinen dürften. Merz hatte gleich ein paar Spitzen mitgebracht zur Auswahl, falls wir Interesse hätten. Tischler versprach, sie zu lesen und mit dem Chef darüber zu reden. Es zeigte sich, dass Herr Hamburger sehr gut vorgearbeitet hatte. Der alte Vertriebsleiter war wieder eingestellt, die Zeitungsträgerinnen und -träger verständigt. Der Anzeigen-Schalter war seit Tagen geöffnet. Da merkt man die alte Schule, lobte Tischler.

Der erste Abend war für uns all mehr als aufregend. Selbst Pechstein merkte man eine kleine Nervosität an. Die erste Ausgabe wird gesetzt und umbrochen. Einen kleinen Vorgeschmack hatte ich ja von Meister Weisers Druckerei, aber eine Zeitung Seite für Seite aus den gesetzten Artikeln zusammenzubauen, zu umbrechen, war doch etwas ganz Anderes. Der Chef gab die Anweisungen für Seite eins und las die Korrektur seines Leitartikels, der sich mit der Aufgabe der Presse in einer demokratischen Gesellschaft befasste. August hatte aus dem Nachrichten-Material genug für seine beiden kleinen Ressorts zusammentragen können. Tischler gab unserem Metteur Hans Frankl Anweisungen für die Lokalseite und die Dame vom Anzeigenschalter ließ die vierte Seite nach ihren Vorstellungen zusammenbauen. Da standen Todesanzeigen neben Verkaufsangeboten und vielen Tauschanzeigen. Sie waren die Erfindung der Zeit, in der es nichts oder nicht viel zu kaufen gab. Bettwäsche gegen Schuhe, Geschirr und Besteck gegen Kleidungsstücke, Klassische Literatur gegen eine Matratze. Die Möglichkeiten und die Wünsche waren kaum zu zählen. Als die vier Seiten fertig umbrochen waren, gab Dr. Pechstein dem Vertriebsleiter einen Wink. Der holte aus dem Vorraum zwei Kästen Bier und verteilte sie an alle, die mitgearbeitet hatten. Dr. Pechstein trank auf gute Zusammenarbeit und auf das Wohl und das Gedeihen des Blattes.

Ich verabschiedete mich für eine Stunde und ging zu Hildegard, um ihr alles Erlebte haarklein zu erzählen. Wir waren glücklich und voll Optimismus.

Ich ging aber bald zurück ins Verlagsgebäude, denn ich wollte den Andruck erleben. Und dann hielten wir alle die erste Ausgabe in Händen, aufgeregt, lachend und zufrieden. Ich las meine ersten Zeilen und sagte mir: Das Leben kann kommen. Ich stehe auf festem Boden.

Lebenslauf

Helmuth Dippner

alias Karl Tischendörfer

Geboren: 27. 3. 1925 in Mülsen Sankt Micheln (Sachsen)

Aufgewachsen in Köln

- 1944 Notabitur

- 1944–1945 Kriegseinsatz (Artillerie) in den Niederlanden und in Italien

- 1946–1978 Redakteur an Tageszeitungen

       Isar–Post (Landshut)

       Main–Echo (Aschaffenburg)

       Frankfurter Rundschau (Frankfurt/Main)

- 1978–1989 Pressesprecher der Kassenärztlichen Vereinigung Hessen

- 1989–1996 Studium der Geschichte und Literaturgeschichte an der Universität Frankfurt/Main. Abschluss mit Magister Examen.

Seit 1970 Veröffentlichungen von Lyrik und Prosa in Zeitungen und Anthologien

Gestorben: 10. 1. 2020 in Aschaffenburg

Weitere Werke

Karl Tischendörfer: Die Schlange im Brunnen. In: PROSA heute – eine Anthologie. Hrsg.: Gottfried Edel und Jürgen Kross, Verlag Günther Neske Pfullingen, 1975.

Karl Tischendörfer: Zwischenhoch. Gedichte. Verlag Günther Neske Pfullingen,1976.

Helmuth Dippner: F. Bruno Supernok. Der Maler. Ohne Verlagsangabe, 1981.

Helmuth Dippner: Helmut J. Gehrig – Retrospektive zum 60. Geburtstag. Verlag Jesuitenkirche der Stadt Aschaffenburg, 1986.

Helmuth Dippner: Sigrid Mahncke. Retrospektive zum 60. Geburtstag in der Jesuitenkirche Aschaffenburg vom 6. bis 27. Januar 1987. Malerei und Zeichnungen. Verlag Jesuitenkirche der Stadt Aschaffenburg 1987.

Helmuth Dippner: Christliche Mythen in Clemens Brentanos Märchen. In: Mitteilungen aus dem Stadt- und Stiftsarchiv Aschaffenburg, Bd.3, Helft 8, 477–483, 1992.

Helmuth Dippner: Neun Gedichte. Aus dem Sammelband: Schreiben – unser Leben. Anthologie. Hrsg.: Günter Stahl. Arnim Otto Verlag Offenbach, 1997.

Helmuth Dippner: Erzählt es den Wölfen. Gedichte. edition eigensinn Band 40, Verlag Edeltraut Gallinge Mainaschaff, 2001.

Helmuth Dippner: Die Leute von der Wilhelmstraße. Kurzgeschichten. edition eigensinn Band 80, Verlag Edeltraut Gallinge Mainaschaff, 2003